€ 4,50
W 27

Cecilia Samartin Mofongo

Cecilia Samartin

Mofongo

Aus dem Englischen von Gloria Ernst

Verlag Urachhaus

Die Originalausgabe erschien 2010 unter dem Titel *Mofongo*
bei Peregrino Publishing, Glendale / USA.

Meinen Eltern Jose und Tania Samartin

ISBN 978-3-8251-7848-2

Erschienen 2013 im Verlag Urachhaus
www.urachhaus.de

Umschlaggestaltung: Rothfos & Gabler, Hamburg
Umschlagfotos: © gettyimages / Frank Gross; © neuebildanstalt / DuPont
Gesamtherstellung: CPI – Clausen & Bosse, Leck

Cuba y Puerto Rico son
De un pájaro las dos alas,
Reciben flores y balas
Sobre el mismo corazón …

Kuba und Puerto Rico gleichen
den beiden Schwingen eines Vogels,
Blumen erfreuen und Kugeln treffen
ein und dasselbe Herz …

Lola Rodríguez de Tió (1843–1924)

Das Feuer

Ein kühler Lufthauch strich zwischen den Eichen hindurch, die die kleinen Häuser von Bungalow Haven beschatteten. Er umspielte die gepflegten Gärten, die alle mit den gleichen blühenden Sträuchern bepflanzt waren. Er zog an den Veranden vorbei, den hübschen verzierten Dachgesimsen, den kleinen Briefkästen und den schmucken Lattenzäunen – keiner höher als sechzig Zentimeter –, und dann weiter durch das verschlungene kleine Sträßchen, das zwischen den Häusern verlief. Heute war ein drückend heißer Tag gewesen, so wie es Anfang Herbst in Südkalifornien manchmal der Fall ist, und so öffneten die älteren Bewohner am Abend ihre Fenster, um die willkommene Brise hereinzulassen. Der Schein vieler Fernsehgeräte fiel durch die Fenster nach draußen und tauchte alles in ein elektrisch blaues Licht. Immer wieder war Gelächter vom Band zu hören, gelegentlich auch Musikfetzen und die Stimmen übereifriger Sprecher, die den Zuschauern irgendein neues Produkt anpriesen, das sie wieder glücklich, jung und schön machen würde. Telefone klingelten, Toilettenspülungen rauschten, Mikrowellen piepten. All das übertönte das seltsame, träge Schweigen von Menschen, die auf den Tod warteten, manche von ihnen geduldiger als andere.

Die kühle Brise setzte ihren Weg noch weiter fort, verweilte schließlich in der Nähe des Fensters eines kleinen gelben Hauses, in dem der Fernseher schon seit Wochen nicht mehr gelaufen war. Im Wohnzimmer saß eine alte Frau in ihrem Schaukelstuhl. Sie hatte den Kopf gesenkt. Jetzt schlug sie die Hände vors Gesicht und begann leise zu weinen. Nachdem sie sich die Augen mit dem Ärmel getrocknet hatte, stand sie auf und nahm das

Streichholzbriefchen, das auf ihrem Couchtisch lag, in die Hand. Sie starrte es einige Augenblicke lang an, während ihr bewusst wurde, dass die Streichhölzer aus dem Restaurant stammten, das sie und ihr Mann noch bis vor Kurzem häufig besucht hatten. Aus irgendeinem Grund ließ der Anblick des Streichholzbriefchens ihre Erinnerung noch weiter in die Vergangenheit schweifen. Sie beide gingen Hand in Hand einen steinigen Pfad entlang durch die mondbeschienene Landschaft. Sie konnte sich nicht daran erinnern, worüber sie gesprochen hatten, wusste nur noch, dass sie viel gelacht hatten. So viel, dass sie schließlich völlig außer Atem gewesen war, als er sie nach Hause gebracht hatte. Manchmal hörte sie auch jetzt noch sein Lachen, wenn sie den Wasserhahn in der Küche aufdrehte oder ein Flugzeug brummend über sie hinwegflog, und das zauberte stets ein Lächeln auf ihr Gesicht.

Die alte Frau brach ein Streichholz aus dem Briefchen und riss es an. Von kindlichem Staunen erfüllt, starrte sie die kleine, zarte Flamme wie gebannt an. Was war das nur für eine geheimnisvolle Substanz, die da so elegant auf und ab tanzte? Wie konnte sie das Leben sowohl zerstören als auch verschönern? Die Flamme kroch bereits auf ihre Finger zu. Rasch zündete die alte Dame die Kerzen auf dem Tisch an und blies das Streichholz aus. Dann schloss sie die Augen und begann, sich im Stehen hin und her zu wiegen.

Ihr Mann war jetzt bereits seit mehreren Wochen tot, und dennoch wurde sie, wenn sie morgens aufwachte, jeden Tag von frischem Kummer überwältigt, der sich wie ein schwerer Stein in ihrer Magengrube einnistete. Sie benötigte ihre gesamte Energie, um aufzustehen, sich anzukleiden und zu frühstücken, bevor sie mit der für sie jetzt sinnentleerten Routine des Alltags fortfuhr. Sie kannte viele Menschen, die, nachdem sie ihren Ehepartner verloren hatten, ihr Leben einfach weiterlebten, und das manchmal sogar besser und zufriedener als zuvor. Ihre Kinder erinnerten sie nahezu täglich daran, was jedoch nur dazu führte, dass sie ihre Einsamkeit umso stärker empfand. Die Geburt ihres jüngsten Enkelkindes hatte alles nur noch schlimmer gemacht. Gott sei Dank hatte ihr Mann nicht lange genug gelebt, um mit ansehen zu müssen, wie der kleine Sebastian, an unzähligen Kabeln und Schläuchen hängend, in seinem Krankenhausbettchen lag. So hatte er die entmutigende Prognose für seinen Enkel wenigstens nicht mehr hören müssen. Das war ihr ein gewisser Trost gewesen, aber es reichte bei Weitem nicht aus.

»Ich bin allein«, murmelte die Frau. »Ich verstehe mich und die Welt nicht mehr.« Sie spürte, wie der Schmerz in ihrem Körper immer stärker wurde, ihr nach und nach die Luft zum Atmen nahm. Dann begann sie mit ihren Händen langsame Kreise über der Kerze zu beschreiben. Ihre Gedanken galten jetzt dem Rest ihrer Familie. Sie sah die Fotos an, die an der Wand hingen. Mit Ausnahme des jüngsten Mitgliedes waren alle dort versammelt. Sie liebte jeden Einzelnen von ihnen von Herzen, aber auch ihre Liebe zu ihnen genügte nicht mehr, und dafür schämte sie sich.

Sie hatte versprochen, einen großen Topf ihrer berühmten schwarzen Bohnen für sie zu kochen. Er köchelte gerade auf dem Herd vor sich hin, aber sie bezweifelte, dass wirklich alle ihre Bohnen essen wollten. In Wahrheit machten sie sich doch nur Sorgen um sie und hofften, dass sie das Kochen in die Normalität des Alltags zurückfinden lassen würde. Vielleicht hatten sie ja auch recht. Vielleicht strengte sie sich einfach nicht genug an. Die alte Frau war sich nicht mehr sicher, was sie als Nächstes tun sollte, aber sie spürte bereits etwas anderes: eine heilende, duftende Brise, die sie umschmeichelte. War dies bereits der erste Schritt in ein anderes Leben? Ein Neuanfang? Sie schloss wieder die Augen, während sie weiter versuchte, diese heilende Kraft heraufzubeschwören.

Dann hörte sie plötzlich ein Zischen. Sie öffnete die Augen. Wäre sie Herr ihrer Sinne gewesen, so wäre sie vielleicht in die

Küche gelaufen, hätte einen Krug genommen, ihn mit Wasser gefüllt und die Flammen gelöscht. Sie blieb jedoch wie angewurzelt stehen und sah erstaunt dabei zu, wie die Flammen, hungrigen kleinen Dämonen gleich, an der Tischplatte leckten. Sie tanzten vergnügt, wirbelten in wilder Ausgelassenheit herum. Jetzt sprangen sie über den Tisch und fielen auf den Teppich. Dort schwelten sie einige Augenblicke vor sich hin, dann aber gesellten sich immer mehr zu ihnen, und schon bald tanzte eine noch hellere Gesellschaft fröhlich durch das Zimmer auf die Vorhänge am Fenster zu. Binnen Sekunden entflammten die Vorhänge und verwandelten sich in eine herrliche Säule aus Licht. Der Anblick erinnerte die Frau an die schönsten Feuerwerke, die sie in ihrem Leben gesehen hatte. Sie und ihr Mann hatten Feuerwerke so sehr geliebt, und für den Bruchteil einer Sekunde spürte sie ihn jetzt neben sich stehen, spürte, wie er sie an sich zog, während sie beide die gleißende Pracht bewunderten. Das Feuer spiegelte sich in ihren aufgerissenen Augen, verwandelte sie in zwei leuchtende Teiche.

Ein kurzer, heißer Windstoß brachte sie aus dem Gleichgewicht, sodass sie rückwärts taumelnd in ihren Schaukelstuhl fiel. Etwas in ihr geriet in Panik, da aber außer den flüsternden Flammen alles so still und friedlich war, ließ sie sich davon nicht beunruhigen. Binnen weniger Sekunden verwandelte sich das Flüstern allerdings in ein zorniges Brüllen, und dichter Rauch breitete sich rasend schnell im Inneren des kleinen Hauses aus.

Von Entsetzen gepackt, kam sie mit einem Schlag zur Besinnung. Was hatte sie sich nur dabei gedacht? Was tat sie da? Sie versuchte aufzustehen, aber sie konnte sich weder bewegen noch konnte sie etwas sehen. Sie war von einer dunklen Wolke eingehüllt, die gierig das Licht verschlang. Bei jedem Atemzug musste sie husten und würgen. Ihre letzten Gedanken galten Sebastian, der, um Luft ringend, in seinem Krankenhausbettchen lag, während bei jedem Schlag seines Herzens ein Zittern durch seinen kleinen Körper lief.

»Nimm ihn zu dir, lieber Gott«, rief sie laut. »Nimm uns beide zu dir.«

Dicke schwarze Rauchschwaden quollen aus den Fenstern des kleinen gelben Hauses, und schon nach kurzer Zeit wurde ganz Bungalow Haven mit seinen adretten Häuschen, den gepflegten Gärten und den schmucken Lattenzäunen von einem schweren Leichentuch bedeckt, schwärzer als die tiefste Nacht.

Zehn Jahre später

1

Wenn Sebastian seinen Klassenkameraden beim Fußballspielen zusah, saß er am liebsten im Schatten der Weide auf jener Bank, die dem Tetherball-Platz am nächsten war. Dort hatte er es angenehm kühl, während er verfolgte, wie die anderen Jungen von einem Ende des Spielfeldes zum anderen rannten. Manchmal wagte er sich auch ein Stück weit von seinem schattigen Platz weg, um Tetherball zu spielen. Er benutzte dazu jedoch nicht die Fäuste, so wie es die anderen Kinder taten. Vielmehr legte er sich direkt unter den alten, verwitterten Ball, der an einer etwa zwei Meter hohen Stange an seiner Kette hing, stützte mit den Händen seine Hüften ab und hob dann die Beine hoch über seinen Kopf. Auf diese Weise konnte er den Ball mit seinen Füßen erreichen und ihm einen kräftigen Tritt versetzen, der ihn auf eine Kreisbahn um die Stange herum schickte. Sebastian sah dann immer gebannt zu, wie der Ball über ihm herumwirbelte, auf ihn zukam und sich wieder von ihm entfernte, wobei er immer langsamere und kleinere Kreise beschrieb. Schließlich schloss er die Augen und lauschte dem Geräusch der Kette, die sich klirrend und ächzend um die Stange wickelte. Die Vibrationen tief im Inneren der Stange faszinierten ihn dabei ganz besonders. Wenn sie auf diese ganz bestimmte Art und Weise rasselte und summte, erinnerte ihn das an das einsame Geräusch eines Zuges, der in der Ferne über die Gleise ratterte, oder an das Rauschen von Regenwasser, das vor seinem Schlafzimmerfenster durch das Fallrohr gluckerte. Er genoss diesen traurigen, nachhallenden Ton so sehr, dass er dem Ball immer wieder einen Tritt versetzte.

Wenn seine Kraft ausreichte, um die ganzen zwanzig Minuten,

die die Pause dauerte, Tetherball zu spielen, bewegten sich seine Gedanken in fröhlicheren Bahnen. Dann stellte er sich vor, dass er der berühmteste Fußballspieler der Welt sei und dass sich all seine Klassenkameraden versammelt hätten, um zuzusehen, wie er ganz allein die Meisterschaft entschied. Es spielte dabei keine Rolle für ihn, dass er gerade auf dem Boden lag und mit den Füßen in der Luft herumzappelte. Dieses unbedeutende Detail schmälerte die ungeheure Befriedigung, die ihm sein Ruhm verlieh, in keiner Weise. Und wenn er schließlich das Siegtor schoss und ihm seine Fans begeistert zujubelten, schwoll ihm vor Stolz die Brust und er bekam feuchte Augen.

War er jedoch für all das zu müde, gab er sich damit zufrieden, einfach nur im Schatten des Baumes auf der Bank zu sitzen und seinen Klassenkameraden beim Fußballspiel zuzusehen. Er staunte jedes Mal wieder darüber, wie sie mit pumpenden Bewegungen ihrer Arme und Beine über das Feld rannten und dem Ball hinterherjagten, als hinge ihr Leben davon ab. Sie rempelten einander an und fielen hin. Sie sprangen hoch in die Luft und landeten auf ihren Knien, schlugen mit ihrem Rücken und manchmal sogar mit ihrem Kopf auf dem Boden auf. Aber ganz egal, wie hart sie auch aufkamen, stets standen sie wieder auf und rannten weiter.

Jedes Mal, wenn einer der Spieler ein besonders schönes Tor geschossen hatte, sprang Sebastian von seiner Bank auf, winkte und jubelte, auch wenn er viel zu weit vom Geschehen entfernt war, um bemerkt oder gar gehört zu werden. Hatte die Aufregung seinen Puls dann ein wenig höher getrieben, als es gut für ihn war, legte er eine Hand auf sein Herz und machte ein paar tiefe Atemzüge, bis sich sein Herzschlag wieder beruhigt hatte.

Sebastian war sich stets bewusst, dass es ihn das Leben kosten konnte, wenn sein Herz zu rasen begann. Gleichzeitig verwirrte ihn das jedoch auch, denn immer, wenn er spürte, wie sein Herz gegen seine Rippen schlug und das Blut durch seine Adern strömte, fühlte er sich so lebendig, wie es sonst nie der Fall war. Natürlich erinnerte er sich in solchen Augenblicken auch an den ernsten Ausdruck auf dem Gesicht seiner Mutter, als sie ihn für dieses Schuljahr angemeldet hatte, so wie sie dies seit dem Kindergarten jedes Jahr tat. Sie sprach zu Beginn des Schuljahres immer mit den neuen Lehrern ihres Sohnes, weil diese wissen mussten, dass er nicht wie die anderen Kinder war. Ja, er sei für sein Alter sehr klein, wie sie selbst schon bemerkt hätten, aber es sei eben noch mehr als das.

Als Sebastian in die fünfte Klasse kam, verhielt es sich ein wenig anders als sonst. Diesmal nämlich waren seine beiden Eltern zu dem Termin mit der neuen Lehrerin, Ms. Ashworth, erschienen. Ms. Ashworth hatte sich genauso mitfühlend und verständnisvoll wie alle früheren Lehrer von Sebastian gezeigt, aber er mochte sie lieber als alle anderen. Zum einen hatte sie langes weizenblondes Haar, und außerdem trug sie immer kurze Röcke und glänzende Strümpfe, die beim Gehen ein fröhliches, zischend wischendes Geräusch machten.

»Machen Sie sich keine Sorgen. Ich werde persönlich dafür sorgen, dass es Sebastian in diesem Jahr gut geht. Wir werden jede Menge lernen, nicht wahr?«, sagte sie und schlug ihre wohlgeformten Beine übereinander, während sie ihm ein Lächeln schenkte, das sein Herz ein wenig schneller schlagen ließ, als es das eigentlich sollte.

Schon an diesem ersten Tag kam ihm, wie später noch so oft, der Gedanke, dass Lehrerinnen wohl besser nicht so hübsch sein sollten wie Ms. Ashworth. Derart hübsche Lehrerinnen lenkten ihre Schüler nämlich nur ab, sodass sie den ganzen Tag einzig ihre pinkfarbenen Lippen anstarrten, anstelle ihren Worten zu lauschen.

Aber Ms. Ashworth lenkte anscheinend nicht nur ihre Schüler ab. Das Gespräch mit seinen Eltern dauerte bereits einige

Minuten, als Sebastian auffiel, dass, während seine Mutter über die Einzelheiten seiner Krankheit sprach, der Blick seines Vaters unablässig an Ms. Ashworths Körper auf und ab wanderte und schließlich an ihren blassen Knien und den unverhüllten Schenkeln hängen blieb. Ms. Ashworth musste es ebenfalls bemerkt haben, denn sie begann mitten im Gespräch, an ihrem Rock herumzuziehen, und als das offensichtlich nichts nützte, veränderte sie ihre Sitzposition so, dass ihre Beine jetzt wieder unter ihrem Schreibtisch verschwanden.

Während ein goldener Umhang aus Haaren hinter ihr her flatterte, ging Ms. Ashworth mit raschen Schritten über den Schulhof auf die Bank unter der Weide zu, von der aus Sebastian das Fußballspiel verfolgte. Als er sie auf sich zukommen sah, war er wie gebannt davon, wie sich ihre Hüften wiegten und ihre Brüste wippten. Sie bückte sich unter den niedrigeren Ästen der Weide hindurch, und in dem weichen Wechselspiel von Licht und Schatten erschien sie ihm bezaubernder denn je.

»Sebastian, ist dir denn nicht langweilig, wenn du ganz allein hier sitzt?«, fragte sie.

»Nein, eigentlich nicht«, erwiderte er.

»Vielleicht möchtest du mit mir nach drinnen gehen und die Tafel saubermachen?«, fragte sie ihn, wohl wissend, dass Sebastian nichts lieber tat. Tatsächlich rissen sich sämtliche Schüler darum, die Tafel wischen zu dürfen, aber es war fast immer Sebastian, dem Ms. Ashworth diese besondere Aufgabe übertrug. Obwohl er das Fußballspiel genoss, stand er sofort auf, um mit ihr ins Schulhaus zurückzugehen. Als sie am Tetherball-Platz vorbeikamen, versetzte er dem Ball einen kräftigen Schlag mit der Faust, um noch einmal das klagende Wimmern der Kette zu hören.

Im Klassenzimmer nahm Ms. Ashworth an ihrem Pult Platz, um Aufsätze zu korrigieren, während Sebastian auf einen Trittschemel stieg und begann, die Weißwandtafel zu wischen. Er arbeitete dabei stets von links nach rechts, da es ihm auf diese Weise möglich war, Ms. Ashworths Gesicht zu sehen. Er hatte herausgefunden, dass er beim Putzen das beste Ergebnis erzielte, wenn er der Reinigungsflüssigkeit fünf bis zehn Sekunden Zeit gab, um die Tinte einzuweichen, bevor er mit dem Wischen begann. Während er wartete, konnte er Ms. Ashworth im Blick behalten und sich so absolut sicher sein, dass ihm kein einziges Lächeln und kein Blinzeln entging, falls sie zufällig aufschaute und zu ihm herübersah, was sie oft tat.

Da Sebastian sehr gründlich war und er außerdem den Trittschemel benutzen musste, um den obersten Teil der Tafel zu erreichen, brauchte er beim Tafelwischen länger als die anderen Schüler. Wenn er fertig war, stand Ms. Ashworth immer auf, um, die Hände in die Hüften gestemmt, seine Arbeit in der gebührenden Art und Weise zu bewundern. »Sebastian«, pflegte sie zu sagen, während ihr Gesicht vor Staunen ganz weich wurde. »Du bist zweifellos der beste Tafelputzer, den ich je in meiner Klasse hatte.«

»Vielen Dank«, erwiderte er und wurde rot. Er war froh, dass er wenigstens *ein* Talent besaß, mit dem er jemanden glücklich machen konnte. Und wenn dieser Jemand zufällig Ms. Ashworth war, umso besser.

Ein paar Minuten später läutete die Pausenglocke, und die anderen Schüler betraten im Gänsemarsch das Klassenzimmer. Als sie merkten, dass es schon wieder Sebastian war, der die Tafel hatte wischen dürfen, beschwerten sich einige von ihnen lautstark. Ms. Ashworth schenkte solchen Beschwerden normalerweise keine Aufmerksamkeit, heute aber sagte sie: »Okay, wenn jemand von euch das nächste Mal seine Pause damit verbringen will, die Tafel zu wischen, dann lasst es mich wissen.« Diese Bemerkung löste jedoch nur noch mehr Stöhnen und Beschwerden aus.

»Ich werde meine Pause opfern«, meldete sich jetzt Keith, während er sich umdrehte, um Sebastian verschlagen anzugrinsen.

Ms. Ashworth lachte und warf dabei eine Strähne ihres langen Haares über ihre Schulter zurück. »Keith, ich glaube dir nicht eine Sekunde, dass gerade du deine Pause opfern würdest.«

Keith, der erst in diesem Jahr in ihre Klasse gekommen war, zeigte überhaupt kein Verständnis dafür, dass Sebastians schwache Konstitution einen feinfühligen Umgang mit ihm erforderte. Die anderen Schüler hatten schon vor langer Zeit eingesehen, dass sie ihn, so verlockend es auch sein mochte, wegen seiner geringen Körpergröße und seinem koboldhaften Aussehen nicht hänseln durften. Das taktlose Verhalten jedoch, das Keith Sebastian gegenüber an den Tag legte, ließ sie ihre bisherige Zurückhaltung mehr und mehr aufgeben. Tatsächlich schien es so, als würde Keiths Gegenwart gewisse Ressentiments gegen Sebastian freisetzen, die sich in den letzten Jahren bei ihnen aufgestaut hatten.

»Er ist nun einmal ein typischer Junge«, hörte Sebastian Ms. Ashworth eines Nachmittags zufällig zu Keiths Mutter sagen, als diese ihren Sohn von der Schule abholen kam. Es hatte Ärger gegeben, weil er auf dem Pausenhof unanständige Wörter von sich gegeben hatte. Keiths Mutter hatte dieselbe helle Haut wie ihr Sohn. Sebastian war überrascht gewesen, wie mager sie war, wohingegen Keith, der dieses Schuljahr gerade wiederholte, einen ganzen Kopf größer als Sebastian und für sein Alter ungewöhnlich kräftig war. Sebastian vermutete, dass Keiths Vater ebenfalls groß und muskulös war und dass er, genau wie Keith, grobe, kräftige Hände besaß. Am beeindruckendsten waren jedoch die unzähligen Schrammen, die um seine Fingerknöchel herum zu sehen waren. Sebastian war sich sicher, dass er sie sich zuzog, wenn er andere Kinder gnadenlos mit den Fäusten bearbeitete.

Trotz seines häufigen schlechten Betragens war Ms. Ashworth nur selten böse auf Keith. Sebastian konnte den Grund dafür nur vermuten. Wahrscheinlich lag es daran, dass es die sportlichen Jungen, diese »typischen Jungen« eben waren, die sie ganz besonders gern hatte. Ihm wiederum gab das das Gefühl, unwürdig zu sein. Schließlich war ihm nur allzu bewusst, dass er gerade kein »typischer Junge« war. Er fühlte sich nicht einmal zu einem Drittel wie ein Junge. Tatsächlich befürchtete er manchmal, das Einzige, was ihn überhaupt zu einem Jungen machte, war, dass er im Stehen und nicht wie die Mädchen im Sitzen pinkelte.

Als der Unterricht am Nachmittag um Punkt drei Uhr fünfzehn endete, forderte Ms. Ashworth ihre Schüler auf, ihre Pulte aufzuräumen, dann machte sie noch ein großes Aufhebens um die Schülerin des Monats. In diesem Monat war Melanie Tanako mit diesem Titel ausgezeichnet worden, ein stilles japanisches Mädchen, das seinen Mitschülern beigebracht hatte, wie man Tiere in Origami-Technik faltet. Abgesehen davon, dass der Schüler oder die Schülerin des Monats einen Gutschein von McDonald's erhielt, durfte der oder die Ausgezeichnete nach Unterrichtsschluss das Klassenzimmer zuerst verlassen. Erst nachdem der Schüler oder die Schülerin des Monats gegangen war, entließ Ms. Ashworth die übrigen Kinder, und zwar Bankreihe für Bankreihe. Da sie in solchen Dingen überaus gerecht war, achtete sie stets darauf, zwischen den vorderen und den hinteren Reihen abzuwechseln. Das hieß, dass Keith, der ganz vorne saß, entweder unter den ersten oder den letzten Schülern war, die das Klassenzimmer verließen.

Für Sebastian war das von größter Bedeutung. Keith war, wie er wusste, zwar ein Tyrann, aber er war auch sehr bequem. Es bereitete ihm sichtlich Freude, Schwächere zu schikanieren, aber er war nicht bereit, sich deshalb besonders anzustrengen. Eine Straße zu überqueren oder einen Häuserblock weit zu gehen, war ihm schon zu viel Aufwand. Darüber hinaus war es unwahrscheinlich, dass Keith Ärger machte, wenn er keine Zuschauer hatte. Wenn sich unter den Zuschauern allerdings Mädchen befanden und wenn es sich bei einem der Mädchen zufällig auch noch um Kelly Taylor handelte, dann zeigte sich Keith in seiner Grausamkeit besonders erfinderisch.

Kelly trug eine dicke Brille und hatte ihre aschblonden Haare normalerweise zu zerzausten, schiefen Zöpfen frisiert. Sie konnte so schnell rennen wie ein Junge, und es gelang ihr manchmal sogar fast, Keith einzuholen, der der Schnellste in der Klasse war. Man konnte sie nicht unbedingt als hübsch bezeichnen, aber es war auch nicht zu verleugnen, dass ihre raue Stimme einen gewissen Charme besaß. Auch wie sie, eine Hand in die Hüfte gestemmt und einen Fuß ausgestellt, dastand und ihre Kaugummiblasen platzen ließ, hatte etwas seltsam Unwiderstehliches. Alle Jungen der Klasse waren in Kelly Taylor verliebt, und wenn das verwirrte Flattern, das Sebastian in seiner Magengrube spürte, wann immer er Kelly ansah, einen Schluss zuließ, dann wahrscheinlich den, dass das auch für ihn galt.

An diesem Tag war es Keiths Reihe, die als Erste gehen durfte. Das bedeutete, dass Sebastian ihm nach der Schule über den Weg laufen würde. Er sah Ms. Ashworth an und fragte sich, ob er ihr sagen sollte, was ihr so »typischer Junge« nach dem Unterricht so alles anstellte.

»Ist alles in Ordnung?«, fragte sie Sebastian, als sie merkte, dass er sie anstarrte.

Er schüttelte den Kopf und wandte dann rasch den Blick ab. Er wollte nicht zugeben, dass er nicht nur körperlich ein Schwächling war, sondern auch seelisch. Er wollte sich der Tatsache, dass eigentlich so gut wie nichts von einem Jungen in ihm steckte, nicht stellen müssen. Und allein der Gedanke, dass Ms. Ashworth, die eine so »typische Frau« war, wie es eine Frau nur sein konnte, das womöglich wusste, war ihm unerträglich.

Keith holte Sebastian am anderen Ende des Schulhofes ein, dort, wo es keine Aufsicht gab. »He, du«, sagte er. In Sebastians Körper verkrampften sich unwillkürlich alle Muskeln. Er drehte sich um und sah Keith vor sich. Die übliche Gruppe von Bewunderern scharte sich bereits um ihn. Auch Kelly Taylor war unter ihnen. Jetzt, da der Unterricht vorbei war, hatte sie ihre Zöpfe aufgelöst, sodass ihre zerzausten blonden Haare offen auf ihre Schultern fielen.

»Ja, du«, sagte Keith, während sich ein lässiges Grinsen auf seinem sommersprossigen Gesicht ausbreitete. Er schien immer so vergnügt, so lustig und ausgelassen zu sein, dass Sebastian manchmal sogar versucht war, sein Lächeln zu erwidern. Er tat es jedoch nie.

»Ich habe beschlossen, dass ich dich heute wie einen Affen tanzen sehen will«, sagte Keith, während er einen Finger auf Sebastians dunklen Scheitel legte.

»O mein Gott, warum wie ein Affe?«, fragte Kelly.

»Gestern Abend kam im Fernsehen so ein alter Film mit einem Affen und einem Leierkastenmann. Der Typ hat an seiner Drehorgel gekurbelt, während sein Affe dazu getanzt hat. Und dieser Affe hat mich doch sehr stark an unseren kleinen Sebastian hier erinnert.«

Als Keiths Freunde das hörten, begannen einige von ihnen wie Affen zu kreischen und herumzuspringen, aber das stellte Keith nicht zufrieden. Er wollte Sebastian tanzen sehen.

Sebastians Mund wurde trocken. Er schluckte. Bis jetzt hatte man von ihm verlangt, wie ein Hund zu bellen, wie eine Kuh zu muhen und alle möglichen anderen Tiere eines Bauernhofs nachzumachen. Einmal wäre Keith vor Lachen fast umgefallen, als es Sebastian gelungen war, zu quieken wie ein abgestochenes Schwein. «Ich will deinen Schmerz fühlen«, hatte Keith vor Vergnügen wiehernd gerufen. Es hatte dabei wesentlich theatralischer geklungen als Sebastian mit seinem halbherzigen Quieken. Trotz seines damaligen Erfolges war Sebastian sich jetzt sicher, dass er nicht in der Lage sein würde, wie ein Affe zu tanzen. Also stand er einfach nur da und starrte unglücklich den Boden zu seinen Füßen an.

»Er sieht aus, als würde er gleich zu weinen anfangen«, bemerkte Kelly.

»Er wird nicht weinen«, widersprach Keith, obwohl er es anscheinend hoffte.

Einer der Jungen sagte: »Wenn er flennt, dann beweist das nur, dass er ein Baby ist.«

»He, vielleicht solltest du ihn wie ein Baby an seinem Daumen lutschen lassen«, schlug ein anderer vor.

»Nein«, sagte Keith. »Ich will, dass er wie ein Affe tanzt. Also, worauf wartest du noch?«, fragte er und sah dabei auf Sebastian herunter. »Tanz, Äffchen, tanz!«, rief er und warf seine Arme in die Luft. Alle anderen taten dasselbe. »Tanz, Äffchen, tanz«, riefen sie. Nur Kelly, die das Ganze nicht besonders lustig zu finden schien, schwieg und ließ stumm eine Kaugummiblase platzen.

Dann umkreisten sie Sebastian, während sie mit ihren Armen in der Luft herumfuchtelten und dabei skandierten. Er wusste, dass er keine Wahl hatte. Wieder einmal musste er seinen Stolz hinunterschlucken und das tun, was sie von ihm verlangten. Am besten, er brachte es einfach nur schnell hinter sich. Während sich ein heißes Gefühl der Scham in seinem Bauch ausbreitete, senkte er den Blick, hob seine mageren Arme in die Höhe und begann, auf und ab zu hüpfen, woraufhin die Jungen ihn sofort lauthals anzufeuern begannen. Keith jubelte jedoch von allen am lautesten. »Seht, wie das Äffchen tanzen kann!«, rief er begeistert. »Es tanzt und tanzt und tanzt!«

Sebastian fuhr mit seinen albernen, ruckartigen Tanzbewegungen fort. Dabei stellte er sich die ganze Zeit vor, dass er eine kleine

Mütze und eine bunte Weste trug und mit seinen dicken Affenlippen komische Grimassen schnitt. Auch er hatte irgendwann einmal einen Drehorgelspieler mit einem tanzenden Äffchen gesehen und erinnerte sich daran, dass das Tier nach seiner Darbietung seinen Hut abgenommen und hatte herumgehen lassen. Er hoffte inständig, dass Keith dieses Detail vergessen hatte. Sebastian schloss die Augen, damit niemand die Tränen sah, die sich dort zu sammeln begannen, aber er war nicht in der Lage, sie aufzuhalten, selbst als er wie ein fröhlicher kleiner Affe hin und her wackelte.

»Oh, Scheiße, schaut ihn euch an«, sagte Keith. »Sieht so aus, als hätten wir einen heulenden Affen.«

»Du solltest aufhören, auf ihm herumzuhacken«, erwiderte Kelly. »Er hat echte Herzprobleme und fällt vielleicht tot um, wenn du so einen Quatsch von ihm verlangst.«

Zwar schien Keith Kellys Warnung nicht besonders zu beeindrucken, dennoch entließ er Sebastian mit einem leichten Klaps auf den Kopf und sagte: »Okay, du kannst jetzt aufhören, Affenjunge.«

Sebastian hörte sofort auf zu tanzen. Auf der Stelle herumzuhüpfen hatte ihn völlig außer Atem gebracht. Er hätte gern die Hand auf sein Herz gelegt, so wie er das immer tat, wenn er sich überanstrengt hatte, aber er wollte nicht den Anschein erwecken, als versuche er, Mitleid zu erwecken.

Keith beugte sich zu ihm hinunter, sodass sich sein Gesicht jetzt genau vor dem von Sebastian befand. Dann sagte er: »Hör mir jetzt gut zu. Wenn dich Ms. Ashworth das nächste Mal bittet, die Tafel zu wischen, sagst du ihr, dass du das nicht mehr tun willst.«

Sebastian starrte ihn stumm an.

»Hast du mich verstanden?«, fragte Keith und verengte seine gelben Augen drohend zu schmalen Schlitzen.

»Ja, aber Ms. Ashworth freut sich doch immer, wenn ich die Tafel wische«, erwiderte er mit leiser Stimme.

»Okay, wie du willst«, sagte Keith, richtete sich wieder auf und rief erneut: »Tanz, Äffchen, tanz!« Die anderen stimmten sofort ein.

Sebastian ließ den Kopf hängen und versuchte verzweifelt, seine Gefühle unter Kontrolle zu bringen. Ein paar Tränen zu vergießen, war eine Sache, hemmungslos schluchzend zusammenzubrechen, war jedoch etwas ganz anderes. »Okay, ich werde die Tafel nicht mehr wischen«, murmelte er.

Keith hob die Hand, um die anderen zum Schweigen zu bringen. Alle verstummten auf der Stelle. »Was hast du gesagt? Ich habe dich nicht verstanden, Affenjunge.«

»Ich werde die Tafel nicht mehr wischen«, wiederholte Sebastian.

»Habt ihr das alle gehört?«, fragte Keith. »Unser Affenjunge wird die Tafel nicht mehr wischen.« Mehr als zufrieden drehte er sich um und stolzierte mit gestrafften Schultern und hoch erhobenem Kopf davon. Kelly sah Sebastian noch einige Augenblicke lang an. Sie wirkte ein wenig enttäuscht, so als hätte ihr Kaugummi plötzlich den Geschmack verloren. Dann drehte auch sie sich um und lief Keith nach. Als sie ihn eingeholt hatte, gingen die beiden Seite an Seite über den Pausenhof, während die übrige Meute ihnen folgte.

Wieder allein, trocknete Sebastian seine Augen und holte tief Luft. In seiner Brust rasselte es, also blieb er noch eine Weile stehen, bis sich sein Puls wieder beruhigt hatte. Dann hob er seinen Schulranzen vom Boden auf und machte sich auf den kurzen Weg nach Bungalow Haven, wo seine Großmutter lebte, die er jeden Tag nach der Schule besuchte. Bereits der Gedanke an seine Großmutter ließ Wellen der Erleichterung und der Vorfreude in ihm aufsteigen. Wieder traten ihm Tränen in die Augen, und er war froh, dass es diesmal wenigstens niemand sah.

2

Da Sebastian wegen seines schwachen Herzens regelmä-
g zum Arzt musste, fehlte er häufig im Unterricht. Die Arztter-
ne am Nachmittag waren ihm dabei am liebsten, da er sich
n keine Sorgen zu machen brauchte, Keith nach der Schule
gegnen. Unglücklicherweise bedeutete das aber auch, dass
Besuch bei seiner Großmutter ausfiel. Heute jedoch
Mutter ihn auf
te, gleich-
Schule

Stethoskop auf Sebastians Brustkorb zu setzen und zu lauschen, so als wäre das, was er da hörte, die wunderbarste Musik, die man sich vorstellen konnte.

Sebastian mochte Dr. Lim. Er war ein freundlicher Mann mit einem gewinnenden Wesen, der keine Zeit mit unnötigem Geschwätz verschwendete. Auch zeigte er sich stets sehr geduldig gegenüber Sebastians Mutter, die immer ausführlich berichtete, wie es ihrem Sohn ging. Sebastian hoffte, dass sie heute darauf verzichtete, zu erwähnen, wie wenig er gewachsen war. Als sie dieses Thema das letzte Mal angesprochen hatte, hatte dies nämlich dazu geführt, dass man ihm mehrmals Blut abgenommen hatte, um festzustellen, ob seine Hormonwerte im normalen Bereich lagen. Er beugte sich auf dem Rücksitz des Wagens ein Stück nach vorn, um seine Mutter, die gerade auf den Parkplatz fuhr, daran zu erinnern, dass mit seinen Hormonen bei der letzten Untersuchung alles in Ordnung gewesen sei und dass sich das höchstwahrscheinlich auch nicht geändert hatte. Sie antwortete ihm nicht.

Vor einem Termin bei Dr. Lim war sie immer sehr still. Sebastian wusste ganz genau, wovor sie sich am meisten fürchtete. Oft versuchte sie deshalb das Thema zu wechseln und auf diese Weise das Gespräch in eine andere Richtung zu lenken. Wenn es dann den Anschein hatte, als wäre ihr das tatsächlich gelungen, und sie sich bereits auf dem Weg zur Tür befanden, räusperte sich Dr. Lim, rückte seine Brille auf der Nase zurecht und sagte: »Ich glaube, dass Sebastian schon bald kräftig genug sein wird, um sich einer weiteren Operation zu unterziehen.« Normalerweise murmelte seine Mutter dann irgendetwas Unverständliches und bugsierte Sebastian, so schnell sie konnte, aus dem Sprechzimmer.

Während sie jetzt nach einer Parklücke suchte, warf sie Sebastian über die Rückenlehne einen Schokoladenriegel zu. Sie selbst nahm sich auch einen und hatte ihren schon fast aufgegessen, bevor Sebastian es auch nur geschafft hatte, seinen auszupacken. Er knabberte daran herum und betrachtete dabei vom Rücksitz aus ihr Profil. Sie besaß noch immer ein hübsches Gesicht mit schönen dunklen Augen und einem netten Lächeln. Das Fettpolster unter ihrem Kinn wurde jedoch immer dicker, und sie lächelte jetzt auch nicht mehr so oft wie früher. Sebastian schaffte seinen Schokoriegel nicht ganz, also gab er seiner Mutter den Rest. Sie aß ihn, während sie über den Parkplatz auf die Herzklinik zugingen.

Ein ernster Ausdruck verdunkelte Dr. Lims Gesicht, als er Sebastians Krankenblatt studierte. »Sebastian hat wieder nicht zugenommen. Es ist jetzt schon fast sechs Monate her, seit wir die letzte Gewichtszunahme feststellen konnten.«

»Sind Sie sich sicher?«

»Die Waage lügt nicht, Mrs. Bennett.«

»Ich ermuntere ihn ständig zum Essen. Oft bekommt er sogar zweimal am Tag ein Abendessen. Einmal nach der Schule bei seiner Großmutter und dann, wenn er nach Hause kommt.«

Dr. Lim blinzelte heftig, während er diese Information aufnahm. Dann wandte er sich an Sebastian. »Wie sieht es mit dem Mittagessen aus? Isst du etwas zu Mittag?«

»Ich habe eine Karte für das Schulessen«, erwiderte er.

Sebastians Mutter meldete sich wieder zu Wort. »In der Schulkantine passen sie auf, dass er mindestens zwei Drittel von allem isst, was er auf dem Teller hat, Doktor. Ich spreche das zu Beginn eines jeden Schuljahrs an.«

»Und du isst immer auf, junger Mann?«

Sebastian bestätigte das mit einem halbherzigen Nicken, während er daran dachte, wie einfach es war, dass er sein Essen jemand anderem zuschob oder Keith es ihm wegnahm, wenn das Kantinenpersonal gerade einmal nicht hinsah. Keith schien ständig Hunger zu haben.

»Was ist mit dem Frühstück?«, fragte Dr. Lim.

»Da esse ich meistens Müsli«, erwiderte Sebastian jetzt sichtlich selbstsicherer. »Oder ich nehme mir einen Frühstücks-Burrito aus der Gefriertruhe. Der braucht in der Mikrowelle nur eineinhalb Minuten.«

Dr. Lim nickte ernst, bevor er sich wieder Sebastians Mutter zuwandte. »Ich denke, dass Sebastian noch einmal eine Ernährungsberatung aufsuchen sollte.«

Sebastians Mutter gelang es nicht, ihren Ärger zu verbergen.

»Um ehrlich zu sein, Doktor, von den Vorschlägen, die die Ernährungsberaterin gemacht hat, als wir das letzte Mal bei ihr waren, hat Sebastian kein Einziger gefallen. Und für eine berufstätige Mutter wie mich waren sie auch nur schwer umzusetzen.«

Dr. Lim nahm sich einen Augenblick Zeit, um seine Gedanken zu sammeln. Er hatte ihr schon in einigen Gesprächen unter vier Augen erklärt, dass es, wenn man nichts unternahm, nur eine Frage der Zeit sei, bis Sebastian eine Stauungsinsuffizienz entwickeln würde. Ihre Antwort darauf hatte stets gelautet, dass sie und ihr Mann ausführlich darüber gesprochen hätten und sie es für das Beste hielten, noch eine Weile zu warten.

Er begann etwas in Sebastians Krankenblatt zu kritzeln. »Wenn Ihr Sohn besser essen würde, würde er auch zunehmen. Ich hege die Befürchtung, dass es nicht mehr lange dauern wird, bis er sogar an Gewicht verliert und wir die Operation dann noch weiter hinausschieben müssen.«

Sebastians Mutter verschränkte die Arme vor der Brust, während sie über Dr. Lims Einschätzung nachdachte. Natürlich wollte sie, dass ihr Sohn zunahm und kräftiger wurde. Aber immer wenn das Thema einer weiteren Operation zur Sprache kam, überwältigten sie die Erinnerungen daran, wie ihr neugeborener Sohn im Krankenhaus ums Überleben gekämpft hatte. Man hatte seinen winzigen Brustkorb von oben bis unten aufgeschnitten. Er war mit einem Gewirr aus Schläuchen und Kabeln verbunden gewesen. Sie würde niemals vergessen, wie der Faden, mit dem man die Operationswunde vernäht hatte, bei jedem Atemzug an seiner zarten Haut gezerrt hatte. Als der Chirurg ihr mitgeteilt hatte, dass sie Sebastians Herzfehler bei dieser ersten Operation nur zum Teil hatten korrigieren können und dass eine zweite Operation nötig sein würde, hatte sie ihren Ohren kaum getraut. Ihrer Meinung nach hatte er sie um nichts anderes gebeten, als ihr Kind umbringen zu dürfen. Sie hatte sich kategorisch geweigert. Ihr Mann Dean und die übrigen Familienmitglieder hatten jedoch nicht lockergelassen. Sie hatten argumentiert, dass Sebastian mit Sicherheit sterben würde, wenn er nicht noch einmal operiert würde. Schließlich war es ihnen gelungen, sie mürbe zu machen, und sie hatte zugestimmt. Die zweite Operation hatte jedoch noch mehr Komplikationen mit sich gebracht als die erste.

Von diesem Zeitpunkt an hatte sie niemandem mehr vollkommen vertraut. Sie verließ sich nur noch auf ihren Instinkt und auf das, was sie mit Sicherheit in Erfahrung bringen konnte, und ganz egal, was man ihr über gelungene Operationen und medizinische Fortschritte auch erzählte, es vermochte ihre Ängste nicht mehr zu beschwichtigen.

»Ich würde das gern noch einmal mit Dr. Gower besprechen«, murmelte sie schließlich. Dr. Gower war Sebastians Endokrinologe.

»Das ist gut, Mrs. Bennet. Ich bin mir sicher, dass Dr. Gower einige zusätzliche Untersuchungen für erforderlich halten wird. Wenn Sie wollen, können wir damit noch heute beginnen.«

»Ja, das ist eine gute Idee«, erwiderte sie mit einem kurzen Nicken.

Als Dr. Lim zum Telefon griff, wurde Sebastian bewusst, dass ihm die Blutabnahme nun doch nicht erspart blieb. Er warf seiner Mutter einen verächtlichen Blick zu. Sie war jedoch viel zu sehr mit ihren eigenen Gedanken beschäftigt, um es zu bemerken. Dann wandte er sich an Dr. Lim, der gerade wieder den Hörer aufgelegt hatte. »Werde ich, wenn ich schneller wachse, Fußball spielen können?«

»Also, Sebastian«, sagte seine Mutter und gab dabei ein nervöses Lachen von sich. »Niemand hat etwas vom Fußballspielen gesagt.«

Dr. Lim ging vor seinem kleinen Patienten in die Hocke, sodass er sich jetzt auf gleicher Augenhöhe mit ihm befand. »Wenn du wächst und zunimmst, wirst du insgesamt kräftiger werden. Aber du wirst dann leider immer noch nicht in der Lage sein, mit den anderen Kindern Fußball zu spielen.«

»Und was muss ich tun, damit ich mit ihnen Fußball spielen kann?«

»Dazu müssten wir dich noch einmal operieren«, erwiderte Dr. Lim.

»Müssten Sie mir dann wieder die Brust aufschneiden?«

Dr. Lim nickte.

»An der Narbe entlang, die ich schon habe?«

Er nickte wieder.

»Und dann?«, fragte Sebastian.

Dr. Lim hob den Kopf und warf der Mutter seines Patienten, die inzwischen ein ganz rotes Gesicht bekommen hatte, einen kurzen Blick zu. Sie war offensichtlich darüber aufgebracht, welchen Verlauf das Gespräch genommen hatte. Dennoch fuhr er fort: »Ich würde mehrere Einschnitte in deinem Herzen machen und dann die Teile, die noch nicht richtig arbeiten, zusammennähen. Wenn alles gutgeht, wirst du viel kräftiger werden, und du wirst dann auch nicht mehr so schnell ermüden wie jetzt.«

Dr. Lims Worte beflügelten Sebastian. Er malte sich aus, wie er mit den anderen Kindern Fußball spielte, wie er rannte und sprang, wie er auf seine Ellbogen und Knie fiel und heldenhaft alle Wunden hinnahm, die diese ausgelassene, unbekümmerte Lebensweise mit sich brachte. Er und Kelly Taylor würden ihre blauen Flecken vergleichen, und dann würden sie lachen und zum anderen Ende des Schulhofs um die Wette laufen.

»Und wenn es nicht gutgeht, was dann?«, fragte Sebastians Mutter.

Dr. Lim räusperte sich. Er wollte jetzt offensichtlich vor seinem kleinen Patienten nicht mehr so offen sprechen, wie er es gerade eben noch getan hatte.

»Nur zu, Doktor, sagen Sie es ihm ruhig. Er kann es genauso

gut erfahren«, fügte sie herausfordernd hinzu. Sie hatte es schon vor langer Zeit aufgegeben, Ärzten gegenüber einen respektvollen Ton anzuschlagen.

Dr. Lim räusperte sich noch einmal. »Nun, bei einem chirurgischen Eingriff wie diesem bestehen immer gewisse Risiken.«

»Sie meinen, dass ich sterben könnte?«, fragte Sebastian.

»Nun, wir würden natürlich alles in unserer Macht Stehende tun, damit das nicht passiert, aber es besteht durchaus die Möglichkeit, dass sich der Zustand deines Herzens nicht verbessert oder dass es sogar noch schwächer wird, als es jetzt schon ist.«

Sebastian warf einen Blick zu seiner Mutter hinüber. Als er die blanke Angst in ihren Augen sah, verflog das hoffnungsvolle Gefühl, das noch einen Moment zuvor in ihm aufgekeimt war, und er begann am ganzen Körper zu zittern. Er versuchte, sich auf Dr. Lim zu konzentrieren, der jetzt wieder etwas in seinem Krankenblatt notierte. Sein Gesicht war dabei so ruhig und gelassen wie immer. Sicher kannte sich Dr. Lim in solchen Dingen besser aus als seine Mutter. Immerhin hatte er, um Arzt zu werden, lange Jahre studieren müssen. Seine Mutter hingegen verdiente ihr Geld damit, Häuser zu verkaufen, und in letzter Zeit hatte sie nicht gerade viele davon verkauft. Dennoch konnte Sebastian nicht leugnen, dass sie etwas so Energisches und Kraftvolles an sich hatte wie ein Blitz, der Hunderttausende von Doktortiteln überstrahlen konnte. Sie war seine Mutter, die Frau, die ihm das Leben geschenkt hatte, und das, was sie dadurch wusste, ging weit über die Wissenschaft, die Statistik und sogar den gesunden Menschenverstand hinaus.

Ein paar Sekunden später betrat die Schwester das Sprechzimmer. Sie trug ein Tablett, auf dem sich eine Vielzahl von Fläschchen und Nadeln befanden. Dies war das erste Mal, dass Sebastian froh war, sie zu sehen.

Nach dem Termin bei Dr. Lim setzte Sebastians Mutter ihren Sohn in Bungalow Haven ab. Bungalow Haven bestand aus etwa einem Dutzend kleiner freistehender Häuser. Für ältere Menschen, die nicht mehr so mobil waren, hatten sie genau die richtige Größe. Der gelbe Bungalow seiner Großmutter stand am weitesten von der Straße entfernt, sodass es dort besonders ruhig war. Wenn schönes Wetter herrschte, was gewöhnlich der Fall war, ließ sie die Haustür und das Küchenfenster weit offen stehen, sodass eine angenehme Brise durch das Haus streichen konnte. Das war ihr lieber, als die Klimaanlage einzuschalten, die sie zu laut fand und die, wie sie sagte, ihre Haut so austrocknete, dass sie zu jucken begann.

Sebastian stieg die Stufen der Veranda hinauf und spähte durch die Fliegengittertür. Er empfand den immer gleichen, vertrauten Anblick, der sich ihm bot, als überaus tröstlich. Der alte Holzstuhl mit den geschnitzten Armlehnen, die wie zwei dicke Schriftrollen aussahen, stand an seinem gewohnten Platz vor dem Fenster. An den Griffen der Küchenschränke baumelten kleine Elfen aus Kristall. Das Licht der Nachmittagssonne brach sich in ihren zarten Flügeln und warf farbige Prismen an die gegenüberliegende Wand, wo ein großes hölzernes Kruzifix hing. Neben dem Kruzifix befand sich eine umfangreiche Sammlung von Familienfotos. Wenn Sebastians Großmutter in wehmütiger Stimmung war, sah sie diese Fotos oft stundenlang an. Sie hatte sie wie eine riesige Blüte arrangiert, sodass ein jedes Blütenblatt so etwas wie ein Zeitstrahl aus Bildern war, auf dem man den Werdegang ihrer Kinder und Enkel von deren Geburt bis zur Gegenwart verfolgen konnte. Im Zentrum der Blüte hing ein Portrait von ihr selbst, das sie mit Sebastians verstorbenem Großvater zeigte. Es war an ihrem Hochzeitstag in Puerto Rico aufgenommen worden.

Sebastian fand, dass die beiden ein wirklich schönes, beinahe königlich aussehendes Paar abgegeben hatten. Abuela Lola mit ihrem breiten Spitzenkragen und Abuelo Ramiro in seinem dunklen Anzug mit Krawatte. Sie blickten mit alterslosen Augen in die Kamera. Auf Sebastian wirkten sie sehr weise. Manchmal stellte er sich vor, dass er in das Foto hineinspringen und sich zwischen die beiden stellen könnte. Sein eigener Gesichtsausdruck wäre ernst und auch ein wenig trotzig, seine Stimmung so melancholisch wie das Grau und Weiß der Welt auf dem Foto.

Es waren jedoch die Fotos seiner Mutter, die ihn am meisten interessierten. Als er erfahren hatte, dass es sich bei der jungen dunkelhaarigen Schönheit, die da im Badeanzug am Strand stand, um seine Mutter handelte, hatte er das zuerst gar nicht glauben können. Er hatte das Foto lange Zeit betrachten müssen, bevor er sich davon überzeugt hatte, dass die hohen Wangenknochen und der sinnliche Mund tatsächlich ihr gehörten. Er musste zugeben, dass sie manchmal, wenn sie auf dem Rücken lag und schlief und die Haut über ihrem Gesicht gestrafft war, der Frau auf dem Foto doch ein wenig ähnelte. Dass der schlanke, geschmeidige Körper ihr gehören sollte, konnte er jedoch noch immer nicht recht glauben, ganz egal, wie lange und wie genau er sich das Bild auch ansah. Sein Lieblingsfoto war das, auf dem seine Mutter lachend auf dem Schoß seines Vaters saß, während ihr Haar im Wind flatterte und sein Vater sie anblickte, als würde gerade sein Herz zerschmelzen.

Sebastian betrat das Haus seiner Großmutter. Es überraschte ihn etwas, dass sie nicht in ihrem Schaukelstuhl saß. Er rief laut ihren Namen, damit sie ihn im Schlafzimmer hören konnte, aber er erhielt keine Antwort. Er machte einen weiteren Schritt ins Haus hinein und blieb dann wie angewurzelt stehen. Seine Großmutter lag zwischen der Küche und dem Wohnzimmer auf dem Boden. Sie hatte die Augen geschlossen und den Mund leicht geöffnet. Er stürzte zu ihr hin und rüttelte sie an den Schultern.

»Abuela, wach auf!«, rief er, aber sie reagierte nicht. Er berührte ihr Gesicht und dann ihre Haare, die so weich wie feiner, weißer Kaninchenpelz waren. Er hob ihre schlaffe Hand. Als er sie wieder losließ, fiel sie mit einem dumpfen Geräusch auf den Teppich.

Sebastian begann, auf seinen Fersen vor und zurück zu schaukeln. Es bereitete ihm auf einmal größte Schwierigkeiten, gleichzeitig nachdenken und atmen zu müssen. Plötzlich wusste er jedoch, was zu tun war. Er rannte in die Küche, füllte ein Glas mit Leitungswasser und schüttete es seiner Großmutter ins Gesicht. Kleine Bäche liefen in den Falten ihres Gesichtes und Halses hinunter, durchnässten ihren Pullover und den Teppich, aber sie rührte sich noch immer nicht.

Dann rannte er zum Telefon in der Küche und wählte die 911. Seine Finger zitterten dabei so heftig, dass ihm fast der Hörer aus der Hand gefallen wäre. Als sich die Notrufzentrale meldete, brachte er zuerst kein Wort heraus. »Meine Großmutter liegt auf dem Boden«, stieß er schließlich hervor. »Sie bewegt sich nicht mehr.«

»Kannst du mir die Adresse sagen?«, fragte die Frau am anderen Ende der Leitung mit ruhiger Stimme. Das viele Herumlaufen und die ganze Aufregung hatten Sebastian jedoch völlig außer Atem gebracht. Er musste erst warten, bis er wieder Luft bekam, bevor er antworten konnte.

»Bist du noch da?«, fragte die Frau in der Zentrale.

»Bungalow Haven«, antwortete er nach Luft ringend. »Wo die alten Leute wohnen. Es ist das kleine gelbe Haus ganz hinten.«

»Der Rettungswagen ist auf dem Weg«, sagte sie. »Möchtest du, dass ich am Telefon bleibe, bis die Sanitäter da sind?«

»Nein«, sagte er. Er ließ den Hörer einfach fallen und rannte zu seiner Großmutter zurück. Er starrte ihr ins Gesicht, hoffte, ihre Augenlider flattern zu sehen, ihre Wange zucken, hoffte auf irgendein Zeichen, das ihm sagte, dass sie noch am Leben war. Sie blieb jedoch so still und leblos wie die Fotos an ihrer Wand.

Als Sebastian bewusst wurde, dass seine Großmutter möglicherweise schon tot war, wurde er von einer kalten und verwirrenden Dunkelheit überwältigt. Seine Großmutter bedeutete Sicherheit für ihn. Sie war seine Zuflucht, der Grund, weshalb er die Schule und die Probleme, die es mit sich brachte, klein und schwächlich zu sein, überhaupt ertragen konnte. Zu wissen, dass sie jeden Nachmittag in Bungalow Haven auf ihn wartete, erleichterte ihm morgens das Aufstehen. »Bitte verlass mich nicht«, flüsterte er ihr ins nasse schneeweiße Haar. »Bitte sei nicht tot.«

Dann hörte er ein Heulen, gefolgt von einem dröhnenden Stampfen. In diesem Moment sah er den Knopf ihres beigefarbenen Pullovers über ihrer Kehle zittern und sich bewegen. Er hielt ein Ohr an ihre Brust und schloss die Augen, so wie es Dr. Lim auch immer tat. Er konnte nichts hören, aber er spürte eine zarte Vibration, woraufhin in ihm die Hoffnung aufkeimte, dass seine Großmutter vielleicht doch noch am Leben war.

3

Aus dem dröhnenden Stampfen wurde ein Trampeln mehrerer Füße, dann stürmten plötzlich einige Männer in Rettungswesten durch die Tür des kleinen Bungalows. Sebastian rutschte ein Stück zur Seite, um ihnen Platz zu machen. Die Sanitäter umringten seine Großmutter, sodass er nur noch ihre Füße sehen konnte, die jetzt nicht einmal mehr in ihren Schuhen steckten. Auch ihren beigefarbenen Pullover hatte man ihr ausgezogen und einfach auf den Boden geworfen. Die Männer begannen, durcheinander in ihre Telefone zu sprechen. Sie hatten Metallkoffer mit komplizierten Instrumenten dabei, die sie jetzt nacheinander öffneten und wieder schlossen. Sebastian versuchte, aus dem, was sie taten und was sie sagten, schlau zu werden, aber ihre Fachbegriffe verstand er nicht. Dennoch war er froh, dass sie nie sagten, seine Großmutter sei tot. Schließlich gab es für »tot« kein anderes Wort als eben »tot«.

Plötzlich erschien Terrence mit seinen Styroporbehältern in der Hand im Türrahmen. Terrence war der Mann aus dem Seniorenzentrum, der Lola jeden Tag das Abendessen brachte. Sebastian war so erleichtert, wenigstens ein vertrautes Gesicht zu sehen, dass er vom Boden aufsprang, auf den großen Mann zulief und seine Arme um dessen gewaltige Oberschenkel schlang.

Terrence stand starr vor Schreck und Entsetzen da, als er sah, was sich da vor ihm abspielte. Wenn er das Essen auslieferte, blieb er oft noch eine Weile bei Lola sitzen und erzählte ihr von seiner angestrebten Laufbahn als Jazzmusiker und Komponist. Im Laufe der Jahre waren die beiden gute Freunde geworden. Mit einem Mal wurde er sich des verzweifelten Kindes bewusst, das sich an ihn klammerte. Er bückte sich und hob Sebastian hoch, der daraufhin sein Gesicht tief in das Gewirr von Dreadlocks vergrub, die über Terrences Schultern und seinen Rücken fielen. Seitdem Sebastian seine Großmutter auf dem Boden hatte liegen sehen, hatte er sich um Fassung bemüht, jetzt aber gelang es ihm nicht mehr, seine Tränen zurückzuhalten.

»Sie tun bestimmt alles für sie«, murmelte Terrence leise, während er tröstend seine Hand auf Sebastians Rücken legte. Seine Stimme klang jedoch nicht sehr zuversichtlich.

Einer der Sanitäter fragte Terrence. »Sind Sie ein Verwandter?«

Terrence überraschte diese Frage sichtlich, da er selbst schwarz und Lola eine hellhäutige Lateinamerikanerin war. »Nein, nur ein Freund«, erwiderte er. »Aber das hier ist ihr Enkel.«

Sebastian wischte sich mit seinem Ärmel über Augen und Nase, dann drehte er sich widerstrebend um. Über die Schulter eines Rettungssanitäters hinweg konnte er sehen, dass man seine Großmutter inzwischen auf eine fahrbare Trage gelegt hatte.

»Wir bringen deine Großmutter jetzt ins Krankenhaus«, erklärte ihm der Sanitäter. »Und wir müssen einen erwachsenen Angehörigen verständigen. Ist deine Mom zu erreichen?«

Sebastian nickte, aber er konnte sich plötzlich nicht mehr an die Nummer seiner Mutter bei der Arbeit erinnern. Wieder schossen ihm Tränen der Hilflosigkeit in die Augen. Terrence zeigte zur Küche hinüber. »Ich glaube, alle wichtigen Telefonnummern stehen auf dem Kühlschrank.« In Sebastians Augen war Terrence ein Genie, weil er sich selbst in dieser Situation daran erinnerte. Ja, natürlich, die Telefonnummern standen mit einem dicken Stift geschrieben auf dem Kühlschrank. Abuela Lola hielt sie sehr gewissenhaft immer auf dem aktuellen Stand.

Der Sanitäter wählte die erste Nummer auf der Liste, es war die des Handys von Sebastians Mutter. Dann sprach er mit ruhiger Stimme ins Telefon, während er immer wieder einen Blick auf sein Klemmbrett warf. Sebastian beobachtete ihn und stellte sich dabei die schlaffen Wangen seiner Mutter vor, ihre zusammengepressten Lippen, ihre dunklen Augen, die hin und her schossen, während sie die schreckliche Nachricht erhielt. Würde sie schreien und zusammenbrechen? Oder gar mit dem Auto von der Straße abkommen und gegen einen Baum fahren? Noch nie zuvor war seine Familie mit einer solchen Situation konfrontiert worden, wenigstens nicht, solange er sich erinnern konnte.

Als die Sanitäter Lola auf der fahrbaren Trage aus ihrem kleinen Bungalow rollten, standen alle Bewohner der umliegenden Häuser auf ihren Veranden oder an ihren Fenstern und beobachteten die düstere Prozession, bis diese die Straße erreicht hatte. Einer der Sanitäter sagte Sebastian, dass sie ihn ins Krankenhaus mitnehmen würden. Dorthin würde auch seine Mutter kommen. In diesem Moment gelang es Sebastian zum ersten Mal seit dem Eintreffen der Sanitäter, wieder etwas zu sagen. »Darf ich das Essen, das du Abuela Lola gebracht hast, ins Krankenhaus mitnehmen?«, fragte er Terrence. »Vielleicht bekommt sie ja später Hunger.«

Terrence drückte Sebastian die Tüte in die Hand, dann kletterte der kleine Junge auf den Beifahrersitz des Krankenwagens. Die Sirenen begannen zu heulen, als sich der Wagen in Bewegung setzte. Sebastian war einen Augenblick lang überzeugt, dass sein Herzschrittmacher nicht richtig funktionierte und dass das hohe Jaulen tief aus seiner Brust kam. Also presste er die Hand auf sein Herz, um sich zu versichern, dass alles in Ordnung war.

»Wird meine Großmutter sterben?«, fragte er leise, als sie durch die Straßen auf das Methodist Community Hospital zurasten. Der Sanitäter hatte seine Frage wegen des Lärms jedoch nicht gehört. Er schoss über Kreuzungen, überfuhr rote Ampeln und schlängelte sich gekonnt zwischen den Autos hindurch, die wegen der heulenden Sirenen angehalten hatten.

Sebastian wagte nicht, noch einmal zu fragen.

4

Sebastian saß allein im Warteraum des Krankenhauses. Er hockte auf der vorderen Kante seines Stuhls, die Tüte mit dem Essen des Seniorenzentrums stand neben ihm. Am Geruch erkannte er, dass die verschiedenen Behälter in der Tüte trockene Fleischklößchen, klebrigen Kartoffelbrei und fades gemischtes Gemüse enthielten, das in Butter schwamm. Er hatte sich schon oft gefragt, ob bei älteren Leuten nicht nur die Sehkraft und das Gehör nachließen, sondern auch der Geschmackssinn. Leider gab es, jedenfalls soweit es ihm bekannt war, kein technisches Gerät, das ihnen bei diesem Gebrechen helfen konnte. So unappetitlich Sebastian das Essen auch fand, wenn er seine Hand auf die Tüte legte, tröstete ihn doch deren Wärme. Es war, als würde sie ihm versichern, dass seine Großmutter noch am Leben war.

Ein paar Minuten später hörte er, wie jemand mit harten Absätzen an den Schuhen den Korridor entlangeilte. Er blickte auf und sah seinen Vater, der gerade zur Tür hereinkam. »Ach, da bist du ja. Ich habe dich schon überall gesucht«, sagte er. Dann nahm er neben seinem Sohn auf einem Stuhl Platz und legte tröstend die Hand auf seine Schulter.

»Wird Abuela Lola wieder gesund?«, fragte Sebastian.

»Ich weiß es nicht«, erwiderte sein Vater mit ernstem Gesicht. Dann aber begannen seine blauen Augen zu leuchten. »He, stimmt es, dass du im Krankenwagen mitgefahren bist?«

Sebastian nickte.

»Hatten sie die Sirenen eingeschaltet und all das?«

Er nickte wieder. In diesem Moment betraten seine Mutter und seine Schwester den Warteraum. Jennifer trug noch ihre Cheerleader-Uniform. Die dunklen Haare hatte sie zu einem Pferdeschwanz zurückgebunden. Der Eyeliner, den sie heute Morgen so sorgfältig aufgetragen hatte, war völlig verschmiert. Sebastians Mutter erklärte, dass sie sich, als sie den Anruf erhalten hatte, gerade auf dem Weg zu einem Besichtigungstermin mit einem Kunden befunden hätte und dass sie dann erst noch Jennifer von der Schule hatte abholen müssen, sonst wäre sie bereits früher gekommen.

»Hast du schon mit jemandem gesprochen?«, fragte sie ihren Mann.

»Nein, dazu hatte ich noch keine Gelegenheit, ich wollte eigentlich …«

»Ich dachte, wir wären uns darüber einig gewesen, dass sich derjenige, der von uns beiden zuerst hier eintrifft, sofort mit dem Arzt in Verbindung setzt.«

»Ja, aber als ich Sebastian gesehen habe …«

»Verdammt, Dean«, sagte Gloria und rang dabei verzweifelt die Hände. »Du weißt doch selbst, wie schwer es ist, von diesen Leuten während eines Schichtwechsels irgendwelche Informationen zu bekommen.«

»Ich bin mir sicher, dass sie uns schon bald alles sagen werden, was wir wissen müssen. Warum setzt du dich nicht erst einmal und versuchst dich zu beruhigen?«

»Ich will mich nicht setzen«, fuhr Gloria ihn an.

»Ich denke, das solltest du aber.«

»Hast du nicht gehört, was ich gesagt habe?«, fauchte sie und funkelte ihn dabei böse an.

Jetzt mischte sich Jennifer ein, so wie sie es manchmal tat, wenn ein Gespräch ihrer Eltern zu entgleisen drohte. Sie hatte genügend Auseinandersetzungen zwischen den beiden erlebt, um zu wissen, dass es am besten war, so früh wie möglich einzugreifen. »Reg dich doch nicht so auf, Mom«, sagte sie.

Gloria fuhr herum. Auch wenn sie keines ihrer Kinder jemals geschlagen hatte, sah es jetzt einen Augenblick lang so aus, als wolle sie ihre Tochter ohrfeigen. Dann jedoch wandte sie sich ab und versuchte, zu ihrer inneren Stärke zurückzufinden, auf die sie sich in Krisensituationen wie dieser stets verlassen konnte. Ihr sollte eigentlich bewusst sein, dass sie in einer Situation wie dieser nicht auf die Hilfe ihres Mannes zählen konnte. Diese Last ruhte allein auf ihren Schultern. So war es schon damals gewesen, als Sebastian auf die Welt gekommen und ihr Vater gestorben war, und genauso würde es auch jetzt sein.

Dean gab ein nervöses Lachen von sich. Dann räusperte er sich und legte seine Hand auf Sebastians Kopf. »Ich habe gehört, dass unser Großer hier sogar im Krankenwagen mitgefahren ist, mit heulenden Sirenen und allem Drum und Dran. Weißt du was, Sebastian?«, sagte er jetzt an seinen Sohn gewandt. »Es heißt, dass manche Pizzafahrer schneller sind als die Krankenwagen. Du hättest vielleicht lieber eine Pizza bestellen als die Notrufzentrale anrufen sollen, was meinst du? Ehrlich gesagt, könnte ich jetzt wirklich etwas zu essen vertragen.«

Jennifer starrte ihren Vater fassungslos an. Gloria schüttelte nur den Kopf. Normalerweise hätte sie ihrem Mann jetzt vorgehalten, dass er ihr nun wirklich keine große Hilfe sei, und sie hätte ihm wahrscheinlich bei dieser Gelegenheit auch noch ein paar andere Dinge an den Kopf geworfen, aber sie wollte jetzt unbedingt mit jemandem sprechen, der ihr darüber Auskunft geben konnte, wie es ihrer Mutter ging. Also murmelte sie nur etwas Unverständliches und verließ dann auf der Suche nach einem Arzt oder einer Schwester das Zimmer.

Als ihre Mutter gegangen war, ließ sich Jennifer auf einen Stuhl gegenüber dem ihres Vaters fallen. »Dad, glaubst du wirklich, dass das der richtige Augenblick ist, um Witze zu machen? Du weißt doch, wie sehr Mom sich aufregen kann. Was ist, wenn

Tante Susan hier auftaucht? Das Ganze wird für uns alle nur noch schlimmer, wenn Mom dann bereits auf hundertachtzig ist.«

Daran hatte Dean offensichtlich gar nicht gedacht. Er konnte sich nicht einmal mehr erinnern, wann er seine Frau und Susan das letzte Mal zusammen im selben Raum gesehen hatte. »Dann hoffen wir einmal das Beste«, murmelte er, während er seinen Sohn anlächelte, um die Situation zu entspannen.

Sebastian war sich der lange bestehenden Fehde zwischen seiner Mutter und Tante Susan sehr wohl bewusst. Sie belastete die Familie schon so lange er denken konnte. Er hatte keine Ahnung, was der Anlass dafür gewesen war, nur dass es vor vielen Jahren gewesen sein musste, etwa zu der Zeit, als er geboren wurde, und dass niemand ihm das Ganze erklären wollte, wenn er danach fragte.

Jennifer zog seufzend ihr Handy aus der Handtasche und begann darauf herumzutippen. Sebastian war immer wieder erstaunt, wie schnell ihre Daumen über die winzige Tastatur flogen. Bevor Jennifer ihr neues Telefon bekommen hatte, hatte sie in ihrer Freizeit viel gelesen. Manchmal las sie Sebastian vor dem Einschlafen sogar etwas vor. Er genoss diese Zeit mit ihr, obwohl ihm bewusst war, dass sie durchaus recht hatte, wenn sie sagte, dass er langsam zu alt für solche Dinge wurde.

»Es war laut«, murmelte Sebastian so leise, dass nur sein Vater ihn hörte.

»Entschuldigung, was hast du gesagt, mein Sohn?«

»Die Sirenen«, sagte er. »Ich hoffe, dass ich niemals wieder in einem Krankenwagen mitfahren muss.«

Sebastian saß noch neben seinem Vater, als plötzlich sein Onkel Mando in der Tür des Wartezimmers stand. Er war ein hochgewachsener, vornehmer Mann mit dunklen, immer ernst dreinblickenden Augen. In seinem steifen marineblauen Anzug sah er aus wie ein hochrangiger General, und man konnte sich leicht vorstellen, wie seine breite Brust mit einer beeindruckenden Sammlung von Orden und Bändern dekoriert war. Mando war jedoch nie Soldat gewesen, vielmehr war er Seniorpartner in einer erfolgreichen Anwaltskanzlei.

»Dean«, rief Mando, während er bereits auf ihn zuging. Die beiden Männer gaben sich freundlich die Hand. Dean trug ebenfalls einen Anzug, weil es sein Job als Buchhalter so erforderte. Sein Jackett war jedoch zerknittert und um die Schultern herum ein wenig ausgebeult, sodass es aussah, als hätte er darin geschlafen.

»Wie geht es ihr?«, fragte Mando. Dean erklärte, dass sie noch nichts in Erfahrung hätten bringen können, dass aber Gloria in eben diesem Moment auf der Suche nach dem behandelnden Arzt sei.

»Ich habe dich zuerst gar nicht erkannt«, stellte Dean fest. »Du bist ganz schön grau geworden, seit wir uns das letzte Mal gesehen haben.«

Mando fuhr sich mit den Fingern durch sein meliertes Haar und lachte leise in sich hinein. In diesem Moment betraten seine Frau und seine Tochter den Raum. Tante Susans und Cindys Haare hatten genau dasselbe Honigblond, aber alle wussten, dass Cindys Haare gefärbt waren, damit sie wie die ihrer Mutter aussahen. Gloria und Jennifer fanden das sowohl beleidigend als auch geschmacklos. Sebastian hatte einmal zufällig ein Gespräch zwischen seiner Mutter und seiner Schwester mitgehört. Susan würde die Haare ihrer Tochter blondieren lassen, um ihre puertoricanische Herkunft zu verbergen, hatten die beiden behauptet.

Alle tauschten die obligatorischen Umarmungen und Küsse aus, was Sebastian ziemlich peinlich fand. Jennifer stand auf, um ebenfalls an der Begrüßungsprozedur teilzunehmen. An ihrem gezwungenen Lächeln erkannte Sebastian jedoch, dass sie das Ganze genauso unangenehm fand wie er.

Die Nettigkeiten dauerten indes nicht lange, weil nur wenige Augenblicke später Gloria ins Zimmer gestürmt kam. Ein unangenehmes Schweigen breitete sich aus. Gloria war sichtlich schockiert, nach so vielen Jahren vor ihrer Schwägerin zu stehen. Ihr erster Gedanke war, den Raum sofort wieder zu verlassen. Dann jedoch wurde ihr bewusst, dass es sich hier, neben Hochzeiten und Beerdigungen, um eines der seltenen Ereignisse handelte, bei denen ihr nichts anderes übrig blieb, als Susans Gegenwart zu ertragen. Ihr Blick wanderte über ihre Schwägerin hinweg und sie wandte sich direkt an ihren Bruder. »Hast du Gabi erreicht?«, fragte sie. Alle Anwesenden entspannten sich ein wenig.

»Ich habe vor etwa einer Stunde mit ihr telefoniert. Ich dachte, sie wäre schon hier.«

Gloria schürzte die Lippen. Sie war verärgert, aber nicht überrascht. Ihre jüngere Schwester besaß viele Talente, Pünktlichkeit gehörte jedoch nicht dazu. »Die Stationsschwester sagte, dass in Kürze ein Arzt kommen wird, um mit uns zu sprechen. Hoffentlich ist Gabi bis dahin hier.«

Während sich die Erwachsenen mit gedämpfter Stimme unterhielten, stand Sebastian in der Mitte der Zimmers und wusste nicht, ob er zu seinem Stuhl zurückgehen sollte. Jennifer gesellte sich zu den Erwachsenen, weil sie hören wollte, was diese sagten. Cindy hingegen ergriff die Gelegenheit, sich mit ihrem jüngeren Cousin zu unterhalten.

»Ich habe gehört, dass du sie gefunden hast«, sagte sie. Ihre grünen Augen leuchteten dabei voller Mitgefühl. »Das war bestimmt ganz schön unheimlich.«

Sebastian nickte. Plötzlich drohten ihn seine Emotionen zu überwältigen. Er bekam ganz weiche Knie, und auf seinem Kinn breitete sich ein leichtes Zittern aus. Was er jedoch am wenigsten wollte, war, vor seiner wunderschönen älteren Cousine in Tränen auszubrechen wie ein dummes, kleines Kind.

»Und was hast du dann getan?«, fragte sie und kam dabei noch einen Schritt näher.

»Ich habe den Notruf gewählt«, sagte er und versuchte mit einem Achselzucken die schlimmen Gefühle zu überspielen, die jetzt in ihm aufstiegen. Er wollte ihr alles erzählen, aber er fand einfach nicht die richtigen Worte. Er warf einen Blick aus dem Fenster, sah, dass es draußen schon fast dunkel war, und dann war da mit einem Mal die Stimme seiner Großmutter in seinem Kopf. Es kam ihm vor wie in einem Traum.

»Als ich noch ein junges Mädchen war und wir noch in Puerto Rico lebten, zündeten wir jeden Abend, bevor die Sonne unterging, Kerzen an. Wir *Jibaros* lebten hoch oben in den Bergen. In mondlosen Nächten war es dort so finster, dass man die eigene Hand nicht vor Augen sah. Man hörte jedoch immer die kleinen Frösche, die Coqui. Sie quaken nicht wie die meisten Frösche der Insel, sondern hören sich an, als hätten sie Schluckauf. Mit ihrem fröhlichen Hicksen erfüllten sie die Nacht, sodass man niemals Angst hatte, egal, wie dunkel es auch war. Wir haben es sehr genossen, ihnen im Licht der flackernden Kerzen zu lauschen.«

Sebastian schüttelte verwirrt den Kopf, dann sah er wieder seine Cousine an. Sie musterte ihn mit so gespanntem Blick, dass er nun erst recht kein Wort mehr herausbekam.

In eben diesem Augenblick betrat der Arzt den Warteraum, ein kleiner bärtiger Mann in einem weißen Laborkittel. Als Cindy ihn sah, ließ sie Sebastian stehen, um sich zu den Erwachsenen zu gesellen. Sebastian bewunderte ihren Mut. Offensichtlich hatte sie keine Angst vor der Wahrheit. Er selbst konnte indessen nur ihren Hinterkopf anstarren, fasziniert von den goldenen Strähnchen, die sich wie ein glitzernder Wasserfall durch ihre Haare zogen. Er wünschte sich, er könnte in diese Haare eintauchen und in eine andere Welt schwimmen, zurück nach Bungalow Haven oder in die alte Heimat, von der ihm seine Großmutter so oft erzählte.

»Das Wetter auf der Insel war mild. Um uns herum war nur üppige grüne Natur, sodass wir die meiste Zeit im Freien verbrachten. Wir liefen durch den Dschungel, planschten in den Flüssen und kletterten auf Bäume, und wir gingen erst nach Hause, wenn es Abend wurde. In der Nähe unseres Hauses führte ein Trampelpfad zu einem hohen Bergkamm. Wir waren uns sicher, dass das nicht nur der höchste Punkt der Insel, sondern des ganzen Planeten sei. Von dort aus beobachteten wir die Bussarde, die über uns ihre Kreise zogen. An klaren Tagen konnten wir jenseits des weiten Teppichs aus Grün in der Ferne sogar das Meer glitzern sehen. Manchmal schmeckte die Luft salzig, und ein andermal wiederum war sie süß wie karamellisierter Zucker mit Sahne. Nicht gewöhnliche Sahne, sondern jene Art von dickem, herrlichem Rahm, der schon ohne jede andere Zutat einfach köstlich schmeckt. Als Mädchen tat ich nichts lieber, als mit einem Schälchen frischer Sahne in der Hand auf einem Felsen zu sitzen und über das Tal hinaus zu schauen. Es kam mir dann immer so vor, als würde ich am Rande des Paradieses sitzen, während ich die Wolken am Himmel aß.«

»Und dort hast du auch kochen gelernt, nicht wahr?«, hatte Sebastian sie gefragt, während er vor seinem geistigen Auge die einfache Küche sah, die ihm seine Großmutter schon so oft beschrieben hatte. Sie war mit einem Propangasherd ausgestattet gewesen. Wenn die Gasflasche leer war, was häufig geschah, bereiteten sie die Speisen auf dem großen Holzkohlegrill zu, den man sowohl drinnen als auch im Freien aufstellen konnte.

»Ja«, hatte sie mit einem Nicken geantwortet. »Und dort habe ich auch gelernt, dass eine Mahlzeit, die mit Liebe zubereitet wird, nicht nur den Körper, sondern auch die Seele stärkt.«

Sebastian drehte sich um, wollte sich wieder hinsetzen. Als er zu seinem Stuhl ging, spürte er plötzlich die Hand seiner Mutter auf seiner Schulter. Sie schob ihn aus dem Zimmer und führte ihn dann den Flur entlang, um ihn zu seiner Großmutter zu bringen. Sebastian sagte, dass er ihr noch das Essen aus dem Seniorenzentrum holen wolle.

»Das wird deine Großmutter jetzt nicht interessieren«, sagte seine Mutter und zog ihn hinter sich her.

»Aber sie mag doch die Fleischklößchen so gern«, beharrte er. »Sie wird sich über mich ärgern, wenn ich sie ihr nicht bringe.«

»Sei jetzt still, Sebastian«, fuhr sie ihn barsch an. »Das ist jetzt bestimmt nicht der richtige Moment, um über Fleischklößchen zu sprechen.«

Man bat die Familie, draußen vor Lolas Zimmer im Korridor zu warten, da immer nur zwei Familienmitglieder auf einmal eintreten dürften. Es gab eine gewisse Verwirrung, wer als Erstes hineingehen sollte; schließlich entschied man sich dafür, dass dies Gloria und Mando sein sollten. Susan schnaufte verärgert, als ihr bewusst wurde, dass sie ihren Mann nicht begleiten durfte.

Fest entschlossen, jeden unnötigen Kontakt mit ihrer Verwandtschaft zu vermeiden, ging Jennifer ein Stück den Flur hinunter und setzte sich dann, den Rücken an die Wand gelehnt, mit ihrem Handy auf den Boden. Dean verkündete, dass er sich in der Cafeteria einen Kaffee holen werde, und fragte, ob ihn jemand begleiten wolle. Susan und Cindy lehnten höflich ab. Sebastian hätte seinen Vater zwar nur allzu gern begleitet, blieb jedoch ebenfalls in der Nähe, nur für den Fall, dass man ihn als Nächstes zu seiner Großmutter lassen würde.

Als Dean weg war, schenkte Susan Sebastian ihr strahlendstes Lächeln. »Und, wie ist es dir so ergangen?«, fragte sie ihn.

»Gut«, antwortete er vorsichtig. Er fand, dass seine Tante mit ihrer eleganten Kleidung und ihren glatten goldenen Haaren, die ihr fast bis zur Schulter reichten, sehr schön war. Dass er so von seiner Tante dachte, bereitete ihm jedoch ein schlechtes Gewissen. Schließlich war ihm durchaus bekannt, dass seine Mutter sie nicht ausstehen konnte. Vielleicht übersah er irgendetwas, und allein dieser Gedanke ließ ihn stets auf der Hut sein.

»Du hast wirklich eine wunderbare Gesichtsfarbe, das muss ich schon sagen«, meinte Susan.

»Danke«, murmelte er, nicht ganz sicher, was sie damit meinte. Soweit er es beurteilen konnte, hatte er genau die gleiche Gesichtsfarbe wie sonst auch immer.

»Hat er nicht ganz entzückende rosige Wangen?«, fügte Cindy hinzu und lächelte ihn dabei an, als wäre er ein kleiner Hundewelpe.

»Die hat er in der Tat«, stimmte Tante Susan zu. »Er ist wirklich ein niedlicher kleiner Knopf.«

Sebastian stand stocksteif da, während die beiden ihn angafften. Er kam sich plötzlich lächerlich und klein vor, außerdem wusste er wirklich nicht, was an Knöpfen besonders niedlich sein sollte. Nichtsdestotrotz machten ihn ihre freundlichen Worte verlegen. Jetzt errötete er tatsächlich. Er hatte keine Ahnung, was er sagen sollte, also lächelte er von Zeit zu Zeit und hielt dabei den Blick fest auf die Tür gerichtet, durch die seine Mutter und sein Onkel gerade verschwunden waren. Sie stand einen Spalt weit offen. Er war versucht, näher heranzugehen, damit er einen verstohlenen Blick ins Zimmer werfen konnte, fürchtete jedoch, dass die Schwestern dann böse auf ihn werden könnten. Sie hatten sich klar und deutlich ausgedrückt, als sie sagten, dass nur zwei Personen auf einmal zu seiner Großmutter ins Zimmer dürften.

In diesem Moment hörte er, wie jemand den Flur entlanggerannt kam. Als sich alle umdrehten, sahen sie Gabi, die im Jogginganzug auf sie zugestürzt kam. Obwohl sie bereits weit über dreißig war, wirkte sie mehr wie ein Kind denn wie eine Erwachsene. Sebastian empfand stets eine Art prickelnder Begeisterung, wenn er sie sah. »Mein Auto ist nicht angesprungen und ich musste erst ein Taxi rufen«, erklärte sie keuchend. »Wie geht es ihr?«

»Das wissen wir noch nicht«, entgegnete Susan, dann zeigte sie auf die Tür. »Mando und deine Schwester sind gerade bei ihr, aber es dürfen immer nur zwei ...«

Gabi wartete nicht ab, bis Susan den Satz beendet hatte. Sie stürmte einfach ins Zimmer, wobei sie den schwachen Geruch von Zigaretten zurückließ. Sebastian sah sich sofort ängstlich um. Hatten die Schwestern bemerkt, dass sich jetzt mehr als zwei Personen bei seiner Großmutter im Zimmer befanden? Es schien jedoch niemanden besonders zu interessieren.

Tante Susan starrte Gabi einen Moment lang nach, dann drehte sie sich zu ihrer Tochter um. »Komm, wir gehen auch rein«, sagte sie. »Ich weiß nicht, was das Warten bringen sollte.«

»Bist du dir sicher, dass das in Ordnung ist?«, fragte Cindy.

Entschlossen rückte Susan den Riemen ihrer Handtasche über der Schulter zurecht. »Natürlich. Kommst du auch mit, Sebastian?«

Sebastian dachte daran, dass Ms. Ashworth immer sagte, man würde sich selbst und vielleicht auch anderen schaden, wenn man die Regeln missachtete. Mehr noch, er war sich absolut sicher, dass sich seine Mutter ganz entsetzlich aufregen würde, wenn sie erfuhr, dass ausgerechnet Tante Susan ihn zu diesem Verhalten verleitet hatte. »Ich warte lieber auf Dad«, murmelte er deshalb leise.

Nachdem die beiden gegangen waren, sah er sich noch einmal um. Hatte eine der Schwestern diesen offensichtlichen Verstoß gegen die Regeln bemerkt? Es blieb jedoch alles ruhig. Von dort aus, wo er stand, konnte er gerade noch in eines der anderen Krankenzimmer sehen. Zwei alte Männer lagen dort in ihren Betten und schliefen. Ihre Körper waren so bleich und ausgezehrt, dass sie wie zwei Skelette aussahen. Sebastian konnte sich nicht vorstellen, dass es irgendwelche Medikamente gab, die ihnen noch helfen würden. Die beiden waren dem Tode schon sehr nahe. Das sagten ihm nicht nur ihre ausgemergelten Körper, sondern auch ihre offenen Münder, die aussahen wie zwei schwarze Signale, die ihn aufforderten, näher zu kommen und sich das Ganze genauer anzusehen. Sebastian versuchte den Blick abzuwenden, aber dieser geheimnisvolle, schmale Grat zwischen Leben und Tod hatte ihn in seinen Bann gezogen.

»Wo sind sie denn alle hin?«, fragte Dean plötzlich und riss Sebastian damit aus seinen Gedanken.

Er zeigte auf die Tür zum Zimmer seiner Großmutter.

»Sie sind alle da drin. Sie haben gegen die Regel verstoßen, dass nur zwei Personen auf einmal hineindürfen.«

Als Dean das hörte, rief er nach Jennifer, die mit ihrem Telefon noch immer am anderen Ende des Korridors saß. »Kommt, wir besuchen jetzt auch eure Großmutter«, sagte er.

»Aber was ist mit den Regeln?«, fragte Sebastian beklommen.

»Die sind ausnahmsweise einmal nicht von Bedeutung«, antwortete ihm sein Vater.

Als sie das Zimmer betraten, sah Sebastian, dass die anderen Schulter an Schulter um das Bett seiner Großmutter herum standen und so den Blick auf sie verdeckten. Alle sahen resigniert und traurig aus.

»Wir hätten schon vor Jahren dafür sorgen sollen, dass sie umzieht«, sagte Mando. »Seit Pops' Tod war sie einfach nicht mehr dieselbe.«

»Ich bin ganz deiner Meinung. Aber du weißt genauso gut wie ich, dass sie nicht ausziehen wollte«, erwiderte Gloria, als müsse sie sich verteidigen.

»Das stimmt«, sagte Gabi. »Sie hat ihr Versprechen gehalten. Seit dem Unfall hat Ma nie wieder etwas gekocht. Sie hat auch nie mehr eine Kerze angezündet.«

Mando sah seine beiden Schwestern zweifelnd an. »Dem Unfall? Ich denke, wir wissen doch alle, dass der Brand kein …« Als sein Blick auf Sebastian fiel, verstummte er.

Tatsächlich wusste Sebastian über den Brand wesentlich mehr als über die Fehde zwischen seiner Mutter und seiner Tante, denn seine Großmutter hatte ihm selbst davon erzählt. Das Unglück war ein paar Wochen nach Abuelo Ramiros Tod geschehen. Lola hatte seit der Beerdigung keine Kraft zum Kochen gefunden, an diesem Tag aber hatte sie sich wieder stark genug gefühlt, um einen großen Topf Bohnen zuzubereiten. Während die Bohnen auf dem Herd vor sich hin köchelten, hatte sie sich auf ihr Sofa gelegt, um sich noch ein wenig auszuruhen, und war dabei eingeschlafen. Als sie ein paar Stunden später aufgewacht war, hatte sie, eine Sauerstoffmaske vor dem Gesicht, vor ihrem Haus auf dem Boden gelegen. Ein ganzes Team von Sanitätern hatte sich um sie gekümmert.

Es grenzte an ein Wunder, dass Lola noch lebte und ihr Haus nicht vollständig niedergebrannt war. Die Familie hatte versucht, sie zum Umzug zu überreden. Irgendwohin, wo sie sich keine Gedanken um ihr Essen und ihren Herd zu machen brauchte. Lola aber hatte sich kategorisch geweigert, Bungalow Haven zu verlassen. Sie hatte hoch und heilig versprochen, nie wieder zu kochen, wenn sie nur weiter dort wohnen dürfe. Sie würde auch nie wieder eine Kerze anzünden, obwohl sie das abends, wenn es dämmerte, stets gern getan hatte. Ihre Kinder hatten sich daraufhin mit dem örtlichen Seniorenzentrum in Verbindung gesetzt und vereinbart, dass man ihr täglich das Essen liefern würde. Abuela Lola hatte ihr Versprechen gehalten.

»Was ist mit Abuela Lola?«, fragte Sebastian, während er ein Stück auf das Krankenbett zuging. »Warum wacht sie nicht auf?«

»Deine Großmutter hatte einen Schlaganfall«, antwortete ihm seine Mutter.

»Was ist ein Schlaganfall?«

»Man bekommt einen Schlaganfall, wenn sich im Körper eine Ader verstopft oder platzt und zu bluten anfängt. Bei deiner Großmutter war es eine Ader im Gehirn, und das ist der Grund, weshalb sie nicht aufwachen kann.«

»Darf ich sie sehen?«, fragte Sebastian.

Als alle zur Seite traten, sah er, dass seine Großmutter auf dem Rücken lag. Ihr Mund war geschlossen. Gott sei Dank stand er noch nicht offen wie bei den beiden Männern, die dem Tod schon so nahe waren. Er ging noch ein Stück näher an das Bett heran. Erst jetzt bemerkte er die schlaffen Muskeln um ihre Augen und ihren Mund herum, was sie ihm sehr fremd erscheinen ließ. Es waren zwar ihr Körper, ihr Gesicht und ihre weichen Haare, aber das war im Grunde doch nicht seine Abuela. Nicht einmal ihre Runzeln waren dieselben. Tatsächlich schienen viele davon einfach verschwunden zu sein.

Sebastian spürte plötzlich eine eisige Kälte tief in seinem Inneren. Am liebsten wäre er einfach davongerannt, aber seine Tante Gabi bedeutete ihm, er solle noch näher ans Bett herantreten. Er folgte ihrer Aufforderung und war jetzt seiner Großmutter so nah, dass er, wenn er es gewollt hätte, sogar ihre Hand hätte berühren können. Er tat es jedoch nicht, denn er fürchtete, dass sich auch ihre Hand fremd anfühlen könnte.

»Du solltest etwas zu ihr sagen«, flüsterte Tante Gabi ihm zu.

»Ich bitte dich«, erwiderte Gloria. »Ma kann ihn im Augenblick doch sowieso nicht hören.«

»Woher willst du das denn wissen? Ich denke, wir sollten ihr alle etwas sagen. Zumindest kann es nicht schaden.«

Durch die Worte ihrer Tante ermutigt, wischte sich Cindy über die Augen und beugte sich dann über das Bett. »Abuela, ich bin's, deine Hübsche.« Sie sah ein wenig entschuldigend auf. »Sie nennt mich immer so, und ich will sie ja nicht verwirren.«

Jennifer verdrehte die Augen.

»Mach weiter, Schätzchen, sag deiner Großmutter, was immer du ihr sagen willst«, ermutigte Susan ihre Tochter und legte ihr dabei beruhigend die Hand auf die Schulter.

Cindy fuhr fort: »Ich will dir nur sagen, dass es mir leidtut, dass ich dich in letzter Zeit so selten besucht habe. Aber ich hatte einfach so viel zu tun, und die Schule hält mich sogar an den Wochenenden auf Trab. Es tut mir leid ...« Von ihren Gefühlen überwältigt, trat Cindy vom Bett zurück und warf sich in die ausgebreiteten Arme ihrer Mutter.

»Das war wirklich sehr nett von dir«, sagte Tante Gabi mit einem matten Lächeln. »Und was ist mit dir, Jennifer? Möchtest du deiner Großmutter auch etwas sagen?«

Jennifer schüttelte den Kopf und machte einen Schritt in Richtung Tür. »Ich kann nicht«, murmelte sie.

»Und du, Mando?«

Onkel Mando starrte seine jüngere Schwester sichtlich verwirrt an. »Warum machst du das nicht für mich, Gabi? Du bist in solchen Dingen ohnehin viel besser als ich.«

Kopfschüttelnd wandte sie sich als Nächstes an Sebastian. »Was ist mit dir?«

»Okay, aber was ist, wenn ich etwas Falsches sage?«

»Sag einfach das, was du fühlst. Es gibt kein richtig oder falsch, wenn die Worte von Herzen kommen.«

Sebastian legte sein Kinn auf das Seitengeländer des Bettes, kam sich aber plötzlich irgendwie albern dabei vor. Er sah seine Tante hilfesuchend an. Als sie ihm ermutigend zunickte und ihn dann freundlich anlächelte, beugte er sich ein Stück weiter zu seiner Großmutter hinab. »Ich bin's«, flüsterte er.

»Du musst schon ein bisschen lauter sprechen«, sagte Tante Gabi. »Sonst kann sie dich nicht hören.«

Sebastian holte tief Luft. »Ich bin's, Sebastian. Es ... es tut mir leid, dass ich dir Wasser ins Gesicht geschüttet habe. Ich weiß, dass du es nicht magst, wenn dein Teppich nass wird, aber ich wollte doch nur, dass du aufwachst.« Sein Kinn begann zu beben. »Wach auf, Abuela. Bitte, wach doch auf«, sagte er und schob seine zitternde Hand in die ihre. Ihre Finger reagierten zwar nicht auf seine Berührung, aber wenigstens waren sie warm. Er war froh, unglaublich froh, dass sie noch am Leben war. »Du darfst nicht sterben, Abuela«, flüsterte Sebastian. »Bitte, stirb nicht.«

Wieder spürte er die Hände seiner Mutter auf seinen Schultern. Diesmal schoben sie ihn sanft aus dem Zimmer. Seine Mutter fürchtete offensichtlich, dass zu viel Aufregung seinem Herz schaden könnte. So gern Sebastian auch bei seiner Großmutter geblieben wäre, war er dennoch froh, das Zimmer verlassen zu dürfen. Diese Versammlung seiner Familie, noch dazu aus diesem Anlass, war tatsächlich einfach zu viel für ihn. Er wünschte sich, sie würden alle gehen, damit er mit Abuela Lola allein sein konnte.

5

Am nächsten Morgen fuhren Sebastian und seine Mutter nach einem hastigen Frühstück, das aus Müsli und kaltem Toast bestanden hatte, zum Krankenhaus. Gloria rief von unterwegs aus in ihrem Büro an und verlegte all ihre Termine, die sie an diesem Tag hatte. Danach rief sie in Sebastians Schule an, um mitzuteilen, dass er wegen eines Notfalls in der Familie heute nicht am Unterricht teilnehmen könne. Sebastian konnte seine Mutter im Rückspiegel sehen. Ihr Gesichtsausdruck sagte ihm, dass sie völlig erschöpft war und sich offenbar große Sorgen machte. Auch er war zutiefst beunruhigt, und zu allem Unglück hatte er in der Nacht auch noch einen schlimmen Traum gehabt. An die Einzelheiten konnte er sich nicht mehr erinnern, er wusste nur noch, dass er mit geradezu halsbrecherischer Geschwindigkeit gerannt war. Wenn er sonst vom Rennen träumte, erwachte er stets erfrischt und begeistert. Heute jedoch war er in kalten Schweiß gebadet aufgewacht.

Sie waren bereits eine ganze Weile unterwegs, als die Erinnerung an seinen Traum plötzlich in allen Einzelheiten wiederkehrte. Er rannte durch ein altes Dorf mit weiß gekalkten Häusern, durch ein Labyrinth aus schmalen Straßen, während er von irgendjemandem oder irgendetwas verfolgt wurde. Egal, in welche Richtung er dabei auch lief, sein Weg führte ihn immer zum Meer. Als er sich einen kleinen Vorsprung verschafft hatte, sah er sich über seine Schulter um und stellte mit Erschrecken fest, dass er nicht von einem Menschen oder einem Tier, sondern von einer riesigen, mehrere Stockwerke hohen Flutwelle verfolgt wurde. Es war also völlig egal, wohin er floh, er würde entweder im Meer ertrinken oder von einer gewaltigen Wand aus Wasser verschlungen werden. Er war genau in dem Moment aufgewacht, als die riesige Welle über ihn hereinbrach.

»Hast du gestern Abend eigentlich noch gebadet?«, fragte seine Mutter.

Sebastian verneinte das murmelnd.

»Dann wirst du heute Abend ein extra langes Bad nehmen«, sagte sie, als würde dies auf irgendeine Weise alles wieder in Ordnung bringen.

Mehrere Schwestern nickten Mutter und Sohn grüßend zu, als sie an ihrer Station vorbeikamen. Sebastian war froh, dass sie heute wenigstens nicht gegen die Regeln verstießen, da sie nur zu zweit waren. Als sie das Zimmer seiner Großmutter betraten, sah er, dass man dort inzwischen noch eine weitere Patientin untergebracht hatte. Es war eine alte Dame. Sie war genauso dürr und knochig wie die Männer, die Sebastian tags zuvor gesehen hatte. Ihre Gesichtsfarbe unterschied sich jedoch von allem, was er bis jetzt kannte – es war eine tödliche Blässe, die nicht einfach nur weiß war, sondern seltsam irisierte. Das kurz geschnittene Haar der Frau war dicht und glänzte wie schwarze Schuhcreme, was ihre Erscheinung noch bizarrer wirken ließ. Zu allem Übel schnarchte sie auch noch laut. Es schien Sebastian unvorstellbar, dass bei einem solchen Lärm irgendjemand schlafen könnte. Aber seine Großmutter schlief sehr wohl. Soweit Sebastian es beurteilen konnte, hatte sie die ganze Nacht lang keinen einzigen Muskel gerührt.

Gloria trat zu ihrer Mutter ans Bett. Auf Lolas Gesicht, würdevoll umrahmt von ihrem silberweißen Haar, das ordentlich gekämmt auf dem Kissen arrangiert war, lag ein friedlicher Ausdruck. Ihr Mund blieb, obwohl er ohne Gebiss ein wenig eingefallen wirkte, geschlossen. Sebastian war dankbar, dass sie weder so aussah noch sich so anhörte wie die laut schnarchende schwarzhaarige Patientin im Bett nebenan. Gloria jedoch schien das ohrenbetäubende Schnarchen keineswegs zu stören. In aller Ruhe strich sie Lolas Bettdecke glatt und ordnete dann die wenigen Dinge auf ihrem Nachttisch. Schließlich studierte sie die Anzeigen auf den Monitoren. Anscheinend verstand sie deren Bedeutung.

»Ich gehe eine Schwester suchen. Ich bin gleich wieder da«, sagte Gloria und verließ das Zimmer. Sebastian rückte den einzigen Stuhl, der im Raum stand, ans Bett seiner Großmutter und setzte sich, während er sich bemühte, die sägenden Geräusche, die vom Nachbarbett kamen, einfach zu ignorieren.

Plötzlich hustete die schwarzhaarige alte Dame. Sie schnaubte zweimal und öffnete die Augen. Im nächsten Moment drehte sie sich auch schon um und sah den kleinen Jungen an, der auf dem Stuhl neben ihr saß. Dann hob sie mit sichtlicher Anstrengung den Kopf, um einen Blick auf seine Großmutter werfen zu können.

»Ist sie immer noch nicht wach?«, fragte sie mit einer Stimme, die knarrte wie eine alte Holztür.

Sebastian starrte sie vollkommen entsetzt an. Er hatte sich in Gegenwart älterer Menschen immer wohlgefühlt, diese Frau jedoch hatte etwas an sich, das sie von allen anderen unterschied. Es kam ihm so vor, als wäre eines der ausgestopften Gespenster, die man an Halloween auf den Rasen vor dem Haus stellte, plötzlich zum Leben erwacht. Er biss sich auf die Zunge und schüttelte den Kopf.

»Wir haben die ganze Nacht miteinander gequatscht«, sagte die alte Dame und winkte ab. »Wahrscheinlich wird sie bis Mittag schlafen.«

»Sie hat mit Ihnen ... gesprochen?«, fragte Sebastian und rückte auf seinem Stuhl ein Stück nach vorn.

Die alte Dame nickte mit selbstzufriedener Miene. »Sicher. Wir haben über viele Dinge gesprochen, wie ... wie ...« Sie fuhr sich mit der Zunge über die Lippen und bewegte sie anschließend im Mund herum. Dann streckte sie ihre Hand nach dem Becher mit Wasser auf ihrem Tablett aus, konnte ihn aber nicht erreichen. »Wärst du bitte so freundlich?«, fragte sie.

Sebastian stand sofort auf, um ihr zu helfen. Seine Finger schlossen sich fest um das Glas, aber er war noch immer so verunsichert, dass er den Krug daneben umstieß. Kaltes Wasser ergoss sich über den Boden, das Bett und die Bettdecke der alten Dame.

»Du Tollpatsch!«, kreischte sie und hob abwehrend ihre knotigen Hände in die Luft.

»Entschuldigung«, murmelte Sebastian und holte eilig ein paar Papierhandtücher vom Waschbecken. »Das ... das wollte ich nicht.«

Die alte Frau ließ ihre Arme langsam wieder sinken und musterte Sebastian dann mit kleinen, glänzenden Augen, die die Farbe von schmutzigem Spülwasser hatten. »Deine Großmutter hat mir von dir erzählt«, flüsterte sie. Ihre Stimme war jetzt zu einem heiseren Knurren geworden. »Sie sagte, dass du die Angewohnheit hast, anderen Leuten Wasser ins Gesicht zu schütten, und dass sie deinetwegen die ganze Nacht von Flutwellen geträumt hat.«

Sebastian fiel die Kinnlade herunter. Er ging langsam rückwärts, dann ließ er sich auf seinen Stuhl fallen. Mit einem Mal spürte er einen unangenehmen Druck auf der Blase. Hätte die alte Dame jetzt »Buh« gesagt, hätte er sich wahrscheinlich in die Hose gepinkelt.

Sie ließ sich jedoch mit einem Seufzen langsam wieder in ihr Kissen zurücksinken. Ihr Gesicht verzog sich dabei qualvoll. »Du musst mich entschuldigen. Aber ich bin es einfach nicht gewöhnt, im Krankenhaus zu liegen, weißt du.«

»Warum ... warum sind Sie hier?«, fragte Sebastian.

»Sie sagen, es sei mein Herz, aber ich bin mir sicher, dass es etwas Schlimmeres ist.«

»Mein Herz ist auch nicht in Ordnung«, sagte Sebastian und klang angesichts dieser Tatsache beinahe fröhlich.

Die alte Dame richtete ihren Blick wieder auf ihn und nickte weise. »Das weiß ich. Trotzdem braucht deine Großmutter dich jetzt mehr denn je. Die anderen«, sie zeigte mit ihrer knochigen Klaue zur Tür, »nicht so sehr.«

In diesem Moment betrat Gloria das Krankenzimmer. Ihr folgte eine der Schwesternhelferinnen. Sie trug einen Stapel mit frischer Bettwäsche im Arm. Die Schwesternhelferin zog den blauen Vorhang zwischen den beiden Betten zu und begann dann, das Bett der alten Frau neu zu beziehen. Sebastian wunderte sich, dass die Helferin überhaupt ins Zimmer gekommen war. Er hatte nicht bemerkt, dass die alte Dame den Rufknopf gedrückt hatte.

Dennoch begann sie sich sofort zu beschweren. »Schauen Sie sich nur diese Schweinerei an. Wie können Sie erwarten, dass hier irgendjemand gesund wird?« Die Schwesternhelferin antwortete ihr nicht, woraufhin die alte Dame sich lautstark weiter beklagte. Sie jammerte über die mangelhafte Betreuung, die sie erhalte, dass sie hungrig sei und nichts zu essen bekäme und außerdem dringend ein Bad benötige. Sebastian ließ seinen Blick zum Saum des Vorhangs wandern und sah darunter ihre nackten, von dunklen Adern überzogenen Füße auf dem Boden. Er schauderte.

Dann stand er von seinem Stuhl auf, damit seine Mutter dort Platz nehmen konnte, und obwohl er nicht sehen konnte, was hinter dem blauen Vorhang vor sich ging, hörte er doch weiter ein unablässiges Hin und Her. Offensichtlich war das Bett inzwischen bezogen und die Schwesternhelferin half ihrer Patientin wieder hinein. »Seien Sie doch nicht so grob«, beschwerte sich die alte Dame zwischen lautem Ächzen und Stöhnen, schließlich aber wurde es still hinter dem Vorhang. Sebastian versuchte, die alte Frau aus seinen Gedanken zu verbannen, aber er wusste, dass sie dort lag und auf die kleinste Regung von ihm lauschte.

Aus dem Augenwinkel meinte er bemerkt zu haben, dass sich der blaue Vorhang bewegte, als er sich jedoch umdrehte, um genauer hinzusehen, hing er vollkommen still. Von der alten Frau war jetzt kein Laut mehr zu hören. Er fragte sich unwillkürlich, ob sie gerade gestorben war. Wenn er in eben diesem Moment hinter den Vorhang spähte, würde er womöglich sehen, dass ihr Mund offen stand und ihre Augen mit leerem Blick zur Decke starrten.

Ein paar Minuten später kam Gabi. Sie wirkte so unorganisiert wie immer. Ihre kurzen Haare waren vom Duschen noch feucht. Ihr Make-up hatte sie jedoch mit großer Sorgfalt aufgelegt. Sebastian warf einen schnellen Blick auf seine Mutter. Sie trug überhaupt kein Make-up, nicht einmal Lippenstift. Ihre blassen Lippen hatte sie jetzt zu einer geraden Linie zusammengepresst. Die einzige Farbe in ihrem Gesicht waren die bläulichen Schatten unter ihren Augen, die zeigten, wie müde und erschöpft sie war.

»Wie geht es ihr?«

Gloria schüttelte den Kopf. »Unverändert. Der Arzt wird gleich kommen, aber was auch immer er sagen wird, es ist offensichtlich, dass Ma nicht länger allein leben kann.«

Sebastian wollte gerade erwähnen, er hätte von der schwarzhaarigen alten Dame erfahren, dass seine Großmutter wach gewesen sei und die beiden die ganze Nacht miteinander geplaudert hätten, entschied sich dann aber doch, zu schweigen. Er wusste, dass alte Leute manchmal verwirrt waren, und auf diese alte Dame schien das in besonderem Maße zuzutreffen.

»Ich kann sie zu mir nehmen«, sagte Gabi. »Sie fällt mir sicher nicht zur Last. Sie ist weder schrullig noch ist sie so eigensinnig wie viele anderen alten Leute.«

Gloria spottete: »Das mag schon sein. Aber du bist doch so gut wie nie zu Hause. Wenn Ma bei dir einziehen würde, könnte sie genauso gut auch weiter allein leben.«

Gabi schüttelte den Kopf. »Der Gedanke, Ma in einem Pflegeheim unterzubringen, gefällt mir ganz und gar nicht.«

»Nicht alle Heime sind schlecht. Ich habe gestern schon ein bisschen herumtelefoniert. Die Sozialarbeiterin des Krankenhauses wird uns heute Nachmittag noch entsprechende Unterlagen zur Verfügung stellen.«

Sebastian war allein schon angesichts der Vorstellung, dass seine Großmutter nicht nach Bungalow Haven zurückkehren würde, vollkommen am Boden zerstört. Sie liebte doch ihr Haus mit seiner kleinen Veranda und dem Briefkasten so sehr. Der Gedanke, sie nie wieder dort besuchen zu können, erfüllte ihn mit einer tiefen Verzweiflung, die sich auf seine Kehle legte und ihn zu ersticken drohte. Er war nicht imstande, auch nur ein einziges Wort zu ihrer Verteidigung hervorzubringen. »Mach bitte die Augen auf, Abuela«, dachte er, während er ihr Gesicht anstarrte. »Mach die Augen auf und sag ihnen, dass du, egal, was auch immer sie sagen, Bungalow Haven niemals verlassen wirst.« Aber ihre Augenlider blieben geschlossen und er fürchtete, dass sie sich niemals wieder öffnen würden.

Gabi setzte sich auf die Bettkante. »Und warum bist du nicht in der Schule?«, fragte sie ihn mit einem freundlichen Lächeln.

»Ich wollte bei Abuela Lola sein«, antwortete Sebastian und versuchte dabei ernst zu bleiben. Es gelang ihm jedoch nicht. Wie hätte er dieses Lächeln auch nicht erwidern sollen, als seine Tante ihm liebevoll das Haar zerzauste, bevor sie sich wieder an Gloria wandte.

»Mando kann heute nicht kommen. Er arbeitet gerade an einem großen Fall. Ich soll ihn aber sofort anrufen, wenn sich bei Ma irgendetwas verändert.«

Gloria nickte. Ihr Gesichtsausdruck war streng und unerschütterlich. »Ich denke, wir haben einige wichtige Entscheidungen zu treffen. Es wäre also besser, wenn er hier wäre.«

»Ich dachte, du wärst froh darüber, dass er heute nicht kommt. Wenn Mando kommt, besteht immer auch die Möglichkeit, dass Susan ihn begleitet.«

»Da ist was dran«, erwiderte Gloria. »Ich will nicht, dass sie ihre spießige Nase in Angelegenheiten steckt, die Ma betreffen.«

Gabi wusste besser als irgendwer sonst auf dieser Welt, was ihre Schwester von Susan hielt. Sie stimmte mit ihr überein, dass ihre Schwägerin manchmal entsetzlich snobistisch war. Sie fand jedoch auch, dass Gloria es zugelassen hatte, dass ihr Stolz die Oberhand über ihre Vernunft gewonnen hatte. Im Laufe der Jahre hatte Gabi immer wieder versucht, ihrer Schwester klarzumachen, dass dieser gegenseitige Groll schon viel zu lange währte und dass es nun endlich Zeit für einen Waffenstillstand sei. Ihr Versuch, den Bruch zwischen den beiden zu kitten, war bisher jedoch nur auf Hohn und Spott getroffen. Es war nie einfach, ihre Schwester zu kritisieren, selbst wenn es sich dabei um konstruktive Kritik handelte. Aber vielleicht war sie jetzt, da ihre Mutter so schwer erkrankt war, ein wenig zugänglicher.

»Weißt du, Gloria«, sagte Gabi, »manchmal glaube ich, dass du mit Susan ein wenig zu hart ins Gericht gehst. Ich meine, sie hat weiß Gott ihre Fehler, aber sie meint es die meiste Zeit gut. Und vergiss nicht, sie ist nun einmal die Frau deines Bruders.«

Gloria verschränkte ablehnend die Arme vor der Brust. »Wie könnte ich das je vergessen, wo du mich doch ständig daran erinnerst?«

»Glaubst du nicht, dass es besser wäre, wenn du …«

»Und glaubst du nicht, dass es besser wäre, wenn du dieses Thema nicht ständig ansprechen würdest? Was geschehen ist, ist nun einmal geschehen. Wir können die Vergangenheit nicht mehr ändern. Aber wie dem auch sei, im Augenblick gibt es wichtigere Dinge, über die wir uns Gedanken machen sollten.« Gloria warf einen raschen Blick zu Sebastian hinüber, um zu sehen, ob er ihr

Gespräch verfolgt hatte. Ihr Sohn aber konzentrierte sich auf den blauen Vorhang, stieß ihn mit dem Finger an und sah interessiert zu, wie er vor und zurück schwang.

Sie wollte nicht mehr an Susan denken und schon gar nicht mehr über sie reden, weil sie dann wieder mit aller Macht die tiefe Verachtung spürte, die sie für sie empfand. Und dieses Gefühl beraubte sie ihrer kostbaren Energie, die sie dringend benötigte, um ihren Alltag zu bewältigen. Also verbannte sie die unangenehmen Gedanken aus ihrem Kopf und wandte ihre Aufmerksamkeit wieder ihrer Mutter zu.

Etwa eine halbe Stunde nachdem Gabi eingetroffen war, betrat ein dunkelhaariger junger Mann in einem weißen Laborkittel und mit einem Stethoskop um den Hals das Zimmer. Es war, wie Sebastian auffiel, nicht derselbe Arzt, mit dem sie tags zuvor gesprochen hatten, aber weder Gloria noch Gabi schien das in irgendeiner Weise zu beunruhigen, während sie zuhörten, was er über den Gesundheitszustand ihrer Mutter berichtete.

»Wir wissen nicht genau, warum sie nicht reagiert«, sagte der Arzt mit ruhiger Stimme. »Es ist schwierig, zum jetzigen Zeitpunkt irgendwelche Vorhersagen zu treffen. Sind Sie sich sicher, dass Ihre Mutter regelmäßig ihre Medikamente genommen hat?«

»Ja, ganz sicher. Sie ist in diesen Dingen immer äußerst gewissenhaft«, antwortete ihm Gloria.

»Wird sie überhaupt noch einmal aufwachen, Herr Doktor?«, fragte Gabi.

»Das können wir, wie bereits erwähnt, nicht sagen. Jeder Fall verhält sich anders. Je länger sie jedoch keine Reaktionen zeigt, desto schlechter ist die Prognose. In aller Regel sind die ersten achtundvierzig Stunden entscheidend.«

Gabi riss die Augen auf: »Heißt das, wenn sie bis morgen nicht aufgewacht ist, wird sie überhaupt nicht mehr aufwachen?«

Der junge Arzt schüttelte den Kopf. »Wie ich bereits erwähnte. Das lässt sich nicht vorhersagen. Aber eine statistisch relevante Anzahl von Fällen lässt diesen Schluss durchaus zu.«

»Was in aller Welt soll das denn jetzt bedeuten?«, fragte Gabi den Arzt.

Es war jedoch Gloria, die ihr antwortete. »Ich glaube, das heißt, die Wahrscheinlichkeit, dass Ma morgen aufwachen wird, ist geringer als heute, dass aber auch noch später die Chance besteht, dass sie aufwacht.«

»So ist es«, bestätigte der Arzt.

Von dieser Antwort offensichtlich in keiner Weise zufriedengestellt, ließ Gabi ihren Blick unsicher zwischen Gloria und dem jungen Arzt hin und her wandern. »Also, das sagt doch im Grunde gar nichts aus, oder?«

Gloria warf ihrer jüngeren Schwester einen kurzen Blick zu, dann wandte sie sich wieder an den Arzt. »Vielen Dank für Ihre Auskunft. Sie hilft uns durchaus weiter.«

Nachdem der Arzt gegangen war, warf Tante Gabi entrüstet die Hände in die Luft. »Welche Auskunft? Er hat doch praktisch nichts gesagt.«

»Etwas anderes habe ich auch nicht erwartet«, erwiderte Gloria schroff. »Ich habe schon vor langer Zeit lernen müssen, dass Ärzte auch nicht mehr wissen als alle anderen. Hoffentlich bekommen wir wenigstens von der Sozialarbeiterin ein paar Informationen, die für uns wirklich von Nutzen sind.«

Gabi wagte nicht zu widersprechen, da ihr bewusst war, dass Gloria die unangefochtene Expertin der Familie war, wenn es darum ging, sich mit Ärzten und Krankheiten auseinanderzusetzen. Sie seufzte und beugte sich über das Bett zu ihrer Mutter hinunter. »Ich muss jetzt zur Arbeit, Ma, aber ich komme später noch einmal wieder«, sagte sie und versuchte dabei so fröhlich wie möglich zu klingen, auch wenn ihr Gesicht tiefe Besorgnis ausdrückte. Dann küsste sie Lola auf die Stirn, als läge sie bereits tot in ihrem Sarg.

Die nächsten Stunden warteten sie auf die Sozialarbeiterin. Sebastian gab sich damit zufrieden, zuzusehen, wie seine Großmutter atmete. Er passte den Rhythmus seines Atems dem ihren an und hoffte nach jedem Ausatmen, dass sie die Augen aufschlagen würde. Er hatte das Gefühl, dass er ihr dabei helfen konnte, aufzuwachen, wenn er sich nur fest genug konzentrierte.

Gloria saß indessen da, schlug die Beine übereinander, schlug sie wieder auseinander, seufzte immer wieder laut und beugte sich auf ihrem Stuhl nach vorn, um zu sehen, wer über den Flur ging. »Ich hätte mir etwas zum Lesen mitnehmen sollen«, murmelte sie. »Vielleicht haben sie unten im Geschenkeshop ein paar Zeitschriften. Willst du mitkommen?«

Sebastian hätte sie begleitet, wenn er sich nicht sicher gewesen wäre, dass er ein paar Atemzüge zuvor gesehen hatte, wie der Zeigefinger seiner Großmutter einmal kurz gezuckt hatte. Er wertete das als Zeichen dafür, dass seine geistigen Anstrengungen Wirkung zu zeigen begannen. »Ich warte lieber hier«, sagte er und wandte dabei den Blick keinen Moment lang vom Gesicht seiner Großmutter.

Nur wenige Sekunden, nachdem seine Mutter gegangen war, hörte er, wie der Vorhang hinter ihm in seiner Vorhangschiene rasselte. Als er sich umdrehte, stellte er fest, dass ihn die schwarzhaarige alte Dame mit einem merkwürdigen Blick betrachtete. Es kam ihm selbst unglaublich vor, aber er hatte tatsächlich vergessen, dass sie da war. Bei ihrem Anblick hatte er jetzt das Gefühl, wieder in dem Albtraum zu sein, aus dem er sich erwacht geglaubt hatte.

»Es ist schrecklich, wenn einem zwar das Leben gerettet wird, man aber seine Seele verloren hat«, sagte die alte Dame. »Das ist sogar noch schlimmer, als dahinzusiechen und einen langsamen Tod zu sterben.«

Sebastian hatte keine Ahnung, was er ihr antworten sollte. Plötzlich wünschte er sich, die alte Dame würde einfach nur schnell sterben.

Sie schloss die Augen und ließ ihren Kopf wieder auf das Kissen sinken.

»Sterbende Menschen sehen manche Dinge, und sie wissen manche Dinge«, murmelte sie, dann riss sie so plötzlich die Augen auf, dass er erschrak. »Auch du siehst manchmal Dinge, die andere nicht sehen, nicht wahr?«

»Ich sterbe aber nicht«, erwiderte Sebastian.

»Vielleicht nicht«, sagte sie. »Aber du weißt, wie es sich anfühlt, wenn man mit dem Tod tanzt, und das wird dir Mut geben, wenn du es zulässt.«

Zum ersten Mal gestattete Sebastian sich, der alten Frau direkt in die Augen zu sehen. Die Iris ihrer Augen trieben in ihren Augenhöhlen wie Wolken, die über einen grauen Himmel ziehen. Sebastian überkam das merkwürdige Gefühl, die beschlagene Scheibe eines Fensters vor sich zu sehen, in das er nicht hineinblicken konnte, aber durch das jeder, der dahinter war, hinauszuschauen vermochte. Plötzlich fühlte er sich auf seltsame Weise zu dieser alten Frau hingezogen, als würde er sie schon sein Leben lang kennen.

»Ich will nicht, dass meine Großmutter in ein Pflegeheim kommt. Ich weiß, dass sie lieber sterben würde, als dorthin zu gehen«, sagte er.

»Ich habe aber nichts von dir gehört, als sie gerade eben darüber sprachen, dass sie sie in ein Heim stecken wollen. Warum hast du kein Wort gesagt?«

»Ich bin doch nur ein Kind. Sie würden mir sowieso nicht zuhören.«

»Aber du bist ein Kind, das mit dem Tod getanzt hat«, flüsterte sie. »Sie hören dir vielleicht genauer zu, als du dir das vorstellen kannst.«

»Wird meine Großmutter irgendwann noch einmal aufwachen?«, fragte Sebastian.Die alte Dame fuhr sich wieder mit der Zunge über die Lippen und zeigte auf den Krug mit Wasser. Sebastian goss ihr ein Glas ein. Diesmal achtete er sehr darauf, nicht einen Tropfen zu verschütten. Er gab ihr das Glas und sie trank in tiefen Zügen, während er zusah, wie sich die Muskeln in ihrem Hals zusammenzogen und dabei auf und ab glitten wie eine bleiche, sich windende Schlange. Sie gab ihm das leere Glas zurück und sagte: »Deine Großmutter wird aufwachen. Und wenn sie es tut, wirst du einige Risiken eingehen müssen.«

»Was für Risiken?«

»Du wirst einfach alles riskieren müssen«, sagte sie mit glitzernden Augen.

Eingeschüchtert und verwirrt wich Sebastian einen Schritt zurück. Die alte Dame bemerkte das jedoch nicht. Sie gähnte und reckte die Arme über dem Kopf, bevor sie die Augen schloss. Es dauerte nur wenige Sekunden, dann begann sie wieder zu schnarchen. Diesmal noch lauter als zuvor.

Am Nachmittag kam die Sozialarbeiterin, eine junge Latina namens Lourdes. Nach einigen einleitenden Fragen begann sie, die verschiedenen Pflegeheime in der näheren Umgebung vorzustellen. Gloria hörte ihr aufmerksam zu, während Sebastian sich erst einmal zurückhielt und sich fragte, wann der beste Zeitpunkt sei, auch etwas zu sagen. Er hatte keinen Zweifel, dass die schwarzhaarige alte Dame dem Gespräch sehr genau folgte. Diesmal aber ermutigte ihn ihre Gegenwart.

Erst als Lourdes einige Broschüren, die Gloria sich durchsehen sollte, auf das Fußende des Bettes legte, fand Sebastian den Mut, etwas zu sagen. »Meiner Großmutter wird keines dieser Heime gefallen«, stellte er fest.

Lourdes drehte sich irritiert um, als bemerkte sie erst jetzt, dass er sich im Raum befand.

Obwohl er seine kühnen Worte direkt an die Sozialarbeiterin gerichtet hatte, war es seine Mutter, die ihm antwortete. »Sebastian, glaubst du etwa, dass ich mir das alles so vorgestellt habe? Glaubst du wirklich, dass irgendjemand von uns das will?«

Sebastian schüttelte verzweifelt den Kopf. Als er die stumme Qual in den Augen seiner Mutter sah, fühlte er sich elend. Er wusste, dass er ihr das Ganze nicht leichter machte. Aufhören konnte und wollte er jetzt aber auch nicht. »Abuela Lola will in kein Heim, Mom. Wenn sie in ein Heim kommt, wird sie sterben.«

Die Sozialarbeiterin sprach in einem freundlichen, aber professionellen Ton. »Ich weiß, dass das für dich nur schwer zu verstehen ist, aber Menschen, die so krank sind wie deine Großmutter, können einfach nicht mehr allein leben.«

»Das ist schon in Ordnung, mein Großer«, sagte seine Mutter. «Wir wollen doch alle nur das Beste für deine Großmutter.«

»Und das Beste für sie ist, wenn sie nach Bungalow Haven zurückkehrt, denn dort gehört sie hin«, erwiderte Sebastian, die Hände zu Fäusten geballt.

Gloria und Lourdes kamen überein, alles Weitere am nächsten Tag zu besprechen. Als die Sozialarbeiterin gegangen war, rief Gloria Sebastian zu sich. »Deine Großmutter ist schon sehr alt«, flüsterte sie. »Du musst darauf gefasst sein, dass sie …«

»Sie wird aufwachen«, sagte Sebastian so voller Überzeugung, dass sie ihn auf Armeslänge von sich hielt, um ihm in die Augen zu sehen.

»Woher willst du das denn wissen, Sebastian? Wie kannst du dir da so sicher sein?«

Mit hämmerndem Herzen antwortete er: »Weil ich mit dem Tod getanzt habe und ich deshalb Dinge sehe, die andere nicht sehen. Ich weiß Dinge, die andere nicht wissen.«

Gloria wurde bleich. Ihre Hände glitten von seinen Schultern. »Wer hat dir das gesagt?«

Sebastian warf einen raschen Blick zu dem blauen Vorhang hinüber, dann sah er seiner Mutter fest in die Augen und erklärte: »Niemand hat mir das gesagt. Ich weiß es einfach.«

6

Auch wenn Jennifer sich beklagte, dass sie von Krankenhäusern die Nase voll hätte, machte sich die ganze Familie am Sonntagmorgen auf den Weg, um Lola zu besuchen. Am vorangegangenen Abend hatte man zu später Stunde beschlossen, dass sich alle dort einfinden sollten, da schwierige Entscheidungen zu treffen seien, was Lolas Langzeitpflege und Unterbringung anging. In Anbetracht dessen, was die Ärzte ihnen gesagt hatten, war dies vielleicht auch das letzte Mal, dass die Enkel ihre Großmutter in einem mehr oder weniger vorzeigbaren Zustand zu Gesicht bekamen. Je länger sie im Koma läge, desto schlimmer würde es werden, und Gloria wollte unbedingt vermeiden, dass ihre Kinder miterleben mussten, wie ihre Großmutter langsam dahinsiechte, bis nichts mehr von ihr übrig war.

Sie hatte sich inzwischen mehrere Einrichtungen angesehen und auch schon mit ihrer Schwester und ihrem Bruder über diese Heime gesprochen. Sebastian hatte einen Teil der Unterhaltung verfolgen können und enttäuscht festgestellt, dass sie seinem Onkel und seiner Tante nicht gesagt hatte, wie er darüber dachte. Der eine Augenblick hoffnungsvoller Magie, den sie tags zuvor zusammen erlebt hatten, war leider nicht von Dauer gewesen.

Dennoch war es für ihn tröstlich, sich jetzt daran zu erinnern, was die schwarzhaarige alte Dame zu ihm gesagt hatte, als seine Mutter einmal kurz den Raum verlassen hatte, um zur Toilette zu gehen. »Das hast du gut gemacht, Sebastian. Du hast etwas ganz Besonderes an dir, und wenn du es mit anderen teilst, wirst du damit auch etwas bewirken.« Bei diesen Worten hatte er sich so wunderbar gefühlt, dass er sie am liebsten umarmt hätte.

»Vielen Dank«, hatte er schüchtern geantwortet. »Ich hoffe, dass Ihr Herz wieder gesund wird, damit Sie nicht sterben müssen.«

Zum ersten Mal hatte sie gelächelt, was sie beinahe freundlich hatte aussehen lassen. »Das wünsche ich dir auch«, hatte sie geflüstert, bevor sie wieder die Augen geschlossen hatte. Den Rest des Nachmittags hatte sie geschlafen, und diesmal hatte Sebastian ihr Schnarchen fast schon als liebenswert empfunden.

Als sie jetzt zum Krankenhaus fuhren, wurde Sebastian bewusst, dass er sich beinahe ebenso sehr darauf freute, die seltsame alte Dame zu sehen, wie seine Großmutter.

Sebastians Familie war gerade auf dem Weg durch den Korridor zu Lolas Zimmer, als eine fahrbare Trage aus der Tür geschoben wurde. Darauf lag, von einem weißen Laken bedeckt, etwas, das wie ein menschlicher Körper aussah. Es hätte sich auch nur um einen Haufen Bettwäsche handeln können, aus dieser Entfernung war das nur schwer zu erkennen. Das Schlimmste befürchtend, blieben alle wie angewurzelt stehen. Ein paar Sekunden später trat Susan völlig benommen aus dem Zimmer. Sie schien weder zu wissen, wohin sie sich wenden, noch, was sie tun sollte. Alle liefen auf sie zu. »Ich brauche einen Arzt oder eine Schwester«, sagte sie, als sie die anderen sah. Ihre Stimme bebte, und ihre Hände zitterten.

»Was ist passiert?«, fragte Dean.

»Wir standen einfach nur da und sahen zu, wie sie atmet«, sagte Susan. »Sie sah nicht anders aus als gestern. Wir … wir hatten nicht erwartet, dass es so schnell gehen würde.«

Gloria bemühte sich, gefasst zu bleiben und nicht in Tränen auszubrechen, als sie zu ihren Kinder sagte: »Eure Großmutter ist jetzt im Himmel. Wir müssen dankbar sein, dass sie nicht leiden musste.«

Susan starrte Gloria einen Moment lang irritiert an. »Deine Mutter ist nicht tot«, sagte sie. »Sie hat gerade eben die Augen aufgemacht. Sie ist wach.«

Lola hatte tatsächlich die Augen geöffnet. Sie starrte zur Decke hinauf, blickte dabei weder nach rechts noch nach links. Ihre Lider öffneten und schlossen sich wie die zarten Flügel eines Schmetterlings, der gerade aus seinem Kokon geschlüpft war. Ihr Brustkorb hob und senkte sich im selben Rhythmus, in dem sich ihre Augenlider bewegten.

Nachdem Sebastian sich vergewissert hatte, dass seine Großmutter tatsächlich aufgewacht war, drehte er sich um und sah, dass das andere Bett jetzt leer war. Ihm wurde bewusst, dass es die Leiche der schwarzhaarigen alten Dame gewesen war, die man gerade eben aus dem Zimmer gebracht hatte. Er spürte großes Staunen und tiefe Trauer zugleich in sich aufsteigen, als er an die seltsame Unterhaltung dachte, die sie tags zuvor miteinander geführt hatten. Was machte die schwarzhaarige alte Dame jetzt, da sie nicht mehr mit dem Tod tanzte? War sie froh darüber, endlich von ihrem kranken Herzen befreit zu sein? Konnte sie jetzt ihr Bett verlassen und zur Abwechslung einmal mit dem Leben tanzen? Bei diesem Gedanken lief ihm ein Schauder über den Rücken.

»Sie starrt einfach nur die Decke an«, flüsterte Cindy. »Das ist so unheimlich.«

Onkel Mando stand am Fußende des Bettes und schaute seine Mutter verblüfft an. Die anderen, die sich um das Bett versammelt hatten, sahen genauso verwirrt aus. Sie fürchteten wohl alle, Lola zu erschrecken oder irgendetwas zu tun, was sie veranlassen könnte, wieder ins Koma zu fallen.

»Glaubst du, dass Abuela Lola wirklich wach ist«, fragte Jennifer ihren Vater. Sie bezog sich offenbar auf das völlig ausdruckslose Gesicht ihrer Großmutter. Zwar waren ihre Augen offen, aber ihr Blick war leer.

»Ich bin mir nicht sicher, Schätzchen«, erwiderte er flüsternd.

Mando straffte plötzlich die Schultern. »Ich gehe mal nachsehen, wo Susan so lange bleibt«, verkündete er. Dann verließ er mit großen Schritten den Raum und machte sich auf den Weg zum Stationszimmer der Schwestern.

Gerade, als alle einen Schritt näher ans Bett herantraten, um besser sehen zu können, stürzte Gabi ins Zimmer. »Ich habe schon von Mando die wunderbare Neuigkeit erfahren«, sagte sie und schob alle anderen einfach zur Seite. »Ma, Ma«, rief sie und ergriff die Hand ihrer Mutter. »Hörst du mich?«

Lola wandte Gabi langsam den Kopf zu, wobei noch immer derselbe leere Ausdruck in ihren Augen lag. »Ja, du kannst es, Ma. Du hörst mich«, stellte Gabi fest. Tränen liefen ihr übers Gesicht. Dann wandte sie sich den anderen zu. »Sie kann uns hören und sie kann uns sehen. Sie wird wieder gesund. Sie wird wieder ganz gesund.«

Gloria stellte das Kopfteil von Lolas Bett ein wenig höher, damit ihre Mutter nicht mehr flach auf dem Rücken liegen musste. Cindy kämmte ihre weichen weißen Haare, während Gabi ihr das Gesicht und die Augen mit einem feuchten Handtuch abwischte. Jede Berührung und jede Bewegung schien sie ein wenig mehr ins Leben zurückzuholen. Die ausdruckslose Leere in ihren Augen verschwand zusehends, und sie begannen, die Energie um sie herum in sich aufzunehmen. Es war, als würde ein Schwarzweißfoto langsam koloriert. Dennoch erkannte Sebastian seine Großmutter noch nicht wieder. Ihr Gesicht, ihre Nase, ihr Mund und sogar ihre Runzeln begannen zwar langsam wieder vertraut auszusehen, die Freundlichkeit in ihren Augen, der Schwung ihrer Brauen, der Zug um ihren Mund und das noch ein wenig zitternde Kinn waren jedoch anders als zuvor. Das Wesentliche in ihrem Gesicht hatte sich verändert, sodass er Angst hatte, sie zu berühren, wie dies die anderen jetzt taten.

Mando und Susan kamen, den Arzt im Schlepptau, ins Zimmer gestürmt. Es war derselbe junge Mann, mit dem sie tags zuvor gesprochen hatten. Hektisch nahm er das Stethoskop ab, das um seinen Hals hing, dann ergriff er Lolas Handgelenk und starrte schließlich auf die verschiedenen Monitore, die neben ihrem Bett standen. Sie piepten, schnarrten und blinkten unablässig, doch die seltsame und beständige Musik, die sie von sich gaben, hatte sich nicht verändert. Der Arzt nahm eine kleine Taschenlampe aus der Tasche seines Kittels und leuchtete damit in Lolas Augen. Alle warteten gespannt auf das, was er sagen würde. Es hatte jedoch den Anschein, als wollte er sich nur ungern äußern, um nicht irgendwelche voreiligen Aussagen zu treffen. Einzig und allein Lola schien die ganze Situation entspannt zu sehen. Inzwischen musterte sie alle Umstehenden ganz genau, studierte dabei ein jedes der Gesichter sorgfältig und aufmerksam.

Als ihr Blick auf Sebastian fiel, wurde ihr Gesichtsausdruck weich. Sie hob eine Hand und streckte sie ihm entgegen. »Abuela«, flüsterte Sebastian leise und ergriff ihre Finger. Er wollte noch mehr sagen, fand aber keine Worte. Dann dachte er daran, wie lange es schon her war, dass sie gemeinsam am Tisch in ihrer Küche gesessen und etwas gegessen hatten. »Du bist bestimmt hungrig, Abuela. Hast du … hast du Hunger?«

Die Fältchen um ihren Mund bewegten sich, als sich ein schwaches Lächeln auf ihrem Gesicht ausbreitete. Sie nickte.

»Dürfen wir ihr etwas zu essen holen?«, fragte Gabi den Arzt.

»Das geht leider nicht. Zuerst muss die Bewegungstherapeutin sie sich noch ansehen. Wir müssen sicher sein, dass sie ihren Schluckreflex nicht verloren hat, sonst könnte sie ersticken.«

»Nicht einmal einen kleinen Becher Wackelpudding?«, jammerte Gabi.

»Gabi, bitte«, zischte Gloria sie an.

Gabi sah finster drein, die Aufmerksamkeit aller anderen war jedoch bereits voll und ganz auf den Arzt gerichtet, der Lolas Herz und Lunge abhörte. Er schien mit dem Ergebnis sehr zufrieden zu sein und kritzelte dann etwas auf das Krankenblatt, das in einer Klarsichthülle am Fußende des Bettes hing.

Sebastian hatte die Hand seiner Großmutter nicht losgelassen. Er stellte sich vor, zwischen ihnen würde eine Art Lebenskraft fließen, sodass seine Großmutter immer kräftiger werden würde, je länger er ihre Hand hielt. Nach einer Stunde oder so würde sie vielleicht aufstehen, sich anziehen und nach Hause gehen können.

Wie um Sebastians hoffnungsvollste Erwartungen zu bestätigen, hustete sie kurz und sagte: »Ich will nach Hause.«

»Gütiger Gott, sie hat etwas gesagt!«, rief Gloria und schob Gabi zur Seite, um näher ans Bett zu treten.

Lola sah ihrer ältesten Tochter direkt in die Augen und verkündete dann noch einmal: »Ich will nach Hause.«

»Das weiß ich, Ma, aber du kannst im Moment nicht nach Hause.«

Auch Mando trat jetzt einen Schritt näher und ging vor dem Bett seiner Mutter in die Hocke, sodass er auf Augenhöhe mit ihr war. »Ma, ich bin's, Mando.«

Sie ließ ihren Blick langsam zu seinem Gesicht wandern. In ihren Augen stand Erkennen. Sie sagte jedoch nichts.

»Hör zu, Ma«, sagte er und legte seine Hand leicht auf die ihre. »Du kannst im Augenblick nicht nach Hause gehen. Die Ärzte müssen dich noch untersuchen, um sicherzugehen, dass mit dir wieder alles in Ordnung ist. Wir müssen jetzt einfach einen Schritt nach dem anderen machen.«

»Einen Schritt nach dem anderen?«, wiederholte sie und neigte ihren Kopf zur Seite.

»Ja, und wenn die Ärzte uns das Okay gegeben haben, werden wir uns darüber unterhalten, ob du nach Hause gehst oder … oder irgendwo anders hin«, sagte Mando. Er sprach mit ihr so nachsichtig wie mit einem kleinen Kind.

Lolas Gesichtsausdruck verhärtete sich. »Die Ärzte haben mir nichts zu sagen«, fuhr sie ihn an.

Alle waren schockiert. Diese Reaktion war für Lola vollkommen untypisch. Außerdem hatte sie ihre Ärzte immer verehrt und ihre Anweisungen peinlich genau befolgt.

»Wir wollen doch nur das Beste für dich«, wandte Gabi ein.

»Genauso ist es«, fügte Gloria hinzu.

Der Arzt klappte das Krankenblatt zu und lächelte Lola freundlich an. »Sie sollten auf Ihre Kinder hören …«, er warf einen Blick auf den Namen, der auf dem Blatt stand, »… Dolores. Sie lieben Sie und sie werden Ihnen ganz gewiss dabei helfen, die für Sie beste Entscheidung zu treffen.«

Lola sah ihn finster an. »Was wissen Sie denn schon? Sie kennen sie doch gar nicht.«

Die Augen des Arztes weiteten sich. Aber alle hatten den Eindruck, dass er im Umgang mit streitsüchtigen Patienten durchaus Erfahrung hatte. Er zuckte mit den Schultern und begann dann wieder, etwas in die Krankenakte zu schreiben.

»Ma, wie konntest du nur so etwas sagen?«, fragte Gloria.

»Weil es die Wahrheit ist«, sagte Lola, dann wandte sie sich wieder an Sebastian. »Ich habe Durst.«

Er ging zu ihrem Nachttisch und schenkte ein Glas Wasser aus dem Krug ein.

Diesmal sagte der Arzt, ohne auch nur von seinen Notizen aufzublicken: »Sie bekommt intravenös ausreichend Flüssigkeit verabreicht und sollte wirklich nichts trinken, bis ihr Schluckreflex geprüft wurde. Die Therapeutin wird sie sich noch heute oder gleich morgen Früh ansehen.«

»Hast du das gehört, Ma?«, fragte Gloria. »Du sollst nichts trinken, bis du noch einmal untersucht worden bist.«

Sebastian hielt das Glas mit Wasser in der Hand, wusste nicht, was er tun sollte.

»Gib mir das Wasser«, verlangte Lola. Er hielt ihr das Glas hin. Sie war schon im Begriff, es zu nehmen, aber Mando war schneller.

»Wenn der Doktor sagt, dass du warten sollst, bis dein Schluckreflex überprüft wurde, dann musst du das auch tun«, sagte er mit Nachdruck und schüttete das Wasser in den Krug zurück.

Zum Entsetzen und Erstaunen aller nahm Lola daraufhin den Krug vom Nachttisch und begann, in tiefen Zügen zu trinken. Etwas Wasser rann aus ihren Mundwinkeln und tröpfelte ihren Hals hinunter.

Der Arzt hatte aufgehört zu schreiben und starrte sie jetzt ebenfalls völlig fassungslos an. Er hatte noch nie erlebt, dass eine Patientin, die drei Tage lang im Koma gelegen hatte, sich mit solch einer Kraft und Zielgerichtetheit bewegte. »Nun, offensichtlich funktioniert ihr Schluckreflex tadellos«, murmelte er.

Als Lola genug getrunken hatte, wischte sie sich mit dem Handrücken über den Mund und wandte sich dann ihrer Familie zu, um jedem Einzelnen in die Augen zu sehen. »Ich will nach Hause«, sagte sie. »Und zwar sofort.«

Nachdem Lola sich, wenn auch nur höchst widerwillig, bereiterklärt hatte, sich von einer Schwesternhelferin beim Duschen helfen zu lassen, versammelte sich ihre Familie im Aufenthaltsraum am anderen Ende des Flurs, um dort zu warten. Der Arzt besprach inzwischen die spontane Genesung seiner Patientin mit seinen Kollegen. Da er etwas Derartiges noch nie erlebt hatte, wollte er eine Reihe weiterer Untersuchungen durchführen. Alle Familienmitglieder stimmten darin überein, dass es wichtig sei zu wissen, was da gerade geschah, ganz egal, wie gut es Lola im Augenblick auch zu gehen schien. Und wenn es erforderlich sei, dass sie noch eine Weile im Krankenhaus verbringen müsse, dann sei das eben so.

»Es kommt mir so vor, als wäre jemand anderes in Mas Haut geschlüpft und tut jetzt so, als wäre er unsere Mutter. Aber es ist nicht unsere Ma«, sagte Gabi.

»Wir dürfen nicht vergessen, dass sie mehrere Tage lang im Koma gelegen hat. Wahrscheinlich ist sie noch immer ziemlich desorientiert«, erwiderte Mando und klang dabei so rational und ruhig wie immer.

»Jetzt müssen wir sie erst einmal davon überzeugen, hierzubleiben«, sagte Gloria. »Ich bin mir allerdings nicht sicher, ob uns das gelingen wird.«

»Natürlich wird es das«, sagte Mando. »Sie hat doch immer auf uns gehört. Ich gehe davon aus, dass sie nach dem Duschen wieder sie selbst sein wird.«

»Ich wünschte, Pops würde noch leben«, sagte Gabi. Ihre Augen füllten sich mit Tränen. »Er konnte immer so gut mit ihr umgehen, vor allem, wenn sie wütend war.«

»Jetzt werd' nicht gleich wieder sentimental«, sagte Mando in herablassendem Ton. »Wir müssen jetzt alle einen klaren Kopf behalten.«

Susan stellte sich neben ihren Mann. »Ich weiß nicht, wie ihr das seht, aber die Art, in der sie sich im Moment aufführt, erinnert mich ein bisschen daran, wie sie vor dem Brand war. Wie sie war, bevor sich alles änderte.«

Gloria und Gabi wechselten einen kurzen Blick, dann schüttelte Gloria entschieden den Kopf. Mit spöttischer Miene sagte sie zu ihrer Schwägerin: »Da irrst du dich aber gewaltig. So war Ma nie. Sie hätte sich eher den rechten Arm abgeschnitten, als dass sie einem Arzt gegenüber unhöflich gewesen wäre.«

»Und was geht deiner Meinung nach dann hier vor?«, fragte Susan und warf streitlustig den Kopf zurück.

Gloria funkelte Susan einen Moment böse an, dann ließ sie sie einfach links liegen und wandte sich den anderen zu. »Ich glaube, das könnte ein Hinweis auf ein größeres Problem sein. Auf Alzheimer oder eine andere Art der Demenz vielleicht.«

»Oder es könnte irgendeine Art von Bewusstseinsveränderung sein«, sagte Gabi. »Letzte Woche habe ich zufällig im Fernsehen eine Sendung gesehen. Sie haben dort von einer Frau berichtet, die eine vollkommene Persönlichkeitsveränderung durchgemacht hat. Man nimmt an, dass sie von Geistern besessen war …«

»Das meinst du doch nicht etwa im Ernst«, sagte Mando mit einem höhnischen Lachen. »Willst du damit sagen, dass Ma besessen ist? Sollten wir uns um einen Exorzisten bemühen? Aber vielleicht können wir uns das mit den Priestern ja auch sparen und die rituelle Reinigung selbst durchführen, so wie man das auf Puerto Rico macht. Ich bin mir sicher, dass Ma danach vollkommen geheilt sein wird.«

Gabi sah ihren Bruder mit zusammengekniffenen Augen an. Sie wusste, dass ihre Geschwister sie bisweilen für unreif und albern hielten, und sie nahm ihre herablassende Art normalerweise einfach hin. Manchmal aber gingen sie dann doch zu weit. »Eine rituelle Reinigung ist gar keine so schlechte Idee«, sagte Gabi zu ihrem Bruder. »Aber ich glaube nicht, dass Ma diejenige ist, die sie nötig hat.«

Sebastian saß ein kleines Stück von den Erwachsenen entfernt neben seiner Schwester und seiner Cousine auf seinem Stuhl. Auch wenn er noch immer um seine Großmutter besorgt war, verstand er nicht, was diese ganze Aufregung sollte. Ja, Abuela Lola war irgendwie anders als vor dem Schlaganfall, aber sie war wach, sie konnte gehen und sie konnte sprechen. Er hatte also keinerlei Zweifel daran, dass sie, noch bevor es Abend wurde, wieder in ihrem kleinen Haus in Bungalow Haven sein würde. Die Ruhe, die dort herrschte, war heilsamer für sie als alles andere. Während Sebastian darüber nachdachte, ließ er seine Füße locker hin- und herschwingen.

»Was meinst du, Sebastian? Warum benimmt sich deine Großmutter so seltsam?«, wollte Gabi plötzlich von ihm wissen.

Seine Füße verharrten, als er merkte, dass ihn alle anstarrten. Sogar seine Schwester und seine Cousine wandten sich ihm zu, um zu hören, was er sagen würde.

»Ich glaube nicht, dass es fair ist, einem kleinen Jungen eine solche Frage zu stellen«, sagte Mando.

»Warum denn nicht?«, erwiderte Gabi. »Sebastian mag zwar der Jüngste von uns sein, aber er verbringt mehr Zeit mit Ma als wir alle zusammen. Deshalb würde ich gern hören, was er zu sagen hat.«

»Du brauchst ihr nicht zu antworten, wenn du das nicht willst«, sagte Gloria, als sie sah, wie unwohl sich ihr Sohn fühlte.

»Aber vielleicht will er das ja gerade …«, meinte Dean und berührte ihren Ellbogen. Sie rückte ein Stück von ihm ab.

Sebastian rutschte von seinem Stuhl herunter, sodass er mit beiden Beinen fest auf dem Boden stand. »Ich denke … ich denke, Abuela benimmt sich so seltsam, weil …« Er schluckte und versuchte, all die Augen zu ignorieren, die ihn erwartungsvoll anstarrten.

»Weil …?«, ermunterte Gabi ihn freundlich.

Er sah sie an, dann wandte er den Blick wieder ab. Er war sich nicht sicher, ob er tatsächlich sagen sollte, was er dachte.

»Jetzt sag schon«, forderte Jennifer, die inzwischen sogar ihr Handy zur Seite gelegt hatte, ihn ungeduldig auf.

Sebastian spürte, wie sein Herz in seiner Brust hämmerte. Er lehnte sich rückwärts an die Stuhlkante, um Halt zu finden. »Ich glaube, Abuela benimmt sich so seltsam, weil sie … weil sie …«

»Weil sie was?«, fragte Jennifer.

»Weil sie Hunger hat«, sagte Sebastian. »Sie hat schon seit drei Tagen nichts mehr gegessen.« Alle starrten ihn völlig sprachlos an. Jennifer schüttelte den Kopf und konzentrierte sich wieder auf ihr Handy.

Wenige Augenblicke später erschien die Schwesternhelferin, die Lola beim Duschen behilflich gewesen war, in der Tür des Warteraums. »Es sollte besser jemand kommen«, sagte sie. Zum zweiten Mal an diesem Tag stürzte die ganze Familie durch den Korridor zu Lolas Zimmer. Es kam Sebastian so vor, als wäre er an diesem einen Tag mehr gerannt als an allen anderen Tagen seines Lebens zusammengenommen. Plötzlich fühlte er sich ziemlich erschöpft. Einfach zurückbleiben konnte er jetzt aber auch nicht, denn er befürchtete, dass seine Großmutter einen weiteren Schlaganfall erlitten hatte und wieder reglos auf dem Boden lag. Als sie das Zimmer betraten, sahen sie sich jedoch einer vollkommen anderen Situation gegenüber. Lola saß frisch geduscht und voll angekleidet auf ihrem Stuhl. Die Schwester, die neben ihr stand, seufzte erleichtert, als sie die Familie zur Tür hereinkommen sah.

»Ich habe Ihrer Mutter schon mehrfach zu erklären versucht, wie wichtig es ist, dass sie für ein paar weitere Untersuchungen hier bei uns im Krankenhaus bleibt. Sie ist jedoch fest entschlossen, auf der Stelle nach Hause zu gehen.«

Gloria ging vor ihr in die Hocke. »Hör zu, Ma«, sagte sie mit fester Stimme. »Gerade jetzt ist es besonders wichtig, dass du die Anweisungen der Ärzte befolgst. Wir werden später darüber sprechen, wann du nach Hause kannst.«

»Wenn du willst, kannst du dann zu mir kommen«, fügte Gabi hinzu. »Ich werde meine Termine verlegen.«

»Ich will nach Hause«, sagte Lola ruhig und entschlossen.

Jetzt mischte sich Mando ein. Er biss die Zähne aufeinander, sodass seine Kiefermuskeln hervortraten. »Es tut mir leid, dass ich dir das sagen muss, Ma. Aber du wirst nirgendwohin gehen. Du bleibst hier und tust, was die Ärzte und die Schwestern sagen. Wenn wir sicher sind, dass es dir wieder besser geht, werden wir über den nächsten Schritt sprechen, sei es nun, dass du nach Hause zurückgehst oder irgendwo anders wohnen wirst.« Auf seinem Gesicht lag jetzt ein freundliches, wenn auch ein wenig gönnerhaftes Lächeln. »Und jetzt will ich keine weiteren Diskussionen mehr führen müssen. Und ich will auch, dass du dich gegenüber den netten Schwestern und Ärzten, die sich so aufopferungsvoll um dich kümmern, anständig benimmst.«

Während Mando sprach, sah Lola ihren Sohn einfach nur mit unbewegter Miene an. Als er geendet hatte, stand sie, ohne sich dabei von der Schwester helfen zu lassen, langsam auf. Sie ging auf ihn zu, holte völlig unerwartet aus und schlug ihm mit der flachen Hand heftig ins Gesicht.

»Wie kannst du es wagen, so mit mir zu reden?«, fragte sie. »Ich habe dich neun lange und schwierige Monate in meinem Bauch getragen. Ich habe dir das Leben geschenkt, ich habe dich an meiner Brust genährt und dich gekleidet, ich habe auf alles verzichtet, nur um dir eine gute Ausbildung zu ermöglichen, und jetzt besitzt du die Frechheit, mit mir zu sprechen, als wäre ich ein dummes kleines Kind. Schäm dich.«

Mandos Hand wanderte langsam zu seiner sich rötenden Wange. Er starrte seine Mutter an, als wäre die kleine silberhaarige Frau, die da vor ihm stand, eine vollkommen Fremde. Dies war indes nicht das erste Mal, dass er diesen brennenden Schmerz gespürt hatte. Als er noch ein kleiner Junge gewesen war, hatte Lola ihn oft geohrfeigt, wenn er Schimpfwörter benutzt oder ihr allzu dreist widersprochen hatte. In diesem Moment fühlt er sich genauso wie damals vor vierzig Jahren.

Lola ging an ihrem Sohn vorbei zur Tür, den Kopf hoch erhoben, die Schultern gestrafft. Sie stolzierte beinahe durch den Raum. »Ich gehe jetzt nach Hause.«

»Vielleicht sollte sie jemand fahren«, murmelte Dean mit leiser Stimme und in der Annahme, dass sie ihn nicht hören konnte.

»Mach dir keine Mühe. Ich werde mir ein Taxi nehmen«, erwiderte sie und ging dann allein den Flur hinunter.

Gabi rief ihr hinterher: »Nein, warte. Ich fahre dich, Ma!« Sie lief Lola nach.

Sebastian wollte ihr ebenfalls folgen, aber seine Mutter hielt ihn zurück, während sie sich an die Krankenschwester wandte. »Gibt es denn gar nichts, was Sie tun können?«

»Leider nein«, erwiderte sie. »Ihre Mutter hat das Recht, jede Behandlung abzulehnen. Wir können sie nicht gegen ihren Willen hier festhalten, es sei denn, sie stellt eine Gefahr für sich oder andere dar.«

»Aber Sie haben doch gesehen, dass sie meinen Mann geschlagen hat«, sagte Susan. »Irgendetwas stimmt mit ihr ganz und gar nicht, sonst hätte sie das niemals getan. Sie war immer ein sehr freundlicher Mensch.«

»Es tut mir leid, aber es gibt nichts, was ich tun könnte. Patienten, die längere Zeit im Koma gelegen haben, zeigen manchmal seltsame Reaktionen. Ich kann Ihnen lediglich empfehlen, zu ihr nach Hause zu fahren und alles zu tun, damit es ihr gut geht«, sagte die Schwester. Dann entschuldigte sie sich und ging, um sich um ihre anderen Patienten zu kümmern.

»Was machen wir jetzt?«, fragte Gloria.

Mando reagierte mit einem gleichgültigen Schulterzucken. Er war nicht imstande, die Scham und die Demütigung, die er empfand, einfach zu verdrängen.

»Sie ist nicht bei vollem Verstand, Mando«, sagte Gloria, die seinen gequälten Gesichtsausdruck durchaus bemerkt hatte. »Ich bin mir sicher, dass sie das nicht so gemeint hat.«

Das unerwartete Mitgefühl seiner Schwester ließ ihn wieder zur Besinnung kommen und richtete ihn wieder ein wenig auf. »Das ist genau das, was mir Sorgen macht. Sie ist aufgewühlt. Weiß der Himmel, was sie als Nächstes tun wird.«

»Was sollte sie denn tun?«, fragte Susan. »Sie wird nach Hause fahren, den Fernseher einschalten, eine Kleinigkeit essen und dann ins Bett gehen. Morgen wird sie wieder ganz die Alte sein, ihr werdet schon sehen.«

Diese Vorhersage schien jedoch niemanden wirklich zu beruhigen. Sebastian aber fühlte sich wunderbar und frei, so wie sonst nur, wenn er sich vorstellte, über den Fußballplatz zu rennen, von einem Ende bis zum anderen. Das Blut strömte kraftvoll durch seine Adern, und dieses angenehme Prickeln breitete sich in seinem ganzen Körper aus. Seine geliebte Großmutter lebte, und sie war in eben diesem Moment bereits auf dem Weg zu ihrem kleinen gelben Bungalow, der ihr Zuhause war. Schon bald würde sie auf ihrer Veranda sitzen und gemütlich eine Tasse Tee trinken. Vielleicht hatte Terrence ja auch eine Möglichkeit gefunden, ihr etwas zu essen dazulassen, auch wenn sie nicht zu Hause gewesen war, um seine Lieferung entgegenzunehmen. Und das Beste war, Sebastian wusste, dass er seine Großmutter wieder in Bungalow Haven besuchen würde. Im Augenblick war das mehr als genug, um ihn glücklich zu machen.

7

Als Sebastian am folgenden Morgen zum Frühstück nach unten kam, erfuhr er zu seiner großen Überraschung, dass sein Vater ihn zur Schule fahren würde. Seine Mutter war schon in aller Frühe zur Arbeit gegangen, um die Zeit aufzuholen, die sie verloren hatte, als Lola im Krankenhaus gelegen hatte. Sebastian wusste, dass auch er Schulaufgaben nachholen musste und dass er die nächsten ein oder zwei Tage nicht die Zeit haben würde, draußen mit den Füßen Tetherball zu spielen oder unter der Weide zu sitzen und den anderen beim Fußballspielen zuzusehen. Er war jedoch gern bereit, alles zu tun, was man von ihm verlangte, solange er danach nur auf direktem Weg nach Bungalow Haven gehen durfte.

Sebastian hatte seine Großmutter schon am Vortag besuchen wollen, gleich nachdem sie aus dem Krankenhaus gestürmt war. Seine Eltern aber hatten entschieden, erst einmal allein zu ihr zu gehen. Er hatte nicht allzu sehr darauf gedrängt, dass sie ihn mitnahmen. Ihm war bewusst, dass sie ihre Kinder nicht dabeihaben wollten, weil sie fürchteten, sie könnten Zeugen weiterer peinlicher Szenen werden. Als seine Eltern am Abend nach Hause gekommen waren, hatte Sebastian sie mit forschendem Blick angesehen. Soweit er es beurteilen konnte, schienen sie jedoch weder besonders beunruhigt noch aufgeregt zu sein. Als er sich nach seiner Großmutter erkundigt hatte, hatten ihm beide versichert, dass im Moment alles in Ordnung sei.

Nachdem er sein Frühstück zur Hälfte aufgegessen hatte, nahm Sebastian seine Büchertasche und folgte dann seinem Vater zum Auto. Er fuhr gern im Jeep seines Vaters. Manchmal, wenn seine

Mutter nicht dabei war, erlaubte sein Vater ihm sogar, vorn zu sitzen. Dann sagte er immer, dies sei ihr kleines Geheimnis. So hoch über dem Asphalt zu thronen und zur Abwechslung einmal auf die Welt hinabzusehen, war eine wunderbare Sache. Sebastian genoss die holperige Fahrt.

»Du wirst heute nach dem Unterricht zur Kinderbetreuung, oder wie auch immer das heißt, gehen müssen«, sagte sein Vater, als sie an einer roten Ampel anhielten. »Deine Mutter holt dich dann ab.«

Sebastian war sich nicht sicher, ob er ihn richtig verstanden hatte. Aber vielleicht hatte sein Vater einfach auch nur etwas durcheinandergebracht, da er mit der üblichen Routine nicht vertraut war. »Dad, ich gehe nach dem Unterricht immer zu Abuela Lola. Das mache ich jeden Tag.«

»Das weiß ich. Aber da deine Großmutter noch nicht wieder richtig gesund ist, dachten wir, dass es das Beste für dich ist, wenn du eine Weile woanders hingehst.«

»Aber sie wartet heute Nachmittag bestimmt auf mich«, sagte Sebastian. »Sie wird sich sehr aufregen, wenn ich nicht komme.«

»Deine Mutter und ich haben letzten Abend ausführlich darüber gesprochen, und wir haben entschieden, dass das das Beste ist. Ich werde das auch deiner Lehrerin sagen.«

»Ms. Ashworth?«, fragte Sebastian ungläubig. »Du willst mit Ms. Ashworth sprechen, ganz allein, ohne Mom?«

Dean warf seinem Sohn einen verwirrten und auch ein wenig verletzten Blick zu. »Du wirst es vielleicht nicht glauben, aber ich bin tatsächlich in der Lage, ohne Hilfe deiner Mutter mit anderen Menschen zu reden.«

Sebastian wandte sich ab und starrte durch die Windschutzscheibe. Sein Herz hämmerte wie eine Trommel. »Ich weiß, aber Ms. Ashworth ist …«

»Ms. Ashworth ist was?«, fragte sein Vater.

Sebastian wollte sagen, dass Ms. Ashworth sehr hübsch war,

dass sie immer kurze Röcke trug und einfach himmlisch duftete. Und dass, wenn sein Vater sie schon in Gegenwart seiner Mutter so angesehen hatte, alles passieren konnte, wenn seine Mom nicht dabei war. Er schwieg jedoch, da er wusste, wie verletzend eine solche Bemerkung wäre und dass sogar sein Vater, der ansonsten Witze so sehr liebte, dies nicht besonders lustig finden würde.

»Ms. Ashworth ist was?«, fragte Dean noch einmal.

»Sie ist immer sehr beschäftigt«, murmelte Sebastian. Dann sagte er nichts mehr.

Dean parkte den Jeep auf dem Besucherparkplatz, und Sebastian ging schweigend zu seinem Klassenzimmer. Dean klopfte an die Tür, die immer geschlossen blieb, bis die Glocke zum Unterrichtsbeginn läutete. Nur wenige Augenblicke später öffnete Ms. Ashworth die Tür, und der blumige Duft ihres Parfüms strich über sie hinweg wie eine leichte Sommerbrise. Wie sie da in der Tür stand mit ihren goldenen Haaren, die über ihre Schulter wallten, und eine Hand in ihre wohlgeformte Hüfte gestützt, sah sie wirklich atemberaubend aus.

»Ach, sieh an, wer da ist«, sagte sie. Ihre Augen leuchteten vor Freude, als ihr Blick auf Sebastian fiel. Sie bat Vater und Sohn ins Klassenzimmer und ging dann zu ihrem Pult voraus. Auf Deans Lippen lag ein dümmliches Lächeln. Seine Augen strahlten blauer denn je, als er Ms. Ashworth informierte, dass Sebastians Großmutter einen Schlaganfall erlitten habe und dass er deshalb für ein paar Wochen und vielleicht sogar auf Dauer die Nachmittagsbetreuung würde in Anspruch nehmen müssen.

»Es tut mir leid, das zu hören«, sagte sie mit einem entzückenden Lächeln. »Ich weiß, dass Sebastian seine Großmutter sehr liebt.«

Sebastian senkte den Kopf. Er hatte ein paar Mal mit Ms. Ashworth über seine Großmutter gesprochen, konnte sich jedoch nicht erinnern, dass er irgendetwas von Liebe gesagt hatte. Dean erwiderte darauf ein paar freundliche Floskeln, erklärte, wie beunruhigt die Familie sei und dergleichen. Es kam Sebastian jedoch so vor, als brauche er viel länger als nötig, um diese Dinge zu sagen. Musste er denn nicht zur Arbeit? Sebastian wollte seinem Vater einen Tritt gegen das Schienbein versetzen, damit er sich endlich auf den Weg machte. Sein Vater hatte jedoch nicht die Absicht, dieses Gespräch allzu schnell zu beenden. Was immer er jetzt auch sagte, er hörte sich so geschliffen und klug an, dass es Ms. Ashworth zu einem leisen, schnurrenden Geräusch veranlasste. Sie klang wie ein kleines, zufriedenes Kätzchen.

»Sie können ganz beruhigt sein. Ich werde dafür sorgen, dass Sebastian einen Platz in der Nachmittagsbetreuung bekommt«, sagte sie. »Ich werde ihn sogar persönlich dort hinbringen.«

Dies wäre unter normalen Umständen durchaus eine erfreuliche Aussicht gewesen, jetzt aber ließ allein der Gedanke daran Sebastian frösteln. Er ging nach hinten und setzte sich auf seinen Platz. Selbst von dort aus konnte er hören, wie sich sein Vater und Ms. Ashworth auf eine so interessierte und vertraute Weise miteinander unterhielten, dass ihm schon bald eines bewusst wurde: Hier konnte es sich nur um irgendeine Art von Verrat handeln. Er legte den Kopf auf sein Pult und dachte an seine Mutter, wie sie aussah, wenn sie am Morgen zur Arbeit ging, in einem ihrer formlosen Polyesterkleider mit einer dazu passenden Weste, die sich kaum noch schließen ließ. Er dachte an ihre dicken Finger und die geschwollenen Augen, wenn sie abends müde nach Hause kam, an das Grau ihrer Schläfen, das im Laufe einiger Wochen langsam erschien und dann auf geheimnisvolle Weise plötzlich wieder verschwand. Seine Mutter würde sich niemals mit jemandem messen können, der so perfekt und reizend war wie Ms. Ashworth.

Als er merkte, dass sich das Gespräch endlich dem Ende zuneigte, hob er den Kopf und sah, dass sein Vater eine Visitenkarte aus seiner Hemdtasche nahm, etwas auf deren Rückseite kritzelte und sie dann auf Ms. Ashworths Schreibtisch legte. Fast so, als hätte er es beinahe vergessen, drehte er sich noch einmal um und zwinkerte Sebastian freundlich zu. »Dann bis heute Abend, mein Großer«, sagte er munter, bevor er das Klassenzimmer verließ.

Ohne einen weiteren Blick darauf zu werfen, legte Ms. Ashworth die Visitenkarte in die oberste Schublade ihres Schreibtisches. »Wir haben noch ein paar Minuten Zeit, bis es läutet«, sagte sie. »Möchtest du gern die Tafel putzen?«

Sebastian betrachtete die weiße Tafel. Sie war offensichtlich schon seit ein paar Tagen nicht mehr ordentlich gewischt worden. Es wäre für ihn mehr als nur befriedigend gewesen, den Schmutzfilm sorgfältig zu entfernen, sodass sie wieder wie neu aussah. Aber selbst wenn er deshalb keinen Ärger mit Keith bekommen hätte, wurde Sebastian jetzt bewusst, dass er die Tafel zum ersten Mal gar nicht wischen wollte.

»Was ist los mit dir, Sebastian«, fragte Ms. Ashworth. »Fühlst du dich nicht wohl?«

»Nein, ich habe heute einfach nur keine Lust, die Tafel zu wischen«, erwiderte er und legte den Kopf wieder auf seinen Schreibtisch. Wenige Augenblicke später spürte er, wie Ms. Ashworth ihm mit sanften Fingern das Haar aus der Stirn strich. Ihre Berührung war so wunderschön, wie sie selbst es war. Er biss die Zähne zusammen, während er sich nach Kräften bemühte, ihr zu widerstehen.

»Das mit deiner Großmutter tut mir wirklich sehr leid«, sagte sie leise. »Ich hoffe, es geht ihr bald wieder besser.«

Sebastian nickte und blieb mit seinem Oberkörper auf dem Pult liegen, bis die Glocke klingelte und die anderen Schüler ins Klassenzimmer kamen.

In der Mittagspause blieb Sebastian im Klassenzimmer, um die Schulaufgaben zu erledigen, die er am Freitag versäumt hatte. Er begann mit Mathe, während Ms. Ashworth ein paar Unterlagen im Aktenschrank sortierte. Als sie damit fertig war, korrigierte sie die Hausaufgaben vom vergangenen Abend. Plötzlich sah sie auf und rückte mit ihrem Stuhl ein Stück vom Pult weg.

»Ich muss kurz ins Sekretariat«, sagte sie. »Ich bin gleich wieder da.«

Sebastian nickte, den Blick kaum von seiner Arbeit abwendend. Doch sobald seine Lehrerin das Klassenzimmer verlassen hatte, stand er auf, ging zu ihrem Schreibtisch und zog die oberste Schublade auf. Die Visitenkarte seines Vaters lag auf einer Reihe ordentlich gespitzter Bleistifte. Er nahm die Karte, ohne dabei irgendetwas anderes zu berühren, und kehrte dann zu seinem Pult zurück. Bevor er die Karte in die vordere Tasche seines Schulranzens steckte, drehte er sie um und las die hastig hingekritzelte Notiz auf der Rückseite. »Wie wäre es bei Gelegenheit mit einem Drink?«, stand darauf. Sebastian war sich nicht sicher, was das bedeutete. Keith schrieb Kelly Taylor ständig irgendwelche kühnen und bewundernden Zettelchen.

Darauf standen Dinge wie: »Lass uns bald heiraten« und: »Ich will ein Kind von dir«. Das wusste er, weil hin und wieder einer dieser Zettel abgefangen und laut vorgelesen wurde, bevor Ms. Ashworth ihn konfiszierte. Sebastian vermutete jedoch, dass Erwachsene in diesen Dingen subtiler vorgingen und dass das, was auch immer sein Vater meinte, wenig damit zu tun hatte, dass er durstig war.

Ein paar Minuten später kam Ms. Ashworth ins Klassenzimmer zurück. Sebastian war mit seinen Matheaufgaben kaum vorangekommen, mit den Rechtschreibübungen hatte er noch nicht einmal angefangen. Ms. Ashworth fragte ihn prompt, wie er vorwärtskam. Seine Antwort fiel nicht besonders überzeugend aus, was sie dazu veranlasste, sich selbst ein Bild von seinen Fortschritten zu machen. Sichtlich überrascht stellte sie fest, dass er fast nichts getan hatte.

»Was ist denn los mit dir, Sebastian? Das kann für dich doch nicht so schwer sein.« Er zuckte verlegen mit den Schultern und wandte den Blick ab. Plötzlich hasste er sie für ihre dichten, goldenen Haare und ihre kurzen Röcke. Ebenso, wie er plötzlich ihr freundliches Lächeln, das seidige Rascheln ihrer Strümpfe und den Klang ihres melodiösen Lachens zutiefst verabscheute.

»Hör zu«, meinte sie und legte ihre Hand auf seine Schulter. »Ich weiß, dass die letzten Tage nicht leicht für dich waren, deshalb darfst du die Aufgaben heute Abend mit nach Hause nehmen. Morgen versuchen wir es dann noch einmal, okay?«

»Okay«, murmelte er und bemühte sich nach Kräften, angesichts ihrer Freundlichkeit gleichgültig zu bleiben. Als er jedoch in ihre wunderschönen Augen sah, die voller Mitleid waren, konnte er einfach nicht anders – er musste lächeln.

Als sich der Schultag dem Ende zuneigte, bat Ms. Ashworth Sebastian, noch so lange zu warten, bis sie die anderen Schüler entlassen hatte, damit sie ihn dann zur Nachmittagsbetreuung bringen konnte. Er war bereits ein paar Mal dort gewesen, als seine Großmutter mit Grippe im Bett gelegen hatte, und wusste, dass er mit irgendeiner albernen Bastelaufgabe, die für Kindergartenkinder gedacht war, in der Ecke sitzen und seinen Altersgenossen sehnsüchtig dabei zusehen würde, wie sie draußen an den Geräten herumturnten. Und schlimmer noch: Er hatte Keith sagen hören, dass er die nächsten Wochen ebenfalls zur Nachmittagsbetreuung gehen würde. Der Gedanke, noch mehr Zeit mit Keith verbringen zu müssen, weckte ein höchst ungutes Gefühl in ihm. Während die ersten beiden Reihen das Klassenzimmer verließen, überlegte er krampfhaft, wie er möglicherweise doch noch aus dieser Sache rauskommen könnte. Er konnte sich jedoch nicht entscheiden, was er mehr fürchtete: den Nachmittag mit Keith zu verbringen oder sich Ms. Ashworths Anweisung zu widersetzen.

Als er dann aber daran dachte, dass seine Großmutter jetzt in ihrem kleinen Bungalow saß und auf ihn wartete, ging es nicht länger um eine Frage der Angst, sondern um reine Notwendigkeit. Er *musste* sie einfach sehen. Er sehnte sich danach, mit ihr zusammen auf der Veranda zu sitzen, zuzusehen, wie die Sonne unterging, und darauf zu warten, dass Terrence das Abendessen brachte. In diesem Augenblick war dies das Wichtigste in seinem Leben – der Grund, weshalb er morgens aufstand und abends zu Bett ging. Und dann erinnerte er sich plötzlich an die Worte der schwarzhaarigen alten Dame. »Du wirst einiges riskieren müssen.« War es das gewesen, was sie gemeint hatte?

Ms. Ashworth war gerade damit beschäftigt, die Schüler der vierten Reihe zur Ordnung zu rufen, sodass sie nicht bemerkte, wie Sebastian von seinem Platz aufstand und sich den Schülern der dritten Reihe anschloss, die geduldig darauf warteten, entlassen zu werden. Als sie ihnen endlich zu gehen erlaubte, verließ er zusammen mit ihnen unbemerkt das Klassenzimmer.

Er ging mit kühnen Schritten über den Schulhof, brachte dabei einen immer größeren Abstand zwischen sich und alles, was er kannte. Als er am Fußballfeld und dem Tetherball-Platz vorbeiging, hatte er bereits die Schwelle zu einer anderen Welt überschritten. Dort war die Luft leichter. Alles, was er sah und hörte, selbst die Gerüche hatten sich in etwas Neues und seltsam Belebendes verwandelt. Er ließ das Leben, das er bisher gekannt hatte, einfach hinter sich und wurde sich eines fremdartigen Gefühls bewusst, das durch seinen Körper strömte. In diesem Moment spürte er, dass er jedermann die Stirn bieten konnte. Dass er Dinge geschehen lassen konnte, einfach, indem er der Welt seinen Willen aufzwang. Er dachte an all das, von dem er sich wünschte, dass es in Erfüllung gehen würde. Dass seine Mutter wieder so schön würde wie auf den alten Fotos und dass sein Vater sie so ansehen würde, wie er Ms. Ashworth ansah. Dass seine Schwester die Zeit finden würde, ihm wie früher eine Gute-Nacht-Geschichte vorzulesen. Dass seine Großmutter sich wieder vollkommen erholen würde. Am meisten aber wünschte er sich, dass sein Herz gesund würde, damit er Fußball spielen und schneller rennen könnte als alle anderen Kinder in seiner Klasse.

Während Sebastian weiterging, fragte er sich, ob Ms. Ashworth sein Fehlen schon bemerkt hatte. Vielleicht suchte sie in diesem Moment bereits auf dem Pausenhof nach ihm und fragte seine Klassenkameraden, ob sie ihn gesehen hätten. Sie würden mit den Schultern zucken und das verneinen, dies auf eine Art und Weise, die jeden wissen ließ, dass es ihnen auch völlig egal war. Da sie nicht wusste, was sie noch tun sollte, würde Ms. Ashworth schließlich an ihren Schreibtisch zurückkehren, um die Visitenkarte herauszunehmen, die ihr sein Vater gegeben hatte, damit sie ihn anrufen und ihm sagen könnte, dass sein Sohn verschwunden sei. Da sie die Karte nicht würde finden können, würde sie die gesamte Schublade ausräumen. Erst dann würde sie sich absolut sicher sein, dass sie nicht mehr da war. Würde sie vermuten, dass Sebastian sie entwendet hatte, als sie an diesem Morgen im Sekretariat gewesen war? Würde ihr überhaupt in den Sinn kommen, dass der kleine Junge, der die Tafel besser putzen konnte als irgendjemand sonst und der sich ihr gegenüber immer so freundlich und höflich verhielt, nicht nur trotzig und unfolgsam, sondern auch ein Dieb war?

Sebastian versuchte, diese Gedanken aus seinem Kopf zu verbannen, da sie ihm diesen großartigen Nervenkitzel streitig machten, den er gerade noch gespürt hatte – schließlich wollte er, dass dieses aufregende Gefühl so lange wie möglich anhielt. Wenigstens, bis er Bungalow Haven erreichte. Dort angekommen, entspannte er sich und atmete leichter, als er den gewundenen Weg zwischen den kleinen Häusern entlangging, auf den Bungalow zu, wo seine Großmutter, wie er wusste, schon auf ihn wartete.

8

Als Sebastian seinen Fuß auf das Gelände von Bungalow Haven setzte, spürte er dieselbe einladende Wärme und Ruhe, die er immer empfand, wenn er dort hinkam. Auch wenn seine Eltern sehr böse auf ihn sein würden, weil er einfach die Nachmittagsbetreuung verlassen hatte, war er sich doch sicher, dass Abuela Lola sich wirklich freuen würde, ihn zu sehen. Vielleicht würde sie ja auch mit seinen Eltern reden, damit seine Strafe nicht zu hart ausfiel. Im Augenblick jedoch machte er sich nicht allzu viele Gedanken über irgendwelche Strafen, da er am Ende des Weges schon das kleine gelbe Haus sah, das in helles Sonnenlicht getaucht war. Es war für ihn das Land der Verheißung, das Paradies, und er musste an sich halten, um den Rest des Weges nicht zu rennen.

Die Tür stand offen, wie auch sonst immer, und das Fliegengitter war unverschlossen – so weit, so gut. Er spähte ins Haus. Lola saß weder in ihrem Schaukelstuhl gegenüber der Wand mit den Fotos, noch war sie in der Küche, aber sie lag zu seiner größten Erleichterung auch nicht auf dem Boden. Sebastian vermutete sie im Badezimmer. Vielleicht war sie aber auch nur kurz zu einer neugierigen Nachbarin gegangen, die wissen wollte, wie es ihr im Krankenhaus ergangen sei. Er wusste, dass alte Leute von ihren Abenteuern im Krankenhaus gern so erzählten, wie sie von ihrem letzten Urlaub berichteten. Zweifellos würde das für eine ganze Weile das Lieblingsthema seiner Großmutter werden, aber er war nur allzu gern bereit, das zu ertragen.

Er trat ein und nahm sofort den schwachen Geruch von abgebrannten Streichhölzern wahr, dann sah er, dass die Vase mit den

Plastikblumen, die immer auf dem Küchentisch gestanden hatte, durch mehrere hell brennende Kerzen ersetzt worden war. Ihre fröhlich flackernden Flammen tauchten die Umgebung des Tisches in ein einladendes, schimmerndes Licht. Ein kalter Schauder kroch ihm über den Rücken, als ihm bewusst wurde, dass er nicht der Einzige war, der an diesem Tag die Regeln gebrochen hatte.

Nur um sicherzugehen, dass auch wirklich alles in Ordnung war, warf Sebastian einen Blick hinter den Küchentresen und seufzte erleichtert auf. Alles, was er sah, war der Mülleimer, randvoll mit elektrischen Kerzen. Das wiederum gab ihm zu denken – es sah Lola gar nicht ähnlich, irgendetwas wegzuwerfen, was nicht kaputt war.

»Abuela«, rief Sebastian. »Ich bin da, Abuela.«

Sie antwortete ihm aus dem Schlafzimmer. »Ich komme gleich, Sebastian. Ich kämme mir nur noch schnell die Haare.«

Sebastian stellte erleichtert fest, dass ihre Stimme vollkommen normal klang. Wenn überhaupt, dann hörte sie sich sogar fröhlicher als gewöhnlich an. Also nahm er an, dass sie heute einen guten Tag gehabt hatte. Zweifellos hatte sie es genossen, die Kerzen anzuzünden, und auch er konnte nicht leugnen, dass der Unterschied zwischen echten und künstlichen Kerzen bemerkenswert war. Das gesamte Zimmer wurde von einer weichen, flackernden Aura erfüllt, als befände es sich unter Wasser oder schwebe auf einer Wolke.

»Deine neuen Kerzen gefallen mir«, rief Sebastian laut und kam sich ziemlich mutig vor, weil er es wagte, dieses Thema anzusprechen.

Kurz darauf kam Lola aus dem Schlafzimmer. Als Sebastian sie sah, machte er unwillkürlich einen Schritt zurück und griff sich mit der Hand an die Brust. »Abuela Lola«, sagte er, während er sie ungläubig anstarrte. »Was ist denn mit dir passiert?« Sie fuhr sich mit den Fingern durch ihre Haare, die jetzt die Farbe von roter Götterspeise hatten. »Gefallen sie dir etwa nicht?«, fragte sie mit einem schelmischen Lächeln auf den Lippen.

»Sie haben mir so gefallen, wie sie vorher waren«, erwiderte Sebastian.

Sie dachte einen Moment lang über die Worte ihres Enkels nach und tat sie dann mit einem Achselzucken ab. »Du wirst dich schon daran gewöhnen«, spöttelte sie, dann schob sie sich an ihm vorbei, um in die Küche zu gehen. Sie gab sich nicht mit dem elektrischen Wasserkocher ab, den sie normalerweise zum Teekochen benutzte, stattdessen drehte sie den Gasherd auf. Da dieser ziemlich lange nicht benutzt worden war, waren mehrere Versuche nötig, bis die Flamme brannte.

Sebastian sah ihr schockiert zu. »Ich ... ich werde mich nicht daran gewöhnen, Abuela. Ich werde mich niemals an diese Haare gewöhnen.«

Wieder ein Schulterzucken. »Nun, das kann man nie wissen. Menschen ändern sich eben«, sagte sie, dann zog sie die Nase kraus und zwinkerte ihm dabei zu, was Sebastian dazu veranlasste, noch einen Schritt zurückzuweichen. Etwas so Albernes, wie jemandem zuzuzwinkern, hatte Lola früher nie gemacht. Er beugte sich jetzt wieder ein Stück nach vorn, um sie sich genauer anzuschauen. Das waren eindeutig ihre Augen, ihre Nase und ihr Mund, und das waren auch ihre Falten. Aber ihr so vertrautes Gesicht von diesen fremdartigen götterspeiseroten Haaren gekrönt zu sehen, brachte ihn beinahe ebenso sehr aus der Fassung, wie er es gewesen war, als er sie auf dem Boden liegend vorgefunden hatte.

»Warum starrst du mich die ganze Zeit so an?«, fragte sie ihn schließlich barsch.

»Weil du so anders aussiehst«, erwiderte er. »Du siehst einfach nicht mehr so aus, wie meine Abuela Lola ausgesehen hat.«

Sie sah ihn mit zusammengekniffenen Augen an, während sie den Teebeutel in ihrer Tasse hin und her bewegte. »Anders muss doch nicht unbedingt schlecht sein, oder?«, fragte sie. Dann nahm sie den Teebeutel heraus, um ihn in den Mülleimer zu werfen, verfehlte diesen jedoch. Der Beutel klatschte gegen den Eimer und rutschte langsam an der Außenseite herunter. Sebastian hob den Teebeutel vom Boden auf und warf ihn in den Eimer, dann folgte er seiner Großmutter auf die Veranda hinaus, wo sie sich bereits auf ihren metallenen Klappstuhl gesetzt hatte und ihren Tee zu schlürfen begann. Sebastian nahm, so wie auch sonst immer, auf dem Stuhl neben ihr Platz.

»Ich wollte schon immer rote Haare haben«, sinnierte sie. »Damals, in New York, da wohnte eine junge Frau in unserem Haus, die wunderschöne, flammend rote Haare hatte. Dein Großvater konnte seinen Blick gar nicht mehr von ihr losreißen. Seit dieser Zeit habe ich mich immer wieder gefragt, wie es sich wohl anfühlen würde, wenn ich rote Haare hätte.«

Sebastian konnte das Gesicht seiner Großmutter, das sich hinter diesem welligen, karminroten Durcheinander verbarg, kaum noch sehen. »Also, jetzt hast du jedenfalls rote Haare, Abuela«, murmelte er.

Ein breites, keckes Grinsen erschien auf ihrem Gesicht. »Es fühlt sich absolut fabelhaft an«, sagte sie. »Sogar noch besser, als ich es mir vorgestellt habe. Ich hätte sie mir schon vor langer Zeit färben sollen. Deinem Großvater hätte das sicher auch sehr gefallen.«

Sebastian wandte sich ab. Er wollte einfach nicht mehr über die lächerlichen roten Haare seiner Großmutter sprechen. Es war schon schlimm genug, dass er sie ansehen musste.

Kurz darauf hörten sie das vertraute Geräusch tappender Schritte. Auf dem Weg zwischen den Häusern erschien die schwankende Gestalt eines alten Mannes, der sein Gesicht zu einem Ausdruck ständigen Missfallens verzogen hatte. Es war Mr. Jones aus dem kleinen blauen Haus vorn an der Straße. Er besaß die Angewohnheit, seinen Gehstock so heftig auf den Boden zu stoßen, dass sich die Gummikappe an dessen Ende bereits völlig abgenutzt hatte. Und so war es das Knallen von blankem, harten Holz auf Beton, das sein Kommen ankündigte. Sebastian hatte ihn noch nie ohne seinen schäbigen Filzhut gesehen, und ganz egal, wie warm es auch sein mochte, stets trug er denselben von Motten zerfressenen grauen Pullover, der ihm an seinem knochigen Leib schlotterte. Seit dem Tod seiner Frau vor drei Jahren besuchte er Lola regelmäßig und brachte ihr immer ein kleines Geschenk mit. Gewöhnlich war es frisches Obst, einmal aber hatte er ihr ein Mittel gegen Sodbrennen mitgebracht, weil er, wie er sich griesgrämig beschwerte, den Geschmack von Minze nicht ausstehen konnte.

Er bog in den Weg ein, der zu Lolas Haus führte, und tippte grüßend an seinen Hut. Dann kam er, seine Plastiktüte in der Hand, ein paar weitere Schritte auf sie zugestampft. Zum ersten Mal war Sebastian froh, Charlie Jones zu sehen, da er keinerlei Zweifel daran hatte, dass der alte Mann die Verwandlung seiner Großmutter genauso schockierend finden würde wie er selbst und das auch äußern würde.

Mr. Jones hob seine Tüte hoch und wollte etwas sagen. Als er jedoch Lolas Haare sah, hielt er abrupt inne und ließ in seiner Verwirrung die Tüte fallen.

»Was ist denn mit dir los? Hast du etwa noch nie einen Rotschopf gesehen?«, fragte Lola.

Mr. Jones öffnete den Mund und klappte ihn dann wieder zu. Er brachte erst einmal keinen Ton heraus. Schließlich stotterte er: »Doch, doch, ja ... hab ... hab ich.«

»Magst du vielleicht keine Rotschöpfe?«, fragte Lola und reckte ihm herausfordernd das Kinn entgegen.

Er überlegte einen Moment, dann breitete sich ein entwaffnend ehrliches Lächeln auf seinem Gesicht aus. »Nein, nein. Ich liebe Rotschöpfe«, sagte er beinahe knurrend. »Und je feuriger sie sind, desto besser.«

Lola zeigte mit ihrem gekrümmten Finger auf ihn, als hätte sie ihn gerade bei etwas wunderbar Unanständigem ertappt, und begann gackernd zu lachen. Mr. Jones stimmte in ihr Lachen ein und entblößte dabei ein paar schiefe gelbe Zähne. Sebastian starrte völlig fassungslos von einem zum anderen. Er hatte absolut keine Ahnung, was daran so komisch sein sollte. Zudem gefiel es ihm überhaupt nicht, wie Mr. Jones seine Großmutter ansah, nein, das gefiel ihm ganz und gar nicht.

»Was hast du mir heute mitgebracht, Charlie«, fragte Lola jetzt plötzlich neckisch-geziert.

Er bückte sich überraschend gelenkig und hob die Plastiktüte auf, die ihm aus der Hand gefallen war. »Feigen«, sagte er. »Süße, saftige Feigen.«

»Oooh«, erwiderte Lola. Sie riss ihm die Tüte förmlich aus der Hand und sah hinein. »Ich liebe Feigen, vor allem, wenn sie süß und saftig sind.« Wieder begannen die beiden zu kichern. Sebastian beobachtete das Ganze mit wachsendem Argwohn.

»Magst du Feigen?«, fragte Lola ihn jetzt.

Er verschränkte die Arme vor der Brust. »Nein«, entgegnete er entschieden.

»Hast du denn schon mal welche gegessen?«, wollte Mr. Jones von ihm wissen.

Nun war es nicht nur so, dass Sebastian noch nie eine Feige gegessen hatte, er war sich nicht einmal sicher, ob er überhaupt schon einmal eine gesehen hatte. Er zuckte mit den Schultern und versuchte so, seine Unwissenheit zu überspielen.

Lola griff in die Tüte, nahm eine Feige heraus und fuchtelte damit vor Sebastians Gesicht herum. Er starrte die merkwürdig aussehende Frucht an, und als seine Großmutter begann, ihm damit auf die Nase zu stupsen, blieb ihm nichts anderes übrig, als sie ihr aus der Hand zu nehmen. Die Haut der Feige fühlte sich glatt und fest an, ihr Inneres schien jedoch eher matschig zu sein. Ein angenehmer, blumiger Duft stieg ihm in die Nase, als er die Frucht ein wenig drückte, aber er würde dieses komische Ding, das aussah wie eine hässliche Christbaumkugel, auf keinen Fall essen.

»Na los, probier schon«, sagte seine Großmutter und gab ihm einen aufmunternden Klaps auf die Schulter.

Sebastian schluckte heftig, machte aber keinerlei Anstalten, ihrer Aufforderung zu folgen.

»Um Himmels willen«, sagte Lola und nahm ihm die Feige wieder aus der Hand. Sie biss herzhaft hinein, sodass das saftige rosa Fruchtfleisch zutage kam. Ein Rinnsal sirupartiger Flüssigkeit tröpfelte ihr über das Kinn. Sie war völlig hingerissen. »Göttlich«, murmelte sie. »Sie schmecken fast wie Erdbeeren und sind so süß, dass ich schwören könnte, man hat sie mit Honig gefüllt.«

»Freut mich, dass sie dir schmecken, Lola«, sagte Mr. Jones, dann wünschte er ihr mit einer eleganten Verbeugung eine gute Nacht und schlenderte, leise vor sich hin kichernd und dabei immer wieder den Kopf schüttelnd, mit neuem Schwung davon.

Lola aß ihre Feige ganz auf. Es schien sie dabei nicht im Mindesten zu stören, dass ihr der klebrige Saft über Kinn und Hände tropfte. »Du musst unbedingt eine versuchen, Sebastian. Sie sind wirklich köstlich.«

»Nein danke, Abuela«, erwiderte er, überzeugt, dass er in seinem ganzen Leben noch nie etwas Widerlicheres gesehen hatte. Als er sie jetzt wieder ansah, mit ihren götterspeiseroten Haaren und ihren Lippen, die vom Saft der Feige glänzten, wurde ihm bewusst, dass er seine Großmutter im Grunde doch verloren hatte. Angesichts dieser Erkenntnis überfiel ihn eine tiefe Traurigkeit. Teilnahmslos starrte er den sich langsam verdunkelnden Himmel an, während seine Großmutter geräuschvoll schmatzend eine weitere Feige vertilgte und dabei vor Vergnügen seufzte.

Als Terrence eintraf, die stattlichen Arme mit dem Abendessen beladen, war es bereits so dunkel, dass ihm Lolas verändertes Aussehen zuerst gar nicht auffiel. Er freute sich jedoch sichtlich, als er sah, dass sie ihn erwartete. »Heute Abend gibt es Ihr Lieblingsgericht«, verkündete er fröhlich. »Ich habe gesagt, dass sie Ihnen eine besonders große Portion einpacken sollen.«

»Wunderbar«, rief Lola und trat aus dem Schatten ins Licht der Lampe auf der Veranda.

Terrence stutzte kurz und starrte sie verblüfft an.

»Ms. Lola, Ihre Haare.«

Zuerst verstand sie nicht, warum Terrence sie so fassungslos ansah, dann aber schien es ihr plötzlich wieder einzufallen. Sie lachte. »Oh, das ist schon in Ordnung. Ich bin jetzt ein Rotschopf. Wie finden Sie es?«

Sebastian hielt den Atem an und hoffte, dass wenigstens Terrence den Mut fand, eben jene Wahrheit auszusprechen, die Mr. Jones nicht hatte sagen können oder wollen. Terrence lächelte jedoch nur höflich und meinte: »Die Frauen sagen immer, dass sie sich wie neugeboren fühlen würden, wenn sie etwas an ihren Haaren verändern.«

»Genauso ist es«, bestätigte Lola und drückte anerkennend seinen Arm. »Ich fühle mich so neugeboren wie ein Schmetterling, der gerade aus seinem Kokon geschlüpft ist.«

»Na siehst du«, sagte Terrence und nickte Sebastian aufmunternd zu. »Nach allem, was deine Großmutter in den letzten Tagen durchgemacht hat, ist es doch toll, das zu hören.«

Sebastian quittierte seine Worte mit einem matten Achselzucken. »Vermutlich«, murmelte er.

Sie gingen ins Haus. Drinnen war es dunkel. Nur die Kerzen auf dem Tisch erfüllten den Raum mit einem geisterhaften Glühen. Terrence sah sich um, sagte aber kein Wort, als er die Behälter mit dem Abendessen auf den Tisch stellte.

Lola ging in die Küche, wo sie mehrere Teller aus dem Schrank nahm, um sie dann eilig zum Tisch zu bringen. Offensichtlich war dies der Teil ihres Lebens, den sie während ihres Krankenhausaufenthalts am meisten vermisst hatte. Sebastian schmerzte der Gedanke, dass nicht er es gewesen war, der ihr am meisten gefehlt hatte. Der Geruch, der aus den Behältern aufstieg, ließ ihm übel werden. Diesmal, so wurde ihm klar, würde er weder etwas essen können, noch würde er in der Lage sein, so zu tun, als ob er etwas zu sich nähme. Tatsächlich hatte er sich schon innerlich darauf vorbereitet, ihr zu sagen, wie schrecklich er das Essen des Seniorenzentrums fand. Er wollte nur noch warten, bis Terrence gegangen war, um ihn nicht zu verletzen.

Terrence drapierte sich mit seiner massigen Gestalt auf dem Sofa, während Lola am Tisch Platz nahm. Als sie den Behälter öffnete, wurden ihre Augen schmal. Wortlos nahm sie ihre Gabel und kostete ein Fleischklößchen. Dann spießte sie die verkochten grünen Bohnen auf, die, als sie sie zum Mund führte, schlaff und tropfend von der Gabel hingen. Als Nächstes widmete sie sich dem Kartoffelbrei. Sie versenkte ihre Gabel in der blassen, gummiartigen Masse, die sie bisher so überzeugend gefunden hatte. Schließlich legte sie ihre Gabel beiseite, drehte sich zu Terrence um und sagte: »Das ist Scheiße.«

Terrence riss die Augen auf und setzte sich kerzengerade hin. »Wie bitte?«

»Sie haben mich schon richtig verstanden«, sagte sie und schob die dampfenden Behälter weit von sich. »Das Zeug hier würde ich nicht einmal meinem Hund geben, wenn ich einen hätte.«

»Es tut mir leid, dass es Ihnen nicht schmeckt. Ich ... ich ... früher haben Sie es gern gegessen.« Er wandte sich an Sebastian. »Deiner Großmutter hat das Essen doch immer geschmeckt, oder?«, fragte er und sah dabei ein wenig verlegen drein.

Sebastian nickte. Er konnte einfach nicht glauben, dass er soeben Zeuge geworden war, wie seine Großmutter ein Schimpfwort benutzt hatte. Vielleicht nicht das Schlimmste, das es gab, aber trotzdem ein Schimpfwort. »Das Essen hat dir immer geschmeckt, Abuela«, sagte er, dies jedoch nicht in der Absicht, sie davon zu überzeugen, dass es ihr auch jetzt schmecken müsste.

»*Das* soll mir früher geschmeckt haben?«, wunderte sie sich und verzog das Gesicht zu einer Grimasse.

»Wissen Sie das denn nicht mehr?«, fragte Terrence.

Lola schüttelte den Kopf und verschränkte die Arme vor der Brust. »Magst du dieses Zeug?«, fragte sie Sebastian.

»Nein, eigentlich nicht«, erwiderte er.

Dann wandte sie sich an Terrence. »Wie sieht es mit Ihnen aus?«

Terrence zuckte mit den Schultern. »Um ehrlich zu sein, ich habe es noch nie probiert.«

»Nun, dann tun Sie es jetzt«, sagte sie.

»Ich glaube nicht …«

»Kosten Sie«, beharrte sie und schob ihm den Teller zu. »Sie sollten das Zeug wenigstens probieren, das man Sie ausfahren lässt.«

Er lachte verlegen, als er zum Tisch ging und ein kleines Stück Fleischklößchen auf die Gabel nahm. Nach kurzem Zögern schob er sich den Bissen in den Mund und begann zu kauen. Er schluckte mit sichtlichem Widerwillen und legte dann die Gabel weg. »Ich verstehe durchaus, was Sie meinen«, murmelte er.

Lola schloss die Behälter sorgfältig einen nach dem anderen, stapelte sie übereinander und steckte sie wieder in die weiße Plastiktüte. »Draußen vor der Tür steht ein großer Abfalleimer. Tun Sie sich keinen Zwang an und überantworten Sie das seinem rechtmäßigen Bestimmungsort, wenn Sie nachher gehen.«

»Aber was werden Sie zu Abend essen, Ms. Lola?«

Daran hatte sie offensichtlich nicht gedacht.

»Wenn Sie wollen, gehe ich noch für Sie einkaufen, wenn ich alles ausgeliefert habe«, bot Terrence an.

»Das ist wirklich nett von Ihnen«, sagte Lola. »Aber ich habe keinen großen Hunger. Kurz bevor Sie gekommen sind, habe ich ein paar köstliche Feigen gegessen, und ich werde mir vor dem Schlafengehen einen Toast und eine Tasse warme Milch machen. Und«, fuhr sie fort, während ihre Augen vielversprechend glitzerten, »morgen ist ja auch noch ein Tag.«

»Das stimmt. Morgen gibt es gebratenes Hühnchen, auch eines Ihrer Lieblings…« Er hielt inne und murmelte: »Wir werden ja sehen, wie es wird.«

Terrence blieb noch eine Weile. Er erkundigte sich, wie es im Krankenhaus gewesen sei, etwas, wovon Lola aber nur ungern berichten wollte. Also erzählte er ihr von den Auftritten, die er in letzter Zeit gehabt hatte, wenn auch nicht mit derselben Lässigkeit und Offenheit wie früher. Er versuchte sich zu entspannen, aber jedes Mal, wenn er Lola und ihre götterspeiseroten Haare ansah, geriet er ins Stocken, als sei er sich nicht sicher, ob er all das einer Frau erzählen solle, die offensichtlich nicht mehr die war, die sie noch bis vor Kurzem gewesen war. Lola hörte ihm jedoch mit gewohnter Aufmerksamkeit zu, und schließlich brachten ihre interessierten Fragen Terrence dazu, sich wieder so freimütig zu äußern wie sonst auch.

Die Flammen der Kerzen wurden größer, und die Schatten, die sie warfen, tanzten um sie alle herum. Inzwischen waren sie zur Hälfte heruntergebrannt, und der angenehme Geruch schmelzenden Wachses erfüllte den Raum. Während Sebastian seine Großmutter im flackernden Licht der Kerzen ansah, veränderte sie sich vor seinen Augen. Er sah das Gesicht seiner Mutter, manchmal auch das seiner Schwester und seiner Tante, als würde er in der Zeit vor- und zurückspringen. Als er die Augen zusammenkniff, meinte er, auch wenn er sich dabei nicht ganz sicher war, sogar jemanden zu erkennen, den er noch nie zuvor gesehen hatte, eine außerordentlich weise und schöne Frau.

Der Zauber löste sich jedoch in Luft auf, als die Tür aufflog und Sebastians Mutter das Haus betrat. Sie blieb stehen, da sich ihre Augen erst an die Dunkelheit und das flackernde Kerzenlicht gewöhnen mussten. Als sie endlich etwas erkennen konnte, hob sie voller Verwirrung langsam die Hände und legte sie auf ihren Mund. Bis vor wenigen Sekunden war sie noch fest entschlossen gewesen, den schulischen Ungehorsam ihres Sohnes anzusprechen, jetzt aber hatte sie vollkommen vergessen, was sie sagen wollte. Sie riss ihren Blick von Lola los und wandte ihn den Kerzen auf dem Tisch zu.

Terrence stand auf und räusperte sich. »Ich ... ich glaube, ich sollte mich dann wieder auf den Weg machen, Ms. Lola«, sagte er und nahm die Plastiktüte mit dem ungenießbaren Essen mit. »Ich komme morgen wieder.« Nach diesen Worten warf er Sebastian noch ein strahlendes Lächeln zu und ging dann, leise vor sich hin summend, an Gloria vorbei zur Tür hinaus.

»Was hat das alles zu bedeuten, Ma?«, fragte Gloria, nachdem sie ihre Sprache wiedergefunden hatte.

»Was hat *was* zu bedeuten?«, erwiderte Lola und warf dabei herausfordernd den Kopf zurück.

»Du weißt schon – die Kerzen, deine Haare ...«

»Ich mag *echte* Kerzen«, sagte sie. »Und was meine Haare angeht, nun, ich finde, da war einfach einmal eine Veränderung nötig.«

Gloria ging langsam zum Tisch und setzte sich auf den Stuhl, auf dem gerade noch Terrence gesessen hatte. »Ich hoffe doch sehr, dass du nicht wieder mit diesem unheimlichen *Jibaro*-Zeug anfängst, das du früher immer mit Kerzen und Kräutern veranstaltet hast.« Gloria missbilligte diese abergläubischen Bräuche der Insel in höchstem Maße und hatte ihrer Mutter oft gesagt, sie wolle nicht, dass ihre Kinder mit solchem Unsinn in Berührung kämen.

Lola begegnete dem furchteinflößenden, starren Blick ihrer Tochter und nahm eine noch aufrechtere Haltung ein. »Ich habe lediglich ein paar Kerzen angezündet und mir die Haare gefärbt. Ist das etwa ein Verbrechen?«

»Du hast es versprochen.«

»Was genau habe ich versprochen?«

»Nach dem Brand waren wir uns alle einig, dass du weiter hier wohnen darfst, solange du …« Sie hielt inne, als sie den verblüfften Gesichtsausdruck ihrer Mutter bemerkte. »Tu jetzt bitte nicht so, als würdest du dich nicht mehr daran erinnern. Ich bin mir absolut sicher, dass du es nicht vergessen hast.« Als Lola schwieg, seufzte Gloria und wandte sich als Nächstes an ihren Sohn. »Deine Lehrerin hat mir gesagt, was heute geschehen ist. Warum hast du dich nicht an ihre Anweisungen gehalten?«

Sebastian wusste, dass er etwas falsch gemacht hatte, aber er spürte auch eine Spur Zufriedenheit, weil Ms. Ashworth wegen ihm nicht seinen Vater, sondern seine Mutter angerufen hatte. »Ich wollte Abuela Lola besuchen«, erwiderte er und warf einen Seitenblick zu seiner Großmutter hinüber. »Ist das etwa ein Verbrechen?«

Gloria schlug mit der flachen Hand auf den Tisch, so fest, dass die Flammen der Kerzen flackerten und beinahe erloschen. »Du wirst die Schule nicht mehr ohne Erlaubnis verlassen. So etwas wird nie wieder geschehen. Hast du mich verstanden?«

Sebastian senkte den Kopf und nickte kaum merklich.

»Sieh mich an«, befahl sie. Er hob den Blick und sah ihr in die Augen.

»Hast du mich verstanden?«, wiederholte sie.

»Ja«, murmelte er.

Gloria seufzte und schob ihren Stuhl vom Tisch zurück. Sie

schaltete die Deckenlampe an. Das grelle Licht ließ Lola und Sebastian zusammenzucken. Dann blies sie eine Kerze nach der anderen aus. Grauer Rauch kringelte sich von den Dochten nach oben und erfüllte das Zimmer mit einem angenehmen Duft.

»Hol deine Büchertasche«, sagte Gloria zu Sebastian. »Wir fahren nach Hause. Du wirst deine Hausaufgaben machen und ich will, dass du noch vor dem Abendessen damit fertig bist. Und bevor du zu Bett gehst, schreibst du Ms. Ashworth noch einen Brief, in dem du dich bei ihr entschuldigst und der mindestens eine Seite lang ist.«

Lola beugte sich nach vorn und flüsterte deutlich hörbar: »Langatmige Entschuldigungen können ziemlich ermüdend sein. Halte den Brief besser kurz.«

»Das geht dich absolut nichts an, Ma«, fuhr Gloria ihre Mutter an.

Lola zuckte mit den Schultern und wandte sich wieder an Sebastian, wobei ihre Augen vielversprechend funkelten. »Wenn du mich morgen besuchst, habe ich eine Überraschung für dich …«

»Sebastian wird morgen zur Nachmittagsbetreuung gehen, wie er es heute auch schon hätte tun sollen«, sagte Gloria. »Und er ist schlau genug, nicht zweimal denselben Fehler zu machen.«

Sebastian nahm seine Büchertasche und folgte seiner Mutter zur Tür. Er hätte zu gern gewusst, was für eine Überraschung Lola für ihn hatte, er wusste jedoch auch, dass seine Mutter noch wütender werden würde, als sie es jetzt schon war, wenn er seine Großmutter danach fragte. Bevor er hinausging, drehte er sich noch einmal zu seiner Großmutter um, die am Küchentisch saß und ihnen nachsah. Als sich ihre Blicke trafen, zwinkerte sie ihm wieder zu. Diesmal erschien es ihm jedoch als die natürlichste Sache der Welt.

9

Zu Hause angekommen, ging Sebastian sofort in sein Zimmer hinauf, um seine Hausaufgaben zu machen. Seine Mutter war auf der Heimfahrt tief in Gedanken versunken gewesen, aber Sebastian wusste, dass sie nicht in erster Linie böse auf ihn war, sondern sich vielmehr Sorgen machte, weil Abuela Lola sich seltsam verhielt und noch seltsamer aussah. Als sein Vater nach Hause kam, konnte Sebastian von seinem Zimmer aus den größten Teil des Gesprächs verfolgen, das seine Eltern unten in der Küche führten.

»Ich weiß nicht, was ich davon halten soll. Es sind nicht nur ihre Haare, es ist ... es ist einfach alles anders. Was sie sagt, ihr Gesichtsausdruck, sogar wie sie sich bewegt. Sie hat sich völlig verändert.«

»Hast du schon mit dem Doktor telefoniert?«

»Nein, aber das werde ich gleich morgen Früh machen. Ich werde auch Mando und Gabi anrufen. Wenn Mando das hört, wird er Ma auf der Stelle in einem Heim unterbringen wollen.«

»Davon gehe ich aus. Na ja, und was war mit Sebastian? Du hast gesagt, dass seine Lehrerin bei dir angerufen hat? Wie heißt sie doch gleich?«

Sebastian spitzte die Ohren, als sein Name fiel. Er schlich aus seinem Zimmer in den Flur, um besser verstehen zu können, was unten in der Küche gesprochen wurde.

»Sie heißt Ms. Ashworth. Sie hat mich heute Nachmittag angerufen und gesagt, Sebastian habe das Klassenzimmer verlassen, obwohl sie ihn ausdrücklich angewiesen hatte, noch zu warten.«

»Sehr seltsam.«

»Ich habe ihn sofort auf sein Zimmer geschickt. Er soll seine Hausaufgaben machen und einen Entschuldigungsbrief schreiben. Ich gehe besser einmal nach oben und sehe nach, ob er das auch macht.«

Sebastian schlüpfte in sein Zimmer zurück und schloss leise die Tür. Er warf seine Büchertasche auf das Bett und suchte die Hausaufgabenblätter, die Ms. Ashworth ihm mitgegeben hatte. Sie befanden sich jedoch nicht dort, wo er sie verstaut zu haben glaubte. Er kippte den ganzen Inhalt seiner Tasche aus, damit es so aussah, als würde er sich ernsthaft darum bemühen, sie zu finden. Als seine Mutter kurz darauf das Zimmer betrat, musste sie enttäuscht feststellen, dass er mit seinen Hausaufgaben noch nicht einmal angefangen hatte.

»Was machst du da eigentlich, junger Mann?«

»Ich suche schon die ganze Zeit meine Hausaufgabenblätter, aber ich kann sie einfach nicht finden«, erwiderte er und kramte dabei noch energischer in seinen Sachen herum.

»Hier«, sagte sie und griff nach der Tasche. »Da ist ein Fach, in dem du noch nicht nachgesehen hast.«

Bevor Sebastian irgendetwas unternehmen konnte, öffnete sie den Reißverschluss der vorderen Tasche seines Ranzens und leerte sie aus. Stifte, Radiergummis, alte Lutscherstiele, Essensmarken für die Schulkantine und einzelne Papierfetzen fielen auf sein Bett. Und ganz oben auf dem Sammelsurium lag die Visitenkarte, die er aus Ms. Ashworths Schreibtisch genommen hatte. Seine Mutter erkannte die Handschrift sofort. Sie nahm die Karte in die Hand und drehte sie um. Sebastian zuckte mit keiner Wimper, während er zusah, wie sich die steile Falte auf der Stirn seiner Mutter immer mehr vertiefte.

»Sebastian«, sagte sie mit vollkommen ruhiger Stimme. »Woher hast du diese Karte?«

Er schluckte heftig. »Das ist Dads Visitenkarte.«

»Das sehe ich«, erwiderte sie, und ihre Stimme war dabei so glatt wie Glas. »Ich will wissen, wo du sie herhast.«

Er starrte in ihr fragendes Gesicht. Das Band der Angst um seinen Hals begann sich zusammenzuziehen und drohte ihn schier zu ersticken. Er durfte ihr auf keinen Fall sagen, woher er die Karte hatte. Wenn er das täte, müsste er ihr auch erzählen, wie die Augen seines Vaters immer funkelten, wenn er Ms. Ashworth ansah. Er müsste ihr von dem seltsamen, versonnenen Lächeln, den flatternden Augenlidern und den schönen Worten erzählen, die die beiden miteinander wechselten. Worte, so voller Begehren und voller rätselhafter Bedeutungen, dass er sie nicht einmal im Ansatz verstand. Das Übelkeitsgefühl, das er angesichts all dessen empfand, sagte ihm jedoch ganz klar, dass das, was die beiden taten, falsch war.

»Rede mit mir, Sebastian«, sagte sie. »Ich bin nicht böse auf dich. Ich will nur wissen, wo du die Visitenkarte deines Vaters herhast.«

In diesem Moment erschien plötzlich Dean in der Tür. »Gibt es ein Problem?«, fragte er, und seine blauen Augen blitzten dabei so fröhlich wie immer.

Als Antwort auf seine Frage hielt Gloria ihm die Karte vor die Nase. Er nahm sie ihr aus der Hand und wurde blass, als er sie umdrehte.

»Ich habe Sebastian gefragt, woher er sie hat, aber er hat es anscheinend vergessen«, sagte sie mit einer Spur von Sarkasmus in der Stimme.

Dean stand wie ein begossener Pudel vor ihnen. »Ich glaube, wir sollten uns nebenan weiter unterhalten«, murmelte er.

»Warum?«, fragte Gloria. »Diese Visitenkarte war in Sebastians Büchertasche, und ich will einfach nur wissen, woher er sie hat. Um Himmels willen, Dean«, sagte sie jetzt schwer atmend. »In was hast du den Jungen da bloß hineingezogen?«

»In nichts«, erwiderte er und schüttelte den Kopf. »Ehrlich, ich …« Er wandte sich Sebastian zu. Sein Blick war von einer bösen Vorahnung erfüllt. Er hasste es, seinem Sohn das antun zu müssen, aber ihm fiel einfach keine andere Lösung ein. »Sag deiner Mutter, wo du die Karte gefunden hast, Sebastian.«

Sebastian schüttelte den Kopf. Plötzlich fehlte ihm die Luft zum Sprechen.

»Du kannst es ihr ruhig sagen, mein Sohn«, sagte er freundlich. »Das ist schon in Ordnung.«

Sebastian legte die Hand auf sein Herz und spürte die hämmernde Kraft der Schläge unter seiner Handfläche. Er wartete ein paar Sekunden, bis sein Herz sich wieder etwas beruhigt hatte. »Ich habe sie in Ms. Ashworths Schreibtisch gefunden.«

»Im Schreibtisch deiner Lehrerin?«, fragte Gloria. »Warum warst du an ihrem Schreibtisch?«

Er sah seinen Vater an, der ihn mit einem Nicken aufforderte, fortzufahren. An seinen Augen erkannte Sebastian, dass sein Vater bereits eine Million Meilen weit entfernt war. Also ergab er sich der Katastrophe.

»Ich habe gesehen, wie Dad ihr die Karte gegeben hat. Das war heute Morgen, als er mich zur Schule gebracht hat. Aber ich wollte nicht, dass sie die Karte bekommt, also habe ich sie aus ihrem Schreibtisch genommen, nachdem sie ins Sekretariat gegangen war. Es tut mir leid. Ich weiß, dass ich das nicht hätte tun dürfen.«

Glorias Gesichtszüge erschlafften, als sie über die Worte ihres Sohnes nachdachte. Aber ganz egal, wie sie sie auch drehte und wendete, die Bedeutung blieb stets dieselbe.

Als Dean noch einmal vorschlug, sie sollten das Gespräch nicht in Sebastians Zimmer fortsetzen, stimmte sie zu. Sie folgte ihm durch den Flur ins Schlafzimmer, aber auch bei geschlossenen Türen konnte Sebastian ihre Stimmen durch die dünnen Wände hören. Im Laufe der Jahre hatte er oft miterleben müssen, wie seine Eltern sich stritten. Normalerweise ging es dabei um Geld oder um irgendwelche dringenden Reparaturen am Haus, manchmal auch um andere Dinge, die den Haushalt oder die Familie betrafen und die er nicht immer verstand. Dieser Streit aber, so vermutete er, würde schlimmer werden als alle anderen, und er sollte Recht behalten.

»Es war idiotisch von mir, das zu tun«, sagte Dean beinahe flehentlich. »Ich weiß wirklich nicht, was in mich gefahren ist. Ich ... ich ... denke, es war einfach ein gutes Gefühl, dass da endlich wieder einmal eine Frau war, die mich angelächelt hat. Ich habe nicht gedacht ...«

»Erwartest du tatsächlich von mir, dass ich dir irgendetwas von dem glaube, was du sagst?«

»Es ist die Wahrheit. Ich schwöre dir, dass ich so etwas noch nie zuvor gemacht habe.«

Gloria lachte bitter. »Und dann wirst du, natürlich rein zufällig, gleich beim ersten Mal von deinem eigenen Sohn erwischt?«

»Ich weiß, dass das schwer zu glauben ist ...«

»Nur ein völliger Idiot würde dir diese Geschichte abkaufen.«

»Gloria, du musst mir einfach glauben.«

»Nein, muss ich nicht.«

»Aber wenn du nur ...«

»Hörst du mir nicht zu?«, schrie Gloria ihn an.

»Doch, das tue ich«, schrie Dean noch lauter zurück. »Ich höre dir immer zu, aber du hast in den letzten zehn Jahren kein Wort von dem gehört, was *ich* gesagt habe. Ich bin nur noch Luft für dich. Jeder und alles ist nur Luft für dich. Bis auf Sebastian – er ist das Einzige, was dich interessiert.«

»Er ist krank, und ich bin seine Mutter«, sagte Gloria jetzt wieder in ruhigerem Ton.

»Ich weiß, dass er krank ist. Aber du hast auch noch einen Ehemann und eine Tochter.«

Es folgte eine lange Pause, dann sagte Gloria mit vor Sarkasmus triefender Stimme: »Dann ist das wohl alles meine Schuld. Ich sollte mich also bei dir entschuldigen. Bitte verzeih mir, dass ich dich gezwungen habe, bei der erstbesten Gelegenheit, die sich dir bot, die Lehrerin unseres Sohnes anzumachen. Ich hätte nicht zulassen dürfen, dass du ihn zur Schule bringst. Ich hätte wissen müssen, dass meine Liebe zu unserem kranken Sohn dir keine andere Wahl lässt, als etwas Derartiges zu tun. Wirst du mir jemals vergeben können, Dean?«

Nach mehreren Sekunden des Schweigens sagte Dean: »Nachdem Sebastian geboren wurde, warst du einfach nicht mehr da, Gloria. Du bist einfach verschwunden. Mehr kann ich dazu nicht sagen.«

Sebastian entfernte sich mit unsicheren Schritten von der Wand und legte sich auf sein Bett, mitten zwischen die darauf verstreuten Gegenstände. Er nahm sein Kopfkissen und legte es sich über den Kopf, um nichts mehr hören zu müssen. Ein unangenehmer Druck lag auf seinem Herzen, der viel schlimmer war als die flatternde Schwäche, die er so gut kannte. Aber ganz egal, wie fest er das Kissen auch gegen seine Ohren presste, die Erkenntnis, dass es seinen Eltern, seiner Familie und allen, die er kannte, wesentlich besser gehen würde, wenn er niemals geboren worden wäre, konnte er nicht aus seinen Gedanken verbannen.

Zwei Stunden später kam Jennifer von ihrem Cheerleader-Training nach Hause. Da sie in der Küche niemanden antraf, ging sie nach oben in Sebastians Zimmer. Er war gerade eifrig damit beschäftigt, seine Hausaufgaben zu machen, nachdem er das Aufgabenblatt schließlich doch noch gefunden hatte. Es hatte zwischen den Seiten seines Mathebuchs gesteckt. Danach würde er seinen Entschuldigungsbrief schreiben. Er hoffte, dass sich die Situation ein wenig entspannen würde, wenn seine Eltern sahen, dass er fleißig war. Seit einiger Zeit hatte er allerdings ohnehin keinen Ton mehr von ihnen gehört.

Jennifer ließ sich auf Sebastians Bett fallen. »Was ist denn hier los?«, fragte sie. »Mom hat sich in ihrem Zimmer verkrochen und Dads Auto ist weg. Sag bloß nicht, dass sie sich schon wieder gestritten haben. Nach ihrem letzten Streit haben wir eine ganze Woche lang nichts anderes als Sandwichs mit Erdnussbutter gegessen.«

Sebastian fragte sich, ob er Jennifer überhaupt sagen sollte, was geschehen war, denn manchmal machte die Art und Weise, wie sie auf ihre Eltern schimpfte, das Ganze nur noch schlimmer. Als ihm jedoch bewusst wurde, dass es nur eine Frage der Zeit wäre, bis sie es selbst herausfände, beschloss er, ihr doch alles zu erzählen. Er begann mit dem Beginn des Schuljahrs, als ihr Vater Ms. Ashworth zum ersten Mal gesehen hatte, und berichtete dann in allen Einzelheiten, was sich am heutigen Tag ereignet hatte. Es war tatsächlich ein gutes Gefühl, sich das alles von der Seele reden zu können.

»Scheiße«, sagte sie und schlug mit den Fäusten auf das Bett ein. »Scheiße, Scheiße, Scheiße!« Tränen rannen ihr über die Wangen. Sie wischte sie mit einer ärgerlichen Handbewegung weg.

»Es tut mir leid. Ich hätte Dads Karte nicht aus Ms. Ashworths Schreibtisch nehmen dürfen«, sagte Sebastian.

»Das Ganze ist doch nicht deine Schuld«, fuhr sie ihn barsch an.

»Dann ist es Ms. Ashworths Schuld, weil sie immer so kurze Röcke trägt und …«

»Nein«, widersprach Jennifer ihm, während sie ihren Bruder mit einem kalten, verächtlichen Blick ansah. »Deine Lehrerin kann schließlich nichts dafür, dass sie so gut aussieht. Was soll sie denn tun? Soll sie sich für den Rest ihres Lebens einen Sack über den Kopf ziehen? Das alles ist allein Dads Schuld. Er hätte das niemals auf seine Karte schreiben dürfen. Das war wirklich mies und widerlich von ihm.«

Sebastian verschlug es vor Verblüffung erst einmal die Sprache. Eine Minute lang konnte er nichts anderes tun, als seiner Schwester stumm dabei zuzusehen, wie sie den dunkelgrünen Nagellack von ihrem Daumen und Zeigefinger kratzte.

»Komm«, sagte sie schließlich. »Gehen wir in die Küche. Ich mach dir ein Sandwich mit Erdnussbutter.«

Auf dem Weg nach unten wagte Sebastian, eine Bitte auszusprechen. Er wusste, dass das durchaus riskant war, aber es war das Einzige, was ihm einfiel, um die Angst zu vertreiben, die sich tief in seiner Magengrube festgesetzt hatte. »Liest du mir heute Abend etwas vor, bis ich eingeschlafen bin?«, fragte er.

»Mir ist nun wirklich nicht danach, dir heute irgendetwas vorzulesen«, sagte sie.

»Vielleicht nur eine Viertelstunde?«

Sie gingen an der Schlafzimmertür ihrer Eltern vorbei. Jennifer zögerte kurz. Sie überlegte, ob sie anklopfen sollte, entschied sich dann aber doch dagegen. Aus Erfahrung wusste sie, dass es am besten war, wenn sie ihrer Mutter nach einem Streit ausreichend Zeit gab, um sich zu beruhigen. Und das hier war zweifellos ernster als alles, was bisher geschehen war.

»Okay. Dann vielleicht zehn Minuten?«, fragte Sebastian.

»Ich habe nein gesagt«, erwiderte Jennifer nun nachdrücklicher, als sie weiter die Treppe hinuntergingen. »Außerdem bist du sowieso schon zu alt für Gute-Nacht-Geschichten.«

Es war der längste Schultag, an den Sebastian sich erinnern konnte. Als seine Mutter ihn zur Schule gefahren hatte, hatte er ihr versprechen müssen, dass er diesmal gehorchen und zur Nachmittagsbetreuung gehen würde. Sie kam ihm so hoffnungslos vor, so entsetzlich mitgenommen, dass er fürchtete, sie könnte zusammenbrechen, wenn er sich weigerte. Was würde geschehen, wenn sie wüsste, dass er für den Bruchteil einer Sekunde tatsächlich überlegt hatte, wie es wäre, Ms. Ashworth als Mutter zu haben? Er hatte schreckliche Schuldgefühle, da er an so etwas auch nur dachte, aber er fragte sich unwillkürlich, ob sein Leben mit einer so schönen Mutter, die die ganze Zeit lachte und die einfach aus Spaß ihre Haare zurückwarf, nicht doch ein wenig interessanter wäre. Er erlaubte sich diesen Gedanken jedoch nur für kurze Zeit, da die Vorstellung, dass seine Mutter ohne ihn ganz allein wäre, unerträglich für ihn war. Sie zu verlieren, wäre für ihn, als würde er einen Arm oder ein Bein verlieren. Oder sogar sein Leben.

Sebastian hatte seinen Vater an diesem Morgen nicht zu Gesicht bekommen, aber er zweifelte keine Sekunde daran, dass es auch in seinem Sinn war, wenn er zur Nachmittagsbetreuung ginge. Trotz allem sehnte Sebastian sich danach, seiner Großmutter vom gestrigen Streit seiner Eltern zu erzählen. Er wusste, dass Abuela Lola ihn beruhigen und trösten würde, so wie sie es schon so oft getan hatte – und das verstärkte seinen Wunsch noch, sie zu besuchen. Hinzu kam, dass er unbedingt Keith aus dem Weg gehen wollte. All das beschäftigte ihn so sehr, dass es ihm schwerfiel, sich noch auf den Unterricht zu konzentrieren.

Ms. Ashworth hatte sich Sebastian gegenüber den ganzen Tag über ein wenig reserviert gezeigt. Als er ihr seinen Entschuldigungsbrief gegeben hatte, hatte sie ihn zwar mit einem Lächeln entgegengenommen, aber dieses Lächeln war bei Weitem nicht so strahlend gewesen wie sonst. Sebastian wusste, dass sie ihn jetzt nicht mehr für den lieben, kranken, kleinen Jungen mit den großen Augen hielt, der alles tat, worum sie ihn bat. Das erfüllte ihn sowohl mit Trauer als auch mit Freude, und diese beiden einander widersprechenden Gefühle verunsicherten ihn nur noch mehr. Was sollte er nur tun, wenn der Unterricht vorbei war?

Natürlich würde es für Sebastian heute nicht so einfach werden, sich davonzustehlen. Ms. Ashworth ließ ihn neben sich warten, als sie die Schüler Reihe für Reihe aus dem Unterricht entließ.

Dann nahm sie ihn bei der Hand und brachte ihn direkt zur Nachmittagsbetreuung. Auf dem Weg dorthin merkte Sebastian, dass er keinen Gefallen mehr am seidigen Rascheln ihrer Strümpfe oder dem blumigen Duft ihres Parfüms fand. Er spürte, wie ihre Enttäuschung durch ihre Finger in ihn hineinsickerte wie schwarzer Teer. Als sie schließlich den Aufenthaltsraum erreichten und sie seine Hand losließ, waren seine Finger klebrig davon.

Nachdem Ms. Ashworth einer jungen Betreuerin ausführlich erklärt hatte, welche körperliche Einschränkungen bei Sebastian zu berücksichtigen seien, suchte diese ein ruhiges Plätzchen für ihn, wo er es sich mit ein paar Blatt Papier und einigen Buntstiften bequem machen konnte. Direkt hinter einer verglasten Doppeltür entdeckte er Keith, der mit seinen Knien wie eine Fledermaus kopfüber am Klettergerüst hing. Er versetzte einem seiner Freunde, der ihn in den Magen boxte, gerade spielerisch eine Reihe von Faustschlägen. Sebastian wandte rasch den Blick ab, wohl wissend, dass viele Menschen es spürten, wenn sie beobachtet wurden. Mit ein wenig Glück, so hoffte er, würde er die nächsten zwei oder drei Stunden überstehen, ohne dass ihn jemand bemerkte.

Sebastian nahm den erstbesten Stift zur Hand und begann, auf dem Papier herumzukritzeln. Ohne groß darüber nachzudenken, zeichnete er Linien und Kringel, einen nach dem anderen, wobei es ihm mehr darum ging, den Eindruck zu erwecken, beschäftigt zu sein, als um irgendetwas anderes. Bald jedoch stellte er fest, dass das, was er auf dem Papier vor sich hatte, einem Gesicht ähnelte. Wenn er genau hinsah, erkannte er sogar eine lange, gebogene Nase und kleine, glänzende Augen. Die Lippen sahen aus wie ein kräftiger Spalt, der sich in dem Gesicht aufgetan hatte, und viele kreuz und quer verlaufende Fältchen umgaben Mund und Nase. Es waren so viele, dass er die Gesichtszüge mit einer dickeren Linie nacharbeiten musste, damit sie in den Falten nicht untergingen. Als Nächstes malte er die Haare, dicht und schwarz, sodass sie als lustiges, wirres Durcheinander an den Seiten und nach oben abstanden. Schließlich verwendete er noch einen schwarzen Marker, damit die Haare noch dunkler wurden. In eben diesem Moment begannen die Augen plötzlich voller Leben zu funkeln, und die Lippen bewegten sich aufeinander zu, als wollten sie gleich etwas sagen. Sebastian spürte ein merkwürdiges, aber keineswegs unangenehmes Vibrieren tief in seinem Innenohr, sodass er sich nicht sicher war, ob er die Worte tatsächlich hörte oder nur fühlte. Jedenfalls war es die raue Stimme der schwarzhaarigen alten Dame, die er so klar und deutlich vernahm, als säße sie direkt neben ihm.

»Warum bist du nicht bei deiner Großmutter, wo du hingehörst?«, fragte sie.

Sebastian war so schockiert, dass er nicht antworten konnte.

»Nun?«, sagte sie. »Bist du taub?«

»Ich ... ich habe meiner Mutter versprechen müssen, dass ich zur Nachmittagsbetreuung gehe«, erwiderte Sebastian. »Und wenn ich mein Versprechen nicht halte, kriege ich jede Menge Ärger, wahrscheinlich sogar den schlimmsten Ärger meines Lebens.«

»Leben und Ärger sind oft ein und dasselbe«, sagte die alte Dame. »Aber wie dem auch sei: Du hast dein Versprechen ja gehalten. Du hast gesagt, dass du zur Nachmittagsbetreuung gehen wirst, und jetzt bist du hier. Hast du auch versprochen, dass du deine Großmutter nicht besuchen würdest?«

»Nein«, erwiderte er. »Das habe ich nicht getan.«

Mit einem Mal spürte Sebastian ein Kribbeln, das ihm über den Rücken lief, und eine andere, auf entsetzliche Weise bekannte Stimme ertönte hinter ihm.

»Wer soll denn das sein«, fragte Keith. Dann griff er nach dem Blatt Papier, um sich die Zeichnung genauer anzusehen. Ein breites Grinsen erschien auf seinem Gesicht. »Ich weiß, wer das ist«, sagte er. »Das ist doch unser Affenjunge!«

»Gib her«, rief Sebastian und versuchte, die Zeichnung wieder an sich zu bringen. Keith hatte jedoch nur wenig Mühe, sie so zu halten, dass sie sich außerhalb seiner Reichweite befand.

»Zuerst musst du mich fangen«, sagte Keith mit einem höhnischen Grinsen. »Ach, ich vergaß, unser Affenjunge kann ja gar nicht rennen.«

»Ich kann sehr wohl rennen«, erwiderte Sebastian.

»Wie kommt es dann, dass ich noch nie gesehen habe, wie du rennst? Du sitzt immer nur da, oder du gehst langsam, oder du stehst einfach rum wie ein Idiot.«

»Ich kann rennen, aber ich darf nicht.«

»Warum nicht?«, fragte Keith. So nah waren sie einer normalen Unterhaltung noch nie gewesen. Keith schien sich deshalb auch nicht allzu wohl in seiner Haut zu fühlen, aber er war neugierig genug, um es zu ertragen.

»Ich habe ein krankes Herz«, erklärte Sebastian. »Wenn ich renne, explodiert es.«

»Schwachsinn«, sagte Keith und warf dabei einen Blick zu der Betreuerin hinüber, um zu sehen, ob sie ihn gehört hatte. Diese widmete jedoch gerade ihre ganze Aufmerksamkeit den Erstklässlern, mit denen sie am anderen Ende des Raumes spielte. »Alle sagen, dass du tatsächlich ein krankes Herz hast, aber ich glaube, dass du nur ein Simulant bist.«

Sebastian öffnete die ersten drei Knöpfe seines Hemdes und zog es auseinander, um das oberste Drittel der Narbe zu enthüllen, die in der Mitte seiner Brust nach unten verlief. Glänzend und wulstig, wirkte sie wie eine unter der Haut eingepflanzte Spaghetti-Nudel. Keith riss die Augen auf, als er sie sah. »Scheiße«, murmelte er sichtlich beeindruckt. Er konnte seinen Blick gar nicht mehr losreißen, selbst als Sebastian die Knöpfe wieder schloss. »Und was passiert, wenn dein Herz explodiert?«

»Das ist, als würde in meinem Körper eine Granate hochgehen.

Ich verblute. Das war's dann eben«, erwiderte Sebastian in einem so sachlich-nüchternen Ton, dass er sich fast schon heldenhaft vorkam.

In diesem Moment kam Keiths Freund Sean zu ihnen. Er hatte zu der Gruppe gehört, die vor ein paar Tagen um Sebastian herumgestanden und laut gejohlt hatte, als er seinen idiotischen Tanz aufführen musste. »He, was ist denn mit dem Affenjungen los?«, fragte er.

Keith warf Sebastian die Zeichnung hin und schubste Sean an der Schulter. »Blödmann«, murmelte er und ging davon. Sean folgte ihm, schien sich allerdings nicht ganz sicher zu sein, wen Keith gemeint hatte.

Sebastian faltete die Zeichnung sorgfältig zusammen und steckte sie in die vordere Reißverschlusstasche seines Ranzens. Er warf einen kurzen Blick zu der Betreuerin hinüber, die noch immer mit den jüngeren Schülern beschäftigt war. Dann verließ er leise den Raum.

10

Sebastian starrte angestrengt in die Dunkelheit, die hinter jedem Haus, jedem Baum und jeder Ecke lauerte. Er spürte, dass sie viele Geheimnisse und eine Million kleiner Ängste barg, die ein einziger strahlend heller Blitz der Erkenntnis zu vertreiben vermochte. Obwohl er sich bisweilen im Dunklen fürchtete, empfand er sie in diesem Moment durchaus nicht als bedrohlich. Sie war ein einsamer Geist, der ihn daran erinnerte, dass er schon einmal mit dem Tod getanzt hatte und dass er das vielleicht wieder tun würde.

Er dachte an die schwarzhaarige alte Dame aus dem Krankenhaus. Sie existierte jetzt nur noch in den Schatten, manchmal jedoch spürte er ihre Nähe. Er hatte das Gefühl, dass sie ihn beobachtete, ihn leitete, wenn er sich nicht sicher war, wohin sein Weg ihn führen sollte. Vielleicht würde er seiner Großmutter das Bild zeigen, das er gemalt hatte, damit sie das aschfahle Gesicht und die seltsamen schwarzen Haare, die es umrahmten, mit eigenen Augen sehen konnte. Vielleicht würde er ihr auch von dem merkwürdigen Gespräch erzählen, das sie im Krankenhaus geführt hatten. Er starrte noch aufmerksamer in die Dunkelheit und beschleunigte seine Schritte.

Als er ein paar Minuten später auf der Veranda seiner Großmutter stand, wusste er sofort, dass sich das seltsame Verhalten, das sie neuerdings zeigte, noch verschlimmert hatte. Ihre Verrücktheit erschien ihm wie eine kräftige und dornige Schlingpflanze, die sich um ihrer aller Welt knotete und das letzte bisschen Normalität zu ersticken drohte. Durch das Fenster fiel heller Kerzenschein und auf der Veranda lagen verstreut eine Vielzahl von Schachteln und jede Menge Packpapier. Es sah aus, als wäre seine Großmutter gerade von einem Großeinkauf zurückgekommen oder steckte mitten in einem Umzug. Er holte tief Luft und stellte fest, dass der köstliche Geruch, den er schon am Briefkasten wahrgenommen hatte, hier auf der Veranda noch stärker war. Als er das Haus betrat, sah er, dass auch hier der Boden zum größten Teil mit Schachteln und Papier bedeckt war. Selbst auf dem Schaukelstuhl, in dem Lola sonst immer saß, stapelten sich leere Kartons. Hell brennende Kerzen standen auf beinahe jeder geraden Oberfläche, orangerote Stumpenkerzen auf dem Couchtisch und dicke weiße Kerzen auf den Fensterbrettern. Auf dem Küchentisch brannten rote Spitzkerzen. Das geschmolzene Wachs, das an ihnen hinunterlief, sah aus wie dicke Blutstropfen.

Sebastian spürte die duftende Wärme, die ihn umgab und in ihn eindrang. Noch nie hatte er so viele brennende Kerzen auf einmal gesehen. Das Licht, das sie verbreiteten, wirkte wie lebendig. Es bewegte sich durch den Raum wie eine mystische Brise, ein Geist aus Wärme.

Lola stand in der Küche über einen großen Kochtopf gebeugt, in dem sie leise vor sich hinmurmelnd heftig herumrührte. Dampfwolken zogen an ihrem Gesicht vorbei zur Decke hinauf. Mit ihren roten abstehenden Haaren sah sie aus wie eine Hexe, die in ihrem Kessel einen giftigen Trank zusammenbraut. Sie war so vertieft in ihr Tun, dass sie Sebastian, der jetzt mitten im Raum stand und sie beobachtete, gar nicht bemerkte. Über die Arbeitsfläche verteilt standen unzählige Schüsseln, Töpfe und Pfannen in allen Größen und Formen. Eine solche Unordnung hatte Sebastian in der Küche seiner Großmutter noch nie erlebt.

»Abuela, was machst du denn da?«, fragte er schließlich.

Sie blickte erschrocken auf. Obwohl ihre Brille beschlagen war, machte sie sich nicht die Mühe, die Gläser abzuwischen. »Wonach sieht es denn aus?«

Angezogen von den verlockenden Aromen, ging Sebastian einen Schritt auf sie zu. »Du kochst«, sagte er.

»Bingo!«, erwiderte Lola und begann wieder, in dem Topf herumzurühren, wobei ihr Kopf wild auf und ab wippte.

Sebastian trat näher. »Mom wird ganz schön böse auf dich sein.«

»Und was soll sie machen?«, entgegnete Lola mit einem hellen Gackern. »Mich ohne Abendessen ins Bett schicken?« Dann hob sie den Löffel, hielt ihn über ihre Hand und ließ drei dicke Tropfen auf ihre Handfläche fallen. Sie leckte sie ab, schürzte dann die Lippen und schmatzte. Sie überlegte einen Augenblick, bevor sie in eine der kleinen Schüsseln griff, die auf der Arbeitsfläche aufgereiht standen, und eine Prise ihres Inhalts hinzufügte. Nachdem sie noch einmal umgerührt hatte, wandte sie sich an Sebastian.

»Probier mal die Soße und sag mir, was du davon hältst«, forderte sie ihn auf.

Gehorsam kam Sebastian näher und hielt ihr die ausgestreckte Hand hin, in die Lola nun ebenfalls drei dicke Tropfen brauner Soße hineinfallen ließ. Er warf ihr kurz einen schüchternen Blick zu, bevor er die Tropfen ableckte. Dann hielt er verwirrt inne. So etwas hatte er noch nie probiert. Es schmeckte kräftig und würzig, süß und pikant, alles zugleich. Die Aromen verweilten wie eine wunderschöne Melodie auf seiner Zunge. Mit einem Wort: Es war köstlich.

»Also, was sagst du dazu?«, fragte sie.

»Es ist gut«, sagte Sebastian, der gern noch mehr davon gehabt hätte.

Seine Großmutter stemmte die Hände in die Hüften. »Das ist alles, was dir dazu einfällt? Nur gut?«

»Es ist sogar *sehr* gut«, sagte er und wollte das Ganze noch weiter beschreiben, wollte ihr sagen, dass es das Beste war, was er in seinem ganzen Leben je gekostet hatte, als sein Blick auf den großen Teller fiel, der hinter ihr auf der Arbeitsplatte stand. Darauf lagen mehrere klobige, prähistorisch anmutende Knochen, etwas, das die Steinzeitmenschen vielleicht benutzten, um auf ihren primitiven Trommeln herumzuschlagen.

Als seine Großmutter sein Interesse bemerkte, sagte sie: »Das sind Lammhaxen. Ich hätte gern *Cabrito* gemacht, aber das ist in den Supermärkten hier schwer zu finden. Auf der Insel war das früher kein Problem, aber heutzutage ist es auch dort fast nicht mehr zu bekommen. Irgendwann einmal werde ich in die Stadt fahren müssen, um es zu bestellen.«

»Was ist *Cabrito*?«, fragte Sebastian, der seinen Blick nicht von dem seltsam aussehenden Fleisch losreißen konnte.

»Ziege«, erwiderte sie.

»Du isst ... Ziegen? Die Tiere, die so machen?«, fragte er und gab dasselbe Meckern von sich, das er vor ein paar Wochen vor Keith und seiner Bande zum Besten gegeben hatte.

»Natürlich. Du stammst von einer langen Reihe von Vorfahren ab, die das Fleisch der Ziege sehr zu schätzen wussten. Es war deine Urgroßmutter, die mir beigebacht hat, wie man Ziege zubereitet. Na ja, eigentlich hat sie es mir nicht wirklich beigebracht. Ich habe es auf dieselbe Art und Weise gelernt, wie ich gehen, sprechen und auf Bäume klettern gelernt habe. Damals, auf der Insel, haben wir alles auf natürliche und einfache Art gelernt. Es war nicht erforderlich, dass man sich besonders anstrengte, so wie das hier der Fall ist. Es geschah einfach auf dieselbe Weise, wie Orchideen im Dschungel wachsen, ganz von selbst, ohne Gärtner oder Gewächshaus.«

Sebastian löste seinen Blick von den Lammhaxen und sah seine Großmutter irritiert an. »Und ... und ... du isst wirklich Ziegenfleisch?«, fragte er noch einmal.

Es ärgerte Lola sichtlich, dass ihr Enkel ihr nicht glauben wollte. »Das tue ich schon mein ganzes Leben lang. Als ich das erste

Mal Ziegenfleisch gegessen habe, war ich sogar noch jünger, als du jetzt bist, und …« Sie hielt inne, um ihn mit wachsamem Blick zu betrachten. »Nein, ich glaube nicht, dass ich dir diese Geschichte erzählen sollte. Ich denke, sie wird dir nicht besonders gefallen.«

»Warum nicht?«, fragte er.

»Weil dazu ein solider Magen nötig ist.«

Sebastian straffte die Schultern. Nach seinem wiederholten Akt der Rebellion gegen die Nachmittagsbetreuung kam er sich ziemlich stark vor. »Damit komme ich schon klar«, sagte er. Lola überlegte einen Augenblick, bevor sie die Gasflamme auf dem Herd herunterdrehte. Dann begann sie zu erzählen, und ihre Stimme war dabei so kraftvoll und lebendig wie die Aromen, die noch immer Sebastians Zunge umschmeichelten.

»Meine älteste Schwester Tamara, möge sie in Frieden ruhen, wollte heiraten. Also planten wir anlässlich ihrer Hochzeitsfeier ein großes Festessen. Sie war die Erste von uns, die einen Ehemann gefunden hatte. Meine Eltern hatten noch vier weitere Töchter, die sie unter die Haube bringen mussten, daher waren sie bestrebt, die Sache so schnell wie möglich zu erledigen. Das Geld war knapp, trotzdem bestellten sie ein wunderschönes weißes Hochzeitskleid für sie und wundervolle gelbe Kleider für uns, ihre Schwestern. Meine Mutter und ich verbrachten unzählige Stunden damit, die *Capias* anzufertigen. Das sind komplizierte kleine Andenken aus Spitze, von denen ein jedes von Hand mit dem Datum der Hochzeit und den Namen der Brautleute bestickt wurde. Wir mussten *Capias* für zweihundert Gäste machen, und so arbeiteten wir jede Nacht, nachdem die anderen zu Bett gegangen waren, manchmal sogar bis zum Sonnenaufgang.

Mit den Hochzeitsvorbereitungen ging es gut voran. Jeder freute sich auf das Fest, das nach der Trauung stattfinden sollte. Auch ich freute mich sehr auf die große Feier. Bis ich am Tag vor der Hochzeit das kleine *Cabrito* entdeckte, das ein paar Meter vom Haus entfernt an einen Baum gebunden war. Das kleine Ziegenböckchen war noch ein Baby. Das Fell um seine Ohren herum war noch ganz weich, daher wusste ich, dass dies wohl das erste Mal war, dass man es von seiner Mutter getrennt hatte. Ich kniete nieder, um es zu streicheln, aber noch während ich meinem kleinen Freund tröstende Worte zuflüsterte, hörte ich aus der Küche das kreischende Geräusch einer Messerklinge, die am Wetzstein geschärft wurde.

Als mein Vater mit dem frisch geschliffenen Messer aus dem Haus kam, war ich überzeugt, dass dieses kleine Ziegenböckchen die kostbarste Kreatur auf Erden sei und dass es, Hochzeit hin oder her, nicht sterben dürfe. Unter Tränen und vielem Bitten versuchte ich, meinen Vater davon zu überzeugen. Er aber ließ sich nicht erweichen und zog mich von dem Böckchen weg. Nachdem er ein kurzes Gebet gesprochen hatte, packte er das kleine Tier mit einer Hand, während er in der anderen das Messer hielt.

Aber ehe er zustoßen konnte, warf ich mich vor ihm auf den Boden. ›Nein, Papi, bitte bring mein *Cabrito* nicht um‹, rief ich.

›Wir können bei einer Hochzeit doch nicht nur Reis, Bohnen und banales Hühnchen servieren‹, sagte er. ›Kannst du dir vorstellen, wie verärgert deine Schwester sein wird, wenn wir das tun?‹

›Die Hochzeit ist mir vollkommen egal. Es geht um mein *Cabrito*.‹

›Geh hinein‹, befahl mein Vater und zeigte mit dem Messer zum Haus. ›Ich habe für dieses Zicklein gutes Geld bezahlt, und du machst das Ganze jetzt schwieriger, als es sein müsste.‹ Er hatte recht, denn jetzt begann sich das *Cabrito* gegen meinen Vater zu wehren. Seine Augen blickten voller Angst, als hätte es soeben begriffen, was mit ihm geschehen sollte. Es gelang meinem Vater jedoch, es festzuhalten.

Ich wollte schon ins Haus gehen, um nicht mit ansehen zu müssen, wie das Böckchen starb, aber in diesem Moment schaute mich das kleine *Cabrito* an. Seine Augen flehten mich an, sein Schicksal zu akzeptieren und bei ihm zu bleiben und ihm Kraft zu geben – einfach nur da zu sein, mehr nicht.

›Papa‹, sagte ich. ›Lass mich hierbleiben. Ich verspreche dir auch, dass ich nicht mehr weinen werde.‹

Er überlegte, und als er sah, das ich mich tatsächlich beruhigt hatte, erlaubte er mir sogar, meine Hand auf den Rücken des *Cabrito* zu legen, woraufhin sich dieses ebenfalls beruhigte. Ein einziger schneller Hieb mit der Klinge, und ich spürte, wie das *Cabrito* unter meiner Hand zusammenzuckte und dann zu zittern begann. Blut ergoss sich als dicker Strahl aus seiner Kehle und bildete zu unseren Füßen einen roten See. Als der Strom nachließ, knickten seine Vorderbeine ein. Nach ein paar Minuten starb es in den Armen meines Vaters. Ich wollte weinen, als ich es tot auf dem Boden liegen sah, aber ich unterdrückte meine Tränen.

Am nächsten Tag bürstete ich mir die Haare, zog mein neues Kleid an und ging nach draußen, dorthin, wo das Zicklein langsam an einem Spieß briet. Der Duft war geradezu betörend, und ich hielt einen Moment inne, um ihn zu genießen. Dann, als ich mir sicher war, dass niemand mich sah, nahm ich einige der wunderschönen *Capias*, die meine Mutter und ich gemacht hatten, und warf sie in die Flammen. Sie fingen sofort Feuer und verwandelten sich binnen Sekunden in Asche. Ich wusste nicht, dass meine Mutter mich vom Küchenfester aus beobachtet hatte. Es gab ein fürchterliches Donnerwetter. Wegen meiner Missetat würde sie es sich, so sagte sie, ernsthaft überlegen müssen, ob sie für mich jemals ein Hochzeitsfest ausrichten würde. Ich weinte ein Meer von Tränen. Meine Mutter war lange Zeit böse auf mich. Aber das war es wert gewesen.«

Als Lola geendet hatte, wandte sie ihre Aufmerksamkeit wieder dem Topf zu, dessen Inhalt auf dem Herd leise vor sich hin köchelte.

»Ich verstehe das nicht, Abuela«, sagte Sebastian. »Warum hast du die *Capias* ins Feuer geworfen? Was hätte das denn noch ändern sollen? Das Ziegenböckchen war doch schon tot.«

»Ich wollte ihm danken, indem ich selbst auch ein Opfer brachte, und mein Opfer war um vieles leichter zu erbringen«, antwortete sie und gab noch mehr Gewürze in den Topf.

Sebastian dachte über die Geschichte seiner Großmutter nach, empfand aber nichts als Traurigkeit, als er sich vorstellte, wie das an den Baum gebundene Zicklein auf seinen Tod wartete.

Lola hob den Kopf und zeigte auf den Boden des Wohnzimmers. »Ich habe den Taxifahrer gebeten, mir die Taschen hereinzutragen. Jetzt weiß ich nicht, wo er die Tüte mit dem Kartoffelstampfer hingestellt hat. Schau mal, ob du ihn findest.«

Sebastian war sich nicht ganz sicher, wie ein Kartoffelstampfer aussah, aber er begann, eifrig in den Tüten herumzusuchen, bis ihm ein seltsam aussehendes Ding in die Hand fiel, das an einem Ende einen Griff hatte und am anderen mit einem stabilen Maschendraht versehen war. Lola bat ihn, das Gerät auf die Arbeitsfläche zu stellen, wo bereits ein weiterer dampfender Topf wartete und auch schon ein Trittschemel für Sebastian bereitstand, mit dessen Hilfe er die Arbeitsfläche leicht erreichen konnte. Sie nahm den Deckel vom Topf. Durch den Dampf sah Sebastian, dass in ihm jede Menge geschälte und geviertelte Kartoffeln lagen. Lola stellte ein großes Stück Butter, einen Becher mit Sahne und zwei kleine Schälchen neben den Topf, das eine mit Salz gefüllt, das andere mit Pfeffer.

»Während ich die Soße abschmecke, kannst du den Kartoffelbrei zubereiten«, sagte sie. »Bei uns zu Hause hätte es natürlich *Sorullitos*, frittiertes Schmalzgebäck aus Maismehl, gegeben. Aber wir werden einen Schritt nach dem andern machen.«

Sebastian starrte die Zutaten ratlos an. Er hatte noch nie gesehen, dass jemand Kartoffelbrei frisch zubereitete. Wenn es zu Hause Kartoffelbrei gab, kam er als Fertigpulver aus einem Pappkarton.

»Aber Abuela, ich weiß doch gar nicht, wie man Kartoffelbrei macht«, sagte er mit kläglicher Stimme.

»Alles, was du brauchst, steht direkt vor deiner Nase. Du findest es schon heraus. Aber pass auf, der Topf ist ziemlich heiß.«

Sebastian sah sich die Zutaten noch einmal genauer an, dann drückte er den Stampfer vorsichtig in die Kartoffeln. Sie waren weich und matschig, was ihn etwas mutiger machte. Er griff nach der Sahne, zögerte dann aber. Vielleicht, überlegte er, sollte er doch zuerst die Butter hinzugeben. Da stand noch ein weiterer Behälter auf der Arbeitsfläche, gefüllt mit einer trüben Flüssigkeit, mit der er nichts anzufangen wusste.

»Nur zu«, sagte Lola mit einem Kopfnicken. »Misch einfach alles zusammen, es wird schon nicht explodieren.«

Sebastian goss die Sahne langsam in den Topf und sah zu, wie sie über die Kartoffeln floss. Als Nächstes gab er die Butter in kleinen Flöckchen dazu. Es sah wunderbar aus, wie die goldenen Stücke schmolzen, Wirbel bildeten und schließlich wie von Zauberhand in der inzwischen heißen Sahne und den Kartoffeln verschwanden. Er nahm den Stampfer und begann, ihn mit wachsendem Selbstbewusstsein im Topf auf und ab zu bewegen. Der aufsteigende Duft ließ ihm bereits das Wasser im Mund zusammenlaufen. Nun packte er den Stampfer mit beiden Händen und stampfte immer kräftiger.

»Na, jetzt übertreib es mal nicht«, sagte Lola. »Sonst wird der Brei zäh wie Gummi und verliert seine Luftigkeit. Sie begutachtete das Püree und fügte noch etwas von der trüben Flüssigkeit hinzu. Dann nahm sie ihm den Stampfer aus der Hand und gab ihm stattdessen einen großen Metalllöffel. »Ich behalte immer ein oder zwei Tassen vom Kochwasser zurück, falls die Kartoffeln zu trocken sind. Jetzt kannst du das Ganze verrühren.«

Das Rühren machte Sebastian bei Weitem nicht so viel Spaß wie das Stampfen, aber es bestand kein Zweifel: Die Konsistenz des Breis verbesserte sich mit jeder kreisenden Bewegung seines Löffels. Hin und wieder hielt er inne und steckte seine Nase in den Topf, um den Duft von frischen Kartoffeln, Butter und Sahne, den er einfach unwiderstehlich fand, tief einzuatmen.

»Du musst von Zeit zu Zeit probieren«, sagte Lola. »Jeder gute Koch tut das, bevor er sein Essen jemandem serviert.«

Sebastian tat, wie ihm geheißen. Da war nichts von dem leichten Geschmack nach Pappkarton oder dem chemischen Nachgeschmack, den er gewohnt war. Was er schmeckte, war nichts als die Qualität der köstlichen Zutaten: rein, einfach und zutiefst befriedigend. Die sahnige Konsistenz des Breies war einfach unwiderstehlich. Am liebsten hätte er so lange weiterprobiert, bis der Topf leer war.

»Schmeckt es dir?«, fragte Lola.

Er nickte begeistert mit vollem Mund.

»Warte erst einmal, bis du vom Lamm gekostet hast«, sagte sie. »Du wirst sehen, es schmeckt himmlisch.«

Sebastian warf einen kurzen argwöhnischen Blick auf die Lammhaxen und bezweifelte die Voraussage seiner Großmutter. Aber er wäre mehr als glücklich gewesen, an diesem und auch an jedem folgenden Abend einfach Kartoffelbrei zu essen. Plötzlich fiel ihm wieder ein, was ihm schon den ganzen Tag und den ganzen gestrigen Abend auf der Seele lag. Er setzte den Deckel wieder auf den Topf. »Mom und Dad haben sich wieder gestritten«, sagte er.

Lola legte ihren Löffel zur Seite und wischte sich die Hände an ihrer Schürze ab. Es war schon eine ganze Weile her, dass Sebastian die Probleme zwischen seinen Eltern erwähnt hatte, was, wie sie gehofft hatte, ein Zeichen dafür war, dass es zwischen ihnen wieder besser lief.

»So? Was ist denn passiert?«, fragte sie.

Sebastian erzählte seiner Großmutter, was bei Ms. Ashworth vorgefallen war. Er berichtete von der Notiz auf der Visitenkarte und sagte ihr auch, dass sein Vater seiner Mutter vorgeworfen hätte, sie wäre einfach verschwunden. »Ich verstehe nicht, warum Dad das gesagt hat. Mom ist doch noch da.«

Lola überlegte, wie sie es ihrem Enkel erklären sollte. Sie bedeutete ihm mit einem Wink, er solle sich neben sie stellen, während sie die Lammhaxen nacheinander in den Topf gab. Sie sanken auf den Boden und wurden schon bald von der dunklen Flüssigkeit bedeckt. »Die Haxen sind noch immer da, aber sie sind von der Soße bedeckt, sodass wir sie nicht mehr sehen können. Mit Menschen verhält es sich manchmal ganz genauso. Sie werden im Laufe der Jahre von Traurigkeit, von Zorn und von so vielen Verletzungen zugedeckt, dass man sie nicht mehr sehen kann. Aber sie sind trotzdem noch da. Ich glaube, das ist es, was dein Vater gemeint hat«, sagte sie.

Sebastian starrte die dicke braune Soße an, die leise vor sich hin köchelte, und fragte sich, was seiner Mutter so viel Schmerz bereitet haben mochte, dass sie sich auf den Boden hatte sinken lassen. Er wollte seine Großmutter noch viel mehr dazu fragen, wollte sie fragen, was sie tun könnten, um seine Mutter wieder an die Oberfläche zu ziehen, da steckte Terrence den Kopf zur Tür herein. Heute war er jedoch mit leeren Händen gekommen.

»Hallo zusammen. Ich wollte nur kurz nachfragen, ob alles in Ordnung ist.«

»Oh, Terrence«, sagte Lola ein wenig nervös. »Dann haben Sie meine Nachricht also bekommen?«

»Man hat mir gesagt, dass Sie Ihr Essen für heute bis auf Weiteres abbestellt hätten, wenn es das ist, was Sie meinen.«

»Ja, aber ich habe auch gesagt, man solle Ihnen ausrichten, dass Sie mich trotzdem besuchen sollen.«

»Leider sind private Kontakte zu Kunden nicht erwünscht. Ich kann also nicht lange bleiben«, sagte er, während er seinen Blick langsam durch den Raum schweifen ließ. »Was ist denn hier passiert?«

»Sebastian und ich haben gekocht. Sie kommen als Versuchskaninchen genau richtig.«

Lola ging auf Terrence zu und nahm ihn schnell bei der Hand, um ihn zum Tisch zu führen. Er war sichtlich verwirrt, als er auf dem Stuhl Platz nahm, den sie ihm anbot. Sebastians skeptischer Gesichtsausdruck trug auch nicht gerade zu seiner Beruhigung bei. Sebastian konnte sich zwar für die Kartoffeln verbürgen, was das merkwürdig aussehende Fleisch anging, äußerte er sich jedoch lieber nicht.

Lola summte leise vor sich hin, als sie eine große Portion Kartoffelbrei in der Mitte eines Tellers aufhäufte, dann eine der Haxen darauflegte und schließlich einen Schöpflöffel von der Soße, die jetzt dick wie Sirup war, darübergoss. Dann ging sie, den dampfenden Teller fest in beiden Händen haltend, zum Tisch und stellte ihn vor Terrence hin. Dieser beäugte ihn argwöhnisch.

»Sagen Sie jetzt noch nichts«, meinte sie, als sie ihm eine Gabel in die Hand drückte. »Probieren Sie zuerst, und dann sagen Sie mir, was Sie davon halten.«

Terrence nahm eine ordentliche Portion Kartoffelbrei mit Fleisch auf die Gabel. Während er kaute, trat ein Ausdruck des Staunens in seine Augen, und noch bevor er den Bissen hinunterschluckte, hatte er seine Gabel schon wieder vollgeladen. »Das ist mit Abstand das beste Lamm, das ich in meinem ganzen Leben gegessen habe.«

»Wirklich?«, sagte Lola und zupfte dabei vor Freude an ihrer Schürze herum. »Es ist schon sehr lange her, dass ich es das letzte

Mal zubereitet habe. Ich hatte schon Angst, ich könnte es verlernt haben.«

»Das haben Sie ganz bestimmt nicht«, entgegnete Terrence mit vollem Mund.

»Den Kartoffelbrei hat übrigens Sebastian gemacht«, sagte sie, woraufhin Terrence ihm den erhobenen Daumen zeigte.

Als Sebastian ihm beim Essen zusah, überlegte er, ob er nicht vielleicht doch einmal von dem Fleisch probieren sollte. Vielleicht schmeckte es ja gar nicht so schlimm, wie es aussah. Lola, die offensichtlich ahnte, was ihrem Enkel durch den Kopf ging, stellte auch ihm einen Teller auf den Tisch. Er war nicht so gefüllt wie der, den Terrence bekommen hatte, aber noch immer die größte Portion, die er in seinem ganzen Leben jemals vor sich auf dem Teller gehabt hatte. Das Stück Fleisch war fast so groß wie sein Arm.

Ein wenig zaghaft zupfte er mit der Gabel ein winziges Stück Fleisch von der Haxe und schob es sich in den Mund. Es schmeckte gar nicht einmal schlecht, aber der Bissen war zu klein gewesen, um den Geschmack richtig beurteilen zu können, also nahm er jetzt ein großes, saftiges Stück. Sofort explodierten die Aromen förmlich in seinem Mund, eine wahrhaft betörende Mischung aus würzig und süß, die ihn an Frühstücksspeck mit Rosinen erinnerte. Das Fleisch besaß eine feste und zugleich seidige Konsistenz und war saftiger als alles, was er je gegessen hatte. Darüber hinaus kitzelte auch noch eine angenehme Schärfe seine Zunge. Ebenso wie Terrence konnte er es gar nicht erwarten, den nächsten Bissen in den Mund zu bekommen. Lola tat sich jetzt selbst auf. Als sie den ersten Bissen zum Mund führte, schloss sie die Augen. Es war inzwischen schon viele Jahre her, seit sie etwas selbst Gekochtes gegessen hatte, und es schmeckte sogar noch besser als in ihrer Erinnerung. Die drei saßen zusammen am Tisch und genossen, umgeben vom flackernden Licht der Kerzen, ihr Essen. Und Lola, mit ihrem flammend roten Haar, das ihr wild vom Kopf abstand, war dabei die hellste Flamme von allen.

Sie hatten ihre Mahlzeit schon fast beendet, als Gloria zur Tür hereinkam. Zuerst war sie sich offensichtlich nicht ganz sicher, ob sie auch im richtigen Haus war. Der Anblick der vielen brennenden Kerzen machte sie schwindelig, und der Duft des Essens, der ihr in die Nase stieg, war ebenso betörend wie vertraut. All das versetzte ihre Sinne ins Taumeln. Plötzlich war sie wieder ein kleines Mädchen, war sie wieder auf der Insel und spürte die warme Brise der Tropen, die sie sanft umschmeichelte. Sie nahm wieder den süßen Strom aus Liebe und Geborgenheit wahr, den sie dort stets gefühlt hatte. Ihr erster Impuls war, all das wenigstens noch ein paar Augenblicke zu genießen – aber nein, das durfte sie sich nicht gestatten, schließlich gab es da wichtige Dinge, um die sie sich kümmern musste.

Also konzentrierte sie sich auf das, was sie vor sich sah. Sie ließ ihren Blick zwischen ihrer Mutter und ihrem Sohn hin- und herwandern und wusste zunächst nicht, womit sie anfangen, wie sie auf diesen gleich zweifachen Verrat reagieren sollte. Mit dem Fuß stieß sie einige der Kartons aus dem Weg, dann aber verschwamm ihr mit einem Mal alles vor den Augen, und sie musste sich auf den nächsten Stuhl setzen, jenen mit den Armlehnen, die wie dicke Schriftrollen aussahen. Krampfhaft hielt sie sich an ihnen fest. Es kam ihr vor, als wäre dies seit Wochen, Monaten, ja vielleicht sogar seit Jahren die erste Gelegenheit, sich hinzusetzen und ein wenig auszuruhen. Sie besaß nicht mehr die Kraft, um wütend zu sein, geschweige denn, zu versuchen, alles in Ordnung zu bringen und zu verhindern, dass ihr Leben um sie herum zusammenbrach wie die Wände eines morschen Hauses.

Lola erhob sich vom Tisch und ging zu ihr.

»In diesem Stuhl hat dein Vater immer gesessen, wenn er einen schweren Tag hinter sich hatte. Er ist das einzige Möbelstück, das den Brand damals überlebt hat.«

»Das weiß ich«, murmelte Gloria leise.

Lola zog ihren Schaukelstuhl heran und setzte sich. »Ich habe *Fricase de Cabrito* gemacht, nur dass ich kein *Cabrito* auftreiben konnte. Also habe ich stattdessen Lamm genommen.«

»Es riecht köstlich.«

»Nimm dir etwas, Nena«, sagte Lola.

Gloria schüttelte den Kopf und schloss fest die Augen. Zu hören, wie ihre Mutter sie *Nena* nannte, ließ eine Welle süßer Traurigkeit über sie hinwegspülen. »Ich kann nichts essen«, flüsterte sie.

»Natürlich kannst du«, erwiderte Lola, während sie mit ihrem Stuhl schaukelte.

»Nein«, sagte sie, die Augen noch immer geschlossen. »Mir ist schlecht, Ma. Es ist mein Magen.«

»Für mich sieht es eher so aus, als wäre es dein Herz.«

Gloria öffnete die Augen und drehte dann ruckartig den Kopf, um zu sehen, was Sebastian gerade machte. Er saß noch immer zusammen mit Terrence am Tisch und aß. »Was hat Sebastian dir erzählt?«, fragte sie leise.

»Er brauchte mir nichts zu erzählen. Ich sehe den Schmerz in deinen Augen.«

Gloria schlug die Hände vors Gesicht. Es fühlte sich gut an, im Stuhl ihres Vaters zu sitzen und einfach loszulassen. Schon lange hatte sie nicht mehr an ihren Vater gedacht, plötzlich aber war er wieder da. Sie hatte den Geruch des frisch gemähten Grases in der Nase, der immer in seiner Kleidung hing, wenn er von seiner Arbeit als Gärtner nach Hause kam. Am meisten, so wurde ihr erst jetzt bewusst, vermisste sie sein Lachen. Und seine Fähigkeit, die schlimmsten Probleme des Lebens einfach abzuschütteln, als wären sie nichts anderes als ein alter Mantel.

Gloria senkte den Kopf und fragte: »Hat Pops jemals daran gedacht, dich wegen einer anderen Frau zu verlassen?«

»Das ist deinem Vater niemals auch nur in den Sinn gekommen«, antwortete Lola. »Aber er wäre auch dumm gewesen, wenn er mich verlassen hätte. Bei Dean ist das jedoch etwas ganz anderes.« Gloria hob den Kopf und sah ihre Mutter fragend an.

»Was meinst du damit, Ma?«

Noch immer in ihrem Schaukelstuhl vor sich hin wippend, erwiderte Lola: »Dean wäre dumm, wenn er bei dir bliebe.«

11

Noch nie im Leben war Sebastian zu einem so überstürzten Aufbruch gezwungen worden.

»Nimm deine Bücher und komm, Sebastian«, befahl Gloria ihm.

»Aber ich habe noch nicht aufgegessen, und das Essen ist wirklich ...«

»Tu, was ich dir sage«, zischte ihn seine Mutter an und konnte dabei gerade noch verhindern, dass ihre Zähne vor Wut aufeinanderschlugen.

»Aber ich habe den Kartoffelbrei selbst gemacht und ich ...«

»Sebastian! Du hast gehört, was ich gesagt habe!«

»Es ist besser, wenn du jetzt gehst«, sagte Terrence leise, woraufhin Sebastian sofort aufstand und seine Büchertasche holte.

Lola schüttelte traurig den Kopf. »Du konntest es noch nie vertragen, dass man dir die Wahrheit sagt.«

»Ich habe es nicht nötig, mir deine sogenannte Wahrheit anzuhören.«

»Wie lange willst du den Kopf noch in den Sand stecken, Nena? Früher oder später wirst du keine Luft mehr bekommen.«

»Behalt deine Meinung einfach für dich, Ma. Behalte sie bitte einfach für dich.«

»Die Wahrheit ist, dass jeder, der sieht, wie du deinen Mann behandelst, annehmen muss, dass er ein Hund ist und kein Mensch. Und ganz gewiss nicht der Vater deiner Kinder«, sagte Lola mit ernster Stimme.

Glorias Gesicht verzog sich zu einer verkniffenen Grimasse. »Erwartest du tatsächlich von mir, dass ich dir weiter zuhöre? Schau dich doch nur einmal hier um«, sagte sie und warf dabei die Hände in die Luft. »Und schau dich an. Wie soll dich denn so noch irgendjemand ernst nehmen?«

Als Sebastian seine Tasche genommen hatte, packte sie seine Hand und zerrte ihn hinter sich her zur Tür hinaus. »Ich werde Mando und Gabi anrufen und den beiden sagen, was hier los ist.«

»Tu das«, gab Lola zurück. »Ich hatte das selbst gerade vor. Es ist genug Essen für alle da.«

Auf dem gesamten Heimweg fuhr Gloria schneller als erlaubt. Ein- oder zweimal hörte Sebastian sogar die Reifen quietschen, als sie eine Kurve nahm. Vom Rücksitz aus beobachtete er, wie die Straßenlaternen und die Gebäude an ihnen vorbeihuschten. Er leckte sich über die Lippen, um die letzten Reste des würzigen Lamms und die buttrige Köstlichkeit der Kartoffeln zu schmecken. Obwohl er sah, wie aufgebracht seine Mutter war, und obwohl er wusste, dass er von ihr eine Strafe zu erwarten hatte, spürte er eine befriedigende Wärme in seinem Bauch. Sie breitete sich in Wellen in seinem ganzen Körper und schließlich auch in seinen Gliedmaßen aus, sodass am Ende sogar seine Finger und Zehen vor Wohlgefühl kribbelten.

Zu Hause angekommen, verschwendete Gloria nicht eine Sekunde. Zuerst rief sie ihren Bruder an, wobei sie einige Schwierigkeiten hatte, an mehreren Sekretärinnen und Assistentinnen vorbeizukommen, bis sie ihn endlich sprechen konnte. »Mit Ma wird es immer schlimmer«, sagte sie. »Sie hat im ganzen Haus brennende Kerzen aufgestellt. Überall liegen Pappkartons und Papier herum. Wenn das kein Brandrisiko darstellt, dann weiß ich auch nicht mehr. Es sieht aus, als hätte sie ein Vermögen für Küchenutensilien ausgegeben, und außerdem hat sie sich auch noch die Haare gefärbt.« Nach dieser Information machte sie eine Pause, um Luft zu holen. »Ja, du hast schon richtig verstanden. Ich würde sagen, es hat ungefähr die Farbe von … von …«

»Roter Götterspeise«, sagte Sebastian.

»Richtig. Sie sehen aus wie rote Götterspeise.«

Als Nächstes rief sie ihre Schwester an und schilderte ihr die Situation auf dieselbe Weise wie ihrem Bruder, hielt dann aber mitten im Satz inne. »Hör auf zu lachen, Gabi. Das ist nicht komisch. Wenn du siehst, wie Ma sich zugerichtet hat, glaub mir, es ist zum Heulen. Und dann hängt da auch noch dieser unheimliche Schwarze bei ihr rum. Ich habe nicht die geringste Ahnung ...«

Sie drehte sich zu Sebastian um, der in der Nähe stand. »Wer ist dieser Kerl, Sebastian?«

»Das ist Terrence vom Seniorenzentrum. Er liefert das Essen aus. Und er spielt in einer Jazzband. Abuela Lola sagt, dass er eines Tages reich und berühmt sein wird.«

Als Gloria aufgelegt hatte, atmete sie heftig und war noch aufgebrachter als zuvor. Ihre Geschwister hatten ganz anders reagiert, als sie es sich erhofft hatte. Gabi nahm das Ganze wie üblich nicht ernst genug, und Mando war viel zu sehr mit seinem eigenen Leben beschäftigt, um sich noch über irgendetwas anderes Gedanken machen zu können. Und was das Schlimmste war: Ihr wollte das, was ihre Mutter an diesem Abend zu ihr gesagt hatte, einfach nicht mehr aus dem Kopf gehen. *Dean wäre dumm, wenn er bei dir bliebe.* Am liebsten hätte sie irgendetwas genommen und gegen die Wand geworfen. Es gelang ihr gerade noch, sich zu beherrschen. Sie forderte Sebastian auf, er solle sich an den Küchentisch setzen, weil sie mit ihm über etwas reden müsse.

»Wo ist Dad?«, fragte er. »Müsste er nicht schon zu Hause sein?«

Gloria brauchte einen Moment, um ihre Gedanken zu sammeln. Die Muskeln in ihrem Gesicht zitterten leicht, und die Schwellung um ihre Augen herum war deutlicher ausgeprägt denn je. Sie holte noch einmal tief Luft und nickte dann. «Dein Vater wird eine Weile woanders wohnen, aber er wird jeden Donnerstag und an den Wochenenden vorbeikommen, um dich und Jennifer zu sehen. Du brauchst dir deshalb also keine Gedanken zu machen.«

»Wieso wohnt er woanders? Er wohnt doch *hier*«, sagte Sebastian und rutschte in panischem Schrecken auf seinem Stuhl nach vorn.

»Ja, das stimmt«, erwiderte Gloria mit einem Kopfnicken. Es fiel ihr schwer, die richtigen Worte zu finden, viel schwerer, als sie es erwartet hatte. »Dein Vater und ich haben beschlossen, dass es das Beste ist, wenn wir eine Weile getrennt leben ... damit wir beide über ein paar Dinge in Ruhe nachdenken können.«

»Werdet ihr euch scheiden lassen?«, fragte Sebastian, und das Herz schlug ihm bis zum Hals.

»Es ist noch nichts entschieden.«

»Warum kann Dad dann nicht einfach im Wohnzimmer schlafen? Er schläft doch sowieso fast jeden Abend vor dem Fernseher ein.«

»Weil Erwachsene manchmal ein wenig Abstand und Zeit brauchen, um sich über etwas klar zu werden.« Gloria beugte sich nach vorn und legte ihre Hände fest auf die ihres Sohnes. »Ich möchte, dass du weißt, dass absolut nichts von alledem deine Schuld ist. Und ganz egal, was auch passiert, du und Jen, ihr sollt nicht darunter leiden. Dein Vater und ich werden euch immer lieben. Das wird sich niemals ändern.«

Sebastian lehnte sich auf seinem Stuhl zurück und entzog ihr seine Hände. Er hätte seiner Mutter so gern geglaubt, aber er konnte den Streit, den er am letzten Abend mitangehört hatte, einfach nicht vergessen. Die Niedergeschlagenheit, die er in diesem Moment in ihren Augen sah, bestätigte das, was er am meisten fürchtete: dass sich die Probleme zwischen seinen Eltern und in seiner Familie nicht einfach lösen lassen würden. Er hatte noch eine Million Fragen. Vor allem hätte er gern gewusst, wo sein Vater jetzt wohnte und wie viel Abstand und Zeit Erwachsene genau brauchten, um sich über etwas klar zu werden. Plötzlich aber war er schrecklich müde. Das Atmen fiel ihm schwer. Er wollte jetzt nur noch nach oben in sein Zimmer gehen und sich ins Bett legen.

»Ich weiß, dass das alles nicht einfach für dich ist, Sebastian, trotzdem müssen wir noch über das sprechen, was heute geschehen ist«, sagte Gloria, während sie sich aufrecht hinsetzte und wieder mit der gewohnten mütterlichen Bestimmtheit sprach. »Heute Morgen hast du mir versprochen, dass du zur Nachmittagsbetreuung gehen würdest. Aber du bist nicht hingegangen.«

»Doch, das bin ich«, erwiderte Sebastian mit der gleichen Bestimmtheit wie sie. »Und danach habe ich Abuela Lola besucht. Du hast nicht gesagt, dass ich das nicht darf.«

»Ich wollte, dass du in der Nachmittagsbetreuung bleibst, bis ich dich nach der Arbeit abhole. Du weißt ganz genau, wie ich es gemeint habe. Ist es nicht so?«

Sebastian nickte bedrückt.

»Warum hast du mir dann wieder nicht gehorcht?«, fragte sie.

»Ich hab ja versucht, dir zu gehorchen, Mom. Ich habe es wirklich versucht, aber ich wollte unbedingt zu Abuela und …«, er sah seiner Mutter in die Augen und wusste, dass er jetzt irgendetwas sagen musste, was ihr gestattete, die Angelegenheit auf sich beruhen zu lassen. Offensichtlich hatte sie genau wie er nur noch den Wunsch, nach oben in ihr Zimmer zu gehen und sich schlafen zu legen, damit sie diesen schwierigen Tag endlich hinter sich hatte. »… und dann ist da noch dieser andere Junge, der auch zur Nachmittagsbetreuung geht und der immer so gemein zu mir ist.«

Gloria horchte auf. »Wer ist dieser Junge? Hat er dir wehgetan?«

Sebastian schüttelte den Kopf. Tatsächlich hatte Keith ihn noch niemals geschlagen. Er hatte es noch nicht einmal versucht. Irgendwie wäre Sebastian das jetzt jedoch lieber gewesen.

»Wie ist er denn gemein zu dir?«, fragte Gloria.

»Er zwingt mich immer, Tiergeräusche zu machen, und er nennt mich Affenjunge.« Gloria verzog das Gesicht. Sie begriff nicht ganz, was ihr Sohn ihr eigentlich sagen wollte. »Das verstehe ich jetzt nicht. Wie kann er dich zwingen, Tiergeräusche zu machen?«

»Ich weiß es nicht«, erwiderte Sebastian und knetete dabei verzweifelt seine Hände. »Er sagt mir einfach, dass ich Tiergeräusche machen soll, und ich tue es.«

»Machst du sonst noch irgendetwas?«

Sebastian nickte mit schamrotem Gesicht. »Manchmal tanze ich auch«, murmelte er. »Er schafft es, dass ich mir wie der größte Trottel der Welt vorkomme, Mom. Ich will nicht mehr zur Nachmittagsbetreuung gehen, weil er doch auch dort ist.«

»Dann sollten wir beide mit deiner Lehrerin darüber sprechen.«

Sebastian wäre fast vor ihr auf die Knie gefallen. Das Letzte, was er wollte, war, dass Ms. Ashworth erfuhr, was für ein Idiot er war. Dies würde die Demütigung für ihn unerträglich machen. »Nein, bitte geh nicht zu Ms. Ashworth, Mom. Bitte sag ihr nichts.«

»Und warum nicht, Sebastian? Deine Lehrerin sollte wissen, was in ihrer Klasse vor sich geht.«

»Das würde doch nichts bringen. Im Gegenteil. Es würde alles nur noch schlimmer machen. Bitte, Mom, ich werde schon damit fertig.«

»Und wie willst du das genau machen?«, fragte seine Mutter.

Sebastian wandte den Blick ab. Plötzlich ärgerte er sich. Was würde sie sagen, wenn er ihr dieselbe Frage stellte? *Was wirst du wegen Dad tun? Wie willst du mit dieser Situation fertig werden?*

Er schwieg lieber.

»Ich warte«, sagte Gloria. »Wenn du nicht willst, dass ich mit Ms. Ashworth spreche, dann wirst du mich schon davon überzeugen müssen, dass du allein damit fertig wirst.«

»Ich werde ihn einfach nicht mehr beachten«, sagte Sebastian, der sich jetzt wieder an den üblichen Rat für das Verhalten gegenüber mobbenden Mitschülern erinnerte. »Und ich werde mich von ihm fernhalten, so gut ich kann. Deshalb ist es auch besser, wenn ich nach der Schule zu Abuela Lola gehe.«

Nachdem sie das Ganze noch eine Weile diskutiert hatten, erklärte Gloria sich schließlich einverstanden, Sebastian vorerst zu erlauben, nach dem Unterricht zu seiner Großmutter zu gehen, zumindest so lange, bis sich etwas anderes ergeben würde. So besorgt sie wegen ihrer Mutter auch war, der Gedanke, dass ihr wehrloser kleiner Sohn von einem Mitschüler schikaniert wurde, war einfach unerträglich für sie. Er musste ihr jedoch versprechen, nie wieder irgendwelche Tiergeräusche zu machen und es ihr sofort zu sagen, falls die Gemeinheiten weitergingen oder sogar schlimmer würden.

»Wenn du dich auf den Boden legst, werden die Leute auf dir herumtrampeln«, sagte sie. »Du musst aufstehen und Rückgrat beweisen. Hast du mich verstanden, Sebastian? Das ist etwas, was dir niemand abnehmen kann. Du musst lernen, das selbst zu tun.«

Nach ihrem Gespräch ging Sebastian nach oben und legte sich sofort ins Bett. Er war bedrückt und auch körperlich erschöpft. Der Gedanke, dass sein Vater nicht nach Hause kommen würde, wie es eigentlich sein sollte, ließ ihn die Freude vergessen, die er zuvor im Hause seiner Großmutter empfunden hatte. Sein einziger Trost war, dass seine Mutter darauf verzichtet hatte, ihn für seinen neuerlichen Ungehorsam zu bestrafen. Vielleicht war ihr bewusst, dass die Situation, in der sie sich alle befanden, schon Strafe genug war. Der unglückliche, müde Ausdruck in ihren Augen ließ Sebastian vermuten, dass dem tatsächlich so war.

Sebastian lag in seinem Bett und hörte dem Wind zu, der raschelnd durch die Zweige fuhr und leise an den Fensterscheiben kratzte. In der Nacht hörte er manchmal, wie Eichhörnchen durch das Geäst huschten und sich zwischen den Blättern versteckten. Wenn es so windig war wie heute, konnte er sie zwar nicht hören, aber er stellte sich vor, dass eine Familie von Eichhörnchen sich direkt über seinem Kopf an einem warmen Fleckchen zusammenkuschelte. Er war schon fast eingeschlafen, als seine Schwester leise in sein Zimmer schlüpfte.

»Sebastian, bist du noch wach?«, fragte sie mit einem heiseren Flüstern.

»Ein bisschen«, erwiderte er und blinzelte in das Licht, das durch die geöffnete Tür fiel.

Sie kam an sein Bett und ging in die Hocke. »Hat Mom dir gesagt, was passiert ist?«

Er nickte bedrückt.

»Ich kann es einfach nicht glauben. Mom und Dad haben sich getrennt, einfach so, von jetzt auf gleich.«

Sebastian hob den Kopf von seinem Kissen. Plötzlich war er hellwach. »Mom hat gesagt, dass noch nichts entschieden sei.«

Jennifer starrte ihn mit großen Augen an. »Ja klar, das hat sie mir auch gesagt, aber so fängt es doch immer an. Glaub mir, ich weiß das. Die Eltern von fast allen meinen Freundinnen sind geschieden, und jetzt wird es uns genauso ergehen. Ich *hasse* es, wie alle anderen zu sein.«

Sebastian versuchte, irgendeine mitfühlende Reaktion zu zeigen, aber die Erschöpfung gewann die Oberhand. Sein Kopf fiel auf sein Kissen zurück.

»Ist es tatsächlich wahr«, fragte Jennifer, »dass Abuela Lola sich die Haare leuchtend rot gefärbt hat?«

Wieder nickte er. Merkwürdigerweise war ihm das heute schon gar nicht mehr so seltsam vorgekommen. In ein oder zwei Tagen würde es ihm vielleicht überhaupt nicht mehr auffallen.

»Sie glauben, dass sie wieder durchdreht, so wie damals, als

Abuelo Ramiro gestorben ist. Mom hat Angst, dass sie wieder Feuer legen könnte.«

Sebastian starrte seine Schwester mit großen runden Augen an. »Das mit dem Feuer war doch ein Unfall. Abuela Lola war gerade dabei, Bohnen zu kochen. Und dann hat sie sich hingelegt, ist eingeschlafen und hat vergessen, den Herd auszumachen.«

»Das ist das, was sie allen erzählt hat. Aber geglaubt hat ihr das eigentlich niemand. Sie wollte bei dem Brand sterben. Sie wollte sterben, um mit Abuelo Ramiro zusammensein zu können.« Kaum hatte sie das gesagt, erinnerte sich Jennifer daran, dass ihre Eltern stets alles versucht hatten, diesen Verdacht vor Sebastian geheim zu halten. Aber das schien jetzt kaum noch eine Rolle zu spielen, jetzt, da sowieso alles auseinanderbrach.

Sebastian konnte nicht glauben, dass seine Großmutter so etwas getan haben sollte. Plötzlich fühlte er sich splitternackt. Er begann zu zittern, obwohl er unter zwei dicken Decken lag.

»Sie wollen sie in ein Pflegeheim stecken. Hat Mom dir das schon gesagt?«, fragte Jennifer.

Das hatte er bereits den Telefongesprächen entnommen, die er mitgehört hatte. Sebastian war fest entschlossen, seine Großmutter bei der ersten sich bietenden Gelegenheit darüber ins Bild zu setzen. »Sie wird aber nicht gehen«, murmelte er.

Jetzt, da alle wichtigen Dinge gesagt waren, erwartete Sebastian, dass seine Schwester in ihr Zimmer zurückgehen und ihn schlafen lassen würde. Er hatte für einen einzigen Tag, vielleicht sogar für ein ganzes Leben, genug gehört. Was Jennifer von seiner Großmutter behauptet hatte, traf ihn zutiefst, aber schon bald gelangte er zu der Überzeugung, dass seine Schwester sich irren musste. Er kannte Abuela Lola besser als irgendjemand sonst in der Familie und war sich sicher, dass sie niemals absichtlich Feuer gelegt hätte. Als er erst einmal zu diesem Schluss gekommen war, hörte er auch auf zu zittern.

Sosehr er sich auch wünschte, dass Jennifer ging, sie blieb. Vor seinem Bett kauernd, schaukelte sie gedankenverloren auf den Fersen vor und zurück. »Willst du, dass ich dir heute Abend noch etwas vorlese?«, fragte sie.

Sebastian wünschte sich nichts sehnlicher, als endlich schlafen zu dürfen, aber er begriff, dass es diesmal Jennifer war, die nicht allein sein wollte. »Ja, sicher«, sagte er also und streckte dabei schon die Hand aus, um das Licht einzuschalten.

Auf Sebastians Schreibtisch fand Jennifer ein Buch über das Sonnensystem. Sie kam wieder zu ihm und wuschelte ihm durch die Haare, etwas, was sie schon seit Jahren nicht mehr getan hatte. »Ganz egal, was passiert, wir beide werden zusammenhalten, okay?«

»Okay«, sagte er und rieb sich die Augen. Dass ihm seine Schwester solche Aufmerksamkeit schenkte, war eine Seltenheit, und ganz gleich, was der Grund dafür war, er wollte sie auf jeden Fall genießen.

»Du musst dir auch keine Sorgen machen, dass ich einmal heirate. So etwas Idiotisches werde ich ganz bestimmt nicht tun. Ich werde wahrscheinlich nach Tibet gehen und eine buddhistische Nonne werden oder so. Und du kannst Mönch werden. Tatsächlich«, sagte sie und nahm sich einen Augenblick Zeit, um das freundliche, runde Gesicht und die seelenvollen Augen ihres Bruders zu betrachten, »würdest du einen ausgezeichneten Mönch abgeben.«

»Wie wäre es, wenn wir stattdessen nach Puerto Rico gingen? Abuela Lola sagt, dass es dort wirklich schön ist. Sie sagt, dass die Kinder dort den ganzen Tag im Dschungel spielen, auf Bäume klettern und so. Und dass es hoch oben auf einem Berg eine Stelle gibt, an der man sich vorkommt, als stünde man am Rande des Paradieses. Und bei besonderen Gelegenheiten essen die Leute dort Ziegen.«

»Hört sich ja krass an«, sagte sie und verzog das Gesicht.

»Das habe ich auch gedacht, aber Abuela sagt, dass es absolut köstlich schmeckt und dass wir von einer langen Reihe von Vorfahren abstammen, die das Fleisch der Ziege sehr zu schätzen wussten.« Es war wunderbar befreiend, über etwas zu sprechen, das nichts mit ihren familiären Problemen zu tun hatte. Sebastian war jetzt richtig froh, dass er Jennifer nicht weggeschickt hatte.

Er machte auf dem Bett für sie Platz. Obwohl er viel zu müde war, um zuhören zu können, was sie ihm über die Planeten vorlas, die mit unterschiedlicher Geschwindigkeit und auf unterschiedlichen Bahnen die Sonne umkreisten, genoss er den beruhigend monotonen Klang ihrer Stimme. Er war sogar noch tröstlicher als die Geräusche der Eichhörnchen vor dem Fenster. Selbst der leise Hauch von Papier und Druckerschwärze, der beim Umblättern über sein Gesicht strich, hatte etwas Tröstliches. Im Augenblick fühlte er sich sicher und geborgen. Also schloss er die Augen und schlief an ihrer Schulter tief und fest ein.

12

Als Sebastian am folgenden Nachmittag bei seiner Großmutter eintraf, fand er mehr oder weniger dieselbe Situation vor wie am Tag zuvor, nur dass sich der Bungalow heute in einer noch größeren Unordnung befand. Offensichtlich war seine Großmutter wieder einkaufen gewesen, hatte sich aber nicht die Mühe gemacht, irgendeine der Neuerwerbungen des vorangegangenen Tages wegzuräumen. Auf dem Sofa und auch auf sämtlichen Stühlen und Tischen stapelten sich jetzt noch mehr Schachteln und Tüten. Überall lag Einwickelpapier herum. Das Ganze erinnerte ihn an Fotos, die er von Häusern nach einem Erdbeben gesehen hatte, wo alles, was nicht fest verankert gewesen war, zu Boden gefallen und in mehreren Schichten übereinander liegen geblieben war.

Lola stand in der Küche an der Arbeitsfläche und war gerade damit beschäftigt, wieder etwas zuzubereiten. Ihre roten Haare verdeckten teilweise ihre Augen, aber als sie aufblickte und sah, dass Sebastian mitten im Wohnzimmer stand, begrüßte sie ihn mit einem freundlichen Lächeln.

»Was kochst du denn heute, Abuela?«, fragte er und schnupperte demonstrativ, obwohl er noch gar nichts roch.

»Ich freue mich sehr, dir mitteilen zu können, dass *wir* heute etwas kochen werden, das so elementar wie Luft und Wasser und ebenso lebenswichtig ist«, erwiderte sie.

Er legte die Stirn in Falten. Luft und Wasser, das klang nicht besonders appetitanregend.

»Aber ehe wir damit anfangen«, sagte sie, »werde ich dir zuerst noch die Geschichte erzählen, die hinter diesem Gericht steckt. Und wenn du sie kennst, wird sie diesem Gericht das gewisse

Etwas verleihen, das man zwar nicht beschreiben, aber durchaus schmecken kann.«

Neugierig geworden, stellte Sebastian seine Büchertasche ab und bahnte sich einen Weg durch das Chaos auf dem Boden in die Küche. Er kletterte auf den Trittschemel, der genau dort stand, wo er ihn tags zuvor hatte stehen lassen, und legte seine Ellbogen auf die Arbeitsfläche. Nachdem Lola sich die Hände an ihrer Schürze abgewischt hatte, sah sie ihren Enkel nachdenklich an. Offensichtlich versuchte sie einzuschätzen, ob er für das, was sie ihm zu sagen hatte, schon reif genug war. »Ich weiß, dass ich dir schon viel über Puerto Rico erzählt habe«, begann sie. »Aber habe ich je erwähnt, dass es auf dieser Insel mehr schöne Frauen gibt als irgendwo sonst auf der Welt?«

»Nein, Abuela, das hast du mir noch nicht gesagt«, erwiderte Sebastian.

Ihr roter Schopf wippte mit Bestimmtheit auf und ab. »Es ist, als hätte Gott beschlossen, seine kostbarsten Juwelen in einer einzigen schönen Schatulle aufzubewahren. Aber für diejenigen von uns, die wir nicht mit so großer Schönheit gesegnet waren, stellte das ein ziemliches Problem dar. Ich begriff schon sehr früh im Leben, dass ich mich, wenn ich jemals einen guten, anständigen Ehemann finden wollte, auf etwas anderes als auf mein Aussehen verlassen musste. Gott hat mir vielleicht keine sinnliche Figur geschenkt, dafür aber hat er mir etwas anderes zukommen lassen«, sagte sie und zeigte lächelnd auf ihren Kopf. »Er hat mir einen wachen Verstand geschenkt. Und das ist noch viel besser als Schönheit, denn es ermöglicht einer Frau, nicht nur ihren Liebsten zu finden, sondern ihn auch zu behalten.«

Sebastian starrte seine Großmutter verblüfft an. Er war sich nicht ganz sicher, ob er verstand, wovon sie sprach.

»Jedenfalls«, sagte Lola, »erwartete ich schon damals nicht, dass ein wunderschöner Prinz mein Herz im Sturm erobern und mich in sein Schloss hoch oben in den Wolken mitnehmen würde. Ich war viel zu praktisch veranlagt, um an solche unsinnigen Märchen zu glauben. Alles, was ich wollte, war ein ehrlicher, fleißiger Mann, der mich gut behandeln und seinen Kindern ein guter Vater sein würde. Als ich dann aber auf dem Marktplatz deinen Großvater erblickte, sein schönes Gesicht und seine kraftvolle Gestalt sah, konnte ich einfach nicht anders – zum ersten Mal in meinem Leben glaubte ich an ein Märchen.« Lola kicherte. »Das ist das, was die Liebe mit einem macht, Sebastian. Sie lässt einen glauben, man könne fliegen, wenn man mit den Armen rudert, oder man könne unter Wasser atmen, wenn man sich nur fest genug darauf konzentriert. Es ist ein wunderbares Gefühl. Das Ganze war für mich aber nicht einfach, denn es gab viele andere, wesentlich hübschere Mädchen, die auch ein Auge auf deinen Großvater geworfen hatten. Bei jedem Fest in der Stadt flirteten sie ungeniert mit ihm, stellten sich vor ihm schamlos zur Schau und wetteiferten um seine Aufmerksamkeit, wann immer sich ihnen eine Gelegenheit dazu bot. Aber ich ließ mich nicht entmutigen. Während sie mit ihm flirteten, stand ich still daneben, wartete und beobachtete. Ich studierte sein Verhalten ganz genau, beobachtete, was ihn zum Lachen brachte, worüber er sich ärgerte, wer seine Freunde waren und wem er aus dem Weg ging. Es dauerte nicht lange, und ich kannte fast alle seine Vorlieben und Abneigungen. Ich erfuhr auch, dass sein Lieblingsgericht schon seit Kindertagen *Arroz sasonado* war und dass er absolut überzeugt davon war, dass dieses Gericht niemand besser kochen könne als seine Mutter.

Ich verschwendete keine Zeit und machte mich sofort daran, mein Rezept zu perfektionieren. Wochenlang experimentierte ich mit einer Reihe verschiedener Gemüsesorten, mit verschiedenen Arten von Fleisch und mit einer Vielzahl von Gewürzen herum, um dem Gericht Ausgewogenheit und Harmonie zu verleihen. Als ich fertig war, gab es niemanden, der nicht gesagt hätte, dies sei der beste *Arroz sasonado*, den er je gegessen hätte. Ich war absolut davon überzeugt, dass ich durchaus eine Chance bei Ramiro haben würde, wenn er ihn kostete. Aber ich konnte schließlich nicht einfach mit einem Teller Reis zu ihm gehen und ihn zwingen, etwas davon zu essen. Ich würde auf die richtige Gelegenheit warten müssen. Falls wir füreinander bestimmt waren, würde diese Gelegenheit auch kommen. Ich wartete länger als ein Jahr und begann schon zu glauben, dass es eben nicht sein sollte, als sich eines Tages dann doch die perfekte Gelegenheit ergab.

Ramiros Mutter war krank geworden. In unserer Nachbarschaft war es damals üblich, der betroffenen Familie etwas zu essen zu bringen, bis die Dame des Hauses wieder auf den Beinen war. Wie du dir vielleicht vorstellen kannst, waren viele junge Frauen erpicht darauf, Ramiro mit ihren selbstgekochten Gerichten zu beeindrucken. Sie gingen zu dem Haus, in dem er wohnte, und gaben ihr Gericht bei demjenigen ab, der die Tür öffnete. Wenn es sich dabei um Ramiro handelte, plauderten sie zuerst ein paar Minuten lang freundlich mit ihm und versuchten, ihn mit ihrer Schönheit zu bezirzen, bevor sie ihm das Essen übergaben.

Ein paar Minuten hätten jedoch bestimmt nicht ausgereicht, um deinen Großvater erkennen zu lassen, dass wir beide füreinander bestimmt waren. Also überlegte ich lange und angestrengt, was ich tun sollte. Ich zerbrach mir den Kopf darüber, was ich anziehen und wie ich mein Haar tragen sollte. Schließlich entschied ich mich für das rote Kleid meiner Schwester, in dem ich aussah, als hätte ich wenigstens ein bisschen Fleisch auf den Rippen. Meine Haare hatte ich zu einem Knoten frisiert. Das stand mir gut zu Gesicht, vor allem aber wollte ich nicht riskieren, dass auch nur ein einziges Haar ins Essen geriet. Als ich schließlich an der Reihe war, erschien ich mit einer Tüte voller Zutaten vor der Tür deines

Großvaters und erklärte ihm, dass ich *Arroz sasonado* mitgebracht hätte. Da dieses Gericht aber frisch am besten schmeckte, würde ich es direkt an Ort und Stelle zubereiten müssen. Sichtlich erfreut von der Aussicht auf sein Lieblingsessen, bat er mich in die Küche seiner Mutter.

›Ich habe dich zwar schon öfters gesehen‹, sagte Ramiro. ›Aber ich habe deinen Namen vergessen.‹

›Das ist schade‹, erwiderte ich.

›Willst du mir denn nicht sagen, wie du heißt?‹

›Das sage ich dir erst, nachdem du gegessen hast.‹

›Und warum?‹

›Weil du, wenn du den besten *Arroz sasonado* deines Lebens gegessen hast, den Namen der Frau, die ihn für dich gekocht hat, bestimmt niemals vergessen wirst.‹

›Gut‹, sagte er. ›Jetzt bin ich nicht nur hungrig, sondern auch noch sehr neugierig.‹

Ich machte mich also an die Arbeit. Während Ramiro mir beim Kochen zusah, stellte er mir viele Fragen zu meiner Familie und meinem Leben. Er versuchte dabei mit verschiedenen Tricks, mir meinen Namen zu entlocken, aber ich fiel nicht auf ihn herein, was er jedes Mal mit einem Lächeln anerkannte. Wenn er schon neugierig gewesen war, als ich mit dem Kochen angefangen hatte, so war er jetzt absolut fasziniert. Als ich mit den Vorbereitungen fertig war, stellte ich die Flamme auf dem Herd so klein wie möglich, damit der Reis, der normalerweise etwa eine halbe Stunde brauchte, mehr als eine Stunde benötigen würde.

Als das Gericht schließlich fertig war, servierte ich Ramiro eine große Portion. Der Reis sah aus wie gemalt, und dein Großvater strahlte übers ganze Gesicht, während er ihn bewunderte. Als er ihn dann probiert hatte, lächelte er nicht mehr. ›Du hast die Wahrheit gesagt‹, meinte er völlig fassungslos. ›Das ist ohne Zweifel der köstlichste *Arroz sasonado*, den ich in meinem ganzen Leben gegessen habe.‹ Er wirkte ein wenig beschämt, als er dann noch hinzufügte: ›Er ist sogar noch besser als der meiner Mutter.‹

›Ich wusste, dass es dir schmecken würde‹, sagte ich. Er war so in sein Essen vertieft, dass ich, nachdem ich ihm eine zweite Portion aufgegeben hatte, unbemerkt zur Tür hinausschlüpfen konnte.

Noch am selben Abend klopfte es bei uns zu Hause an der Tür. Meine Mutter kam zu mir in den Garten hinter unserem Haus und sagte mir, dass da ein gutaussehender junger Mann sei, der mich sprechen wolle. Ich ging ganz ruhig zur Haustür, um ihn zu begrüßen.

›Oh, hallo, habe ich etwas vergessen?‹, fragte ich.

›Ja, du hast vergessen, dein Versprechen einzulösen‹, sagte er. ›Und wegen eines gewissen namenlosen Mädchens habe ich ungefähr dreimal so viel gegessen wie sonst. Das Mindeste, was dieses Mädchen jetzt tun kann, ist, mich zum Marktplatz zu begleiten und mir dabei zu helfen, auf diese Weise wenigstens etwas davon wieder loszuwerden.‹

Ich sah natürlich ein, dass ich ihm das schuldig war. Und so gingen wir an diesem Abend zusammen die Straße entlang auf das Dorf zu, während der Mond gerade am Himmel aufging und der Dschungel rings um uns herum immer dunkler wurde. Wir atmeten den Duft der wilden Blumen ein und lauschten dem nach einem Schluckauf klingenden Gesang der Coqui, der sich in meinen Ohren fröhlicher denn je anhörte. Ich war mir sicher, dass uns die kleinen Frösche mit ihren glänzenden Augen, unter Steinen und Blättern versteckt, beobachteten, und ich hatte keinen Zweifel daran, dass sie lächelten.

›Wenn dir mein *Arroz sasonado* geschmeckt hat‹, sagte ich, ›dann wirst du glauben, du wärst gestorben und in den Himmel gekommen, wenn du erst einmal mein *Carne guisada* isst.‹

›Ich komme mir jetzt schon vor, als wäre ich im Himmel‹, erwiderte er und nahm meine Hand. Von diesem Tag an waren wir ein Paar.«

Während Lola ihre Geschichte erzählte, versuchte Sebastian sich vorzustellen, wie sie als Mädchen gewesen war. Er malte sich aus, dass sie ein klein wenig wie Kelly Taylor ausgesehen hatte. Immer wieder warf er auch einen verstohlenen Blick auf das ernste Gesicht seines Großvaters auf dem Portrait an der Wand. Er kam ihm nicht wie ein Mann vor, der sich mit einem schlichten Teller Reis einfangen ließ.

»Und das alles ist wirklich wegen einem bisschen Reis passiert?«, fragte Sebastian deshalb noch einmal nach.

»Das war nicht einfach irgendein Reis«, erwiderte Lola. »Sondern der beste Reis der ganzen Insel, vielleicht sogar der ganzen Welt.«

»Dann würde ich ihn auch gern probieren«, sagte er. Plötzlich brannte er förmlich darauf, zu erfahren, was sein Großvater so köstlich gefunden hatte, dass es sein ganzes Leben verändert hatte.

»Sehr gut«, sagte Lola, »Dann tu genau, was ich dir sage.«

Sie gab eine große Portion grob gehackten Frühstücksspeck in den Topf und wies Sebastian an, ständig umzurühren, während der Speck ausbriet. In der Zwischenzeit fügte sie fein gehackte Zwiebeln, Paprikaschoten, Knoblauch und einige Gewürze hinzu. Als die Mischung aus bunten Gemüsewürfeln und Fleisch zu brutzeln begann, stieg Sebastian ein überaus pikanter Duft in die Nase. Eine berauschende Magie lag in der Luft. Er stellte sich vor, wie sein Großvater als gutaussehender junger Mann an der Arbeitsfläche in der Küche lehnte, seiner zukünftigen Ehefrau beim Kochen zusah und dasselbe Aroma einatmete.

Als die ersten Zutaten gerade anfingen, sich leicht bräunlich zu färben, gab Lola frische Tomaten, Kapern, gehacktes Hühnerfleisch, reichlich Brühe und drei gehäufte Tassen weißen Reis hinzu. Sofort hörte es im Topf zu brutzeln auf, und die suppenähnliche Mischung nahm einen wunderschönen goldenen Farbton an. Sebastian hätte nur zu gern seinen Löffel hineingetaucht, umgerührt und gekostet, wieder umgerührt und noch einmal gekostet.

»Jetzt müssen wir das Ganze in Ruhe weiterköcheln lassen«, sagte Lola. »Wir dürfen nur ein einziges Mal umrühren, sonst zerstören wir das, was dieses Gericht ausmacht. Wir haben die erforderlichen Zutaten einander vorgestellt und die nötigen Voraussetzungen geschaffen. Alles andere machen sie allein.«

Sebastian stieg vom Trittschemel herunter. Erst da fiel ihm wieder ein, was ihm schon den ganzen Tag auf der Seele lag. Aufgeregt berichtete er von den Telefongesprächen, die er mitgehört hatte und in denen die Rede davon gewesen war, seine Großmutter in ein Pflegeheim zu stecken, doch Lola blieb vollkommen gelassen, während Sebastian erzählte. Einmal hob sie sogar den Deckel vom Topf, um nach dem Reis zu sehen. »Ich bin mir nicht ganz sicher, aber ich glaube, dass wir jede Menge *Pegao* haben werden«, sagte sie.

»Was meinst du damit, Abuela?«

«*Pegao, Pegao*«, wiederholte sie begeistert. »Das ist das Beste an jedem anständigen Reisgericht. Die köstliche Kruste, die am Boden des Topfes haftet. Genau dort konzentriert sich das Wertvollste, eine Mischung aus unübertrefflichen Aromen. Manche Leute behauten, *Pegao* sei sogar besser als Sex.«

»Abuela!«, rief Sebastian, aufgebracht darüber, dass seine Großmutter ihm anscheinend nicht richtig zugehört hatte. »Hör sofort auf, von Reis zu sprechen!«

»Es ist nicht einfach nur Reis, Sebastian. Es ist *Pegao*«, sagte sie mit einem kritischen Nicken.

Noch bevor Sebastian darauf etwas erwidern konnte, hörten

sie beide das vertraute Pochen eines Gehstocks und das leise Quietschen der sich öffnenden Fliegengittertür. Sie drehten sich um und sahen Charlie Jones mit einem Strauß gelber Rosen auf der Schwelle stehen. Er machte, ohne von dem Chaos im Haus auch nur Notiz zu nehmen, ein paar wackelige Schritte auf sie zu und nahm seinen Hut ab.

Es war wirklich ein Wunder, was sich da ihren Augen bot. Nicht nur, dass Charlie Jones neue Kleidung trug, er war auch frisch rasiert und hatte sich das graue Haar ordentlich aus dem Gesicht gekämmt. Vor allem aber stellte er jetzt sichtlich stolz ein schimmernd weißes, neues Gebiss zur Schau.

»Also, sieh mal einer an«, sagte Lola. »Du glänzt ja wie ein nagelneuer Penny.«

Bei diesen Worten straffte Charlie die Schultern. »Fällt dir sonst noch irgendetwas ... Besonderes auf?«, fragte er und lächelte noch breiter.

Lola machte einen Schritt auf ihn zu und schnupperte demonstrativ. »In der Tat«, meinte sie dann. »Der Duft deines Eau de Cologne ist einfach wunderbar. Findest du nicht auch, Sebastian?«

Charlie Jones wandte sich Sebastian zu, der sofort verkündete: »Sie haben neue Zähne.«

»Genau«, erwiderte Charlie und schlug sich fröhlich auf die Schenkel. »Ich hab mir neue Beißerchen machen lassen.«

»Wirklich?«, sagte Lola. »Bedeutet das, dass du jetzt auch wieder mehr lächeln wirst, Charlie?«

»Aber sicher«, antwortete er. Dann überreichte er ihr, wie um dieses Versprechen feierlich zu besiegeln, die Rosen, die sie mit einem huldvollen Nicken und ebenfalls freundlich lächelnd entgegennahm.

»Die sind ja bezaubernd, vielen Dank«, gurrte sie, als sie sie schwungvoll in die Vase stellte, in der früher die Plastiktulpen gestanden hatten.

»Es dauert noch ein Weilchen, bis das Abendessen fertig ist. Plaudern wir doch so lange ein wenig miteinander«, sagte sie, während sie ins Wohnzimmer voranging. Dort wischte sie mit dem Arm ein paar Schachteln von den Sofas und den Sesseln, damit sie Platz zum Sitzen fanden. Charlie Jones bahnte sich indessen mit seinem Gehstock wedelnd einen Weg durch das Chaos auf dem Boden. Sebastian sah dem Ganzen, gleichermaßen fasziniert wie besorgt, von der Küche aus zu. Er fragte sich unwillkürlich, ob sich in den Tüten mit Obst, die Mr. Jones immer vorbeibrachte, neben den Früchten vielleicht auch romantische Briefchen an seine Großmutter befanden.

»Komm und setz dich zu uns«, sagte Lola und winkte ihren Enkel zu sich her.

Sebastian setzte sich in den Schaukelstuhl, während seine Großmutter und Charlie Jones nebeneinander auf dem Sofa Platz nahmen. Lola eröffnete das Gespräch. »Sebastian hat mir gesagt, dass meine Kinder mich in ein Heim stecken wollen.«

Charlie riss schockiert die Augen auf. Jetzt lächelte er nicht mehr, obwohl er gewisse Schwierigkeiten hatte, seinen Mund über seinen neuen Zähnen ganz zu schließen. »Warum sollten sie denn so etwas tun? Es ist doch nicht so, dass du verrückt geworden bist oder so.« Charlie kratzte sich am Kinn. »Außerdem bist du weder auf irgendwelche medizinischen Geräte angewiesen noch brauchst du jemanden, der dir im Badezimmer hilft.«

»Und ich nehme nur drei Tabletten am Tag«, sagte Lola und hielt drei Finger hoch. »Eine für mein Cholesterin, eine für meinen Blutdruck und neuerdings einen Blutverdünner, den sie mir im Krankenhaus verschrieben haben. Aber ich denke, den werde ich wieder absetzen.« Sie krempelte ihre Ärmel hoch und zeigte ihre Unterarme, die voller kleiner blauer Flecken waren. »Schau, was der bei mir anrichtet.«

»Du solltest deine Tabletten weiternehmen, Lola«, sagte Charlie mit einem ernsthaften Nicken. »Wenn du damit aufhörst, lieferst du ihnen am Ende wirklich einen Grund, dich in ein Heim zu stecken.«

»Vielleicht hast du recht«, erwiderte sie und krempelte ihre Ärmel wieder herunter. »Was ist deiner Meinung nach dann das Problem, Charlie?«

Charlie versuchte, eine Antwort auf diese Frage zu finden, während er seine Lippen über seine neuen Zähne zog, doch beides wollte ihm nicht so recht gelingen.

»Und was meinst du?«, fragte sie und schaute Sebastian an.

Sebastian rutschte auf seinem Stuhl nach vorn, bis seine Füße fest auf dem Boden standen. Er betrachtete den wilden roten Haarschopf seiner Großmutter, dann ließ er seinen Blick in dem chaotischen Zimmer umherschweifen, das früher einmal so sauber und aufgeräumt gewesen war. Der Grund war so offensichtlich, dass er nicht wusste, wie er es taktvoll formulieren sollte. Irgendetwas musste er jedoch sagen. »Sie glauben, dass du ... dass du dich verändert hast«, sagte er schließlich.

Die Worte ihres Enkels irritierten Lola sichtlich. »Aber Veränderungen gehören doch zum Leben. Ist es nicht so, Charlie?«

Er nickte und war froh, wieder einen Grund zum Lächeln zu haben. Seine Zähne glänzten im Sonnenlicht, das durch das Fenster ins Zimmer fiel.

»Vielleicht hast du dich einfach zu sehr verändert«, sagte Sebastian. »Vielleicht finden das alle ein wenig ... unheimlich.«

»Nun, was soll ich also tun?«, fragte sie.

Darauf hatte er eine Antwort parat. »Verändere dich doch einfach wieder zurück, so dass du wieder so bist wie vorher.«

»Mich zurückverändern?«, sagte sie mit schreckgeweiteten Augen.

»Na ja, dann mach doch wenigstens deine Haare wieder so, wie sie früher waren.«

»Meine Haare?«, sagte Lola und strich sich dabei eine götterspeiserote Locke aus der Stirn.

»Wenn sie wieder so aussehen wie früher, machen sich Mom und die anderen vielleicht nicht mehr so viele Gedanken. Und wenn du nicht mehr kochen würdest …«

»Nicht mehr kochen?«, fragte Lola, während sie sich zurücklehnte und ihre Hände auf ihre Brust legte. »Du willst wirklich, dass ich auch mit dem Kochen aufhöre?«

»Nein, *ich* will das ganz bestimmt nicht. Aber du hast es versprochen, Abuela. Weißt du noch? Nachdem das Haus fast abgebrannt ist, hast du versprochen, dass du nie wieder kochen würdest.«

Sie dachte eine Weile über Sebastians Worte nach. Ihr düsterer Gesichtsausdruck verriet nicht, was in ihrem Kopf vorging. Dann plötzlich begannen ihre Augen zu strahlen. Offensichtlich war ihr ein Gedanke gekommen. »Ich weiß jetzt, was ich machen werde«, sagte sie. «Ich werde ein unbeschreibliches Festessen zubereiten, etwas so Phantastisches, dass meine Kinder diese unsinnige Idee, mich in ein Heim stecken zu wollen, einfach vergessen.«

»Nein, Abuela«, sagte Sebastian und stand so abrupt auf, dass der Schaukelstuhl beinahe umfiel. »Du musst *weniger* kochen, nicht noch mehr. Wenn der Doktor zu mir sagt, dass ich mich schonen soll, dann strenge ich mich doch auch nicht ganz besonders an. Du solltest das, was du nicht tun sollst, eben auch nicht tun.«

»Ich sollte das, was ich nicht tun soll, auch nicht tun?«

»Nein, das solltest du nicht.«

Lola legte den Kopf schief. »Das hört sich für mich nach ziemlich vielen ›du sollst‹ und ›du sollst nicht‹ an. Findest du nicht auch, Charlie?«

Er nickte, und wieder erschien ein Lächeln auf seinem Gesicht. »Mit so vielen ›du sollst‹ und ›du sollst nicht‹ sollte man wirklich nicht leben.«

»Oh!«, sagte sie und stupste ihn neckisch an der Schulter. »Das war jetzt aber sehr geistreich von dir, Charlie Jones. Du bist wirklich ein intelligenter Mann.«

Das Lächeln in Charlies Gesicht wurde noch breiter. Sebastian ließ sich in den Schaukelstuhl zurückfallen. Gleichzeitig mit der Trennung seiner Eltern und mit Abuela Lolas merkwürdigem Verhalten klarkommen zu müssen, war einfach zu viel für ihn. Plötzlich fühlte er sich müde und ausgelaugt.

Lola entschuldigte sich und stand auf, um sich um den Reis zu kümmern. Zuerst aber bat sie Charlie, die Kerzen anzuzünden, die sie im ganzen Wohnzimmer aufgestellt hatte. Die Sonne ging gerade unter, und er machte sich mit so großem Eifer an seine Aufgabe, als befürchte er, es könnte irgendetwas Schreckliches geschehen, wenn die Kerzen nicht brannten, bevor es dunkel wurde.

Wenige Augenblicke später stellte Lola das Essen auf den Tisch und bat Sebastian und Charlie, Platz zu nehmen. In die Kristallgläser, die sie für sich und Charlie bereitgestellt hatte, schenkte sie Rotwein ein. Sebastian bekam ein Glas Milch.

»In Puerto Rico haben wir oft Bier und Rum, aber so gut wie nie Wein getrunken. Die Vorliebe für Wein habe ich erst später in meinem Leben entwickelt«, erklärte sie. »Ich denke, ein kleines Glas Rotwein wird uns nicht schaden.«

»Absolut nicht«, stimmte Charlie mit leuchtenden Augen zu.

Lola sprach ein kurzes Tischgebet auf Spanisch, etwas, was Sebastian bei ihr noch nie erlebt hatte. »*Señor te damos gracias, y te rogamos que bendigas estos alimentos.* – Herr, wir danken dir und bitten dich, diese Speisen zu segnen.« Dann nahm sie ihre Gabel und forderte ihre beiden Gäste auf, mit dem Essen zu beginnen. Sebastian bewunderte erst noch einmal ausgiebig das Gericht, bevor er davon kostete. Der luftig-lockere Reis war mit gewürfeltem, buntem Gemüse, zarten Fleischstücken und etwas, das aussah wie winzige, goldbraun angebratene Reisküchlein vermischt. Er nahm an, dass dies der *Pegao* war, von dem Lola so geschwärmt hatte, also würde er diesen zuerst versuchen. Er atmete die würzigen Aromen ein, die sich zu einem einzigartigen Duft verbanden und einen köstlichen Genuss verhießen. Sebastian hatte noch nicht einmal den ersten Bissen im Mund, als er schon an eine zweite Portion dachte.

Charlie schaufelte bereits eifrig Reis auf seine Gabel. Während er kaute und den ersten Bissen hinunterschluckte, klapperte er entzückt mit den Augendeckeln. Dann schüttelte er voller Staunen den Kopf, erhob sein Glas und erklärte mit beredten Worten, wie köstlich dieses Essen und wie reizend ihre Gesellschaft sei. Doch Sebastian hörte ihm gar nicht richtig zu, so gebannt war er von dem Ausdruck in Charlies Augen. Der alte Mann sah aus, als wäre er gerade Zeuge eines Wunders geworden, das ihn den Sinn seines Lebens hatte begreifen lassen. Und dieser Sinn des Lebens bestand, nach allem, was Sebastian sagen konnte, offensichtlich darin, in eben diesem Augenblick seiner Großmutter in die Augen sehen und sagen zu können: »Lola, du bist eine wirklich erstaunliche Frau.«

13

Es war inzwischen fast eine Woche vergangen, seit Sebastian seinen Vater das letzte Mal gesehen hatte. Jetzt saß er ihm im Hamburger-Restaurant gegenüber und versuchte verzweifelt, dieses Gefühl von Frieden zu entdecken, das die ruhigen blauen Augen seines Vaters ausstrahlten. Diesmal aber wollte es ihm nicht gelingen. Dennoch wurde Sebastian sich nun, da sie endlich wieder etwas Zeit miteinander verbringen konnten, bewusst, wie sehr ihm sein Vater fehlte und dass er ihm einfach alles verzeihen würde. Er hätte ihn gern gefragt, wann er denn wieder nach Hause käme, entschied sich aber doch dagegen. Besser, er stellte gar keine Fragen, die eine schmerzhafte Antwort zur Folge haben könnten. Dass sein Vater es vermied, ihn direkt anzusehen, und dass er mit seinem Kaffeelöffel ständig nervös gegen den Rand seiner Tasse klapperte, sagte ihm, dass auch er innerlich aufgewühlt war. Selbst seine halbherzigen Versuche, Witze zu machen, entlockten ihnen beiden kaum mehr als ein flüchtiges Lächeln.

Hätte Jennifer sie begleitet, wäre das vielleicht anders gewesen. Zehn Minuten bevor ihr Vater sie abholen kam, hatte sie jedoch verkündet, dass sie doch nicht zum Essen mitkommen würde. Gloria hatte nicht versucht, ihre Tochter zu überreden, es sich noch einmal zu überlegen.

Sebastian hatte bereits wartend an der Tür gestanden, als Jennifer das Haus verließ, um ihre Freundin zu besuchen. »Ich dachte, du hättest gesagt, dass wir zusammenhalten, egal, was geschieht«, hatte er ihr vorgehalten.

Jennifer hatte ihn mit funkelnden Augen angesehen. Offensichtlich war sie genauso überrascht wie verärgert gewesen, dass

Sebastian ihr ihre eigenen Worte entgegengehalten hatte. Sie hatte tief Luft geholt und geantwortet: »Komm schon, Sebastian, wir halten doch zusammen, aber das heißt nicht, dass wir wie Kletten aneinanderhängen müssen. Manchmal bedeutet zusammenhalten einfach, dass man einander versteht.«

»Warum willst du Dad nicht sehen?«, hatte Sebastian sie gefragt.

Seine Schwester hatte sich gerade ihr Sweatshirt über den Kopf gezogen, sodass ihre Antwort nur gedämpft zu hören war. »Weil ich noch immer eine Stinkwut auf ihn habe und ich nichts sagen will, was ich später vielleicht bereue.«

»Und was soll ich ihm sagen? Er denkt doch, dass du mitkommst.«

»Sag ihm einfach die Wahrheit. Es ist mir völlig egal«, hatte Jennifer scharf entgegnet.

Doch als Sebastian später allein in den Jeep seines Vaters eingestiegen war, hatte er ihm den wahren Grund für Jennifers Abwesenheit verschwiegen. Stattdessen hatte er seinem Vater erklärt, dass bei einer von Jennifers Freundinnen etwas Schlimmes passiert sei. Er war der Meinung, dass er sich eine ziemlich gute Geschichte ausgedacht hätte. Er hatte sie mit vielen Details ausgeschmückt und beschrieben, wie aufgeregt Jennifers Freundin gewesen sei und wie aufmerksam es doch von Jennifer wäre, ihrer Freundin, die sie so sehr mochte, beizustehen. Allerdings hatte es ihn überrascht, dass sein Vater nicht nachgefragt hatte, was denn genau passiert sei. In diesem Fall hätte er gesagt, der Hund der Freundin wäre von einem Auto überfahren worden. Aber sein Vater war auf dem ganzen Weg zum Restaurant schweigsam und nachdenklich gewesen. Selbst nachdem sie ihr Essen bestellt und sich an einen der Tische gesetzt hatten, hatte er nur sehr wenig gesprochen.

Sie saßen schon seit einigen Minuten am Tisch, als Dean sagte: »Du isst ja gar nichts. Magst du keine Hamburger?«

Sebastian nickte, nahm seinen unförmigen Hamburger mit beiden Händen und biss hinein. Was er schmeckte, waren vor allem Fett und Salz. Er kaute lange, bevor er den Bissen hinunterschluckte. Es schmeckte ihm nicht besonders, aber aus irgendeinem Grund hatte er das Gefühl, dass es jetzt wichtig sei, so viel davon zu essen, wie er konnte.

Während sie aßen, beobachtete Sebastian die Leute in der Schlange vor der Theke, die die bunten Menütafeln über ihren Köpfen so aufmerksam studierten, als stünden sie kurz davor, die wichtigste Entscheidung ihres Lebens zu treffen. Würden sie Chicken Fingers bestellen? Fajita Rolls oder einen Cheeseburger? Pommes frites oder Zwiebelringe? Würden sie hier essen oder das Essen mitnehmen? Fast alle entschieden sich dafür, ihr Essen mitzunehmen, bis auf einen ungepflegt wirkenden älteren Mann mit schmutziger Hose und ein junges Pärchen, das eng umschlungen dastand. Nur Menschen, die keine andere Wahl hatten, würden an einem Ort essen wollen, an dem die Tische klebrig waren und auf den Fensterbrettern unzählige tote Fliegen lagen.

Als Dean seinen Hamburger aufgegessen hatte, wischte er sich Mund und Hände an einer Serviette ab. »Ich habe die ganze Zeit überlegt, wie ich dir erklären soll, was geschehen ist, aber ich weiß immer noch nicht, was ich dir sagen soll«, begann er. »Ich denke, das liegt daran, dass ich es selbst nicht richtig verstehe.«

Sebastian legte seinen halb gegessenen Hamburger auf sein Tablett. »Du brauchst also auch Zeit und Abstand, um dir darüber klar zu werden?«, fragte er.

Dean lächelte traurig. »Hat deine Mutter gesagt, dass sie das braucht?«

Sebastian nickte.

»Und deine Schwester auch?«

Er sah seinen Vater unglücklich an. Es war dumm von ihm gewesen, zu glauben, dass er ihn täuschen könnte.

»Ich nehme es Jennifer nicht übel, dass sie böse auf mich ist, und ich bin froh, dass sie deiner Mutter gerade jetzt zur Seite steht. Ich denke, so ... na ja, so sollte es auch sein.«

»Daddy«, sagte Sebastian, dankbar dafür, dass sein Vater das Eis gebrochen hatte, denn er wollte ihm unbedingt eine Frage stellen, die ihn quälte, seit sein Vater ausgezogen war. »Wirst du dich von Mom scheiden lassen und Ms. Ashworth heiraten?«

Dean riss die Augen auf und brauchte einen Moment, um zu antworten. »Natürlich nicht«, erwiderte er. »Ich liebe deine Mutter. Ich ... ich ... habe für deine Lehrerin keine solchen Gefühle.«

»Warum siehst du Mom dann nicht auf dieselbe Weise an wie Ms. Ashworth?«

»Ich bin mir nicht ... nicht sicher, was du meinst«, stotterte er.

Sebastian beugte sich zu ihm hinüber und senkte die Stimme. »Du siehst Ms. Ashworth immer an, als würde dein Herz zerschmelzen. Es ist genau derselbe Blick, mit dem du Mom auf dem Foto ansiehst, das bei Abuela Lola an der Wand hängt.«

»Wirklich?«, sagte Dean und wurde dabei rot.

»Ja. Ich habe aber noch nie erlebt, dass du Mom im wirklichen Leben einmal so angesehen hättest.«

Sein Vater lachte leise und nervös. »Du bist ein ziemlich guter Beobachter.«

»Ist das so, weil Mom nicht mehr so hübsch ist wie früher?«

»Also, ich würde nicht sagen ...«

»Ich finde, Ms. Ashworth ist wirklich sehr hübsch. Sie ist sogar so hübsch, dass ich manchmal nicht aufhören kann, sie anzusehen. Und gut riechen tut sie auch.«

»Das Aussehen einer Frau ist nicht das Einzige, was zählt, mein Sohn. Aber wie dem auch sei, als ich deine Mutter kennenlernte, war sie ... also, ob du es nun glaubst oder nicht, sie war sogar noch hübscher als Ms. Ashworth. Sie war einfach wunderschön, aber das war nicht der Grund, weshalb ich mich in sie verliebt habe.«

»Was war es dann?«

Sebastian Vater lehnte sich in seinem Stuhl zurück. Sein Blick schweifte durch das schmuddelige Fenster in die Ferne. »Sie hatte etwas an sich, ein Lächeln, mit dem sie mein Innerstes nach außen kehrte. Es war wunderbar, wie sie lachte, und das Wunderbarste war, sie zum Lachen zu bringen. Aber Menschen verändern sich, Sebastian. Das ist einfach so. Ich bin mir sicher, dass auch ich mich verändert habe.«

Sebastian musste bei den Worten seines Vaters sofort daran denken, wie sehr sich seine Großmutter in letzter Zeit verändert hatte. Er konnte ihm nur beipflichten. Sie verließen das Restaurant und gingen in einen Park in der Nähe. Dort setzten sie sich auf die Schaukeln und sahen den Kindern zu, die auf dem Rasen spielten und an den Geräten turnten. Jungen und Mädchen jeden Alters tollten umher, hüpften und sprangen, rempelten sich gegenseitig an und rannten ausgelassen um die Wette, bis sie völlig außer Atem und schwindelig vor Lachen auf die Knie fielen.

»Eines Tages werde ich der schnellste Junge in meiner Klasse sein«, sagte Sebastian.

»Tatsächlich?«

»Ja. Nach meiner Operation.«

Sebastians Vater legte die Stirn in Falten. »Wovon sprichst du, Sebastian? Welche Operation?«

»Dr. Lim hat gesagt, dass er, wenn ich kräftig genug bin, mein Herz noch einmal operieren will. Und danach werde ich so schnell rennen können, wie ich will, und Fußball spielen und jede Menge Tore schießen.«

Dean hörte zu schaukeln auf. »Wann hat Dr. Lim das gesagt?«

»Bei der letzten Kontrolluntersuchung. Er sagt es fast jedes Mal, wenn ich hingehe, aber Mom hört es nicht so gern. Sie versucht dann immer gleich, das Thema zu wechseln.«

»Verstehe«, sagte er. »Wann bist du wieder bei Dr. Lim?«

»Das weiß ich nicht«, erwiderte Sebastian und sah völlig fasziniert den Kindern zu, die jetzt der Reihe nach über einen Baumstumpf sprangen. Einigen von ihnen gelang es ohne jede Mühe, während andere wie ein Eichhörnchen darüber krabbeln mussten. »Die schwarzhaarige alte Dame, die im Krankenhaus neben Abuela Lola lag, hat mir gesagt, dass Leute, die mit dem Tod tanzen, Dinge sehen, die andere Leute nicht sehen, und dass ihnen das Mut gibt.«

«Was für eine schwarzhaarige alte Dame?«

»Ich weiß nicht, wie sie hieß, sie hat es mir nicht gesagt. Es kam mir aber so vor, als würde sie mich kennen, Dad. Zuerst hatte ich Angst vor ihr, dann aber nicht mehr.«

Dean schüttelte verwirrt den Kopf. Er hätte sich noch genauer nach dieser schwarzhaarigen alten Dame erkundigt, aber ihm ging einfach nicht aus dem Kopf, was Sebastian über eine weitere Operation gesagt hatte. Gloria informierte ihn normalerweise immer sehr ausführlich, wenn Sebastian wieder bei einer Untersuchung gewesen war. Die Möglichkeit einer weiteren Operation aber hatte sie niemals erwähnt.

Als sie nach fast einer Stunde im Park wieder nach Hause fuhren, fragte Sebastian: »Wo wohnst du denn jetzt, Dad?«

»Bei einem Freund in der Innenstadt. Er hat ein Gästezimmer. Seine Wohnung liegt nicht weit von meinem Büro entfernt.«

»Hast du dort auch viele Decken und genug zu essen?«

»Ja, das habe ich. Aber danke, dass du danach fragst, mein Sohn.«

Als sie die Auffahrt hinauffuhren, sahen sie, dass sich der Vorhang am vorderen Fenster bewegte. »Möchtest du nicht mit reinkommen und mit Mom reden?«, fragte Sebastian, der befürchtete, seine Mutter könnte gesehen haben, dass er auf dem Vordersitz saß, was ihr, wie er wusste, überhaupt nicht gefallen würde.

»Heute nicht, mein Großer. Vielleicht beim nächsten Mal. Wir sehen uns ja schon in ein paar Tagen wieder, okay?«

»Okay«, sagte Sebastian, zögerte aber noch mit dem Aussteigen. »Abuela Lola hat ihr Versprechen gebrochen. Sie hat wieder zu kochen angefangen. Mom, Onkel Mando und Tante Gabi wollen sie in ein Pflegeheim stecken, aber sie will in kein Heim.«

Dean seufzte müde. »Das tut mir wirklich leid«, sagte er. »Ich weiß, dass das für sie und für dich eine sehr schwierige Situation ist.«

Sebastian seufzte ebenfalls. »Ja, aber ich glaube, mir macht es noch mehr aus als Abuela Lola.«

Gloria stand am Küchentisch und legte gerade Wäsche zusammen, als Sebastian das Haus betrat. Sie musterte ihn mit einem flüchtigen Blick. »Du hast Ketchup am Kinn«, sagte sie und deutete auf den Fleck.

Sebastian wischte sich das Kinn mit dem Ärmel ab. Er hätte ihr gern in allen Einzelheiten von seinem Ausflug mit seinem Vater erzählt, war sich aber nicht sicher, ob sie das nicht wütend machen würde. Im Augenblick suchte sie nach einigen fehlenden Socken, und schon das schien sie erheblich zu ärgern.

»Ich weiß nicht, wie das sein kann«, sagte sie und warf eine einzelne Socke in den Wäschekorb. »In diesem Haus gibt es wohl ein sockenfressendes Monster. Es kommt nachts, wenn alles schläft, aus seinem Versteck und verschlingt Socken. Es würde mich ja gar nicht stören, wenn es sie wenigstens immer paarweise fressen würde. Aber nein, es frisst immer nur einen.«

Vielleicht war seine Mutter ja doch nicht in so schlechter Stimmung, wie er befürchtet hatte. Sebastian setzte sich an den Tisch und sah sie über den wachsenden Stapel von zusammengelegter Wäsche hinweg an. Er wartete, bis sie einen der vermissten Socken gefunden hatte.

»Dad wohnt bei einem Freund. Er sagt, dass er es von dort nicht weit zu seinem Büro hat.«

»Ja, ich weiß«, erwiderte sie und machte sich dabei nicht einmal die Mühe, von ihrer Arbeit aufzublicken. Sie wandte sich jedoch weder ab, noch verließ sie das Zimmer. Sie versuchte nicht einmal das Thema zu wechseln.

»Er sagt, er liebt Ms. Ashworth nicht.«

Die Wäsche fiel ihr aus den Händen. Sie verharrte reglos.

Sebastian fuhr fort. »Er sagt, dass du schöner bist als Ms. Ashworth.«

Gloria schüttelte den Kopf. Die Haut um ihre Augen und ihren Mund herum spannte sich an, als bemühe sie sich krampfhaft, nicht in Tränen auszubrechen. »Sebastian, ich will nicht, dass du in diese ... diese Sache zwischen deinem Vater und mir hineingezogen wirst. Damit hast du nichts zu tun, hörst du?«

»Ich erzähle dir doch nur, was Dad gesagt hat«, erwiderte er.

»Hat er gesagt, dass du das tun sollst?«, fragte sie und sah ihn dabei scharf an, in der Erwartung, ihren Verdacht bestätigt zu sehen.

»Nein, hat er nicht. Wir haben einfach nur geredet«, antwortete Sebastian ungezwungen.

Sie fuhr damit fort, die Wäsche zusammenzulegen, wobei sie unnötig heftig die Falten glattstrich und dabei leise etwas vor sich hin murmelte.

»Was hast du gesagt, Mom? Ich habe dich nicht verstanden.«

»Ich sagte, dass ich verdammt noch mal ganz genau weiß, dass ich nicht schöner bin als Ms. Ashworth. Nicht, dass das irgendeine Rolle spielen würde. Tatsächlich spielt es gottverdammt noch mal nicht die geringste Rolle.«

Sebastian starrte seine Mutter mit großen Augen an. Er hatte sie noch nie fluchen hören, und dass sie das jetzt tat, machte ihm Angst. Er begriff aber auch, dass sie ernsthafter sprach als je zuvor. »Ich finde, du bist schön, Mom«, sagte er. »Vor allem, wenn du schläfst. Dann siehst du nämlich genauso aus wie auf den Fotos, die bei Abuela an der Wand hängen. Dann ist es, als wärst du nie verschwunden.«

Sie warf ihm einen irritierten Blick zu und setzte sich neben ihn an den Tisch. »Sebastian, selbst wenn ich wieder so aussehen könnte wie auf diesen alten Fotos, würde das die Angelegenheit zwischen deinem Vater und mir auch nicht so ohne Weiteres wieder in Ordnung bringen.«

»Warum denn nicht?«

Sie schüttelte den Kopf und seufzte. »Weil das Ganze viel komplizierter ist. Wenn du einmal älter bist, wirst du es verstehen, aber im Moment ...«

»Ich weiß«, sagte er. »Im Moment brauchst du erst einmal Zeit und Abstand, um dir über einiges klar zu werden.«

Sie nickte und lächelte ihn an. »Genauso ist es, mein Großer.«

14

Lola verrührte zuerst den gehackten Knoblauch, den Essig und das Adobo-Salz zu einer Marinade, mit der sie die Hähnchenteile von allen Seiten bestrich. Während Sebastian noch mehr Knoblauch, Zwiebeln und Paprika hackte, briet Lola das Hühnerfleisch in Maiskeimöl an, nahm es dann aus dem Topf und legte es beiseite, damit es auf einem Stück Küchenkrepp abtropfen konnte. Jetzt goss Sebastian reichlich Olivenöl in denselben Topf und briet das Gemüse so lange, bis es ein wenig Farbe angenommen hatte. Dann fügte er Oregano, Salz, schwarzen Pfeffer und eine Dose Tomatenmark hinzu und verrührte alles mit einem Holzlöffel, während seine Großmutter anerkennend nickend zusah.

Als alles gut miteinander vermischt war, stellte Lola fest: »Ich denke, wir sind jetzt soweit«, woraufhin Sebastian von seinem Trittschemel heruntersprang und zum Kühlschrank lief, um eine Dose Bier herauszunehmen. Er öffnete die Dose und goss den gesamten Inhalt in den Topf. Es war aufregend, dabei zuzusehen, wie das Bier bis zum Rand hinaufstieg und überzuschäumen drohte, bevor der Schaum gerade noch rechtzeitig wieder in sich zusammenfiel. Sebastian bezweifelte nicht im Geringsten, dass das Ergebnis dieses kulinarischen Minivulkans mehr als nur köstlich sein würde. Jetzt mussten sie nur noch das Hühnchen und den Reis in den Topf geben, die Hitze reduzieren und warten. Kurz darauf kam Terrence, der sofort feststellte, wie gut es in der Küche dufte und dass er fest davon überzeugt sei, dass es sogar noch besser schmecken würde.

Ungefähr vierzig Minuten später richtete Lola das Hühnchen und den Reis auf einer großen Platte an. Als sie sie auf den Tisch stellte, erklärte sie, dass sich dieses Gericht problemlos den ganzen Tag lang auf dem Herd warmhalten ließe. Damals auf der Insel hätten sie das oft getan, sodass jeder eine warme Mahlzeit zu sich nehmen konnte, wann immer er nach Hause kam. Selbst am Abend hätte es noch geschmeckt, als wäre es gerade erst frisch zubereitet worden. Und wenn tatsächlich einmal etwas davon übrig geblieben sei, hätte es am nächsten Tag sogar noch besser geschmeckt. Sebastian konnte sich allerdings nicht vorstellen, dass das, was er da vor sich auf dem Teller hatte, noch besser hätte schmecken können, als es das bereits tat. Das Hühnchen war unglaublich saftig und zart, und bei jedem Bissen betörte ein Hauch von frischem Knoblauch und Zwiebeln seinen Gaumen. Der Reis war weich und fest zugleich und von denselben köstlichen Aromen durchdrungen, die auch dem Hühnchen seinen Geschmack verliehen.

»Sie sind wirklich eine überaus begabte Köchin, Ms. Lola«, sagte Terrence. »Haben Sie je daran gedacht, ein Restaurant zu eröffnen?«

»Ach du meine Güte! Hat man schon einmal so was Verrücktes gehört?«

Beim Essen beobachtete Sebastian seine rothaarige Großmutter. Heute hatte sie sich für eine grüne Bluse entschieden, die einen lebhaften Kontrast zu ihrer Haarpracht bildete. Wenn man bedachte, was in den letzten Tagen alles geschehen war, fand er nicht, dass die Idee, ein Restaurant zu eröffnen, verrückt klang. Im Grunde fragte er sich, ob ihn überhaupt noch irgendetwas überraschen könnte.

»Ich sehe schon die Schlange von Gästen vor mir, so lang, dass sie um den ganzen Block reicht«, sagte Terrence mit hoffnungsvoll glänzenden Augen.

»Das erinnert mich an etwas anderes«, erwiderte Lola versonnen. »Auf der Insel gab es damals ein Restaurant. Es hieß *La*

Lechonera. Es war eigentlich nicht viel mehr als eine Hütte am Straßenrand, aber jeden Tag begann sich gegen Mittag eine lange Schlange von Gästen zu bilden. Die Leute warteten zum Teil den ganzen Nachmittag, bis sie an die Reihe kamen.«

»Das Essen dort muss ja toll gewesen sein«, sagte Terrence.

»Das können Sie wohl glauben. Sie haben dort immer direkt im Schaufenster ein ganzes Schwein gebraten, bis es goldbraun war und köstlich duftete. Als Kinder haben wir zugesehen, wie es sich am Spieß gedreht hat. Uns lief dabei das Wasser im Mund zusammen. Die Haut war herrlich knusprig. Einen besseren Schweinebraten bekam man sonst nirgendwo. Das Geheimnis lag in dem *Sofrito*, mit dem das Schwein eingerieben wurde, und daran, dass es sehr langsam und gleichmäßig gebraten wurde.«

»*Sofrito?*«, fragte Sebastian neugierig.

»Das sind Zwiebeln, Knoblauch, Koriander und Paprika, die in Olivenöl gebraten werden. Sagen wir es einfach einmal so: Wenn man nicht mit einem guten *Sofrito* beginnt, wird kein anständiger *Boricua*, wie sich die Puerto Ricaner selbst nennen, etwas essen wollen. Aber es war nicht nur das Essen, was die Leute dazu brachte, dorthin zu gehen«, fuhr Lola fort. »Wenn man wissen wollte, was in der Nachbarschaft los war, war das *La Lechonera* die erste Adresse. Und eines kann ich euch sagen: Manchmal war der Tratsch sogar noch saftiger als das Schweinefleisch.« Sie lächelte angesichts dieser Erinnerung. »Nichts war schöner, als mit einem Teller mit Schweinebraten auf dem Schoß draußen an der frischen Luft zu sitzen und sich von einer Freundin erzählen zu lassen, wer gerade mit wem eine Affäre hatte oder wer beschlossen hatte, die Insel für immer zu verlassen. Früher oder später tauchte dann auch regelmäßig die Person auf, über die wir uns gerade unterhalten hatten, weil man nur so sichergehen konnte, nicht zum ›Tagesgericht‹ im *La Lechonera* zu werden.«

Terrence lachte. »Ich weiß ganz genau, was Sie meinen, Ms. Lola. Der Club, in dem ich am Wochenende immer spiele, ist nicht viel anders. Die Stammgäste dort tratschen so gern, dass ich manchmal glaube, sie interessierten sich gar nicht für meine Musik.«

»Oh, ich bin mir absolut sicher, dass sie sich dafür interessieren und dass ihnen auch gefällt, was Sie spielen«, sagte Lola. Dann beugte sie sich nach vorn, als wäre ihr ein plötzlicher Gedanke gekommen. »Ich sehe auch, wie die Menschen vor unserem Restaurant Schlange stehen. Aber das tun sie, weil sie die wunderbare Musik von Terrence Brooks lieben.«

»Wir würden wirklich ein großartiges Team abgeben, Ms. Lola. Bei Ihrem Essen und meiner Musik würden unsere Gäste gar nicht mehr gehen wollen.«

»Und was ist mit mir?«, fragte Sebastian aufgeregt. »Ich möchte auch mitmachen.«

»Dann lass uns einmal überlegen«, sagte Terrence und kratzte sich nachdenklich am Kinn. »Wir werden jemanden brauchen, der unsere Gäste begrüßt. Mit deiner Persönlichkeit und deinem guten Aussehen wärst du der perfekte Oberkellner.«

Sebastian lächelte angesichts dieses Kompliments. »Und ich werde in dem Restaurant alle Kerzen anzünden«, sagte er. »Wir sollten es *Die Wolke* nennen, weil sich dort jeder vorkommen wird, als würde er auf Wolken schweben.«

»Was halten Sie davon, Terrence?«, fragte Lola. »Würde es Ihnen gefallen, eine eigene Wolke zu haben?«

»Natürlich, Ihnen etwa nicht?«

Während sie aßen, schmückten sie das Restaurant ihrer Träume mit weiteren Details aus. Der Gastraum wäre, dem Thema Himmel folgend, entsprechend dekoriert. Die Wände und die Decke wären hellblau gestrichen, und weiße, flaumige Wolken zögen darüber hin. Terrence würde, wenn die Sonne gerade unterging, in der Ecke am Fenster Musik machen, und Lola würde ihre Gerichte ganz familiär auf schlichten weißen Tellern servieren.

Plötzlich wurde die Fliegengittertür aufgerissen. Die Kerzen flackerten im Luftzug. Sie drehten sich um und sahen Mando in der Tür stehen. Mit seinen breiten Schultern füllte er den Rahmen fast vollständig aus. Er trug seinen üblichen dunklen Anzug und dazu eine finstere Miene. Sebastian erschrak. Er konnte sich nicht mehr erinnern, wann er seinen Onkel zum letzten Mal im Haus seiner Großmutter gesehen hatte – vielleicht war er ja auch noch nie bei ihr gewesen.

»Seht mal, wer da kommt«, sagte Lola mit funkelnden Augen. »Mein gutaussehender Sohn stattet mir einen Besuch ab. Wer hätte das gedacht. Und dabei haben wir heute nicht einmal Muttertag. Hattest du heute einen guten Tag, Mando? Hast du erfolgreich gegen das Unrecht der Welt gekämpft?«

Mando trat ins Zimmer, verschränkte die Arme vor der Brust und sah sich um. »Gloria hat also nicht übertrieben«, sagte er schließlich kopfschüttelnd.

»Gloria übertreibt nie. Du weißt genauso gut wie ich, dass sie sich immer äußerst präzise ausdrückt. Deine jüngste Schwester hingegen, nun, sie kann ein wenig … Na ja, wir wissen ja alle, dass sie …«

»Dass sie *was*?«, fragte Gabi und trat hinter ihrem Bruder durch die Tür.

Lola hielt sich erschrocken die Hand vor den Mund. Trotzdem war sie sichtlich erfreut, dass ihre jüngste Tochter ebenfalls gekommen war. »Ich dachte, du seist nicht in der Stadt«, sagte sie.

»Nachdem Gloria mir gesagt hat, was hier los ist, habe ich beschlossen, früher nach Hause zu kommen«, erwiderte Gabi, die sich schockiert im Zimmer umsah. Von Mandos finsterer Missbilligung war ihrem Gesicht allerdings nichts anzusehen.

»Ja, natürlich. Nachdem du von Gloria erfahren hast, dass ich den Verstand verloren habe, blieb dir ja auch keine andere Wahl.« Lola wies mit einer einladenden Geste zum Tisch. »Aber es spielt keine Rolle, weshalb du gekommen bist. Ich freue mich einfach, dass du hier bist. Es ist genug Essen für alle da. Ich hole euch Teller, und auch einen für Gloria. Die Ärmste ist in ihrem Beruf schließlich den ganzen Tag auf den Beinen. Ich bin mir sicher, dass sie ziemlich hungrig sein wird.«

Mando und Gabi wechselten besorgte Blicke, als Lola zum Geschirrschrank ging. Als sie wieder an den Tisch zurückkam, musterte Mando Terrence mit argwöhnischem Blick.

»Oh, ich habe ganz vergessen, euch meinen Freund Terrence vorzustellen«, sagte Lola, als sie die Teller auf den Tisch stellte. »Er ist ein wunderbarer Musiker. Wir haben gerade darüber gesprochen, zusammen ein Restaurant zu eröffnen. Er wird unsere Gäste mit seiner wunderschönen Musik unterhalten, während sie sich mein köstliches hausgemachtes Essen schmecken lassen.«

»Und ich werde die Gäste begrüßen«, sagte Sebastian. Er sah bei diesen Worten ausschließlich seine Tante an, da er wusste, dass sein Onkel ihr Vorhaben gar nicht komisch finden würde.

»Das ist schön für dich, mein Schatz«, sagte Gabi mit einem nervösen Lächeln.

Mando hob eine der Schachteln vom Boden auf und las den Aufdruck. »Es sieht so aus, als hättest du einiges eingekauft, Ma«, sagte er beiläufig, dann drehte er sich überraschend zu Terrence um und fragte. »War das Ihre Idee?«

»Was soll meine Idee gewesen sein?«, erwiderte Terrence ein wenig erschrocken.

»Die ganzen Sachen hier zu kaufen … war das vielleicht schon für das Restaurant?«

»Nein, Sir«, sagte Terrence, während er sich leise lachend erhob. »Ich hatte bis vor ein paar Tagen selbst noch keine Ahnung, dass Ms. Lola eine so gute Köchin ist. Und was das Restaurant angeht ... Na ja, wir haben einfach ein bisschen vor uns hingeträumt, nicht wahr, Sebastian?«

Sebastian nickte, obwohl er ein wenig enttäuscht war, zu hören, dass das alles nur Phantasie gewesen sein sollte.

»Um Himmels willen, Mando«, sagte Lola und riss ihm die Schachtel aus der Hand. »Ich mag zwar eine gute Köchin sein, aber nicht einmal ich kann etwas aus dem Nichts zaubern. Wie du weißt, habe ich alle meine Sachen vor vielen Jahren verschenkt, also musste ich die Küche wieder neu ausstatten, das ist alles.«

»Und wie viel hast du für das ganze Zeug ausgegeben?«

Lola verschränkte die Arme vor der Brust. »Das geht dich absolut nichts an. Es ist mein Geld, und ich kann es ausgeben, wofür ich will.«

Terrence stellte seinen Teller in die Spüle. »Vielen Dank für das phantastische Essen. Ich denke, ich sollte jetzt besser gehen, damit Sie sich in Ruhe mit Ihrer Familie unterhalten können.«

»Aber Sie hatten ja noch gar kein Dessert«, sagte Lola stirnrunzelnd.

»Heben Sie mir einfach etwas davon auf«, erwiderte Terrence. Er lächelte sie an und zwinkerte Sebastian zu. »Hat mich gefreut, Sie kennenzulernen«, sagte er dann mit einem Nicken zu Mando und Gabi hin.

Gabi sah interessiert zu, wie er zur Tür ging. Nach der Beschreibung ihrer Schwester hatte sie einen groben und irgendwie gefährlichen Kerl erwartet. Ihrem ersten Eindruck nach war Terrence allerdings ein wirklich netter und aufmerksamer Mensch. Als Terrence gegangen war, trat sie näher, um die Haare ihrer Mutter genauer in Augenschein zu nehmen. »Meine Güte, Ma, da bist du ja wirklich in die Vollen gegangen. Ich meine, du hast Mut, das muss man dir schon lassen.«

»In meinem Alter kann ich mir keine Halbherzigkeiten mehr

leisten«, erwiderte sie. »Jetzt kommt und setzt euch, bevor euer Essen kalt wird.«

»Wir sind nicht zum Essen gekommen«, sagte Mando. »Wir sind gekommen, um etwas sehr Wichtiges mit dir zu besprechen.«

»Ja, natürlich«, erwiderte Lola freundlich. »Aber warum sollen wir dieses sehr wichtige Etwas nicht bei einem köstlichen Teller Hühnchen mit Reis besprechen?«

Gabi sah ihren Bruder fragend an. Er betrachtete das Essen auf dem Tisch und zuckte mit den Schultern. Der Reis dampfte noch, und die goldbraune Haut des Hühnchens schimmerte im Kerzenlicht. Lola nutzte die Gelegenheit, um etwas von der Soße über das Gericht zu gießen, sodass es jetzt noch verlockender aussah.

»Ich nehme an, dass wir uns am Tisch genauso gut unterhalten können wie irgendwo anders«, sagte Mando. »Aber leider muss ich auf das Hühnchen mit Reis verzichten. Susan und ich gehen heute Abend noch mit einigen meiner Mandanten essen.«

Die beiden setzten sich gerade an den Tisch, als Gloria ins Haus gestürmt kam. Sie sah ein wenig aufgebracht aus, war jedoch sichtlich erleichtert, als sie feststellte, dass Mando diesmal ohne seine Frau gekommen war. Sie bat Sebastian, draußen auf der Veranda zu warten, während die Erwachsenen etwas besprächen, was nicht für Kinderohren bestimmt sei. Den Ausdruck »nicht für Kinderohren bestimmt« hatte sie nicht mehr verwendet, seit er etwa fünf Jahre alt gewesen war. Es ärgerte ihn ein wenig, aber er nahm seinen Teller und verließ wortlos den Raum. Wenn er nach der Schule weiterhin seine Großmutter besuchen wollte, sollte er sich jetzt wohl lieber ohne Widerworte fügen.

»War dieser Clarence hier, als ihr gekommen seid?«, hörte er sie noch fragen, als er hinausging.

»Er heißt Terrence«, erwiderte Tante Gabi, wie um ihn zu verteidigen.

Sebastian setzte sich, den Teller auf den Knien balancierend, auf den Klappstuhl aus Metall und sah sich die kleinen Bungalows gegenüber an. Ihre Pastellfarben waren im schwindenden Licht des Tages zu einem Einheitsgrau verblasst. Das Einzige, was seine Aufmerksamkeit auf sich zog, war der warme gelbe Schein, der aus den Fenstern fiel und auf dem gewundenen Weg kleine Inseln aus Licht schuf. In stillen Augenblicken wie diesem wanderten Sebastians Gedanken oft zu seinem Vater. Was tat er gerade und wohin ging er, jetzt, da er nicht mehr nach Hause kommen konnte? Wie gelang es ihm, in einem fremden Bett einzuschlafen? Und wie ertrug er den Schmerz des Alleinseins? Sebastian wusste besser als die meisten Menschen, was Einsamkeit bedeutete, und der Gedanke, dass sein Vater jetzt darunter litt, war schlimmer als die Einsamkeit selbst.

Aber nicht einmal diese quälenden Gedanken vermochten ihm den Appetit zu verderben. Er aß alles bis auf den kleinsten Krümel auf und leckte anschließend auch noch den Teller ab, bis er so blitzblank aussah, dass man ihn auch ohne zu spülen wieder in den Schrank hätte stellen können. Das Hühnchen mit Reis war einfach köstlich gewesen. Jetzt füllte es auf angenehme Weise seinen Magen. Er spürte, wie sich die nährende Wärme der Speise in seinem Körper ausbreitete. Trotz des Chaos, das neuerdings in sein Leben Einzug gehalten hatte, schlief er in letzter Zeit besser und wachte morgens gut erholt auf. Außerdem kam es ihm vor, als fiele ihm auch das Atmen leichter. Und obwohl er sich in diesem Moment Sorgen um seinen Vater machte und sich außerdem bewusst war, dass seine Mutter, seine Tante und sein Onkel gerade versuchten, seine Großmutter davon zu überzeugen, dass es besser sei, aus Bungalow Haven auszuziehen, umgab ihn ein warmes, friedvolles Gefühl der Ruhe. Er lehnte sich in seinem Stuhl zurück und schloss die Augen.

Die schrille Stimme seiner Mutter ließ Sebastian aus dem Stuhl hochfahren. Fast hätte er seinen Teller fallen lassen. »Wir sind nicht hierhergekommen, um über meine Ehe zu diskutieren!«, schrie sie.

»Beruhige dich doch, Nena«, erwiderte Lola. »Es gibt keinen Grund, sich so aufzuregen.«

»Sebastian, hol deine Sachen und warte draußen auf mich«, rief seine Mutter.

Als Sebastian ins Haus ging und seine Büchertasche holte, sah er, dass die Servierplatte, die noch auf dem Tisch stand, so gut wie leer war. Er hatte noch Hunger und eigentlich auf einen Nachschlag gehofft.

»Hör zu«, sagte Gabi. Sie klang dabei so ruhig und vernünftig, dass es einen Moment lang schien, als hätten sie und ihre ältere Schwester die Rollen getauscht. »Du hättest uns sagen sollen, dass du und Dean Probleme habt. Aber du erzählst uns ja überhaupt nichts mehr.« Sie warf Mando einen kurzen Blick zu. »Zumindest *mir* nicht.«

»Jetzt schau mich nicht so an. Mit mir hat sie auch seit Jahren kaum ein Wort gesprochen«, erwiderte er und fuhrwerkte mit einem Zahnstocher zwischen seinen Backenzähnen herum.

»Es gab auch nichts zu erzählen«, antwortete Gloria.

»Dean lässt dich nach fast zwanzig Jahren Ehe sitzen und du behauptest, da gäbe es nichts zu sagen?«, fuhr Gabi sie an. »Willst du uns für dumm verkaufen?«

Die Arme steif an den Körper gepresst, wandte Gloria sich von ihr ab, um Sebastian zu rufen. Überrascht stellte sie fest, dass er bereits im Zimmer stand. »Hast du getan, was ich dir gesagt habe, und deine Sachen geholt?«

Wortlos hielt er ihr seine Tasche hin.

»Gut, dann geh jetzt und warte draußen auf mich. Ich komme gleich.« Sebastian blieb jedoch an der Tür stehen.

»Er hat mich nicht sitzen lassen«, fuhr Gloria fort. »*Ich* habe ihn rausgeworfen, weil ich ihm nicht mehr vertrauen kann. Ich finde ihn nicht einmal mehr besonders amüsant.«

»Also, das ist jetzt wirklich nicht fair«, sagte Mando. »Dean mag zwar einen Fehler gemacht haben, aber er hat durchaus Humor, das musst du ihm schon lassen.«

»In diesem Punkt stimme ich dir zu«, sagte Gabi. »Und außerdem ist er ein guter Vater. Nebenbei bemerkt hat er auch noch die schönsten blauen Augen, die ich kenne. Findest du das nicht auch, Ma?«

»Der Meinung war ich schon immer«, antwortete Lola.

Gloria entfernte sich kopfschüttelnd vom Tisch. »Ich kann einfach nicht glauben, was ich da höre. Ich erwische meinen Mann dabei, wie er mich betrügt, ich meine, *fast* betrügt, und meine Schwester, mein Bruder und sogar meine eigene Mutter ergreifen Partei für ihn.«

»Ich ergreife für niemanden Partei«, sagte Lola. »Aber ich bin sehr wohl der Meinung, dass du um eure Ehe kämpfen solltest. Nicht zuletzt wegen der Kinder.«

»Lüg nicht, Ma. Als ich gestern bei dir war, hast du noch ganz anders gesprochen. Das war …« Sie stampfte heftig mit dem Fuß auf. »Das war einfach Scheiße!«

»Auch kleine Ohren hören alles«, murmelte Gabi und sah dabei kurz zu Sebastian hinüber.

Gloria fuhr herum. »Ich dachte, ich hätte dir gesagt, dass du draußen warten sollst«, schimpfte sie, ging auf ihn zu und stieß mit dem Fuß ein paar Kartons aus dem Weg. Sebastian stellte seinen Teller auf den nächsten Stuhl und verschwand schleunigst auf die Veranda hinaus.

Gabi begann das schmutzige Geschirr zusammenzustellen, Mando schenkte sich noch ein Glas Wein ein und Lola schnitt eine Cremetorte an.

»Sebastian und ich werden jetzt gehen«, verkündete Gloria etwas gefasster, auch wenn ihre Stimme noch immer zitterte.

»Wollt ihr denn nicht zum Dessert bleiben?«, fragte Lola. »Ich habe einen Kokos-Flan gemacht.«

»Wenn das Tischgespräch bei der Nachspeise auch nur annähernd so ausfällt wie beim Hauptgang, dann werde ich mit Sicherheit noch daran ersticken«, erwiderte sie und wandte sich an Gabi und Mando: »Ich dachte, wir wollten herkommen, um mit Ma über ihre Gesundheit und ihre gegenwärtige Wohnsituation zu sprechen. Aber das habt ihr wohl vergessen. Ihr könnt ja darüber nachdenken, während ihr euch weiter den Bauch vollschlagt.«

»Sie hat recht«, sagte Mando und meinte dann, an Gabi gewandt: »Wir haben das Thema im Grunde noch gar nicht angesprochen, oder?«

Gabi holte tief Luft, dann stand sie auf, um besser sehen zu können, was ihre Mutter gerade in der Küche machte. »Wenn das Stück für mich ist, dann ist es zu groß«, sagte sie. »Ich hätte gern eines, das nur halb so groß ist. Das da kannst du Mando geben.«

»Ich bin pappsatt«, sagte Mando und tätschelte dabei zufrieden seinen Bauch. Er hatte dem Hühnchen mit Reis doch nicht widerstehen können. »Ich muss heute Abend noch essen gehen. Aber da werde ich wohl nur noch einen Salat bestellen.«

»Soll ich dir etwas mitgeben?«, fragte Lola.

»Das ist eine gute Idee«, erwiderte er. »Pack ruhig auch ein Stück für die Mädchen ein. Die zählen zwar ständig Kalorien, aber ich glaube, hierfür machen sie eine Ausnahme.«

Gloria schüttelte ungläubig den Kopf. »Ihr habt doch alle den Verstand verloren«, murmelte sie und verließ schweigend und mit wild schlenkernden Armen das Haus. Sebastian lief seiner Mutter nach, holte sie aber erst ein, als sie bereits über die Hälfte der Strecke zum Auto zurückgelegt hatte.

Lola rief den beiden noch nach: »Am Sonntag mache ich *Mofongo*. Kommt gegen drei vorbei, und sagt auch Dean Bescheid. Er liebt *Mofongo*.« Gloria machte sich nicht einmal mehr die Mühe, sich umzudrehen.

Im Auto fragte Sebastian: »Was ist *Mofongo*?«

»Schnall dich an«, erwiderte ihm seine Mutter mit einem steifen Nicken.

Er schnallte sich an. »Mom, was ist ...«

»Sei jetzt bitte einfach still«, unterbrach sie ihn barsch. »Ich brauche jetzt ein bisschen Ruhe und Frieden, damit ich nachdenken kann. Ist das zu viel verlangt?«

»Und Zeit«, fügte er hinzu. »Vergiss nicht, dass du auch Zeit brauchst.«

Gloria stieß ein wütendes Stöhnen aus. Dann drehte sie den Zündschlüssel.

15

Es war kein besonders gutes Spiel. Der Ball trudelte immer wieder ins Aus, und es gab auch keine guten Dribblings. Sebastian sah am liebsten zu, wenn einer der besonders schnellen Spieler mit dem Ball am Fuß über das Feld lief, mit verblüffender Geschwindigkeit seine Gegner täuschte, notfalls auch einmal seinen Körper einsetzte und dabei den Ball so elegant behandelte, als wäre er mit einer unsichtbaren Schur an seinem Fuß befestigt. Wenn das Spiel richtig spannend wurde, begann Sebastians Fuß immer zu zucken, als wäre er selbst derjenige, der da den Ball führte. Heute aber konnte ihn das Spiel nicht fesseln. Er gestand es sich selbst nur höchst ungern ein, aber es war wohl deshalb ein so müder Kick, weil Keith aus disziplinarischen Gründen vom Spiel ausgeschlossen worden war. Sebastian konnte seinen karottenroten Scheitel jenseits des Spielfelds sehen, wo Ms. Ashworth ihn genauestens im Auge behielt. Es kam ihm vor, als wäre sie in letzter Zeit von dem »typischen Jungen« gar nicht mehr so angetan wie früher, was Sebastian unwillkürlich mit einer gewissen Genugtuung erfüllte.

Als nur noch wenige Minuten zu spielen waren, setzte sie Keiths Strafe aus. Er stürzte sich sofort ins Geschehen. Während er den Ball annahm, winkte Ms. Ashworth Sebastian zu sich herüber. Sie war an diesem Tag wieder viel freundlicher zu ihm gewesen, und es schien, als würde sie langsam zu ihrem früheren Selbst zurückfinden. Sie hatte es inzwischen aufgegeben, ihn darum zu bitten, die Tafel zu wischen. Sebastian hatte ein- oder zweimal gesehen, wie sie sie vor dem Unterricht selbst gewischt hatte – allerdings nicht besonders sauber.

Als er über das Spielfeld ging und sich fragte, welche Aufgabe Ms. Ashworth für ihn vorgesehen haben mochte, rief Keith plötzlich: »He, Affenjunge« und spielte ihm auch schon den Ball zu. Es war ein guter, scharfer Pass. Sebastian schoss den Ball sofort zurück. Verblüfft sah er, wie der Ball in einer klaren, eindrucksvollen Bahn zurückflog. Er war mit sich zufrieden, zufriedener, als er es seit Langem gewesen war.

»Gar nicht mal so schlecht für einen Affenjungen«, sagte Keith und lächelte ihn an, als er den Ball mit dem Fuß stoppte. »Mach mit. Wir brauchen sowieso noch einen Spieler.«

In diesem Moment sah Sebastian, dass auch Kelly auf dem Spielfeld war. Ihre Brille blitzte im Sonnenlicht. Er warf einen Blick hinüber zu Ms. Ashworth, dann sah er wieder Keith an, der noch immer lächelnd und mit einen Fuß auf dem Ball dastand. Noch nie hatte jemand Sebastian aufgefordert, mit ihm Fußball zu spielen, und es kam ihm vor, als stünde er an der Schwelle zu einem neuen Leben. Ihm war bewusst, dass er vernünftig sein und das Ganze besser vergessen sollte. Aber er konnte es nicht. Er war wie gebannt, denn er wusste, dass sich ihm eine solche Gelegenheit vielleicht nie wieder bieten würde. Von einem Moment auf den anderen verschob sich etwas in seinem Inneren. Es war, als hätte sich ein Fenster zu seiner Seele geöffnet, und plötzlich konnte ein frischer Luftzug bis in die dumpfen, einsamsten Ecken seines Wesens dringen. Er vergaß einfach die vielen Versprechen, die er seiner Mutter gegeben hatte, wollte sich einfach nicht mehr an die unzähligen Gespräche erinnern, die er mit Dr. Lim über die eingeschränkte Belastbarkeit seines Herzens geführt hatte. Schon ging er mit raschen Schritten über das Feld und fiel schließlich in einen langsamen, entspannten Trab.

»Hier kommt unser Affenjunge!«, rief Keith. »Er will uns zeigen, dass er doch kein Waschlappen ist!« Er spielte Sebastian den Ball zu, und es gelang ihm, ihn mühelos mit dem Fuß zu stoppen.

»Sebastian, was machst du da auf dem Spielfeld?«, rief Ms. Ashworth von der Seitenlinie.

Es war Keith, der ihr antwortete. »Er will uns zeigen, dass er auch rennen kann. Ich wette, er kann sogar schneller rennen als ich.«

»Nein, Sebastian, nein!«, rief Ms. Ashworth. Ihre Stimme hörte sich an, als käme sie aus weiter Ferne. Vielleicht rief sie ja auch: »Lauf, Sebastian, lauf! Zeig allen, was in dir steckt, lauf wie der Wind.«

Sebastian begann über das Spielfeld zu rennen und trieb den Ball vor sich her. Sein Herz schlug schneller, so schnell, dass es sich nicht mehr gut anfühlte, aber seine Beine bewegten sich wie Hochleistungskolben, die nur noch ihrem eigenen Willen gehorchten. Er beschleunigte und verlor alle anderen Schüler aus dem Blick, nur Ms. Ashworths durchdringende Stimme hörte er noch.

Er spürte, dass jemand neben ihm rannte, wagte aber nicht, das Tempo zu verlangsamen und sich umzusehen, wer es war. Vermutlich war es Keith, und allein dieser Gedanke brachte ihn dazu, sich noch mehr ins Zeug zu legen. Als er bereits die Hälfte des Spielfelds hinter sich gebracht hatte, spürte er plötzlich, wie eine seltsame Taubheit über sein Gesicht kroch und sich von dort in seinem übrigen Körper ausbreitete. Jetzt spürte er weder den Boden unter seinen Füßen noch den Wind auf seinem Gesicht. Er trieb einfach nur dahin, völlig befreit von den physischen Empfindungen seines Körpers. Das Gefühl der Freiheit, das er dabei empfand, war mit nichts vergleichbar, was er kannte. Es war, als würde er mit offenen Augen träumen oder unter Wasser atmen. Und im nächsten Moment – ohne jede Vorwarnung – riss ihn urplötzlich jemand oder etwas um, und er stürzte zu Boden. Der Aufprall war so heftig, dass ihm die Luft wegblieb und er einige Sekunden lang weder etwas sehen noch etwas hören konnte. Er überschlug sich mehrmals, und das Einzige, was er erkennen konnte, waren das Grün des Rasens und das Blau des Himmels, die sich in rasender Folge abwechselten. Als er endlich liegen blieb, schloss er die Augen und presste beide Hände auf seine Brust. Er spürte das tückische Hämmern seines Herzens. Die Lunge fühlte sich an, als würde sie vor Sauerstoffmangel gleich bersten. Er stellte sich bildlich vor, wie der Damm in seiner Brust brach und das Blut sich wie ein ungezähmter Fluss seinen Weg bahnte, wie bei seinem Herzschrittmacher die Federn heraussprangen und alle Sicherungen durchbrannten. Er wartete auf sein Ende.

»Du Idiot!«, schrie jemand. »Willst du dich umbringen oder was?«

Er öffnete die Augen und sah, dass Kelly Taylor mit schief sitzender Brille und dreckverschmierten Wangen auf ihm hockte. Hinter ihr tauchte Keith auf, ein enttäuschtes Grinsen auf dem Gesicht. »Warum hast du ihn gestoppt? Ich wollte doch sehen, wie sein Herz explodiert.«

Kelly stand auf, rückte ihre Brille zurecht und nahm die für sie so typische unwiderstehliche Haltung ein, den Fuß diesmal noch mehr zur Seite gestellt als sonst.

»Ist der Affenjunge tot?«, fragte jemand.

»Nö, der lebt noch«, erwiderte Keith sichtlich enttäuscht.

Ms. Ashworth kam angerannt und kniete sich neben Sebastian auf den Rasen. Ihre Hände zitterten, als sie ihm über die Haare und das Gesicht strich. Inzwischen waren auch alle anderen Schüler herbeigelaufen und standen um sie herum. Ms. Ashworth scheuchte sie davon. »Bleibt zurück und lasst ihn in Ruhe«, sagte sie. »Kelly, lauf ins Sekretariat und sag Bescheid, dass sie einen Krankenwagen rufen sollen.«

»Ich brauche keinen Krankenwagen«, murmelte Sebastian. Es gelang ihm sogar, sich auf die Ellbogen zu stützen. »Ich brauche nur etwas Abstand und etwas Zeit, um … um wieder Luft zu bekommen.«

»Es scheint ihm schon wieder besser zu gehen, Ms. Ashworth«, sagte Kelly Taylor. Die aufrichtige Sorge in ihren Augen rührte Sebastian und motivierte ihn, sich ganz aufzusetzen. Er schüttelte das Gras aus seinen Haaren, und schon ein paar Sekunden später konnte er aufstehen. Zum ersten Mal in seinem Leben genoss er es, dass alle Blicke auf ihn gerichtet waren. Als er neben Ms. Ashworth über das Spielfeld ging, fragte er sich, ob die Profispieler sich wohl auch so fühlten, wenn sie sich bei einem wichtigen Spiel verletzt hatten und dann doch in der Lage waren, ohne fremde Hilfe den Platz zu verlassen.

»Wir gehen jetzt zum Sanitätszimmer, und dann werde ich deine Mutter anrufen und ihr sagen, was passiert ist«, sagte Ms. Ashworth mit noch immer zittriger Stimme.

Sebastian hatte zwar verhindern können, dass man einen Krankenwagen rief, aber der Besuch bei der Krankenschwester war unvermeidlich. »Okay«, aber müssen Sie meiner Mom wirklich sagen, was passiert ist? Sie hat in letzter Zeit ziemlich viel Stress gehabt.«

»Tut mir leid, Sebastian, aber ich bin verpflichtet, deine Mutter zu informieren«, sagte sie, während ihre Strümpfe im Takt ihrer schnellen Schritte raschelten. Dann fragte sie: »Warum bist du eigentlich plötzlich losgerannt?«

Sebastian zuckte mit den Schultern. »Ich wollte einfach nur wissen, ob ich es kann.«

»Nun, dann hoffe ich, dass du jetzt zufrieden bist.«

»Nicht ganz«, erwiderte er. »Ich wollte unbedingt ein Tor schießen.«

Gloria stand in Dr. Lims Sprechzimmer am Fenster und sah demonstrativ hinaus, während Sebastian auf der Untersuchungsliege saß und an die Ereignisse des letzten Tages zurückdachte. Nach dem Anruf von Ms. Ashworth war seine Mutter sofort aus dem

Büro gekommen, um ihn abzuholen. Anstatt ihn zu seiner Großmutter zu fahren, hatte sie ihn jedoch nach Hause gebracht und darauf bestanden, dass er sich ins Bett legte und ausruhte. Sie war gleichermaßen verärgert wie zutiefst erschrocken gewesen. Sebastian hatte ihr angesehen, dass sie ihn am liebsten angeschrien hätte, sich aber mit aller Macht zurückhielt, da sie unbedingt vermeiden wollte, dass er sich aufregte. Sie wollte seinem Herzen nicht noch mehr Stress zumuten, als es an diesem Tag bereits ertragen hatte.

»Ich ... ich ... weiß nicht einmal, was ich dazu sagen soll«, hatte Gloria leise gesagt, bevor sie in seinem Zimmer das Licht ausgeschaltet hatte. »Ich kann das, was Ms. Ashworth mir erzählt hat, noch immer nicht glauben.«

»Es tut mir leid, Mom«, hatte er gemurmelt und sie vom Bett aus angesehen. Und es hatte ihm auch wirklich leidgetan. Dennoch lief ihm jedes Mal, wenn er daran dachte, wie es sich angefühlt hatte, zum ersten Mal in seinem Leben richtig zu rennen, ein wunderbar prickelndes Gefühl den Rücken hinunter. Hätte er vielleicht sogar ein Tor geschossen, wenn Kelly ihn nicht aufgehalten hätte?

»Wenn dir irgendetwas zugestoßen wäre ...«

»Ich habe doch gesagt, dass es mir leidtut«, hatte er ihr noch einmal versichert.

Sie hatte sich abgewandt, sodass er ihr Gesicht nicht mehr sehen konnte.

»Nicht weinen, Mom«, hatte er sie gebeten. »Ich mache das nie wieder. Ich verspreche dir, dass ich das nie wieder machen werde.«

Sie hatte nichts darauf erwidert und dann den ganzen restlichen Abend geschwiegen. Das war jetzt bald vierundzwanzig Stunden her, und die Stimmung zwischen ihnen hatte sich nicht im Geringsten gebessert. Seit dem vergangenen Abend hatte sie mit

Sebastian nur das Notwendigste gesprochen. Wenn ihr Blick auf ihn gefallen war, so flüchtig er auch gewesen sein mochte, waren ihre Augen vom dunklen Schmerz des Verrats umschattet gewesen. Wie sich die Dinge verhielten, zog er es vor, sie ebenfalls nicht anzusehen. Er war froh, dass sie, während sie im Behandlungszimmer warteten, zum Fenster hinausstarrte. Es würde ihm auch nichts ausmachen, wenn er bei diesem Termin einige schmerzhafte Untersuchungen über sich ergehen lassen müsste. Wenn er ein wenig litt, würde er ihr vielleicht leidtun, und sie würde ihren Unmut vergessen.

Ein paar Minuten später betrat Dr. Lim den Raum. Sein Lächeln war so breit, dass er fast nicht wiederzuerkennen war. »Ich bin stolz auf dich, Sebastian«, sagte er und klopfte mit seinem Stift begeistert auf sein Klemmbrett. »Seit du das letzte Mal bei mir warst, hast du beinahe fünf Pfund zugenommen.«

»Wirklich?« Erst jetzt fiel Sebastian auf, dass seine Hose neuerdings ein wenig spannte.

»Das ist die größte Gewichtszunahme seit Monaten. Was machst du in letzter Zeit anders?«

»Meine Großmutter kocht für mich. Sie ist eine wirklich gute Köchin.«

»Tatsächlich? Was kocht sie denn?«, fragte Dr. Lim.

Doch ehe er antworten konnte, trat Gloria einen Schritt vom Fenster zurück. »Haben Sie meine Nachricht nicht erhalten?«, fragte sie kurz angebunden.

Dr. Lims Lächeln war wie weggewischt. »Natürlich habe ich das.«

»Ich hatte gehofft, dass Sie mit Sebastian über das sprechen würden, was gestern in der Schule geschehen ist.«

Dr. Lim rückte seine Brille auf der Nase zurecht und wandte sich Sebastian zu. »Also: Wie weit bist du denn auf dem Spielfeld gelaufen?«, fragte er, nur mühsam ein Lächeln unterdrückend.

»Fast das halbe Spielfeld entlang«, erwiderte Sebastian. »Eigentlich wollte ich ein Tor schießen, aber ich hatte keine Chance.«

»Warum, was ist passiert?«

Gloria verschränkte verärgert die Arme vor der Brust und kehrte zum Fenster zurück. Das war nicht die Art von Gespräch, das sie sich erhofft hatte. Wenige Augenblicke später stöhnte sie auf. Als Sebastian und Dr. Lim sich zu ihr umdrehten, sahen sie, dass sie ihre Aufmerksamkeit auf etwas gerichtet hatte, das sich draußen vor dem Fenster befand. Dann wandte sie sich ab und starrte geradeaus, die Arme verschränkt und mit den Fingern auf den Oberarmen trommelnd.

Ein paar Minuten später klopfte es leise an der Tür, und Dean betrat das Behandlungszimmer. Einen kurzen, spannungsgeladenen Augenblick lang sahen er und Gloria einander an, dann stellte er sich Dr. Lim vor, der sehr erfreut schien, dass er endlich auch einmal den Vater seines kleinen Patienten kennenlernte. Auf Deans Bitte hin fasste er Sebastians bisherigen Krankheitsverlauf zusammen. Dann kam er auf den chirurgischen Eingriff zu sprechen, den er in näherer Zukunft durchführen wollte. Dean hörte ihm aufmerksam zu, nickte immer wieder einmal und warf hin und wieder ein Wort ein, um zu zeigen, dass er den Ausführungen des Arztes folgen konnte. Dann sah er kurz zu seiner Frau hinüber und sagte: »Aus irgendeinem Grund bin ich bisher immer davon ausgegangen, dass bei Sebastian eine weitere Operation nicht in Frage käme.«

Dr. Lim reagierte irritiert. »Es tut mir leid, wenn ich mich nicht klar genug ausgedrückt haben sollte. Wie ich Mrs. Bennett schon mehrfach gesagt habe, bin ich der Meinung, dass eine weitere Operation für Sebastian das Beste wäre. Und jetzt, da er endlich ein wenig zugenommen hat, besteht eigentlich kein Grund mehr, noch länger damit zu warten.«

»Ich würde gern Näheres über diese Operation erfahren«, bat

Dean. Also fuhr Dr. Lim fort. Er erklärte, das Ziel der Operation bestünde darin, die Wände des Herzens zu korrigieren, die noch nicht zusammengewachsen waren, um eine normalere Herzfunktion zu gewährleisten.

»Natürlich besteht bei einer solchen Operation immer auch ein gewisses Risiko«, schloss Dr. Lim mit einem höflichen Nicken in Glorias Richtung. »Ich bin jedoch der Meinung, dass die Vorteile einer solchen Operation die möglichen Risiken bei Weitem überwiegen.« Er hätte gern noch genauer ausgeführt, welches Risiko die Entscheidung *gegen* eine Operation barg, unter anderem, dass sich Sebastians gesundheitliche Einschränkungen mit der Zeit noch verschlimmern könnten. Er hielt es aber für das Beste, dies nicht in Sebastians Gegenwart zu erläutern.

Gloria schwieg, während sie ihren Mann mit Blicken förmlich durchbohrte.

Dean wandte sich Sebastian zu und lächelte. »Was meinst du dazu, mein Sohn?«

Sebastian war sich nicht sicher, worauf sich die Frage seines Vaters bezog. Meinte er die Operation, die Trennung oder die Tatsache, dass seine Mutter ihm so wichtige Dinge verheimlicht hatte? Völlig überfordert, konnte er nur stumm den Kopf schütteln.

»Dann willst du also nicht operiert werden?«, fragte er.

Auf diese Worte hin stieß sich Gloria von der Wand ab, an der sie gelehnt hatte. Es gelang ihr offensichtlich nicht mehr, sich zurückzuhalten. »Sebastian ist zehn Jahre alt! Er ist viel zu jung, um so eine Entscheidung treffen zu können.«

»Aber *ich* bin keine zehn Jahre alt«, entgegnete Dean. Seine Stimme war fest, sein Blick ruhig. »Und ich habe jedes Recht, in Entscheidungen, die die Gesundheit und das Wohlergehen meines Sohnes betreffen, einbezogen zu werden.«

Gloria lachte leise. Es war dasselbe zynische Lachen, das Sebastian beim letzten Streit seiner Eltern durch die Wand gehört hatte.

»*Jetzt* willst du also einbezogen werden? Tolles Timing, Dean. Ich glaube nicht, dass es irgendwelche Zweifel darüber gibt, welche Motive sich dahinter verbergen.«

»Meine Anwesenheit hier hat nichts mit unserer Trennung zu tun, falls es das ist, was du meinst.«

»Gut. Warum bist du dann hier? Warum hast du dir trotz deines vollgepackten Terminkalenders freigenommen? Solltest du nicht irgendwo bei einen Drink sitzen oder so?«

Dr. Lim räusperte sich. Sein Gesicht wurde rot, als er sagte: »Entschuldigung, ich will Sie nicht unterbrechen. Aber ich habe noch andere Patienten im Wartezimmer. Ich möchte jetzt gern Sebastians Untersuchung beenden. Vielleicht können Sie das ja draußen weiter besprechen.«

Gloria und Dean verließen den Behandlungsraum. Gloria war jedoch nicht an dem interessiert, was Dean zu sagen hatte. Soweit es sie betraf, hatte sie bereits genug gehört, und sie selbst hatte ihm nichts mehr zu sagen. Also ging sie zur Toilette und blieb einige Minuten lang dort, während Dean an der Rezeption wartete. Aus Erfahrung wusste sie, dass Dr. Lim nicht mehr allzu lange für die Untersuchung brauchen würde. Sie kam zurück, als Sebastian gerade mit der Schwester aus dem Behandlungsraum kam. Gloria bestätigte den nächsten Termin und nahm Sebastian an die Hand. Ihren Mann ließ sie einfach neben der Tür stehen, als wäre er gar nicht da.

Dean ließ sich dadurch nicht aus der Fassung bringen. Er folgte den beiden aus dem Gebäude und über den Parkplatz, während Gloria und Sebastian in raschem Tempo auf das Auto zugingen. Sebastian blickte mehrmals kurz über seine Schulter, um zu sehen, ob sein Vater mit ihnen Schritt hielt. Als sie den Wagen erreicht hatten, suchte Gloria hektisch in ihrer Tasche nach dem Autoschlüssel. Dabei fiel ihre Sonnenbrille auf den Boden. Dean hob sie auf und reichte sie ihr.

Sie funkelte ihn einen Moment lang wütend an, dann riss sie ihm die Brille aus der Hand. »Ich will nicht, dass du ... ich will nicht, dass du ...«

»Dass ich mich an Entscheidungen beteilige, die die Gesundheit meines Sohnes betreffen?«

Sie schwieg und umklammerte Sebastians Hand mit noch festerem Griff.

»Ich habe letzte Woche in der Klinik angerufen, weil ich wissen wollte, wann Sebastian seinen nächsten Termin hat, und während du auf der Toilette warst, habe ich die Sekretärin gebeten, mich auch über alle zukünftigen Termine zu informieren«, sagte Dean.

Gloria wurde knallrot. »Warum tust du das? Hat du nicht schon genug angerichtet?«

Mit einem gequälten Gesichtsausdruck trat Dean einen Schritt zurück, während er Sebastian ansah, der stumm zwischen ihnen stand. Er wollte vor seinem Sohn nicht über diese Dinge sprechen, aber er bezweifelte, dass er in absehbarer Zeit eine andere Gelegenheit dazu bekommen würde. »Es mag für dich schwer zu glauben sein, Gloria, aber mein Wunsch, bei Sebastians Terminen dabei zu sein, hat nicht das Geringste mit dir oder mit uns beiden, sondern ausschließlich mit Sebastian zu tun. Es tut mir leid, wenn dir das unangenehm ist, aber es wird so sein, bis ich dir wieder vertrauen kann.«

Gloria holte Luft. «Vertrauen?«, fragte sie und starrte ihn mit großen Augen an. »Du willst allen Ernstes mit mir über *Vertrauen* sprechen? Ich fasse es einfach nicht.«

Dean starrte seine Frau bedauernd, beinahe zärtlich an, blieb aber still. Er umarmte Sebastian und sagte ihm, dass er ihn am Sonntag abholen würde. Dann ging er davon.

Gloria murmelte etwas in sich hinein, während sie die Wagentür aufsperrte. Plötzlich riss sich Sebastian von ihr los und schrie quer über den Parkplatz: »Mofongo!«

Dean drehte sich um und hielt seine gewölbte Hand ans Ohr.

»Mofongo!«, schrie Sebastian jetzt noch lauter. »Abuela Lola kocht am Sonntag Mofongo, und du sollst zu ihr zum Essen kommen.«

Dean lächelte und winkte. »Danke, dass du mir Bescheid sagst«, rief er zurück.

Durchaus zufrieden mit sich, kletterte Sebastian auf den Rücksitz und schnallte sich an.

Gloria ließ den Motor an. Als sie sich umdrehte, um rückwärts aus der Parklücke zu fahren, richtete sich ihr Blick auf Sebastians Gesicht. »Hat dir schon mal jemand gesagt, dass du manchmal eine ziemlich große Klappe hast?«

Sebastian antwortete ihr nicht, aber als sie davonfuhren, konnte er, sosehr er es auch versuchte, ein Lächeln nicht unterdrücken.

16

Gloria war schon immer eine Frühaufsteherin gewesen. Sogar am Wochenende saß sie normalerweise spätestens um sieben Uhr mit einer Tasse Kaffee und der Zeitung am Küchentisch. An diesem Sonntagmorgen war es jedoch bereits neun, und sie war noch immer nicht aufgestanden. In der Küche schüttete Jennifer gerade Frühstücksflocken in zwei Schälchen.

»Vielleicht sollten wir mal nach Mom sehen«, sagte Sebastian.

»Weck sie nicht auf«, erwiderte Jennifer. »Mom kann doch unter der Woche nie ausschlafen.«

Sebastian sah zu, wie Jennifer Milch über die Frühstücksflocken goss, und versuchte, ruhig zu bleiben. Doch es gelang ihm nicht, die Angst, die sich in seiner Magengrube breitmachte, vollkommen zur Seite zu schieben. Vielleicht war ja mit seiner Mutter irgendetwas nicht in Ordnung. Der Streit im Sprechzimmer des Arztes hatte sie völlig aus dem Gleichgewicht gebracht. Er war sogar mitten in der Nacht von ihrem Weinen geweckt worden.

Er entschuldigte sich, um auf die Toilette zu gehen, stand vom Tisch auf und ging hinauf. Leise klopfte er an die Schlafzimmertür seiner Mutter. Keine Reaktion. Er klopfte noch einmal, dann öffnete er vorsichtig die Tür. Seine Mutter lag auf dem Bett, die Decke hatte sie bis unters Kinn gezogen. Erleichtert stellte Sebastian fest, dass sich ihre Brust langsam hob und senkte. Er ging ins Zimmer, um einen genaueren Blick auf sie werfen zu können. Diesiges Morgenlicht fiel durch die Spitzengardine und breitete sich als weiche Strahlen über ihr Gesicht aus. Ihre Stirn und ihre Wangen waren samtig glatt und entspannt, ihre Mundwinkel in einem Anflug von einem Lächeln nach oben gezogen.

»Was machst du denn da?«, fragte Jennifer mit lauter Stimme. »Ich habe dir doch gesagt, dass du Mom nicht stören sollst. Sie braucht Ruhe.«

»Aber vielleicht ist sie ja krank«, erwiderte Sebastian.

Gloria bewegte sich und öffnete die Augen. Sie versuchte, ihre Erschöpfung und die vorübergehende Verwirrung wegzublinzeln. Als ihr Blick auf ihre Kinder fiel, zerrte sofort die Sorge an ihrem Gesicht, zog an ihrer Stirn und straffte ihre Mundwinkel, sodass sich jetzt wieder die altvertrauten Falten und Runzeln bildeten. »Was ist denn los?«, fragte sie.

»Warum liegst du noch im Bett? Bist du krank?«, fragte Sebastian.

Gloria stützte sich auf ihre Ellbogen. »Nein, natürlich nicht, ich bin ... ich bin einfach nur müde.«

»Siehst du, genau, was ich dir gesagt habe«, meinte Jennifer, legte ihrem Bruder den Arm um die Schulter und versuchte, ihn aus dem Zimmer zu dirigieren. Sacht schob er ihren Arm weg.

»Vergiss nicht, heute ist Sonntag, und Abuela Lola kocht *Mofongo.*«

Als Gloria das hörte, stöhnte sie leise auf und ließ sich in die Kissen zurückfallen. »Ich glaube nicht, dass ich es schaffe, heute zu eurer Großmutter zu fahren«, sagte sie.

»Aber Mom«, erwiderte Sebastian beinahe flehentlich. »Sie macht doch *Mofongo.*«

»Was ist *Mofongo*?«, fragte Jennifer.

Gloria legte melodramatisch einen Arm über ihre Augen, als wolle sie die Welt mit all ihren Ärgernissen aussperren.

»Mom«, sagte Sebastian. »Hast du mich nicht verstanden? Wir müssen heute zu Abuela Lola fahren und *Mofongo* essen.«

»Was zum Teufel ist *Mofongo*?«, fragte Jennifer noch einmal.

Ein wenig verärgert drehte er sich zu ihr um. »Das weiß ich auch nicht, aber wenn Abuela Lola es kocht, muss es einfach gut sein.«

Gloria nahm ihren Arm vom Kopf und sah ihre Kinder durch halb geschlossene Lider an. »Euer Vater wird heute Nachmittag kommen. Ich bin mir sicher, dass er euch gern mitnehmen wird.«

»Mit *ihm* fahre ich ganz bestimmt nicht«, murmelte Jennifer.

»Mach doch einfach, was du willst«, erwiderte Gloria, drehte sich auf die Seite und schlief wieder ein.

Ein paar Stunden später wartete Sebastian am Fenster auf seinen Vater und versuchte, Jennifer doch noch zum Mitkommen zu überreden.

»Hör zu, Sebastian«, sagte sie. »Ich weiß, dass Mom manchmal ziemlich gemein sein kann. Aber das entschuldigt das, was Dad ihr angetan hat, in keiner Weise. Ich kann ihm das nicht verzeihen. Ich ... ich brauche einfach noch etwas Zeit.«

»Aber bist du denn gar nicht neugierig, wie *Mofongo* schmeckt?«, fragte er mit schwacher Stimme, wohl wissend, dass die Sache hoffnungslos war.

Jennifer schüttelte entschieden den Kopf. »Und wenn Abuela Lola das köstlichste Gericht der Welt gekocht hat, es ist mir egal: Ich werde Mom nicht im Stich lassen.«

Jennifer verließ das Haus gerade in dem Moment, als der Jeep ihres Vaters mit brummendem Motor die Straße herunterfuhr. Von seinem Platz am Fenster aus beobachtete Sebastian, wie sein Vater seiner Schwester zuwinkte. Sie aber tat so, als hätte sie ihn nicht gesehen, und ging einfach weiter. Selbst aus dieser Entfernung sah Sebastian den Schmerz in den Augen seines Vaters. Sozusagen als Entschädigung für Jennifers verletzendes Verhalten erwartete Sebastian ihn bereits draußen auf der Auffahrt. Dass Letzte, was er ihm zumuten wollte, war eine weitere unangenehme Begegnung mit seiner Mutter, die nicht gerade in der Stimmung für Freundlichkeiten war. Zwar hatte sie mittlerweile das Bett verlassen, war aber noch immer mehr als gereizt, als sie in der Küche ihren Kaffee trank und dabei die Zeitung las. Aus dem Auto warf Sebastian noch einmal einen Blick zurück, um zu sehen, ob sie wieder am Fenster stand und sie beobachtete. Diesmal aber blieben die Vorhänge geschlossen.

»Was machen wir heute?«, fragte Dean und bemühte sich dabei nach Kräften, fröhlich zu klingen. Die Enttäuschung wegen Jennifer saß ihm wie ein Kloß im Hals und ließ seine Stimme fremd klingen.

»Abuela Lola macht *Mofongo*. Hab ich dir doch gesagt, weißt du das nicht mehr?«

»Oh, ja richtig«, sagte er beiläufig. Er hatte es keineswegs vergessen – und gehofft, dass dies bei Sebastian der Fall wäre, denn er war nicht besonders scharf darauf, der Familie schon so bald gegenüberzutreten. »Aber du besuchst deine Großmutter doch jeden Tag. Ich dachte, wir könnten stattdessen ein wenig an der Küste spazieren fahren. Es wird heute sicher ein schöner Tag.«

»Ich würde lieber zu Abuela Lola fahren und *Mofongo* essen«, erwiderte Sebastian.

Sein Vater zuckte resigniert mit den Schultern. »In Ordnung, wenn du unbedingt willst, fahren wir hin.«

Als sie in Bungalow Haven eintrafen, stieg ihnen schon von Weitem das verlockende Aroma von Knoblauch, Zwiebeln und Olivenöl in die Nase. Sebastian ging mit großen Schritten den Weg zu dem kleinen gelben Haus entlang.

»Langsam, langsam. Wieso hast du es denn so eilig?«, fragte Dean.

»Ich will nicht, dass schon alles weg ist, wenn wir kommen«, erwiderte Sebastian und war vor Vorfreude ganz außer Atem.

Dean lachte leise. »Wie ich deine Großmutter kenne, hat sie so viel gekocht, dass es für eine ganze Kompanie reicht.«

Als Abuela Lolas Haus in Sicht kam, fiel Sebastian auf, dass seit seinem letzten Besuch einiges geschehen war. Die Schachteln und Berge von Papier, die die Veranda während der letzten Tage verunziert hatten, waren fortgeräumt worden. Anstelle der alten Klappstühle aus Metall standen dort jetzt zwei Korbstühle, auf denen Kissen mit buntem Blumenmuster lagen, und ein dazu passender kleiner Korbtisch mit der obligatorischen Kerze. Diese allerdings brannte noch nicht.

»Wie ich sehe, hat deine Großmutter hier so manches verbessert«, bemerkte Dean, als sie die Treppe zur Veranda hinaufgingen. Als sie das Haus betraten, stand ihnen angesichts der größten aller Verbesserungen vor Staunen der Mund offen. Der kleine Küchentisch, an dem höchstens vier Personen Platz gefunden hatten, war durch einen neuen, sehr massiven Tisch ersetzt worden. Er nahm den gesamten Bereich vor der Küche und noch dazu den größten Teil des Wohnzimmers in Anspruch. Das Sofa hatte man in eine Ecke des Zimmers verbannt, um Platz für den Tisch und die zwölf eleganten Stühle mit hoher Lehne zu schaffen. Einige der Stühle waren bereits besetzt. Mando, Susan und Cindy waren gekommen, ebenso wie Gabi, die sich einen Platz neben Terrence ausgesucht hatte. Auch Charlie Jones war schon da. Sofort zeigte er sein strahlend weißes Lächeln, als er die beiden neuen Gäste sah.

Lola, die an der Arbeitsfläche in der Küche stand und mit der Zubereitung des Essens beschäftig war, blickte auf, als sie die Tür hörte.

»Oh, Gott sei Dank. Du bist da, Dean«, sagte sie und wischte sich die Hände an ihrer Schürze ab. »Wir wollten gerade anfangen. Aber wo sind Gloria und Jennifer? Noch im Auto?«

Dean war so verblüfft, dass er nicht antwortete. Sebastian zog seinen Vater ins Wohnzimmer und sagte: »Sie sind nicht mitgekommen, Abuela.«

»Ist deine Mutter noch immer böse auf mich? Dieses Mädchen

schafft es einfach nicht, etwas auf sich beruhen zu lassen. Das hat sie noch nie gekonnt. Aber was ist mit Jennifer?«

Auf ihre Frage hin räusperte sich Dean verlegen und sagte dann: »Ich glaube, dass Jennifer das Gefühl hat, sie sollte jetzt bei ihrer Mutter sein ... um ihr beizustehen ... und so ...« Wäre er ganz und gar ehrlich gewesen, hätte er hinzugefügt, dass sie auch deshalb nicht mitgekommen war, weil Gloria sich in dem Moment, in dem sie Susan gesehen hätte, auf dem Absatz umgedreht und das Haus verlassen hätte.

»Ich verstehe«, sagte Lola und stemmte die Hände in die Hüften. »Jennifer gibt dir die Schuld an euren Eheproblemen. Ist es nicht so?«

Dean wurde knallrot. »Ich ... also ... ich weiß es wirklich nicht.«

»Ma, warum sagst du nur solche Sachen?«, fragte Gabi. »Dadurch erreichst du nur, dass sich deine Gäste unwohl fühlen.«

»Das mag schon sein. Aber wenn ich in meinem Alter noch um den heißen Brei herumrede, kann ich mir auch gleich ein Loch schaufeln und hineinspringen.«

Terrence lachte laut auf. Sein wunderbares, volltönendes Lachen erfüllte den Raum und vertrieb die unangenehme Spannung, die sich aufzubauen begonnen hatte.

»Ihre Mutter hat nicht ganz Unrecht«, sagte er, noch immer glucksend.

»Ja, ich schätze, das stimmt«, erwiderte Gabi mit einer gewissen Ehrfurcht in der Stimme. Bis zu diesem Tag hatte sie nur einen einzigen Mann gekannt, der die Atmosphäre mit seinem Lachen zu reinigen vermocht hatte, und das war ihr Vater gewesen.

Mando stand auf und zog einen Stuhl zurück. »Setz dich doch, Dean. Was auch immer zwischen dir und Gloria vor sich geht, wir freuen uns jedenfalls, dass du gekommen bist.«

»Vielen Dank«, murmelte Dean, während Sebastian schnurstracks auf seinen Trittschemel zuging, um zu sehen, was seine Großmutter gerade machte. Sie hatte einen großen Mörser mit dem dazugehörenden Stößel auf die Arbeitsfläche gestellt und schnitt gerade einige merkwürdig aussehende Bananen in dicke Scheiben. In einem Topf köchelte eine Soße aus Tomatenstücken vor sich hin, und auf der anderen Arbeitsfläche stand eine Platte, auf der sich glänzende rohe Shrimps türmten.

»Erzähl mir etwas über *Mofongo*«, sagte Sebastian.

Lola bedachte ihn mit einem anerkennenden Lächeln. »Ich werde dir alles erzählen, was du wissen willst. Lass mich damit anfangen, dass dieses Gericht, mehr als alle anderen, die Aromen und die Geschichte der Insel in sich vereint. Wenn du das Herz und die Seele deiner Wurzeln schmecken willst, Sebastian, dann musst du *Mofongo* essen.«

»Ich fürchte, Ma hat in letzter Zeit einen ziemlichen Hang zur Dramatik entwickelt«, sagte Gabi zu Terrence, während sie ihn leicht am Arm berührte.

»Du zweifelst an dem, was ich sage?«, fragte Lola.

»Nein, ich sage nur, dass du ein wenig übertreibst, Ma. Mehr nicht.«

Lola ließ ihren Stößel krachend auf die Arbeitsfläche herabsausen. »Ich übertreibe?«

Mando warf seiner Schwester einen tadelnden Blick zu. »Tatsächlich«, sagte er, »habe ich mit *Mofongo* immer genau das verbunden, was sie gesagt hat.«

»Ja, ich auch«, bestätigte Susan mit einem nervösen Lächeln. »Ich war immer der Meinung, dass es nichts Köstlicheres gibt.«

Über die gönnerhafte Art der beiden sichtlich verärgert, ging Lola mit schnellen Schritten um den Küchentresen herum, stellte sich an den Kopf der Tafel und funkelte Mando und Susan böse an. »Ihr scheint zu glauben, nur weil ich alt bin, bin ich auch dumm. Ist es nicht so?«

»Ach, komm schon, Ma, jetzt reg dich nicht schon wieder auf«, sagte Mando.

Cindy fügte weinerlich hinzu: »Es macht mir wirklich Angst, wenn ihr alle so sauer werdet wie neulich im Krankenhaus.«

»Manchmal werden Leute eben sauer, Cindy« erwiderte Lola mit strenger Stimme. »Dass du mit einem hübschen Gesicht und einer netten Familie gesegnet bist, bedeutet noch lange nicht, dass du nicht hier und da eine kleine Dosis Realität aushalten solltest.«

Cindy starrte ihre Großmutter fassungslos an, während Susan ihrem Mann etwas zuflüsterte, was dieser mit einem Nicken kommentierte. Er rückte mit seinem Stuhl ein Stück vom Tisch weg und erhob sich dann. »Ich denke, wir sollten jetzt besser gehen, Ma. Es ist unübersehbar, dass wir dich nur aufregen, und das liegt ganz bestimmt nicht in unserer Absicht.«

»Du setzt dich jetzt mit deinem *culo* schön wieder auf deinen Stuhl«, sagte Lola schroff und zeigte dabei mit ihrem bananenverschmierten Finger auf ihren Sohn. »Ich werde sagen, was ich zu sagen habe, und wenn du dann immer noch gehen willst, dann kannst du das tun. Kannst du das ertragen?«

Mando ließ sich wieder auf dem Stuhl nieder und bedeutete Susan mit einem Nicken, seinem Beispiel zu folgen.

Lola beugte sich am Tisch stehend nach vorn. Sie erschien plötzlich überlebensgroß. »Ich bin mir sicher, Mando, dass du dich noch an deinen Urgroßvater erinnerst. Mit seinen hellen Augen und den honigblonden Haaren hätte man meinen können, er wäre eben erst mit einem Schiff aus Europa gekommen. Aber das war nicht der Fall. Er hatte zwar deutsche Vorfahren, seine Mutter aber war die Tochter eines schwarzen Sklaven.« An dieser Stelle nickte sie vielsagend in Cindys Richtung. »Damals hatte Spanien bereits die meisten seiner Kolonien in der Karibik verloren. Die Spanier waren der Ansicht, dies läge daran, dass es dort zu viele Mischehen gäbe. Die spanischen Bewohner heirateten Indianer, und als die Afrikaner auftauchten, konnten sie alle einfach nicht die Hände voneinander lassen. Also erließ Spanien, um die Bevölkerung der Insel wieder ein wenig weißer zu machen, ein königliches Dekret, in dem Europäer aus anderen Ländern dazu ermutigt wurden, nach Puerto Rico auszuwandern. Sie kamen aus Deutschland, Italien, Frankreich und noch vielen anderen Ländern, und auch sie heirateten alle untereinander und bekamen jede Menge Kinder. Binnen weniger Jahre waren auch sie so einheimisch wie der Kapokbaum.«

Lola ging zur Arbeitsfläche zurück, wo sie alle Zutaten bereitgestellt hatte. Sie nahm den Mörser und hielt ihn hoch, sodass ihn jeder sehen konnte. »Dem Volk der Taíno, den Ureinwohnern, müssen wir für den Pilon danken, eine schlaue Erfindung, die in keiner kreolischen Küche fehlen darf.« Als Nächstes zeigte sie auf den Knoblauch und das Olivenöl. »Ein Vermächtnis unserer spanischen Vorfahren«, sagte sie. Und schließlich nahm sie die merkwürdig aussehenden Bananen in die Hand, die sie gerade in Scheiben geschnitten hatte. »Und unsere afrikanischen Vorfahren haben uns das Wissen vermittelt, wie man mit Kochbananen umgeht. Sie haben uns auch gelehrt, die Zutaten zu braten, anstatt sie totzukochen, wie es in Europa damals üblich war. Wenn man all das zusammennimmt, wird daraus *Mofongo* – eine kulinarische Assimilation, eine unwiderstehliche Alchemie von Aromen und Kulturen, die nicht einmal die spanische Krone bezwingen konnte. Es ist kreolisch. Wenn ich *Mofongo* esse, freut sich das afrikanische, das europäische und das Taíno-Blut in meinen Adern.«

Als Lola geendet hatte, wischte sie sich die Hände an ihrer Schürze ab und nahm neben Charlie am Tisch Platz.

»Toll, Ma«, sagte Gabi. »So habe ich dich noch nie reden hören.«

»Dieses *Mofongo* muss ja wirklich ein fantastisches Zeug sein«, sagte Terrence.

»Wenn es heute auch nur annähernd so schmeckt, wie ich es in Erinnerung habe, dann werden Sie bestimmt nicht enttäuscht werden«, erwiderte Dean. »Es war schon immer mein Leibgericht.«

»Meins auch«, sagte Susan. »*Mofongo* ist mein absolutes Lieblingsgericht.«

Lola versteifte sich sichtlich, als sie das hörte. Dann beugte sie sich zu Charlie hinüber und flüsterte ihm etwas ins Ohr. Charlie lächelte und bedachte Susan mit einem mehr oder weniger unauffälligen Blick aus den Augenwinkeln.

»Was ist denn?«, fragte Susan. »Habe ich es falsch ausgesprochen?«

»Oh, deine Aussprache war perfekt«, sagte Lola und versuchte, ein Lächeln zu unterdrücken. Charlie musste kichern, sodass sie ihm einen kleinen Klaps auf die Schulter versetzte. »Fang bloß nicht an zu lachen, sonst steckst du mich noch an. Und du weißt, dass ich dann nicht mehr aufhören kann.«

»Ma, du bist gerade äußerst unhöflich«, sagte Mando. »Als wir noch Kinder waren, hast du uns immer zurechtgewiesen, wenn wir am Tisch miteinander geflüstert haben. Und was machst du jetzt?«

Lola wurde sofort wieder ernst. »Du hast absolut recht. Außerdem habe immer darauf bestanden, dass alle hören sollen, was ihr geflüstert habt. Also, Charlie, sag ihnen, was ich dir gerade zugeflüstert habe.«

»Soll ich das wirklich tun?«, fragte Charlie und sah plötzlich ziemlich entsetzt aus.

»Sicher. Familie und Freunde sollten keine Geheimnisse voreinander haben.«

»Ja, aber manchmal ist es besser, wenn …«

»Charlie, *bitte*«, sagte Lola.

Charlie zuckte mit den Schultern, dann drehte er sich um und sprach Susan an: »Lola hat gesagt, dass sie nicht verstehe, warum du behauptest, *Mofongo* sei dein Lieblingsessen. Sie hätte nämlich zufällig einmal mitangehört, wie du zu Mando gesagt hast, dass es wie ausgekotztes Hundefutter aussehe und dass du so etwas niemals runterkriegen würdest.«

Susan wurde bleich, und Mandos Gesicht lief hochrot an. »Ma, was in aller Welt ...?«

»Aber es war deine Antwort, Mando, die mich damals am meisten geärgert hat«, sagte Lola und sah jetzt ihrem Sohn direkt in die Augen.

Mando schüttelte den Kopf und versuchte, das Ganze mit einem Lachen abzutun. »Ich weiß wirklich nicht, wovon du redest, Ma.«

Lola beugte sich zu ihrem Sohn hinüber. »Du hast genauso gelacht wie jetzt gerade, und dann hast du Susan geantwortet, dass es sowieso ein Hinterwäldleressen sei und sie nicht viel versäumen würde.«

»Das tut sie auch nicht«, erwiderte er abwehrend. »Es sind nur Kochbananen, die mit ein bisschen Knoblauch und Frühstücksspeck vermengt werden. Nicht gerade ein Fünfsterne-Menü, wenn du mich fragst.«

Auf diese Worte hin beugte Lola sich noch weiter über den Tisch. »Ob es dir nun gefällt oder nicht, mein Sohn, *Mofongo* fließt in deinen Adern und auch in denen deiner Tochter. Denk einfach mal darüber nach, was das bedeutet, Mando. Denk einfach nach.«

»Das reicht jetzt, Ma«, sagte Mando, während er sich von seinem Stuhl erhob und seine Serviette auf seinen leeren Teller warf. »Jetzt weiß ich, was Gloria meinte, als sie dich beleidigend und verletzend genannt hat.« Er nahm sein Jackett und gab Susan ihre Handtasche. Auch Cindy erhob sich jetzt zögernd von ihrem Stuhl. Sie wirkte völlig verwirrt und kämpfte sichtlich mit den Tränen.

Susan folgte Mando zur Tür, doch auf dem Weg durchs Zimmer drehte sie sich noch einmal um. Den Kopf hoch erhoben und mit Tränen in den Augen sagte sie: »Falls du damit andeuten willst, dass Mando und ich uns wegen seiner Herkunft schämen, dann irrst du dich gewaltig. Wir schätzen die Vielfalt, und wir haben Cindy immer dazu angehalten, genauso zu denken.«

Lola starrte mit versteinertem Gesicht geradeaus.

»Müssen wir denn wirklich gehen?«, fragte Cindy.

»Ja, wir müssen«, erwiderte Mando.

Cindy schickte sich an, ihnen zu folgen, ließ sich dann aber in Lolas Schaukelstuhl fallen und schlug die Hände vors Gesicht. Susan eilte zu ihr und legte ihr tröstend die Hand auf die Schulter. »Bitte, Schätzchen, ich weiß, wie sehr es dich aufregt, wenn Leute wütend aufeinander sind. Wir werden deine Großmutter in ein paar Tagen noch einmal besuchen, wenn sie sich wieder besser fühlt. Wie wäre es, wenn wir uns auf dem Heimweg Sushi mitnehmen?«

Cindy hob den Kopf und sah ihre Mutter vorwurfsvoll an. »Was mich am meisten aufregt, ist, wenn Leute mich anlügen.«

Susan ließ die Hand von der Schulter ihrer Tochter gleiten und wich einen Schritt zurück.

»Warum habt ihr mir das nicht gesagt?«, fragte Cindy. »Warum habt ihr mir nicht gesagt, dass es in unserer Familie auch Schwarze gab?«

»Ich bin mir sicher, dass wir dir das gesagt haben«, erwiderte Mando.

»Natürlich haben wir das«, sagte Susan.

Cindy schüttelte entschieden den Kopf. »Das habt ihr nicht. Daran würde ich mich erinnern.«

Sebastian hatte die Geschichte seiner deutschen und schwarzen Vorfahren schon so oft gehört, dass er mehr als nur überrascht war, dass Cindy nichts davon wusste. Er sah darin die ganz individuelle Adam-und-Eva-Geschichte seiner Familie. Während Cindy auf eine Antwort ihrer Eltern wartete, schauten alle betreten drein und waren sich offensichtlich nicht sicher, wo sie hinsehen sollten. Als Gabi einen kurzen Blick auf Terrence warf, lächelte er auf eine Art und Weise, die ihr signalisierte, dass er mit all dem kein Problem hatte. Mando, der noch immer an der Tür stand, schien sich von allen am wenigsten wohlzufühlen.

Inzwischen hatte Lola sich von ihrem Stuhl erhoben und an den Herd gestellt, wo sie die in Scheiben geschnittenen Kochbananen in heißem Öl briet. Man hörte nichts als das Zischen und Brutzeln des Öls. Kurz darauf nahm sie sie aus der Pfanne und begann, sie mit einigen anderen Zutaten im Mörser zu vermengen. Sie ächzte und stöhnte, als sie die Zutaten miteinander zu einer breiigen Masse zerdrückte, und schon bald erfüllte ein wunderbares Aroma den Raum. Es war würzig und süß und so verlockend, dass es vorübergehend sogar von der peinlichen Stimmung ablenkte.

»Ach, meine alten Knochen sind auch nicht mehr das, was sie einmal waren. Wenn wir später alle etwas zu essen haben wollen, dann wird jeder einmal stampfen müssen. Susan, möchtest du nicht anfangen?«, beendete Lola das Schweigen.

Susan blieb gedankenverloren stehen. Der Riemen ihrer Handtasche rutschte von ihrer Schulter in ihre Armbeuge, ihr Blick ruhte auf ihrer Tochter, die sich von ihr abgewandt hatte. Dann warf sie ihre Tasche aufs Sofa und ging zu Lola hinüber, die ihr den Mörser übergab und erklärte, was sie in welchem Verhältnis miteinander vermengen sollte. Nachdem Susan mehrere Minuten lang Kochbananen, Knoblauch, Öl und Frühstücksspeck miteinander verarbeitet hatte, formten sie und Lola die klebrige Masse zu Klößchen von der Größe eines Hühnereis. Das *Mofongo* sollte später mit *Camarones enchilados*, würzigen Garnelen, serviert werden. Nachdem Lola die Garnelen in Olivenöl angebraten hatte, bis sie gerade rosa waren, nahm sie sie aus der Pfanne und gab Zwiebeln, Knoblauch, Paprikaschoten, Tomatensoße und noch einmal Olivenöl hinzu. Während sie weiter rührte, bestreute sie die Mischung mit Salz und Pfeffer und fügte schließlich noch ein paar Lorbeerblätter hinzu. Auf diese Weise zauberte sie innerhalb kürzester Zeit eine köstliche Tomatensoße mit milder Würze, die hervorragend zu den Shrimps passte.

»Darf ich auch einmal stampfen?«, fragte Cindy und wischte sich ein paar Tränen aus den Augen.

»Jeder kommt dran«, erwiderte Lola, die erleichtert zur Kenntnis nahm, dass Mando wieder auf seinem Platz saß. Nachdem sie Cindy den Mörser übergeben hatte, ging sie an den Tisch zurück und flüsterte Sebastian etwas ins Ohr.

»Vergiss die Regeln nicht«, sagte Gabi zu ihrem Neffen. »Du musst uns erzählen, was sie gesagt hat.«

»Abuela Lola hat gesagt, dass das das beste *Mofongo* wird, das wir je gemacht haben«, erwiderte Sebastian, und seine Worte lösten eine Welle guter Laune aus, die den Rest des Abends anhalten sollte.

Gloria und Jennifer hörten aufmerksam zu, als Sebastian ihnen in allen Einzelheiten erzählte, was in Abuela Lolas Haus geschehen war. Das *Mofongo*, das seine Großmutter ihm mitgegeben hatte, stand auf dem Küchentisch. Obwohl Abuela Lola es sorgfältig in mehrere Schichten Zellophan eingepackt hatte, bahnte sich das würzige, süße Aroma von Knoblauch und Kochbananen seinen Weg ins Zimmer. Sebastian übernahm höchstpersönlich die Aufgabe, die *Camarones enchilados* aufzuwärmen. Damit die gekochten Garnelen nicht zäh wie Gummi würden, nahm er sie, wie es ihm seine Großmutter aufgetragen hatte, aus der Tomatensoße, bevor er diese in einem Topf auf dem Herd erhitzte. Erst als die Soße heiß war, gab er die Garnelen wieder in den Topf zurück.

Gloria war noch immer im Morgenmantel. Sie verschränkte die Arme vor der Brust und sah Sebastian mit zusammengekniffenen Augen an. Offensichtlich konnte sie noch immer nicht glauben, was sie da gerade gehört hatte. »Dann hat Susan also tatsächlich dabei geholfen, das *Mofongo* zuzubereiten? Sie hat sich wirklich die Hände schmutzig gemacht?«

»Und sie hat auch etwas davon gegessen«, meinte Sebastian. »Ich glaube, es hat ihr geschmeckt.«

Jennifer nahm das *Mofongo* vom Tisch und wickelte es langsam aus. »Ich kann nicht glauben, dass Cindy noch nie etwas von Otto und Rubina gehört hat. Aber wenn ich es mir recht überlege«, sagte sie. »Nein, ich nehme das zurück. Es ist sogar logisch.«

»Cindy hat Abuela Lola gebeten, ihr von den beiden zu erzählen«, berichtete Sebastian. »Also hat Abuela ihr beim Essen die ganze Geschichte erzählt.«

»Und wie hat Susan darauf reagiert?«, fragte Gloria, die mit hungrigem Blick das *Mofongo* anstarrte, das Jennifer jetzt endlich aus der Zellophanhülle befreit hatte. »Hat sie versucht, Cindy aus dem Haus zu bringen, bevor sie die Wahrheit über ihre Vorfahren erfuhr?«

»Nein, sie ist dageblieben und hat zugehört wie alle anderen auch«, antwortete Sebastian. »Obwohl ich die Geschichte schon mindestens eine Million Mal gehört habe, kam es mir vor wie beim ersten Mal.«

Jennifer legte die *Mofongo*-Klößchen auf einen Teller. »Soll ich sie in die Mikrowelle stellen?«, fragte sie ihren Bruder.

»Ja, aber nicht länger als zwanzig Sekunden«, erwiderte er. »Und du musst ein feuchtes Küchenkrepp darüberlegen, damit sie nicht austrocknen.«

»Dann erzähl die Geschichte, Sebastian«, sagte Gloria. »Ich bin neugierig, ob sie sich genauso verändert hat wie alles andere.«

Während der köstliche Duft die Küche erfüllte, gab Sebastian die Geschichte genauso wieder, wie er sie von seiner Großmutter gehört hatte.

Als dein Ururgroßvater Otto vor ungefähr hundertfünfzig Jahren Deutschland verließ, ließ er auch das Mädchen zurück, das er zu heiraten beabsichtigte. Helga war ein liebes und hübsches Mädchen, das jeder Mann mit Freuden zur Frau genommen hätte. Otto war aber arm, und in jenen Tagen dachten rechtschaffene Männer nur dann ans Heiraten, wenn sie eine Frau und eine Familie auch ernähren konnten. Als Otto hörte, dass man in der Neuen Welt gutes Geld verdienen konnte, beschloss er, die lange Reise nach Puerto Rico zu wagen. Wenn er dann genügend Geld zusammen hätte, wollte er nach Hause zurückkehren und Helga ehelichen.

Otto war in seinem ganzen Leben noch nie aus Deutschland herausgekommen. Als ihn die warme Brise der Tropen empfing und er die Schönheit der üppig grünen Insel sah, war er sich sicher, hier sein Schicksal gefunden zu haben. Er schrieb Helga umgehend einen Brief und teilte ihr mit, dass er nicht nach Deutschland zurückkehren wolle. Stattdessen solle sie zu ihm kommen, denn er hege keinerlei Zweifel daran, dass es ihr in Puerto Rico genauso gut gefallen würde wie ihm.

Nachdem Otto sich auf der Insel niedergelassen hatte, gründete er eine Exportfirma für Kaffee. Alles lief sehr gut für ihn. Er arbeitete fleißig, und sein Geschäft florierte. Obwohl er immer sehr viel zu tun hatte, entging ihm keineswegs die Schönheit der puertoricanischen Frauen, die so verschieden und bunt waren wie die glänzenden Muscheln, die das Meer an den Strand spülte. Aber so groß die Versuchung auch war, Otto widerstand. Er hatte Helga ein Versprechen gegeben, und das wollte er auch halten.

Nach drei Jahren harter Arbeit und weiteren Expansionen seiner Firma hatte Otto endlich genügend Geld gespart, um heiraten und für Helga sorgen zu können, so wie sie es seiner Meinung nach verdient hatte. Er hatte gerade in der Stadt alles Nötige für ihre Reise arrangiert und befand sich auf dem Weg nach Hause, als sein Pferd plötzlich scheute und ihn abwarf. Es galoppierte sofort zu seinem Stall zurück, und Otto blieb mit einem gebrochenen Bein im Straßengraben liegen. Unglücklicherweise war es eine sehr abgelegene Straße, Otto wusste also, dass es einige Zeit dauern würde, bis man ihn fand. Vielleicht würde er sogar sterben, bevor dies geschah, denn er hatte weder Proviant noch Wasser mitgenommen.

Ein paar Stunden später kam dann zufällig Rubina des Weges. Als sie sich über Otto beugte, um ihm zu helfen, glaubte er, er sei gestorben und blicke in das Gesicht eines Engels. Dieser Engel, eine wunderschöne Frau mit mandelförmigen Augen und karamellfarbener Haut, war in Wirklichkeit jedoch eine Sklavin, die gerade von einem Botengang für ihren Herrn zurückkehrte. Da der verletzte Otto viel zu schwer war, als dass Rubina ihn hätte tragen können, machte sie es ihm so bequem wie möglich, gab ihm zu trinken und setzte sich neben ihn, um mit ihm gemeinsam zu warten.

»Vielleicht wäre es das Beste, wenn Sie Hilfe holen würden«, sagte Otto, obwohl er eigentlich wollte, dass sie bei ihm blieb. Ihre Gegenwart weckte eine unstillbare Sehnsucht in seinem Herzen. Sie war so stark, dass er die Schmerzen, die ihm sein gebrochenes Bein bereitete, kaum mehr spürte.

»Aber was ist, wenn der Herrgott Ihre Seele zu sich ruft, während ich fort bin?«, fragte sie. »Sie werden dann allein sein, und es gibt nichts Schlimmeres, als allein zu sterben.«

»Glauben Sie denn, dass ich dem Tode schon so nahe bin?«, fragte Otto.

»Das kann man nie wissen. Aber wenn es so wäre, würden Sie

dann Ihre letzten Augenblicke auf Erden mit mir oder ohne mich verbringen wollen?«

»Mit Ihnen. Ohne jeden Zweifel mit Ihnen«, erwiderte Otto, der sich in seinem ganzen Leben einer Sache noch nie so sicher gewesen war.

Während sie also gemeinsam auf den Tod, einen Reiter oder einen Karren warteten, was immer auch zuerst käme, sprachen Otto und Rubina über ihr Leben und alles, was ihnen sonst noch einfiel, um sich die Zeit zu vertreiben. Beide genossen diese Unterhaltung sehr und merkten nicht einmal, wie die Stunden vergingen. Als sie Hunger bekamen, öffnete Rubina ihren Rucksack, um das, was sie an Essen dabeihatte, mit Otto zu teilen. An diesem Tag hatte sie *Mofongo* eingepackt, was er für die köstlichste Speise hielt, die er in seinem Leben je gegessen hatte. Aber das überraschte ihn nicht. Er hegte keinerlei Zweifel daran, dass alles an Rubina einfach außergewöhnlich war. Und so war er schließlich tatsächlich enttäuscht, als er in der Ferne die Staubwolke einer sich nähernden Kutsche sah. In dem Bewusstsein, dass er vielleicht nie wieder eine Gelegenheit dazu bekommen würde, sagte er Rubina, dass er sie so schnell wie möglich freikaufen und heiraten wolle. Natürlich wusste jeder in der Stadt und auch Rubina, dass Otto bereits mit einer Deutschen namens Helga verlobt war, die bald zu ihm auf die Insel kommen würde.

»Und was wird mit Helga?«, fragte Rubina. »Wird sie sich nicht schrecklich aufregen, wenn sie hierherkommt und feststellen muss, dass der Mann, auf den sie so lange Zeit gewartet hat, bereits verheiratet ist?«

Während der magischen Stunden, die Otto mit Rubina verbracht hatte, hatte er Helga vollkommen vergessen. Irgendwie gelang es ihm jedoch, Rubina davon zu überzeugen, dass er dieses Problem lösen würde. Also nahm sie seinen Antrag schließlich an.

Auf der Insel waren Ehen zwischen Weißen und Schwarzen nichts Ungewöhnliches, aber die Situation stellte sich in diesem Fall komplizierter dar, da Rubina eine Sklavin war. Der Mann, dem sie gehörte, war für seine Gier bekannt. Als er erfuhr, dass sich Otto in seine schöne Sklavin verliebt hatte, verlangte er einen stattlichen Preis für sie. Glücklicherweise hatte Otto eine größere Summe für seine Hochzeit gespart, und dieses Geld setzte er nun ein, um sie freizukaufen.

Nur wenige Tage, nachdem Otto und Rubina geheiratet hatten, traf Helga auf der Insel ein. Sie hatte eine beschwerliche Reise hinter sich und erreichte Puerto Rico schwer krank. Als sie erfuhr, dass Otto bereits eine Ehefrau hatte, wäre sie vor Kummer fast gestorben. Da Rubina jedoch eine brave, gottesfürchtige Frau war, verschloss sie ihr Herz nicht vor dem Leid anderer. Sie bestand darauf, dass Helga bei ihnen blieb. In den folgenden Wochen und Monaten pflegte sie Helga gesund. Selbst als Rubina schwanger wurde, war sie Helga gegenüber stets freundlich und aufmerksam. Die beiden Frauen wurden wie Schwestern. Am Ende konnte Helga es Otto nicht einmal mehr verübeln, dass er sich in eine so tugendhafte Frau verliebt hatte. Natürlich war es auch hilfreich, dass Helga schließlich ebenfalls der Liebe begegnete. Fast auf den Tag genau ein Jahr, nachdem sie nach Puerto Rico gekommen war, heiratete sie Rubinas Bruder. Die beiden Paare hatten am Ende zusammen mehr als zwanzig wunderschöne kreolische Kinder.

Sebastian war noch mitten in seiner Geschichte, als Gloria und Jennifer das *Mofongo* mit *Camarones* schon bis auf den letzten Krümel weggeputzt hatten. Auf ihren Lippen glänzte noch das Olivenöl, und Sebastian hatte den Eindruck, als hätten sie gern noch mehr gegessen.

»Ich habe die Geschichte ein wenig anders in Erinnerung«,

sagte Jennifer. »Ich glaube, Abuela hat, jedenfalls, was den Inhalt von Rubinas Rucksack angeht, etwas verändert. Ich könnte nämlich schwören, dass beim letzten Mal, als sie diese Geschichte erzählte, etwas anderes drin war.«

»Das hat sie ganz eindeutig verändert«, fügte Gloria hinzu. »Aber die Geschichte hat mir gefallen. Vor allem die Stelle, an der Otto glaubt, Rubina wäre ein Engel. Das war ein sehr nettes Detail.«

»Wie hat dir das *Mofongo* geschmeckt?«, fragte Sebastian.

»Es war großartig. Du hättest ruhig mehr mitbringen können«, sagte Jennifer.

»Und was ist mit dir, Mom, hat es dir auch geschmeckt?«

»Was für eine Frage«, antwortete Gloria mit einem flüchtigen Lächeln. Ihr Blick blieb jedoch nachdenklich, und auf ihrem Gesicht lag ein Anflug von Bedauern. Diese Geschichte zu hören, weckte alte, längst vergessen geglaubte Gefühle in ihr, eine Mischung aus Heimweh und Sehnsucht nach einer Zeit, in der das Leben noch nicht so kompliziert war und sie noch an die Reinheit wahrer Liebe geglaubt hatte.

Sebastian beugte sich über den Tisch zu ihr hinüber. »Dad sagt, dass *Mofongo* sein Lieblingsgericht sei und auch immer bleiben werde. Nach dem Essen hat er sich lange die Fotos an Abuela Lolas Wand angesehen, vor allem die, auf denen du mit ihm zusammen zu sehen bist.«

Sofort wedelte Gloria mit ihrer Serviette vor Sebastians Gesicht herum, als wolle sie den seltsamen Zauber verscheuchen, der sich über sie gelegt hatte.

»Hör bitte auf, von diesen Fotos zu sprechen, Sebastian. Sie wurden vor langer Zeit gemacht, und sie haben nichts mit dem zu tun, was jetzt geschieht.« Sie seufzte, warf die Verpackung des *Mofongo* in den Mülleimer und verließ ohne ein weiteres Wort die Küche.

Jennifer und Sebastian hörten die schwerfälligen Schritte ihrer Mutter, die die Treppe hinauf und den Flur entlang zu ihrem Zimmer ging. Als die Schlafzimmertür geschlossen wurde, sagte Jennifer: »Du solltest dich einfach damit abfinden. Mom und Dad werden niemals wieder zusammenkommen.«

»Woher willst du das denn wissen?«

»Ich weiß es eben«, erwiderte sie. Als sie die Tränen sah, die ihrem Bruder in die Augen stiegen, fügte sie noch hinzu: »Ich will einfach nicht, dass du dir falsche Hoffnungen machst, das ist alles.«

Sebastian nickte, aber die wunderbaren Ereignisse dieses Tages hatten ihren Glanz verloren. Anstelle dessen spürte er jetzt eine Leere, die bis ins Innerste seines Wesens vordrang. Er wollte seiner Schwester sagen, dass sie sich noch nie in ihrem Leben so getäuscht hätte, aber ihm fehlten die Kraft und auch die Worte, um ihr widersprechen zu können.

»Davon geht doch die Welt nicht unter«, sagte Jennifer. »Es lassen sich ständig irgendwelche Leute scheiden.«

Sebastian nickte wieder und wischte sich über die Augen. Er wünschte sich, er könnte angesichts all dessen ebenso gelassen und sachlich bleiben wie seine Schwester. Für ihn fühlte es sich jedoch genauso an – für ihn ging die Welt unter.

»Es sind nicht einfach nur irgendwelche Leute«, murmelte er. »Es sind Mom und Dad.«

»Das stimmt. Lass es mich also anders formulieren«, sagte sie. »*Mom und Dad* werden sich scheiden lassen, und es gibt nichts, was du oder ich dagegen tun könnten.«

17

Es fühlte sich gut an, wieder Fuß-Tetherball zu spielen. Sebastian ließ den Ball von seinen Zehen abprallen und genoss das kribbelnde Gefühl, das seine Beine hinauf und durch seinen gesamten Körper wanderte. Dann versetzte er dem Ball einen weiteren Tritt und sah zu, wie er über ihm um die Stange kreiste. Dahinter sah er den blauen Himmel. Vielleicht war es nicht das strahlendste Blau, das Sebastian jemals gesehen hatte, aber er war dankbar, dass er bei diesem milden Wetter mehrere Minuten lang spielen konnte, ohne müde zu werden. Er hielt seine Füße hoch in die Luft und schloss die Augen, während er dem summenden Vibrieren und dem Rasseln in der Stange lauschte, das die schwingende Kette verursachte. Er brauchte seine Augen nicht zu öffnen, um zu wissen, dass der Ball langsamer wurde, also versetzte er ihm wieder einen Tritt, so exakt auf den Punkt, dass der Ball wie eine Kanonenkugel zum Himmel hinauf schoss. Wäre da nicht die Kette gewesen, wäre er einfach über die Baumwipfel davongeflogen, bis er nicht mehr zu sehen gewesen wäre, stellte Sebastian sich vor. Nun würde es eine ganze Weile dauern, bis der Ball wieder an Schwung verlor, also nahm Sebastian die Füße herunter, um Kraft zu sparen.

Die Melodie der wimmernden Kette, die vor und zurück und dann wieder hin und her schwang, hüllte als beschwörendes Summen seine Sinne ein. Plötzlich hörte er ganz deutlich die Worte: »Behaupte deinen Standpunkt.« Noch einmal ertönten die gespenstischen Worte, die aus dem Inneren der ratternden Stange zu kommen schienen: »Behaupte deinen Standpunkt. Selbst wenn der Boden unter dir erzittert: Behaupte deinen Standpunkt.«

Sebastian öffnete die Augen. In der zerkratzten Oberfläche und den zerschlissenen Lederflecken, aus denen der Ball bestand, sah er jetzt zwei durchdringende Augen, die ihn beobachteten. Die schwarzhaarige alte Dame sagte: »Behaupte …«, und schwang über seinen Kopf hinweg, »… deinen …« und entfernte sich, bevor sie in einem Bogen wieder zurückkam, »… Standpunkt.« Er starrte zu ihr hinauf, und seine Augen begannen im hellen Licht der Sonne zu tränen. Er drückte seine Daumenballen in seine Augenhöhlen und starrte noch einmal zu dem Gesicht hinauf. Die schwarzhaarige alte Dame forderte ihn heraus, unterstützte ihn aber auch, sie wollte, dass er stark war. Sie kam erneut auf ihn zu und entfernte sich mit jeder Kreisbewegung wieder. Er konnte sich einfach nicht dazu überwinden, dem Ball einen Tritt zu versetzen, solange sie in diesem Ball war.

»Wer sind Sie?«, fragte Sebastian, war sich aber nicht sicher, ob er die Worte tatsächlich laut ausgesprochen hatte. »Und wie heißen Sie?«

Die alte Dame antwortete ihm nicht. Sie schloss einfach ihre Augen und lächelte. Sebastian konnte sich durchaus vorstellen, dass es ein herrliches Gefühl sein musste, so durch die Luft zu sausen, wie sie es gerade tat. Einen Moment lang beneidete er sie.

Als der Ball langsamer wurde, verstummte die sirrende Kette, und das rissige Leder und die verwitterten Lederflecken verloren ihren Zauber. Sebastian machte sich bereit, dem Ball wieder einen Tritt zu versetzen, in der Hoffnung, dass die alte Dame zurückkommen würde, als plötzlich jemand den Ball festhielt. Vor ihm stand Keiths Freund Sean. Auf seinem Gesicht lag ein eigentümlich schiefes Grinsen.

Sebastian setzte sich auf und sah, dass Keith und einige seiner Klassenkameraden um ihn herumstanden. Er rappelte sich auf und suchte die Gruppe mit den Augen unwillkürlich nach Kelly Taylor ab, der es hin und wieder gelang, auf Keith Einfluss zu nehmen.

Dann aber fiel ihm wieder ein, dass sie schon die ganze Woche krank war. Eine eisige Angst breitete sich in seinem Bauch aus.

»He, Affenjunge!«, sagte Keith und verschränkte die Arme vor der Brust. »Warum treibst du dich hier so ganz allein rum?«

Sebastian schwieg. Er ließ seinen Blick über den Pausenhof schweifen und hoffte, einen Lehrer in der Nähe zu entdecken, aber es war viel wahrscheinlicher, dass die Lehrkräfte während der Pause die Kinder auf dem Fußballplatz und an den Klettergerüsten beaufsichtigten. Die Jungs zogen den Ring um ihn enger.

»Ist es, weil sonst dein Herz explodiert?«, fragte Keith. Einige der Kinder kicherten.

»Hast du nichts dazu zu sagen?«, fragte Keith und musterte den deutlich kleineren Sebastian von oben bis unten.

Sebastian schüttelte den Kopf. Innerlich begann er jedoch heftig zu zittern. Er ergriff Halt suchend die Stange.

»Ich habe dieses Affenzeugs satt. Heute will ich, dass du wie ein Hund bellst. Aber«, sagte er und versuchte geschäftsmännisch zu klingen. »Diesmal wirst du auf allen vieren gehen, an die Stange pissen und dabei bellen.« Keith war von dieser Idee so begeistert, dass es ihm schwerfiel, nicht selbst loszulachen. »Na los, mach schon, Hundejunge«, sagte er. »Mach, was dein Herrchen dir sagt.«

»Hundejunge, Hundejunge!«, skandierten die Kinder. Sie hakten sich unter und bildeten auf diese Weise einen undurchdringlichen Kreis, der sich im Takt hin und her wiegte.

Sebastian umklammerte die Stange noch fester, machte aber keinerlei Anstalten, das zu tun, was man von ihm verlangte. Sean, der hinter Sebastian stand und noch immer den Tetherball in der Hand hielt, warf ihn jetzt auf ihn, sodass er heftig gegen seine Schulter prallte. Noch immer rührte Sebastian sich nicht.

»Was ist los, Hundejunge?«, fragte Keith. »Hast du dir etwa schon vor Angst in die Hose gepisst?«

»Der Hundejunge hat sich in die Hose gepisst«, sagte Sean und zielte jetzt mit dem Ball auf Sebastians Kopf. Diesmal aber sah Sebastian den Ball kommen und fing ihn auf.

»Du hast gehört, was ich gesagt habe«, sagte Keith. Seine gelben Augen funkelten drohend. »Auf den Boden mit dir. Sei ein braves kleines Hündchen.«

»Nein«, sagte Sebastian. »Ich bin kein Hund.«

Keith ballte die Fäuste. »O doch, das bist du«, erwiderte er. »Du bist ein Hundejunge.«

»Das bin ich nicht«, widersprach er.

Keith ging ein paar Schritte auf Sebastian zu. Die anderen verstummten schlagartig. Er hatte Sebastian noch nie körperlich angegriffen, aber Sebastian spürte instinktiv, dass es heute anders sein könnte. Und dann erinnerte er sich an die Worte der alten Dame. »Behaupte deinen Standpunkt«, hatte sie gesagt. Trotzdem hatte er gerade das Gefühl, als würde sich der Boden unter seinen Füßen beängstigend schnell bewegen. Hätte sich in diesem Moment ein Abgrund unter ihm aufgetan und ihn verschlungen, es wäre ihm vollkommen egal gewesen.

Jetzt nur noch wenige Zentimeter von ihm entfernt, sagte Keith: »Gib mir den Ball.«

Sebastian zögerte, dann überließ er Keith den Ball. Die Kette klirrte ein einziges Mal, als Keith ihn mit beiden Händen packte.

»Tu es«, befahl er noch einmal.

»Nein«, erwiderte Sebastian leise.

»Auf die Knie, verdammter Hundejunge!«, brüllte Keith ihn jetzt an.

Sebastian machte vor Schreck einen Schritt rückwärts, dann aber fasste er sich und erwiderte mit ruhiger Stimme. »Nein, das werde ich nicht tun.«

Keith ließ den Tetherball los. Er schwang in flachen Bögen um die Stange herum. Dann trat er noch näher auf Sebastian zu. Seine Augen waren jetzt nur noch schmale Schlitze. Der Kreis von Zuschauern war jetzt zwei oder drei Reihen tief. Einige von ihnen stellten sich auf die Zehenspitzen, um einen besseren Blick auf das Geschehen zu erhalten. Aus der Ferne erweckte das Ganze jedoch den Eindruck, als würden sie alle bei einem besonders spannenden Tetherball-Spiel zusehen, nichts anderes.

Als der Ball auf Sebastian zuschwang, fing er ihn auf. Er hielt ihn hoch, sodass ihn alle sehen konnten, und sagte mit heller, klarer Stimme, die trotz des Lärms gut zu hören war: »Spiel mit mir Fuß-Tetherball. Der Verlierer wird auf alle viere gehen und wie ein Hund bellen.« Ein leises Murmeln lief durch die Gruppe, dann wurde es still. Alle warteten, wie Keith reagieren würde. Er schwieg jedoch, ein wütendes Funkeln in den Augen.

Sebastian schluckte heftig und fragte: »Was ist los? Hast du etwa Angst?«

Ein vereinzeltes Kichern war zu hören. Keith straffte die Schultern und warf böse Blicke in die Runde, um alle anderen zum Schweigen zu bringen. »Ich habe keine Angst«, erwiderte er.

»Es geht genau wie das normale Tetherball, nur dass man dazu die Füße und nicht die Hände nimmt«, erklärte Sebastian.

»Zeig es mir«, befahl Keith und trat dann ein paar Schritte zurück.

Sebastian legte sich auf den Boden und demonstrierte, welche Körperhaltung man einnehmen musste, um den Tetherball zu treffen. Während Keith ihm zuschaute, begann er wieder zu grinsen. Er wusste, dass er sehr geschickt mit den Füßen war, außerdem hatte er wesentlich längere Beine als Sebastian. Er setzte sich Sebastian gegenüber hin und nahm genau die Haltung ein, die er ihm gezeigt hatte, beide Ellbogen auf dem Boden und die Hüfte mit den Händen abgestützt. »Ich bin bereit, Hundejunge«, sagte Keith. Es hörte sich an wie ein Knurren.

Sebastian kickte den Ball ins Spiel. Keith gelang es, ihn zurückzutreten, man sah aber, dass er Schwierigkeiten hatte, auf den Ellbogen das Gleichgewicht zu behalten. Als Sebastian den Ball zurückschoss, kippte Keith zur Seite und verfehlte ihn. Sebastian behielt seine Position unbeirrt bei und kickte den Ball mit großer Treffsicherheit, zwar nicht so hoch oder so kräftig wie Keith, aber er verfehlte ihn kein einziges Mal. Er war mit den Füßen erstaunlich gewandt, außerdem war er in der Lage, sich auf seinen Ellbogen zu bewegen, ohne dabei den kreisenden Ball aus den Augen zu verlieren. Wieder erschien die schwarzhaarige alte Dame. Diesmal aber schwieg sie. Das Einzige, was Sebastian von ihr wahrnahm, war ihr verschmitzt lächelndes Gesicht, als sie um die Stange herum flog und flog und sich jetzt schon außerhalb der Reichweite von Keiths Füßen bewegte, bis die Kette kürzer und immer kürzer wurde und Sebastian schließlich mit einem einzigen leichten Antippen des Balles das Spiel beendete.

Lauter Jubel brach los, und Sebastian sprang auf die Füße. Sein Herz hämmerte, allerdings nicht vor Anstrengung, sondern vor Begeisterung und Stolz. Er hatte Keith in einem ehrlichen Wettkampf besiegt. Jetzt stand er über ihm und starrte auf dessen wurmartig verdrehten Körper. Völlig benommen stand Keith auf und klopfte sich den Sand vom Hosenboden.

Sobald er stand, begannen alle zu schreien: »Bell, Hundejunge, bell!« Diesmal aber sahen sie nicht Sebastian, sondern Keith an. Einige hoben die Arme und ließen die Hände schlaff wie Hundepfoten herunterhängen. Sie streckten die Zunge heraus und hechelten, während die anderen immer wieder riefen: »Bell, Hundejunge, bell!«

Mit geballten Fäusten drehte Keith sich langsam um. Tränen der Wut standen ihm in den Augen. Dann stieß er einen grauenerregenden Schrei aus und stürzte auf die Zuschauer zu. Wild um sich schlagend, bahnte er sich seinen Weg durch die Reihen. Als er den Kreis durchbrochen hatte, rannte er mit halsbrecherischer

Geschwindigkeit über den Pausenhof davon. Selbst jetzt konnte Sebastian nicht anders, als Keith dafür zu bewundern, wie schnell er rennen konnte – allerdings gab es auch keinen Zweifel, dass ihm die Tränen genauso schnell über sein Gesicht liefen.

Als Keith außer Sichtweite war, begannen sich die anderen Kinder zu zerstreuen. Nur Sebastian blieb noch eine ganze Weile in der Nähe des Tetherball-Platzes stehen und hielt nach Keith Ausschau. Falls er tatsächlich zurückkommen sollte, würde er, dessen war Sebastian sich durchaus bewusst, keine Zeit mit Tiergeräuschen und Tetherball-Spielen verschwenden. Aber Keith kam nicht zurück. Als die Glocke läutete und die Schüler sich wieder vor dem Klassenzimmer einfanden, fiel allen sofort auf, dass er fehlte. Sebastian kannte den bitteren Geschmack der Scham besser als jeder andere, und er war sich sicher, dass Keith diesen nicht ertragen konnte. Sicher hatte er sich auf der Jungen-Toilette oder im Sanitätszimmer verkrochen, damit er ungestört seine Wunden lecken konnte.

Als Sebastian das Klassenzimmer betrat, setzte er sich auf seinen gewohnten Platz und schlug sein Heft auf, um sich noch einmal kurz auf die nächste Stunde vorzubereiten. Aber plötzlich hatte er das Gefühl, die Welt mit ganz neuen Augen zu sehen. Er sah die bunten Aushänge an den Anschlagbrettern, die großen Panoramafenster und die fröhlichen Zeichnungen, die überall an den Wänden aufgehängt waren, als nähme er dies alles zum ersten Mal wahr. Tatsächlich hatte die Weltkarte, die er vor ein paar Tagen sorgfältig koloriert hatte, einen besonderen Platz neben Ms. Ashworths Pult gefunden. Wahrscheinlich hing sie schon seit Tagen dort, aber erst heute fiel es ihm auch auf.

Schließlich wanderte sein Blick langsam zur Tafel. In letzter Zeit waren es andere Schüler gewesen, die mit dieser speziellen Aufgabe betraut worden waren. Sebastian stellte fest, dass die Tafel schon seit Tagen nicht mehr ordentlich gewischt worden war.

In den oberen Ecken gab es mehrere Stellen, an denen sie sogar richtig schmutzig war.

»Sebastian«, sagte Ms. Ashworth, die sein Interesse bemerkt hatte. »Möchtest du nicht, wenn du mit deinen Rechtschreibübungen fertig bist, die Tafel wischen?«

»Ja, gern«, erwiderte er ohne jedes Zögern und machte sich sofort an seine Aufgabe.

18

»Ich habe die Bohnen den ganzen Vormittag lang eingeweicht«, sagte Lola. »So brauchen sie nachher, wenn wir sie gewürzt haben, weniger Zeit zum Kochen.«

Sebastian hatte gerade die Zwiebeln und den Knoblauch gehackt und wollte als Nächstes die Paprikaschoten in Würfel schneiden.

»Manche Leute kochen das Gemüse gleich mit den Bohnen zusammen in einem Topf«, fuhr Lola fort. »Aber ich brate es lieber zuerst kurz in Olivenöl an und gebe die Gewürze ins heiße Öl. Auf diese Weise können sich die Aromen besser entfalten. Ein kleiner Unterschied, aber mit einer großen Wirkung.«

Lola wies Sebastian an, den *Sofrito* in die Pfanne mit dem heißen Olivenöl zu geben. Sofort stieg eine duftende Dampfwolke auf. Wenn es ein Aroma gab, das dazu geeignet war, seine Großmutter zu beschreiben, dann war dies der Duft von Zwiebeln, Knoblauch und Paprika, die in Olivenöl gebraten wurden. Er liebte diesen Geruch mehr als alle anderen. Jetzt fügte Lola dem Ganzen Salz, Pfeffer, Essig und eine kleine Prise Zucker hinzu. Während sie weiterrührte, begann die Mischung einzudicken. Die Aromen wurden komplexer. Sie gab mit dem Löffel ein klein wenig davon auf ihre Handfläche und kostete. Das Ergebnis schien sie zufriedenzustellen.

»Jetzt können wir die Bohnen dazugeben«, sagte sie und zeigte mit ihrem Holzlöffel auf den großen Topf mit den eingeweichten Bohnen. Der Topf war ziemlich schwer, aber Sebastian gelang es schließlich doch, ihn zu ihr hinüberzuschieben. Lola schöpfte einen Löffel Bohnen mitsamt dem Einweichwasser in die heiße Pfanne. Dann rührte sie wieder kräftig um. Das, so erklärte sie, sei wichtig, damit alle Aromen gut aufgenommen würden. Sebastian fiel auf, dass das Einweichwasser inzwischen beinahe so schwarz wie die Bohnen selbst war. Als Lola fertig war, gab sie den gesamten Inhalt der Pfanne in den Topf mit den Bohnen. Dieser Topf war wirklich riesig. Sein Fassungsvermögen reichte wohl aus, um fünfzig Personen zu sättigen. Seine Großmutter aber hatte anscheinend keinerlei Mühe, ihn auf die größte der Gasflammen zu stellen.

»Findest du nicht auch, dass das ein bisschen zu viel sein könnte?«, fragte Sebastian.

»Ich befürchte eher, dass es nicht reichen wird«, erwiderte Lola, als sie die Flamme aufdrehte. »Wenn ich Bohnen koche, strömen die Gäste von der Straße herein wie die Kakerlaken.«

Die einzigen Gäste, die Sebastian heute erwartete, waren Terrence und Charlie Jones. Vielleicht würde ja auch seine Mutter noch zum Essen bleiben, wenn sie ihn auf dem Rückweg von der Arbeit abholen kam. Aber irgendwie bezweifelte er das.

Lola stemmte die Hände in die Hüften und sah ihren Enkel einen Moment lang aufmerksam an. »Mir fällt auf, dass du dich in letzter Zeit irgendwie verändert hast«, sagte sie. »Aber ich komme einfach nicht darauf, was es ist.«

»Ich habe zugenommen«, antwortete Sebastian und griff nach einer Paprikaschote. »Dr. Lim hat sich sehr darüber gefreut, als ich das letzte Mal bei ihm war.«

Lola nickte. »Ja, du hast wirklich zugenommen, aber ich sehe da noch etwas anderes. Da ist so ein Funkeln in deinen Augen.«

Dass seine Großmutter sah, was er tief in seinem Inneren fühlte, war einfach wunderbar. Er stellte sich noch aufrechter hin und hackte die Paprikaschoten mit noch größerer Begeisterung, wobei er stärker als jemals in seinem Leben das Gefühl hatte, er selbst zu sein. Vielleicht war ja genau das der richtige Zeitpunkt, um die

Sache mit einer weiteren Operation anzusprechen. Doch wann immer er daran dachte, sah er sich mit der wachsenden Feindseligkeit zwischen seinen Eltern konfrontiert. Er bezweifelte, dass sie sich jemals wieder in irgendeiner Sache einig werden würden, am allerwenigsten in Bezug auf diese Operation.

»Jennifer sagt, dass Mom und Dad sich scheiden lassen werden und dass wir absolut nichts dagegen tun können«, meinte er und warf, ohne seine Arbeit zu unterbrechen, einen kurzen Blick zu seiner Großmutter hinüber.

»Deine Schwester war in ihren Ansichten schon immer ziemlich unbeirrbar«, sagte Lola. »Und was denkst du?«

»Ich weiß es nicht«, erwiderte Sebastian. »Mom sagt, dass sie Zeit und Abstand braucht, um sich über alles klar zu werden.«

»Ja«, sagte Lola. »Wir könnten alle ein bisschen mehr Zeit und Abstand brauchen, findest du nicht auch?«

Sebastian überlegte, aber soweit er es beurteilen konnte, wurde die Zeit langsam knapp und sollte nicht sinnlos verschwendet werden. Außerdem fürchtete er, seine Mutter könnte, wenn sie noch mehr »Zeit und Abstand« für sich beanspruchte, als sie bereits hatte, bald ganz und gar verschwinden – und dies sogar für immer. Doch da er nicht wusste, wie er all diese Gedanken und Gefühle ausdrücken sollte, murmelte er nur noch einmal leise: »Ich weiß es nicht« und fragte dann: »Abuela, glaubst du, dass Menschen manchmal Dinge sehen können, die andere Menschen nicht sehen?«

»Aber sicher«, erwiderte sie. »Ich bin sogar davon überzeugt, dass das viel öfter passiert, als uns bewusst ist.«

»Wirklich?«, fragte er und sah mit einem Mal sehr interessiert von seiner Arbeit auf.

»Natürlich. Ich werde dir jetzt etwas über deinen Onkel Mando erzählen, etwas, das dich vielleicht überraschen wird. So selbstbewusst und erfolgreich, wie er heute ist, würdest du sicher niemals vermuten, dass er, als er in etwa deinem Alter war, schreckliche Angst vor der Dunkelheit hatte. Wenn er mitten in der Nacht auf die Toilette musste, wollte er nicht einmal aufstehen und ins Badezimmer gehen, was bei seinem Problem mit dem Bettnässen nicht gerade hilfreich war«, meinte sie kichernd. »Aber sag deinem Onkel bloß nicht, dass ich dir das erzählt habe, sonst wird er sehr ärgerlich auf mich werden.«

»Ich sage kein Wort«, erwiderte Sebastian. Er war plötzlich sehr stolz, da er sich im Dunklen nicht fürchtete. Und ins Bett genässt hatte er seit der zweiten Klasse nicht mehr.

»Aber er hat sich nicht nur vor der Dunkelheit gefürchtet«, fuhr Lola fort. »Wenn er mitten in der Nacht aufwachte, so erzählte er uns, würde er in den dunklen Ecken seines Zimmers Fremde sehen, die ihn töten wollten. Wann immer er sie zu sehen glaubte, schrie er aus vollem Halse nach deinem Großvater, damit er ihm zu Hilfe käme, und weckte damit das ganze Haus auf. Deinem Großvater blieb nichts anderes übrig, als ihn für den Rest der Nacht zu uns ins Bett zu holen, damit er sich beruhigte.

Ein paar Wochen lang ging es so, und irgendwann hatten wir alle von diesen schlaflosen Nächten die Nase voll. Dann aber hatte dein Großvater einen sehr klugen Einfall. Er beschloss, nicht zu warten, bis dein Onkel Mando mitten in der Nacht nach ihm schrie, und legte sich stattdessen eines Abends zusammen mit ihm schlafen. Er sagte Mando, dass er diese Leute, die da immer in seinem Zimmer erschienen, mit eigenen Augen sehen wollte.

Mando hielt das für eine wunderbare Idee und machte seinem Vater gern Platz in seinem kleinen Bett. Dies sollte die erste Nacht sein, in der Mando nicht schrie. Auch in der darauffolgenden Nacht schlief er ganz allein und ohne Probleme durch. Tatsächlich wachte er niemals wieder schreiend auf, und soweit wir es beurteilen konnten, war er von seiner Angst vor der Dunkelheit vollkommen geheilt.«

»Und wie hat Abuelo Ramiro das geschafft?«

»Nun, das werde ich dir sagen«, meinte Lola mit strahlenden Augen. »In jener ersten Nacht fuhr Mando wie gewöhnlich in panischem Schrecken aus dem Schlaf und sagte deinem Großvater, dass in der Ecke seines Zimmers ein Mann und eine Frau stünden, die eine große Machete in den Händen hielten.

›Siehst du sie, Paps?‹, fragte er, zitternd vor Angst. ›Gleich werden sie uns umbringen.‹

›Ja, ich sehe sie‹, erwiderte Ramiro ruhig. ›Aber die beiden sind doch nicht gekommen, um uns umzubringen, mein Sohn. Das sind Engel, die hier sind, um uns vor dem Bösen zu beschützen. Von jetzt an kannst du dir, wenn du sie siehst, sicher sein, dass dir nichts geschehen wird. Und wenn du sie nicht siehst, dann gibt es in diesem Moment auch nichts zu befürchten.‹

Mando glaubte ihm, schloss die Augen und schlief sofort ein.«

Sebastian überlegte einen Augenblick. Er war ein wenig verwirrt. »Hat Abuelo Ramiro die beiden mit der Machete denn wirklich gesehen? Oder hat er das nur gesagt, um Onkel Mando zu beruhigen?«

»Na ja, ich bin mir nicht ganz sicher«, erwiderte Lola. »Aber es spielt im Grunde auch keine Rolle, oder? Mando war geheilt, und wir konnten nachts alle wieder schlafen.«

Sebastian schnitt weiter die Paprika klein und fragte sich, ob die seltsamen Leute, die sein Onkel mitten in der Nacht gesehen hatte, in irgendeiner Weise der schwarzhaarigen alten Dame ähnlich waren. Es wäre ihm nämlich sehr viel lieber gewesen, wenn sie jede Nacht zur selben Zeit kommen würde, da er dann besser auf ihr Erscheinen vorbereitet wäre.

Lola bemerkte seine Nachdenklichkeit.

«Hast du auch etwas Beunruhigendes gesehen?«

Sebastian ging zu seiner Büchertasche, um das Bild herauszuholen, das er gezeichnet hatte. Er zeigte es seiner Großmutter. »Es ist das Gesicht dieser alten Dame. Ich habe sie im Krankenhaus gesehen, als du krank warst. Zuerst hatte ich Angst vor ihr, aber dann kam es mir vor, als würde ich sie schon lange kennen, und habe mich nicht mehr vor ihr gefürchtet.«

Als Lola das Bild sah, hörte sie unwillkürlich auf, im Topf herumzurühren. Dann wandte sie rasch den Blick ab. »Was ist mit ihr geschehen?«, fragte sie.

»Ich glaube, sie ist an dem Tag gestorben, an dem du aufgewacht bist«, erwiderte er. »Aber …« Er brach ab. Bestimmt würde seine Großmutter ihn für verrückt halten, wenn er ihr auch alles andere erzählte.

»Aber was?«

»Ich sehe sie auch jetzt noch manchmal, und sie spricht mit mir. Ich verstehe zwar nicht immer, was sie meint, aber ich glaube, dass sie versucht, mir zu helfen.«

»Was sagt sie denn zu dir?«, fragte Lola.

»Einmal hat sie mir gesagt, dass ich aus der Nachmittagsbetreuung weggehen und dich besuchen soll. Und heute hat sie mir gesagt, dass ich meinen Standpunkt behaupten soll.«

»Und hast du das getan?«

»Ich glaube schon.«

»Was ist denn passiert?«

Er zuckte mit den Schultern und wusste nicht so recht, wie er das Ganze erklären sollte. »Dieser Junge, der sich in der Schule immer über mich lustig macht, hat aufgehört, mich zu ärgern. Ich glaube, er wird jetzt ganz damit aufhören.«

Lola nickte wissend. Dann wandte sie ihre Aufmerksamkeit wieder dem Topf mit den Bohnen zu und rührte jetzt so heftig darin herum, dass etwas von der Flüssigkeit auf ihre Schürze spritzte.

»Ist sie ein Geist?«, fragte Sebastian. Dann überlegte er und fügte noch hinzu: »Oder ist sie vielleicht ein Engel, so wie die, die Onkel Mando beschützt haben?«

Als Lola wieder aufsah, war ihre Brille so beschlagen, dass Sebastian ihre Augen kaum sehen konnte. »Ich weiß es nicht. Aber wenn sie dir immer so gute Ratschläge gibt, dann solltest du sie meiner Meinung nach weiterhin befolgen.«

»Aber wer ist sie, Abuela?«, fragte er.

»Ich weiß es nicht«, entgegnete Lola. Etwas an der Art, wie sie es sagte und seinem Blick dabei auswich, ließ Sebastian allerdings vermuten, dass sie vielleicht doch wusste, wer oder was die schwarzhaarige alte Dame war, und dass sie es ihm nur einfach nicht sagen wollte.

Im Laufe der Jahre hatte Sebastian seiner Großmutter immer wieder Bilder geschenkt, die er in der Schule gemalt hatte. Sie sammelte sie in einer Mappe. Ohne noch weitere Worte darüber zu verlieren, faltete er das Bild von der schwarzhaarigen alten Dame wieder zusammen und legte es auf ihren Schaukelstuhl, damit sie es mit den anderen zusammen aufhob.

Etwa eine Stunde später waren die Bohnen fertig. Lola füllte eine kleine Portion davon in ein Schälchen und ließ Sebastian kosten. Er war erstaunt darüber, wie schwarz der Brei war. Er hatte beinahe die Farbe von Teer, von der Konsistenz her war er cremig, die Bohnen hatten aber noch immer Biss. Die Gewürze verliehen dem Ganzen eine süßlich pikante Note und waren perfekt aufeinander abgestimmt. Sebastian aß noch einen Löffel und wunderte sich über die Fülle an Geschmack, die ein so einfaches Gericht haben konnte. Lola hatte nebenbei auch noch Reis gekocht, der, wie sie sagte, ganz hervorragend zu den Bohnen schmecken würde. Sebastian fand allerdings, dass sie allein schon vollkommen waren.

»An dem Tag, als das Haus in Brand geriet, habe ich gerade einen großen Topf Bohnen gekocht. Ich hätte nicht gedacht, dass ich das jemals wieder tun würde, und ganz bestimmt nicht zusammen mit dir«, sagte Lola.

Sebastian sah von seinem Schälchen auf. Sie hatte dieses Thema schon seit Wochen nicht mehr angesprochen, und er wollte sie gerade fragen, ob das, was seine Schwester ihm über den Brand erzählt hatte, tatsächlich stimmte. Doch genau in diesem Moment waren Schritte auf der vorderen Veranda zu hören. Terrence kam gewöhnlich später, also nahm Sebastian an, dass es Charlie Jones war, der mittlerweile fast jeden Nachmittag zu Besuch kam, wegen »des köstlichen Essens und der charmanten Unterhaltung«, wie er zu sagen pflegte. Er war daher mehr als nur verblüfft, als er Cindy auf der Veranda stehen sah, die, die Augen mit einer Hand abschirmend, durch die Fliegengittertür etwas im Inneren des Hauses zu erkennen versuchte.

Lola kam hinter dem Küchentresen hervor, um ihr die Tür zu öffnen. »Cindy, was führt denn dich hierher?«

Cindy schüttelte den Kopf. Sie schien genauso verwirrt zu sein wie Lola und Sebastian. »Ich hatte eigentlich einen Termin beim Friseur, aber stattdessen haben mich meine Füße nach Bungalow Haven getragen. Ich bin den ganzen Weg hierher gerannt.«

»Aber das sind ja mehrere Meilen«, sagte Lola. »Weiß deine Mutter, dass du hier bist?«

»Nein, aber sie wird mich in den nächsten zwei Stunden auch nicht vermissen. Wie auch immer. Ich wollte dich unbedingt sehen, Abuela. Ich muss die ganze Zeit an Otto und Rubina denken und kann schon seit Tagen nichts mehr essen.«

»Das ist nichts, was dich so erregen sollte«, sagte Lola, legte ihren Arm um Cindys Taille und führte sie zu ihrem Schaukelstuhl.

Cindy sah mit ernster Miene zu ihrer Großmutter auf. «Ich habe beschlossen, niemals wieder einen Fuß in diesen Friseursalon zu setzen. Du weißt es wahrscheinlich nicht, aber wenn ich nicht regelmäßig zum Friseur gehe, sieht man, dass ich dunkle und richtig wellige Haare habe. Die habe ich wohl von Rubina geerbt, was meinst du?«

»Das könnte durchaus sein«, sagte Lola. »Deine Augen sind auch ein klein wenig mandelförmig. Das ist dein Taíno-Erbe. Vergiss nicht, dass in deinen Adern auch das Blut der Taíno fließt.«

Cindy nickte, sichtlich fasziniert von dieser bedeutsamen Tatsache, die sie übersehen hatte.

»Abuela Lola und ich haben Bohnen gekocht. Möchtest du etwas davon?«, fragte Sebastian. Seine Cousine erinnerte ihn an eine umherirrende Wanderin, die nach einer langen und tückischen Reise endlich zu Hause angekommen war. Er verspürte das seltsame Verlangen, sie in die Arme zu nehmen und daheim willkommen zu heißen.

»Es ist ein altes Familienrezept«, sagte Lola.

»Rubinas Rezept?«, fragte Cindy hoffnungsvoll.

»Vielleicht«, erwiderte Lola und ging in die Küche, um noch ein paar Schälchen und Löffel zu holen. Sie kam gerade zurück zum Tisch, als Charlie Jones mit einem Laib frischem Brot und einem strahlenden Lächeln in der Tür erschien. Wenige Minuten später traf Gabi ein. Sie verkündete, dass sie gerade im Fitnessstudio ein paar Häuserblocks entfernt trainiert hätte. Sie wisse gar nicht, warum sie nicht schon viel früher auf die Idee gekommen sei, auf dem Heimweg von dort auf einen Imbiss vorbeizukommen. Von jetzt an beabsichtige sie, das regelmäßig zu tun.

Es dauerte nicht lange, und Terrence kam mit beschwingten Schritten die Stufen herauf. Heute brachte er auch noch einen Freund mit, einen kleinen bärtigen Mann mit einem langen blonden Pferdeschwanz. Er hieß Gary und war ein Musikerkollege. Terrence hatte Lola schon oft von ihm erzählt und ihr berichtet, wie sehr er die kreolische Küche liebte. Lola hatte daraufhin vorgeschlagen, dass er ihn beim nächsten Mal einfach zu einem guten, hausgemachten puertoricanischen Essen mitbringen solle. Terrence nahm neben Gabi Platz, und die beiden begannen sofort, wie alte Freunde miteinander zu plaudern.

Die Gäste am Tisch unterhielten sich bereits angeregt, während Sebastian Lola dabei half, das Geschirr zu verteilen und das Brot auf den Tisch zu stellen. Dann holten sie den Reis und die *Empanadas*, mit würzigem Hühner- und Schweinefleisch gefüllte Pasteten, die sie in einer Bäckerei in der Nähe gekauft hatte. Sie hatten gerade mit dem Essen begonnen, als die Silhouetten zweier weiterer Personen in der Tür auftauchten. Es waren Sebastians Mutter und seine Schwester. Jennifer hatte ihre Großmutter unter der Woche noch nie in Bungalow Haven besucht. Als sie jedoch erfahren hatte, was ihr während des *Mofongo*-Abendessens alles entgangen war, hatte sie beschlossen, öfters bei ihr vorbeizuschauen. Sie stürmte auf ihre Großmutter zu, um sie zu umarmen und ihre roten Haare zu begutachten. Nachdem sie diese mit einigen beifälligen Worten kommentiert hatte, nahm sie so selbstverständlich am Tisch Platz, als wäre sie hier ständig zu Gast. Gloria hingegen blieb zunächst zögernd in der Tür stehen, als sie Cindy sah. Erst als ihr bewusst wurde, dass Susan nicht unter den Anwesenden war, trat sie ein.

»Heute hast du keine Ausrede, Gloria«, sagte Lola, die sehr wohl wusste, was der Grund für das Zögern ihrer Tochter gewesen war. »Bleib doch auch ein Weilchen. Wir haben einen großen Topf Bohnen gekocht«, fügte sie hinzu und bedachte Sebastian mit einem kaum sichtbaren Zwinkern.

»Ich denke, wir können durchaus eine Weile bleiben«, sagte Gloria und nahm auf dem Stuhl neben dem von Jennifer Platz.

Jennifer zeigte sich ihrer Cousine gegenüber ungewohnt freundlich, als sie erfuhr, dass Cindy beschlossen hatte, ihre Haare in Zukunft nicht mehr färben zu lassen. Und sie verhielt sich sogar noch liebenswürdiger, als Cindy sagte, sie hoffe, dass ihre Haare schon bald so aussehen würden wie Jennifers. Jennifer gab Cindy ein paar Tipps, welche Pflegeprodukte für gewelltes Haar am besten geeignet wären, worüber Cindy wiederum sich so freute, dass sie die Informationen sofort mit einem Kugelschreiber auf ihre Handfläche notierte.

Später gingen die beiden Cousinen mit Sebastian zusammen auf die Veranda hinaus, während sich die Erwachsenen drinnen weiter unterhielten und Kaffee tranken. Gabis ausgelassenes Lachen war unter dem der anderen deutlich herauszuhören. Sogar Terrence hatte Mühe, es mit ihr aufzunehmen.

»Tante Gabi klingt, als hätte sie eine Hyäne verschluckt«, bemerkte Jennifer trocken.

»Ich glaube, sie ist gerade dabei, sich in Terrence zu verknallen«, sagte Cindy.

»Allerdings, bei ihr hat es ohne jede Frage gefunkt«, stimmte Jennifer ihr zu. »Aber wenn sie erst einmal ihren Spaß gehabt hat, wird sie ihn wie eine heiße Kartoffel fallen lassen. Ihr werdet schon sehen.«

»Glaubst du wirklich?«

Jennifer nickte und stellte ihren Fuß auf das Geländer. »Tante Gabi spielt mit den Männern. Sie braucht Abwechslung, damit ihr Leben interessant bleibt. Deshalb ist sie im Gegensatz zu anderen Frauen ihres Alters auch nicht verheiratet und hat keine Kinder. Als Ehefrau und Mutter würde sie sich wahrscheinlich einfach nur langweilen.«

»Das ist doch irgendwie traurig«, sagte Cindy.

»Nicht wirklich«, erwiderte Jennifer selbstbewusst, als spräche sie aus Erfahrung.

Eine Weile schwiegen sie. Sebastian, der auf dem Boden der Veranda saß, legte sich jetzt auf den Rücken und dachte über die wundersame Tatsache nach, dass der heutige Tag mit Fug und Recht als der beste Tag seines Lebens bezeichnet werden konnte. Nur zwei Dinge hätten diesen Tag noch schöner machen können: wenn sein Vater jetzt hier bei ihnen gewesen wäre und wenn

Kelly Taylor die erstaunlichen Ereignisse am Tetherball-Platz miterlebt hätte.

»He, und was sagst du dazu, Sebastian?«, fragte Jennifer.

»Wozu?«

»Zu Tante Gabi und Terrence.«

Sebastian reckte seine Arme über den Kopf und sagte: »Ich glaube, dass die beiden heiraten und eine ganze Menge Kinder bekommen werden. Genau wie Otto und Rubina.«

»Blödsinn«, spottete Jennifer. »Die beiden sind ja nicht einmal miteinander ausgegangen.«

Er streckte die Beine aus und merkte, dass sich seine Muskeln dabei ein wenig verkrampft anfühlten. «Ich weiß, aber das ist eben das, was ich glaube. Und du wirst auch einmal heiraten und Kinder bekommen.«

»Wer hat nach deiner Meinung gefragt?«, sagte Jennifer, obwohl sie diese Vorstellung durchaus zu faszinieren schien.

Die Dämmerung senkte sich über Bungalow Haven. In der abendlichen Stille hörten sie drinnen das Geräusch von plätscherndem Wasser und das Klappern von Geschirr in der Spüle. Jennifer nahm die Streichhölzer, die auf dem kleinen Korbtisch lagen, und zündete eine Kerze an. Die Flamme zischte einen Moment, dann gewann sie an Kraft und wurde zu einer kleinen Säule aus Licht, hell genug, um die gesamte Veranda zu erleuchten.

»Ich wünschte, ich könnte jeden Tag nach der Schule hierher kommen«, sagte Cindy. »Du hast es wirklich gut, Sebastian.«

Er nickte, wohl wissend, dass er sich glücklich schätzen konnte, seine Großmutter mehr oder weniger für sich allein zu haben. Irgendetwas sagte ihm jedoch, dass auch das sich schon bald ändern würde.

19

Sebastian sollte mit seiner Vermutung recht behalten. Schon bald versammelten sich fast täglich Familienmitglieder und Freunde an Lolas Tisch. Sie schneiten einfach unangekündigt herein und entschieden sich zum Bleiben, sobald ihre Nasen erfasst hatten, was gerade auf dem Herd kochte. Charlie Jones war inzwischen Teil des Inventars geworden, aber auch ein paar andere Nachbarn schauten immer wieder vorbei. Selbst Mrs. Abbot, die älteste Bewohnerin von Bungalow Haven, hatte Lola bereits einen Besuch abgestattet, genau wie ihre Tochter Belinda, die kaum jünger aussah als ihre Mutter. Cindy kam zwei oder drei Mal die Woche vorbei, und auch Jennifer versuchte, es so oft wie möglich einrichten zu können.

Gloria und Susan ließen sich allerdings nie dazu herab, zur selben Zeit zu erscheinen. An den Wochentagen gelang es ihnen, sich aus dem Weg zu gehen, und an den Sonntagen wechselten die jeweiligen Familien sich mit den Besuchen ab, bei denen sie sich zu einem gemütlichen Essen zusammensetzten, das den ganzen Nachmittag und manchmal sogar bis weit in den Abend hinein dauern konnte.

Lola stand für gewöhnlich hinter dem Küchentresen und beteiligte sich während des Rührens, Hackens, Würzens und erneuten Rührens an der Unterhaltung. Sebastian genoss es, ihr zur Hand zu gehen. Er maß für sie die Gewürze ab oder schnitt das Gemüse für den unübertrefflichen *Sofrito*, den er inzwischen im Schlaf zubereiten konnte. Selbst nach einer ausgiebigen heißen Dusche rochen seine Finger danach noch immer nach Knoblauch und Zwiebeln, was ihn aber überhaupt nicht störte.

In dem Maße, in dem Sebastian in der Küche geschickter wurde, übertrug Lola ihm zunehmend schwierigere Aufgaben. Manchmal war er so vertieft in das, was er gerade tat, dass er dem Gespräch im Esszimmer nicht mehr folgen konnte. Lola dagegen entging keine Silbe. Während sie neben ihm arbeitete, warf sie immer wieder ein Wort oder einen kurzen Kommentar ein und machte auf diese Weise deutlich, dass sie die ganze Zeit über sehr genau zuhörte. Eins wusste Sebastian allerdings genau: Bei keinem dieser Gespräche sagte irgendjemand auch nur ein Wort davon, dass Abuela Lola Bungalow Haven verlassen sollte. Ihre Haare waren noch immer rot wie Götterspeise, bei Sonnenuntergang zündete sie noch immer unzählige Kerzen an, und auch ihr Gasherd war so gut wie ständig in Betrieb. Dennoch schienen alle ihre Bedenken vergessen zu haben. Sebastian hatte sich schon mehrmals gefragt, ob der Plan seiner Großmutter, mehr von dem zu tun, was sie eigentlich nicht tun sollte, nicht längst aufgegangen war.

Manchmal stellte sich Sebastian vor, das kleine gelbe Haus, in dem sie sich so oft zum Essen trafen, würde nicht in der Stadt, sondern in den üppig grünen Bergen Puerto Ricos stehen. Er malte sich aus, dass die Brise, die durch die offenen Fenster hereinwehte, von den lauen Wassern der Karibik erwärmt worden sei und dass das Gemüse nicht aus dem Supermarkt am Ende der Straße stammte, sondern aus dem Garten hinter dem Haus oder vom Wochenmarkt im nächsten Dorf käme. Wenn die Sonne unterging, würde es nur noch Kerzenlicht und Gespräche geben, und die Glut auf dem Grill würde die ganze Nacht hindurch nicht erlöschen, für den Fall, dass noch irgendjemand zu später Stunde einen Kaffee trinken oder sich einfach nur die Hände wärmen wollte. Er erinnerte sich daran, dass Abuela Lola ihm einmal erzählt hatte, wie empfindlich kühl es selbst auf einer tropischen Insel am Abend oben in den Bergen werden konnte.

»Die Küche ist das Herz eines Hauses«, hatte Lola ihm mehrfach gesagt. »Wenn das Haus eine warme Küche hat, in der es immer lebendig zugeht, dann kannst du dir sicher sein, dass die Familie, die dort lebt, gesund und stark ist.«

An diesem Nachmittag machten sie gerade *Carne guisada*, einen Eintopf mit Rindfleisch und Kartoffeln, dazu *Tostones* und einen Avocado-Zwiebel-Salat. Als Sebastian bei seiner Großmutter eintraf, hatte der Eintopf bereits seit mehreren Stunden in einer herzhaften Weinsoße vor sich hin geköchelt, und Lola übertrug ihm deshalb die Zubereitung der *Tostones*, weil das, so sagte sie jedenfalls, niemand besser könne als er. Sebastian machte die Zubereitung großen Spaß, und sie kamen immer sehr gut an, wenn er die Servierplatte mit seinen frittierten Bananen an den Tisch brachte.

Zuerst schnitt er die geschälten Kochbananen in dünne Scheiben, um sie anschließend in heißem Öl anzubraten. Kurz bevor sie Farbe annahmen, wendete er sie einmal und nahm sie dann aus der Pfanne. Wenn er einen ordentlichen Schub gebraten hatte, kam der Schritt, den er am meisten mochte: Er nahm einen Teller und drückte die Bananenscheiben damit platt, bis sie kleinen Pfannkuchen ähnelten. Diese gab er dann wieder in die Pfanne, um sie noch einmal zu braten. Wenn sie schließlich goldbraun waren, bestreute er die nun fertig gebratenen *Tostones* mit grobkörnigem Salz. Es dauerte eine gewisse Zeit, um eine ausreichend große Menge zuzubereiten. Als er damit fertig war, hatte sich die oft variierende Schar der Gäste, die an den Wochentagen kam, bereits bei Lola eingefunden.

Sichtlich stolz arrangierte Sebastian die *Tostones* auf einer Servierplatte und brachte sie hocherhobenen Hauptes an den Tisch.

»Hör mal, Sebastian«, sagte Gabi und legte ihm anerkennend die Hand auf die Schulter. »Die hast du doch sicher alle nur für mich gemacht, oder?«

Bevor Sebastian ihr antworten konnte, sagte Terrence: »Vielleicht ist deine Tante ja so freundlich und lässt einen oder zwei für uns übrig.«

»Natürlich«, erwiderte Gabi mit einem geheimnisvollen Lächeln. »Für dich lasse ich vielleicht sogar drei oder vier übrig.«

Die Unterhaltung während des Essens konnte sich in die unterschiedlichsten Richtungen entwickeln, angefangen bei der nuklearen Bedrohung bis hin zu den verschiedenen Hausmitteln gegen Schluckauf. Heute beherrschten Jennifer und Gabi das Gespräch. Sie unterhielten sich darüber, in welchen Geschäften sie am liebsten einkauften, und schwärmten von einem angekündigten Schlussverkauf, der am Wochenende in einem Kaufhaus in der Innenstadt stattfinden sollte. Schnell kamen sie überein, gemeinsam dorthin zu gehen. Da Sebastian bereits aufgegessen hatte, hörte er aus der Küche mit halbem Ohr zu, während er noch eine Ladung Tostones machte.

»Warum kommst du nicht einfach mit?«, fragte Gabi ihre Schwester.

»Ja, komm doch mit, Mom«, sagte Jennifer. »Es ist schon ziemlich lange her, dass wir zusammen shoppen waren.«

»Ich bin nicht so sehr versessen aufs Einkaufen, das weißt du doch, Jen.«

»Ja, aber du solltest trotzdem nicht deine ganze Garderobe nur aus dem Katalog bestellen. Hin und wieder tut es gut, ein wenig rauszukommen und zu sehen, was gerade aktuell ist.«

Gloria seufzte matt. Tatsächlich war ihr das Einkaufen zuwider. Das war nicht immer so gewesen. Vor einigen Jahren, als sie noch schlanker und das Leben noch unkomplizierter gewesen war, hatte sie ganze Tage in den Geschäften verbringen können. Und auch wenn ihr das Geld gefehlt hatte, um sich alle Wünsche zu erfüllen, hatte ihr das Ganze doch Spaß gemacht. Manchmal war sie sogar mit Susan zusammen einkaufen gewesen. Damals hatte Cindy noch im Kinderwagen gesessen, und Jennifer, die zu dieser Zeit noch keine zwei Jahre alt gewesen war, hatte darauf bestanden, ihre Cousine durch das ganze Einkaufszentrum zu schieben.

»Ach, komm schon, Mom«, beharrte Jennifer und bedachte ihre Mutter mit einem kritischen Blick. »Ich könnte schwören, dass ich dich in diesem Monat schon ein Dutzend Mal in diesem Rock gesehen habe.«

»Und ich werde ihn auch im nächsten Monat wieder ein Dutzend Mal tragen«, erwiderte Gloria mit einem steifen Nicken. »Das ist nämlich meine Arbeitskleidung. Wenn ich jeden Tag etwas Neues tragen würde, wäre schon bald kein Geld mehr da, um dir etwas zum Anziehen zu kaufen oder am Ende des Monats die Rechnungen zu bezahlen.«

»Und wie wäre es mit ein paar neuen Sachen für die *Freizeit*?«, fragte Gabi mit einem herausfordernden Lächeln.

Gloria tat diese Idee mit einer wegwerfenden Handbewegung ab und wandte sich an ihre Mutter. »Was gibt es denn zum Dessert?«

Bei diesen Worten horchte Sebastian auf. Er hatte schon eine ganze Weile die Tüte aus der Konditorei im Auge, die auf dem Küchentresen stand und in die er bereits einen verstohlenen Blick geworfen hatte. Außerdem langweilte ihn dieses ganze Gerede übers Einkaufen fürchterlich.

»Es gibt *Pastelitos de Guayaba* als Nachspeise«, sagte Lola, machte aber keinerlei Anstalten, sie auf den Tisch zu stellen. Sebastian lief bereits das Wasser im Mund zusammen, als er sich den zarten Blätterteig, gefüllt mit einer süßen Paste aus Guaven, vorstellte. Soweit es ihn anging, fand er Guaven-Paste tausend Mal besser als Erdbeermarmelade.

»Was ist denn los?«, fragte Charlie, als er bemerkte, dass Lola die Augen geschlossen hatte.

»Fühlst du dich nicht wohl, Ma?«, fragte Gabi beunruhigt.

»Vielleicht sollte ich einen Krankenwagen rufen«, sagte Terrence und erhob sich von seinem Stuhl.

»Nein, seid doch nicht albern«, murmelte Lola, obwohl sie die Augen noch immer geschlossen hatte und mit geblähten Nasenflügeln schwer atmete. Der Einzige, der sich keine Sorgen machte, war Sebastian. Das hatte er bei seiner Großmutter schon öfter erlebt. Er wusste, dass sie gerade versuchte, sich an etwas zu erinnern.

»Ich glaube nicht, dass ich euch schon einmal von Tia Maria erzählt habe«, begann sie.

»O nein, jetzt geht *das* wieder los«, sagte Gloria. »Als du uns das letzte Mal eine deiner Geschichten erzählt hast, sind wir erst um zehn Uhr abends hier weggekommen. Vergiss nicht, dass die Kinder morgen Schule haben.«

Lola fuhr jedoch unbeirrt fort: »Sie war eine wunderschöne Frau mit dichten schwarzen Haaren und einer sehr weiblichen Figur mit Wespentaille. Sie hätte jeden Mann haben können, den sie begehrte, und hin und wieder hatte sie auch eine Affäre. Aber sie hat nie zugelassen, dass etwas Ernstes daraus wurde.«

Gloria seufzte und verschränkte demonstrativ die Arme vor der Brust. »Ich vermute, das Dessert wird warten müssen«, murrte sie.

»Wirklich leidenschaftlich habe ich sie nur erlebt, wenn sie draußen war und Schmetterlinge fing. Sie besaß eine ganz erstaunliche Sammlung von Schmetterlingen, die sie sorgfältig beschriftete und in einem Schaukasten aus Glas ausstellte. Es war schon beeindruckend, so viele zarte, ausgebreitete Flügel auf einmal zu sehen. Es war ein Regenbogen aus seidig glänzenden Farben, kräftigen Blau-, Gelb- und Orangetönen und kunstvollen Mustern, die aussahen, als wären sie von Hand gemalt. Und es war auch beeindruckend, meine Tante draußen im Garten oder im angrenzenden Dschungel herumspazieren zu sehen, während sie ihr bauschiges Netz schwang und manchmal in die Luft sprang, sodass sie dabei selbst fast wie ein Schmetterling aussah. Irgendwann aber wurde ihr Hobby zu einer Obsession, die alles andere in ihrem Leben in den Hintergrund drängte. Sie war weder daran interessiert, zu arbeiten, noch daran, kochen zu lernen oder sich um Kinder zu kümmern. Es war ihr völlig egal, dass ihre Haare langsam grau wurden und es keinen einzigen Menschen in ihrem Leben gab, der eine besondere Bedeutung hatte. Sie interessierte sich nur für ihre Schmetterlinge. Immerhin muss man sagen, dass sie jede Schmetterlingsart, die es auf der Insel gab, in ihrer Sammlung hatte. Jedenfalls fast jede. Es gab nur noch einen einzigen, sehr seltenen Schmetterling mit lavendelblauen Flügeln, der ihr noch fehlte. Wenn sie diesen einen Schmetterling gefunden hätte, so erzählte sie jedem von uns, würde sie zur Ruhe kommen und sich auf andere Dinge in ihrem Leben konzentrieren.

Und dann sah ich eines Nachmittags etwas, das ich nicht verstand und bis heute nicht verstehe«, sagte Lola mit großen Augen. »Maria wusste nicht, dass ich sie beobachtete, als sie einen Schmetterling, den sie kurz zuvor gefangen hatte, aus dem Tötungsglas nahm. Er hatte große lavendelfarbene Flügel, die im Licht schimmerten, als hätte man sie mit Diamantstaub bestreut. Es gab keinen Zweifel, dass dies genau der Schmetterling war, den sie so lange gesucht hatte. Dann aber zündete sie ein Streichholz an und verbrannte das kleine Insekt, sodass nichts mehr davon übrig blieb als ein winziger Haufen Asche, den sie ohne zu zögern einfach wegwischte.«

Lola trommelte mit den Fingern leise auf die Tischplatte. Ihr war deutlich anzusehen, dass die Erinnerung an dieses lange zurückliegende Ereignis sie auch heute noch bedrückte.

»Warum hat sie das getan?«, fragte Gabi.

Alle schwiegen, und die Frage stand unbeantwortet im Raum. Sebastian hatte aufmerksam zugehört, wie er es bei jeder Geschichte seiner Großmutter tat, aber er begriff nicht, wie jemand etwas so Schönes zerstören konnte. Er warf einen kurzen Blick zu seiner Mutter hinüber, um zu sehen, ob sie sich einen Reim darauf machen konnte. Ihr verdrießlicher Gesichtsausdruck sagte ihm jedoch nur, dass ihr die Geschichte nicht besonders gut gefallen hatte.

Jennifer meldete sich als Erste zu Wort. »Also, es ist doch offensichtlich, dass Tia Maria sich einfach nicht auf andere Dinge in ihrem Leben konzentrieren wollte.«

»Aber warum wollte sie das nicht?«, fragte Lola. »Wovor hatte sie so große Angst?«

»Vielleicht hat ihr jemand das Herz gebrochen, und sie wollte es nicht riskieren, dass man ihr noch einmal wehtat«, bot Terrence als Erklärung an und warf Gabi einen Blick zu, die gedankenverloren vor sich hinstarrte. Als sie merkte, dass er sie beobachtete, erwiderte sie seinen Blick und lächelte.

Charlie räusperte sich und sagte: »Nun, ich kenne mich bei den Dingen, die Frauen so tun, nicht besonders gut aus, aber ich kann euch versichern, dass ich dieses Haus hier auf der Stelle bis unter die Decke mit Schmetterlingen füllen könnte, wenn ich das wollte.«

»Was meinst du denn damit, Charlie?«, fragte Lola.

»Die Ausreden meine ich«, erwiderte er. »Ausreden dafür, dass ich nicht erwachsen werden wollte, dass ich nicht der Mann wurde, der ich sein sollte. Damals schienen mir das alles sehr gute Gründe zu sein, aber am Ende verwandelten sich all meine Schmetterlinge in Bedauern. Ich denke, wir haben alle unsere Schmetterlinge. Sie würden uns schließlich auch nicht so verzaubern, wenn sie hässlich wie Küchenschaben wären, oder?«

»Du meine Güte, Charlie«, sagte Lola, während sie ihn ansah, als nähme sie ihn zum ersten Mal richtig wahr. »Manchmal überraschst du mich wirklich, das muss ich schon sagen.«

Gloria räusperte sich. »Das ist eine sehr interessante Geschichte, aber hatten wir nicht vorhin über die Nachspeise gesprochen?«

»Genau genommen«, sagte Gabi mit einem gequälten Lächeln, »haben wir darüber gesprochen, dich zum Einkaufen mitzunehmen, aber du hast sicher eine Menge *Ausreden.*«

»Das stimmt, Mom«, sagte Jennifer und zog die Augenbrauen hoch. »Mir war bis jetzt gar nicht bewusst, wie gut du als Schmetterlingssammlerin bist.«

Gloria schüttelte sichtlich verblüfft den Kopf. »Bin ich etwa die Einzige, die jetzt gern das Dessert hätte?«

Sebastian hob vorsichtig die Hand, so wie er es in der Schule tat, obwohl er noch immer nicht so recht verstand, worum es bei diesem Gespräch ging.

»Um Himmels willen, Nena«, sagte Lola und zog beiläufig Sebastians Hand herunter. »Muss dir wirklich erst eine ganze Backsteinwand auf den Kopf fallen? Vergiss das Dessert und geh mit deiner Tochter und deiner Schwester einkaufen. Gönn dir ein paar schöne neue Sachen zum Anziehen, vielleicht auch neue Schuhe, einen für jeden Fuß. Ich bin mir sicher, dass du dich in deiner Haut wohler fühlen wirst, wenn du das tust.«

Später, als er sich sicher war, dass ihn außer seiner Großmutter niemand hörte, fragte Sebastian in der Küche: »Wie ist die Geschichte mit Tia Maria weitergegangen. Hat sie noch lange Schmetterlinge gesammelt?«

»Ach du liebe Güte, nein«, erwiderte Lola. »Irgendwann musste sie das Sammeln aufgeben, weil sie zu alt war, um noch im Dschungel auf Schmetterlingsjagd zu gehen. Ein paar Jahre darauf wurde ihre gesamte Sammlung eines Nachts, als sie schlief, gestohlen. Der Dieb wurde nie gefasst und die Sammlung blieb für immer verschwunden.«

»Vielleicht sind sie ja alle weggeflogen«, sagte Sebastian und stellte sich vor, wie Hunderte von Schmetterlingen gleichzeitig zum Leben erwachten, das Glas durchbrachen und die Flucht ergriffen, sodass ihre schillernden Flügel den Nachthimmel mit einem Regenbogen aus Farben überzogen.

»Weißt du, Sebastian«, flüsterte Lola leise. »Ich denke, genau das ist geschehen.«

20

Der ordentlich zusammengefaltete Zettel landete genau in dem Moment auf seinem Pult, als Ms. Ashworth die Aufgaben für den heutigen Tag an die Tafel schrieb. Sebastian war überrascht und verwirrt, als er ihn sah. Seit seiner letzten Auseinandersetzung mit Keith begegneten ihm seine Klassenkameraden zwar mit einem gewissen Respekt, trotzdem war er sich sicher, dass dieser Zettel nicht für ihn bestimmt war. Wahrscheinlich sollte er ihn nur weitergeben. Trotzdem freute er sich, da es schon ein gewisses Maß an Ansehen bedeutete, einen Zettel weitergeben zu dürfen. Selbst als er ganz deutlich seinen Namen in Druckschrift darauf stehen sah, konnte er es noch nicht glauben. Er drehte sich um und stellte erschrocken fest, dass Kelly Taylor ihn anlächelte und ihn mit einem freundlichen Nicken aufforderte, die Nachricht zu lesen.

Mit zitternden Fingern begann Sebastian, den Zettel behutsam auseinanderzufalten. Von Zeit zu Zeit warf er dabei einen Blick auf Ms. Ashworth, um sicherzugehen, dass sie nicht sah, was er gerade tat. Obwohl er selbst noch nie in dieser Situation gewesen war, hatte er schon oft genug erlebt, wie ein Schüler mit einem solchen Zettel erwischt worden war. Er wusste, dass das Geräusch von knisterndem Papier das Erste war, was ihn verraten konnte. Er beendete sein heikles Unterfangen mit aller Vorsicht und hielt die Augen fest auf Ms. Ashworths Gesicht gerichtet, während diese der Klasse die nächste Aufgabe erklärte. Erst als sie sich einen Moment lang ihrem Pult zuwendete, wagte er, einen kurzen Blick auf den Zettel zu werfen. Er las die Worte: »Zeigst du mir in der Pause, wie man Fuß-Tetherball spielt?«

Sebastian schwoll vor Freude die Brust. Am liebsten hätte er lauthals gejubelt: »Ja, ich zeige es dir! Ich zeige dir, was immer du willst!« Aber da Kelly Taylor ihn beobachtete, um zu sehen, wie er reagierte, wollte er sich nicht wie ein Idiot aufführen. Er musste gegen den Drang ankämpfen, die Hand auf sein Herz zu legen. Es dauerte eine ganze Zeit lang, bis er sich wieder gefangen hatte und zu Atem gekommen war.

Als er sich beruhigt hatte, kritzelte er die Worte: »Ja, ich zeige es dir« auf den Zettel und schickte ihn auf demselben Weg, auf dem er gekommen war, zu ihr zurück.

Als die Pause begann, steuerte Sebastian direkt auf den Tetherball-Platz zu, wie er es jeden Vormittag tat. Er war viel zu nervös, um sich umzudrehen und nachzusehen, ob Kelly Taylor ihm tatsächlich folgte. Vielleicht hatte sie es sich ja mittlerweile anders überlegt, oder Keith hatte ihr gesagt, dass sie verrückt sei, wenn sie sich mit dem »Affenjungen« abgäbe, wo sie doch mit ihm unendlich viel mehr Spaß haben könnte. Ja, das war wohl ein Anflug von Wahnsinn gewesen. Inzwischen war sie sicherlich wieder zu Verstand gekommen. Dieser Gedanke, so enttäuschend er auch sein mochte, half Sebastian, sich ein wenig zu entspannen.

Als er den Tetherball-Platz schon fast erreicht hatte, hörte er plötzlich Schritte hinter sich. Er drehte sich um und sah, dass Kelly Taylor auf ihn zurannte. Ihre Zöpfe flogen im Wind und ihre Kniestrümpfe waren bis zu ihren Knöcheln herabgerutscht. Sie sah aus wie ein schöner, ungezähmter exotischer Vogel. Bei ihrem Anblick verschlug es Sebastian schier den Atem.

Vom schnellen Laufen ganz außer Atem, beugte sie sich nach vorn und stützte dabei die Hände auf die Oberschenkel, um zu verschnaufen. Sebastian war von ihrer Gegenwart so überwältigt, dass er schon fürchtete, er wäre nicht imstande, ihr überhaupt irgendetwas zu sagen, geschweige denn, ihr irgendetwas zu zeigen. Plötzlich wurde ihm bewusst, dass er sie gerade mit demselben gedankenverlorenen und bewundernden Ausdruck anstarrte, mit dem sein Vater seine Mutter auf jenem Foto ansah. Rasch wandte er den Blick ab.

»Ist es ein schwieriges Spiel?«, fragte sie und richtete sich wieder auf.

Sebastian schüttelte den Kopf und ergriff den Ball. »Nein, ich glaube nicht«, erwiderte er, erleichtert darüber, dass es ihm tatsächlich gelungen war, ihre erste Frage in angemessener Weise zu beantworten.

»Was muss ich tun?«, fragte sie, die Hände in die Hüften gestemmt. An ihrem entschlossenen Gesichtsausdruck erkannte Sebastian, dass sie es wirklich lernen wollte. Vermutlich hatte sie schon gehört, was zwischen ihm und Keith am Tetherball-Platz vorgefallen war, während sie selbst krank im Bett gelegen hatte. Kelly Taylor blieb, wie er wusste, nicht gern außen vor, vor allem dann nicht, wenn es um ein neues Spiel ging.

Sebastian legte sich sofort unter dem Ball auf den Boden und demonstrierte, welche Position sie einnehmen musste. Dann balancierte er den Ball auf seinen Zehen und versetzte ihm anschließend einen Stoß, wobei er darauf achtete, nicht allzu viel Kraft hineinzulegen, damit er Kelly nicht traf. Er hätte den Ball auch fester kicken und sein Können zeigen können, aber damit hätte er sie vielleicht nur entmutigt.

Sie wickelte ihren Rock eng um die Beine, obwohl sie darunter immer Shorts trug, und machte es ihm nach. Sachte kickte er ihr den Ball wieder zurück. Die ersten paar Runden tat sie sich noch schwer, aber schon bald gelang es ihr, ihn an der richtigen Stelle zu treffen und so ihren Rhythmus zu finden.

»Das machst du sehr gut«, sagte Sebastian. »Versuch jetzt, ihn noch ein bisschen fester zu kicken. Wenn du dich auf die Ellbogen stützt, geht es besser.«

Kelly nickte und folgte seinem Rat und traf den Ball jetzt noch genauer, sodass es nicht lang dauerte, bis sie das Leder gekonnt hin und her spielten. Sebastian hielt sich noch immer zurück und achtete darauf, sie nicht zu überfordern, damit sie nicht die Lust verlor. Wenn es darum gegangen wäre, hätte er das Spiel mit Leichtigkeit gewinnen können.

»Das macht wirklich Spaß«, sagte Kelly, während sie den Ball immer kräftiger trat. »Es ist, als würden wir die Sonne herumkicken.«

So hatte Sebastian das Spiel noch nie betrachtet, aber der Ball, der vor dem Hintergrund des blauen Himmels über ihren Köpfen herumwirbelte, sah tatsächlich aus wie die Sonne hinter einem Wolkenschleier. »Ja« war alles, was ihm als Antwort dazu einfiel. Und ein paar Sekunden später fügte er hinzu: »Ich finde, die Kette an der Stange hört sich an wie ein Güterzug.«

Nachdem Kelly eine Weile gelauscht hatte, sagte sie: »Du hast recht. Wie ein Zug, der über die Gleise rattert.«

Sebastian hätte auch noch sagen können, dass er in dem Stöhnen der Kette manchmal Worte vernahm und dass er sich von ihnen getröstet fühlte, auch wenn er ihren Sinn nicht immer verstand. Aber damit hätte er wohl zu viel von sich offenbart. Wenn er das sagte, würde Kelly Taylor ihn bestimmt für verrückt halten. Während Sebastian noch diesem Gedanken nachhing, kickte sie den Ball so geschickt, dass er an seinen Füßen vorbeischoss und um die Stange herumflog.

»Das war toll«, sagte Sebastian. Er war jedoch entschlossen, das nicht noch einmal geschehen zu lassen. In den nächsten Tritt legte er wesentlich mehr Kraft als bisher, und prompt zischte er an Kellys Füßen vorbei. Sie lachte.

»Du hast noch gar nicht richtig gespielt, oder?«, fragte sie.

»Nur ein bisschen«, erwiderte Sebastian verlegen.

»Hör auf, es mir leicht zu machen«, sagte sie. »Ich will, dass du dein Bestes gibst.«

»Wenn ich das tue, wird es dir bestimmt keinen Spaß mehr machen.«

»Komm schon«, sagte Kelly. »Das macht mir nichts aus.«

Sebastian trat den Ball jetzt so gut er konnte und war über die Behändigkeit seiner Füße selbst überrascht. Bei jedem Tritt fegte der Ball an Kelly vorbei und wickelte sich um die Stange, sodass er das Spiel in weniger als dreißig Sekunden gewonnen hatte.

Sebastian nahm die Füße herunter. »Siehst du, was ich meine?«, fragte er entschuldigend.

»Du bist wirklich gut«, sagte Kelly mit einem ehrfürchtigen Unterton in der Stimme, bei dem es ihm kalt den Rücken hinunterlief.

Inzwischen hatten sich einige der anderen Kinder um sie versammelt, um ihnen zuzusehen. Sie baten Sebastian, ihnen auch zu zeigen, wie man Fuß-Tetherball spielte. Also demonstrierte er, welche Position sie einnehmen und wie sie den Ball kicken mussten. Dann stand er auf, damit sie es selbst versuchen konnten. Urplötzlich war Fuß-Tetherball das Spiel, das jeder spielen wollte. Jetzt waren es nur noch halb so viele, unter ihnen Keith, die dem Fußball auf dem Spielfeld hinterherjagten. Sebastian ging langsam zur Bank unter der Weide und nahm dort Platz, um den anderen zuzusehen und wieder zu Atem zu kommen. Kelly folgte ihm, setzte sich aber nicht neben ihn.

»Ich finde es wirklich cool, dass du dir dieses Spiel ausgedacht hast«, sagte sie und stellte ihren Fuß wieder in diesem unwiderstehlichen Winkel aus.

»Danke«, erwiderte er und merkte, dass er rote Ohren bekam.

»Hast du dir das wegen deiner Herzprobleme ausgedacht?«

So hatte er es zwar noch nie gesehen, aber ihm wurde bewusst, dass sie recht hatte. »Ich denke schon.«

»Wirklich schade, dass du ein krankes Herz hast. Wenn du nämlich richtig Fußball spielen könntest, wärst du bestimmt der beste Spieler in der Klasse.« Nach diesen Worten trat sie aus dem Schatten unter der Weide heraus, um zu den anderen am Tetherball-Platz zurückzugehen. Völlig überwältigt von dem, was Kelly Taylor ihm gerade gesagt hatte, sah Sebastian seinen Mitschülern von seinem Platz unter dem Baum aus bei ihrem Spiel zu. Die Hand behielt er fest auf sein Herz gepresst.

Als Sebastian an diesem Nachmittag das Schulgelände verlassen wollte, wurde er von einigen seiner Klassenkameraden angesprochen. Sie forderten ihn auf, das neue Spiel mit ihnen zu spielen. Nachdem sie in der Mittagspause geübt hätten, würden sie ihn sicher besiegen. Tatsächlich waren sie auch besser geworden, aber Sebastian musste sich nicht sehr anstrengen, um sie in die Schranken zu weisen, auch wenn es ihm ein wenig leidtat, als er sah, wie enttäuscht einige von ihnen hinterher waren. Besonders Sean regte sich auf. Als er das Spiel verloren hatte, sprang er auf die Füße, ballte die Fäuste und schlug wütend so lange auf den Lederball ein, bis er völlig erschöpft war. Dann stand er einfach nur da und ließ niedergeschlagen den Kopf hängen.

»Du musst einfach weiterüben«, sagte Sebastian. »Dann wirst du mich bestimmt bald besiegen.«

»Meinst du wirklich?«, fragte Sean hoffnungsvoll.

Sebastian nickte, nahm seine Büchertasche und machte sich, eine halbe Stunde später als gewohnt, auf den Weg zu seiner Großmutter. Als das kleine gelbe Haus in Sicht kam, konnte er sich nicht mehr daran erinnern, wie er überhaupt dorthin gekommen war. Er hatte den üblichen Weg genommen, aber sosehr er sich auch bemühte, er wusste einfach nicht mehr, an welcher Stelle er die Straße überquert hatte oder auf welcher Straßenseite er gegangen war. Seine Großmutter hatte ihm einmal erzählt, dass man, wenn man verliebt sei, das Gefühl hätte, fliegen und unter Wasser atmen zu können. Genauso fühlte er sich jetzt. Er war so vollkommen überwältigt, dass er gleichzeitig lachen und weinen wollte. Selbst in Kellys Namen lag jetzt eine ganz besondere Kraft für ihn, und als er leise *Kelly Taylor*, *Kelly Taylor* vor sich hinmurmelte, erschienen ihm diese Worte als etwas seltsam Heiliges. Er wollte sie glücklich sehen, und so albern es sich auch anhören mochte, er stellte sich vor, wie sie zusammen Hand in Hand am Strand entlangrannten, während die Sonne im Meer versank. Und diese Vision, die in seinem Herzen leuchtete, hatte ihn auf dem ganzen Weg zum Hause seiner Großmutter begleitet.

Sebastian öffnete die Tür und stellte fest, dass die Kerzen bereits brannten und das kleine Haus mit ihrem flackernden, goldenen Licht erhellten. Er ließ seine Büchertasche neben der Tür auf den Boden fallen und ging zu seiner Großmutter. Lola sah von der Arbeitsfläche auf und legte die Hände ineinander. »Heute werden wir ein Gericht kochen, das du noch nicht kennst. Ich bin mir sicher, dass es dir schmecken wird.«

Sebastian wollte seiner Großmutter natürlich bei der Zubereitung des Essens helfen, aber er war von den Ereignissen des Tages noch so verzaubert, dass er hoffte, dieses Gefühl möge so schnell nicht wieder vergehen. »Wer kommt heute Abend zum Essen, Abuela?«, fragte er geistesabwesend.

»Oh, das weiß ich nicht«, erwiderte sie mit einem Schulterzucken. »Vielleicht niemand, vielleicht alle.« Sie nahm eine große Portion frisches Hackfleisch aus der Verpackung und bat Sebastian, mit den Vorbereitungen für den *Sofrito* zu beginnen, während sie sich um den Rest kümmerte.

»Heute machen wir *Picadillo*«, sagte Lola und sah ihrem Enkel überrascht dabei zu, wie er in Zeitlupe Zwiebeln, Knoblauch und Paprikaschoten hackte. »Auf der Insel haben wir das oft gekocht, wenn das Geld knapp wurde. Hackfleisch war nicht teuer, aber es schmeckte gut. Und wenn es nötig war, konnte man es strecken.«

Sebastian hackte das Gemüse fertig und briet es an. Noch immer war er tief in Gedanken versunken. Ein paar Minuten später breitete sich plötzlich ein bitterer Geruch in der Küche aus. Lola ging zum Herd, um zu sehen, was Sebastian gerade tat. Sie stellte fest, dass er den Knoblauch zuerst in die Pfanne gegeben hatte, was er, wie sie ihm eingeschärft hatte, niemals tun durfte. Außerdem hatte er darauf verzichtet, das übrige Gemüse hinzuzugeben, dessen Saft verhindert hätte, dass der Knoblauch anbrannte.

Sie sah Sebastian an, der noch immer mit einem verträumten, geistesabwesenden Gesichtsausdruck vor sich hin starrte und mit seinem Kochlöffel die verkohlten Knoblauchwürfel in der Pfanne herumschob. Lola riss ihm den Löffel aus der Hand und drehte die viel zu hoch eingestellte Flamme herunter.

»Sieh dir an, was du gemacht hast, Sebastian«, sagte sie und musterte ihn ein wenig besorgt.

Sebastian starrte verwirrt auf das Malheur in der Pfanne. »Tut mir leid, Abuela«, sagte er. »Ich glaube, ich war nicht ganz bei der Sache.« Tatsächlich hatte er die ganze Zeit an Kelly Taylor gedacht und daran, wie viel Spaß es ihm machen würde, ihr das Kochen beizubringen.

»Das sehe ich«, erwiderte Lola und wischte die verbrannten Knoblauchstücke und das Öl mit einem Küchenpapier aus der Pfanne. Als sie sie wieder auf den Herd gestellt hatte, gab Sebastian das gesamte Gemüse hinein und passte diesmal besser auf, was er tat. Er hatte noch nie etwas anbrennen lassen, und das würde ihm auch nie wieder passieren.

Lola fügte das Hackfleisch und weitere Zutaten hinzu. Eine Zeit lang arbeiteten sie schweigend Seite an Seite. Während Lola den Reis zubereitete, rührte Sebastian im *Picadillo*, dessen Zutaten sich inzwischen wunderbar miteinander verbunden hatten. Picadillo ohne Reis zu servieren, erklärte sie ihm, sei wie »Guten Morgen« zu sagen, ohne dabei zu lächeln.

Sebastian blickte von seiner Arbeit auf. Er konnte jetzt einfach nicht mehr an sich halten. »Heute ist in der Schule etwas geschehen, Abuela.«

»Ich dachte mir schon, dass *etwas* geschehen sein muss«, erwiderte sie.

»Da ist ein Mädchen. Sie heißt Kelly Taylor. Sie hat mich gebeten, ihr in der Pause ein Spiel beizubringen. Jeder Junge in der Schule ist in sie verliebt, aber sie hat *mich* gebeten, ihr das Spiel beizubringen«, sagte Sebastian sichtlich stolz.

»Wie wunderbar«, meinte Lola. »Ich bin mir sicher, dass du ein sehr guter Lehrer warst.«

»Ich glaube schon«, sagte Sebastian. Es war ein aufregendes Gefühl, diese Worte laut auszusprechen und zu wissen, dass sie wahr waren. Es ermutigte ihn, noch mehr preiszugeben. »Ich glaube, ich liebe sie auch. Aber«, seine Stimmung verflog, als er nur daran dachte, »ich will nicht, dass sie mich bemitleidet. Nur, weil ich nicht rennen kann, nur weil ich klein bin ... ich will kein Mitleid. Dann wäre es besser, wenn sie mich hassen würde.«

Lola war von diesen unerwartet leidenschaftlichen Worten ihres Enkels vollkommen überrascht. Sie war sich nicht sicher, wie sie darauf reagieren sollte. Sebastian rührte im *Picadillo*, sie fügte dem Gericht weitere Gewürze hinzu, und gemeinsam atmeten sie den köstlichen Duft ein.

»Ein bisschen Schärfe ist eine sehr gute Sache«, nahm sie den Faden wieder auf. »Manchmal ist es genau das, was noch fehlt, um einem Gericht Leben und Farbe zu verleihen. Nimmt man aber zu viel, wird alles andere überdeckt, nur die richtige Menge bringt es zum Singen.«

In eben diesem Moment stampfte Charlie Jones die Stufen der Veranda herauf und stieß die Fliegengittertür mit seinem Gehstock auf. Er war geschniegelt und gestriegelt und in vergnügter Stimmung, wie in letzter Zeit eigentlich immer. Heute erschien er zum ersten Mal mit leeren Händen, wofür er sich jedoch umgehend und wortreich entschuldigte und erklärte, er habe am Morgen große Probleme mit dem Rücken gehabt und hätte deshalb nicht einkaufen gehen können.

»Mach dir deswegen keine Gedanken«, sagte Lola. »Ich koche heute etwas, das dich deine Rückenschmerzen vergessen lassen und deinem Körper zu einem zweiten Frühling verhelfen wird.«

»Dann hätte ich gern drei Portionen. Und ich höre erst zu essen auf, wenn ich wieder tanzen kann«, erwiderte er lachend.

»Hast du früher gern getanzt, Charlie?«, fragte Lola, während sie einen Deckel auf die Pfanne mit dem *Picadillo* setzte, um ihn noch eine Weile köcheln zu lassen.

»Allerdings, das habe ich«, erwiderte er mit einer bescheidenen Verbeugung. »Am liebsten Foxtrott. Du hättest sehen sollen, wie geschmeidig ich mich damals über die Tanzfläche bewegt habe. Wie ein heißer Stein auf einer Eisplatte.«

Sebastian betrachtete den alten Mann mit seiner gebeugten Haltung und den vielen Linien und Falten, die sein Gesicht und seinen Hals wie eine Landkarte überzogen. Auf den Gedanken, dass Charlie Jones einmal jung gewesen sein sollte, war er noch nie gekommen. Sebastian konnte ihn sich nicht ohne seinen Gehstock vorstellen – und schon gar nicht, dass er wie ein heißer Stein auf einer Eisplatte über die Tanzfläche glitt.

»Und was ist mit dir, Lola?«, fragte Charlie. »Zweifellos warst du früher eine ganz hervorragende Tänzerin. Selbst jetzt tust du alles mit so viel Rhythmus und Anmut.«

Lola lachte bei diesem Kompliment, schüttelte aber den Kopf. »Du meine Güte, nein. Ich war eine furchtbar schlechte Tänzerin, dabei war das Tanzen auf der Insel sehr wichtig. Ich galt bei den Leuten praktisch als behindert. Gott sei Dank hatte mein Ramiro sehr viel Geduld mit mir. Heute glaube ich fast, dass ich ihm damals leidgetan habe«, sagte Lola und blinzelte Sebastian dabei zu.

»Ich kann nicht glauben, dass du ihm je leidgetan hast«, erwiderte Charlie Jones.

»Oh, da täuscht du dich aber gewaltig, Charlie«, sagte Lola. Die Erinnerung ließ ihren Blick ganz weich werden. »Schon bald, nachdem wir uns kennengelernt hatten, wollte Ramiro mich zum Tanzen ausführen. Ich lehnte ab, weil ich nicht wollte, dass er herausfand, was für eine schlechte Tänzerin ich war. Er aber liebte das Tanzen über alle Maßen, und mir wurde klar, dass ich irgendwann mit ihm würde tanzen gehen müssen, wenn ich nicht riskieren wollte, ihn zu verlieren.

Als ich mich also das erste Mal dazu bereit erklärte, ging er mit mir in einen Club, der ein paar Meilen von der Stadt entfernt in der Nähe des Meeres lag. Es war eine wunderbar milde Nacht. Die Palmen wiegten sich in einer sanften Brise, als würden auch sie tanzen. Wir hörten die Klingeln der Straßenverkäufer, die frische Kokosnüsse, Mangos und Papayas verkauften. Ramiro bot an, mir etwas zu essen zu kaufen, aber ich war viel zu nervös, um irgendetwas hinunterzubekommen. Stattdessen tranken wir in einem kleinen Café in der Nähe des Clubs einen Kaffee. Meine Hände zitterten. Ramiro neckte mich damit, dass sich das Klappern meiner Tasse auf der Untertasse wie Rumbakugeln anhöre und er allein schon daran erkenne, wie viel Rhythmus ich im Blut hätte.

Der Club selbst war wirklich bezaubernd. Auf den Tischen lagen weiße Tischtücher, überall standen frische Blumen und an der Decke waren weiße Lichterketten aufgehängt. Die Band war hervorragend. Sie spielte die traditionellen *Plenas*. Ihr wisst ja, dass es heißt: Wer nicht zu tanzen beginnt, wenn er die *Plena* hört, der ist schon tot. Ich aber stand die ganze Zeit einfach nur abseits der Tanzfläche wie festgeklebt an der Wand. Glücklicherweise war Ramiro ein sehr geduldiger Mann. Er stand neben mir, sprach beruhigend auf mich ein und versuchte mich davon zu überzeugen, dass ich nicht vor Scham im Erdboden versinken müsse und es doch einfach einmal probieren könne. Als ich ihm gestand, dass ich absolut kein Rhythmusgefühl hätte, lachte er nur und nahm meine Hand. Langsam zog er mich von der Wand weg, bis wir am Rand der Tanzfläche standen. Dann legte er den Arm um meine Schulter, und wir wiegten uns zur Musik vor und zurück.

›Spürst du den Rhythmus?‹, fragte er. ›Spürst du, dass er wie ein Fluss durch dich hindurchströmt?‹

›Nein, ich spüre überhaupt nichts‹, sagte ich und war mir sicher, dass uns inzwischen alle anderen beobachteten und sich darüber lustig machten, was für ein ungleiches Paar wir wären.

›Schließ die Augen‹, sagte er. Ich gehorchte. ›Und jetzt vergiss all die Leute im Raum, und stell dir vor, wir wären allein. Es gibt auf der Welt niemanden außer dir und mir. Kannst du das?‹

Dies tat ich nur allzu gern. Es war angenehm, sich vorzustellen, dass es auf dem ganzen Planeten nur Ramiro und mich gab. Keine schönen Mädchen, die ihn mir ausspannen wollten. Niemanden, der mich fragte, wo und in wessen Begleitung ich gewesen sei. Plötzlich spürte ich tatsächlich, wie die Musik durch mich hindurchströmte wie ein Fluss. Es fühlte sich genauso an, wie er es gesagt hatte. Ich begann mich zu bewegen, ohne auch nur darüber nachzudenken.

›Ausgezeichnet‹, flüsterte Ramiro. ›Du tanzt sogar viel besser, als ich gedacht hatte.‹ Dann nahm er mich in die Arme, und wir tanzten und tanzten. Schließlich musste er mir versprechen, dass wir, falls wir ein Paar blieben, jeden Tag unseres Lebens miteinander tanzen würden.«

Auf dem Topf mit *Picadillo* begann der Deckel zu klappern – der Bann war gebrochen. Lola ging zum Herd. Charlie Jones murmelte etwas Unverständliches, stützte sich auf seinen Stock und stand mühsam vom Tisch auf. Die Heiterkeit war aus seinem Gesicht verschwunden. Seine Stimme klang überraschend ernst. »Ich muss jetzt gehen«, sagte er mit einem steifen Nicken.

»Bleibst du denn nicht zum Abendessen?«, fragte Lola.

»Ich will die Neun-Uhr-Nachrichten nicht verpassen«, erwiderte er. »Man muss schließlich wissen, was auf der Welt los ist.«

»Aber es ist doch noch nicht einmal fünf«, wandte Lola ein.

Charlie schüttelte den Kopf, als ärgere ihn jede weitere Verzögerung. Er nahm seinen Hut und setzte ihn so energisch auf, dass er seine Ohren mit der Krempe leicht nach vorn bog.

Lola begleitete ihn zur Tür. »Nun, wenn du morgen kommst …«

»Morgen kann ich nicht«, sagte er schroff und sah sie dabei kaum an. »Arzttermin.«

Ohne ein weiteres Wort verließ er das Haus. Lola kehrte, ein wenig verblüfft über Charlies plötzlichen Stimmungswechsel, an den Tisch zurück.

»Ich glaube, Mr. Jones geht es nicht besonders gut«, sagte Sebastian. »Vielleicht hat er noch immer Rückenschmerzen.«

»Mag sein, aber es ist wahrscheinlicher, dass Charlie Jones vom grünäugigen Ungeheuer gebissen wurde«, sagte Lola, angesichts dieser Erkenntnis mehr amüsiert als verärgert. »Ich hätte es wissen müssen. Die meisten Männer können einem Rotschopf nicht widerstehen.«

»Was ist das grünäugige Ungeheuer?«, fragte Sebastian, den die Vorstellung, dass es ein Ungeheuer mit stechend grünen Augen gab, das gebrechliche alte Männer fraß, neugierig machte.

»Charlie Jones ist eifersüchtig«, stellte Lola mit einem entschiedenen Nicken fest.

»Aber auf wen oder was denn?«

»Auf die Vergangenheit«, erwiderte Lola. »Männer können manchmal ziemlich dumm sein, Sebastian. Und dabei spielt es keine Rolle, wie alt sie sind.«

Sie begannen, zusammen den Tisch zu decken. Sebastian dachte daran, wie sich sein Vater gegenüber Ms. Ashworth verhalten hatte, und fragte sich, ob dies als dumm oder eher als bedenklich zu bezeichnen war. Aber dumm oder nicht, Sebastian vermisste ihn und wünschte sich, dass er nicht immer bis zum Wochenende warten müsste, um ihn zu sehen. Vielleicht hätte er ihm in Hinblick auf seine Gefühle für Kelly Taylor ein paar Ratschläge geben können. Während Sebastian die Löffel auf den Tisch legte, fragte er: »Abuela? Glaubst du, es besteht irgendeine Chance, dass Kelly Taylor mich vielleicht auch liebt?«

»Wenn es um die Liebe geht, besteht immer eine Chance«, erwiderte Lola. Sie seufzte und sah Charlie Jones mit traurigem Blick nach, der gerade mühsam die Stufen zur Veranda seines Hauses hinaufstieg. Während sie den Tisch fertig deckten, erzählte Lola Sebastian noch mehr über die Liebe, wie sie sie verstand. Die Liebe sei, so sagte sie, eine vielfältige und komplizierte Mischung aus vielen verschiedenen Gefühlen, eine geheimnisvolle Verbindung aus Sehnsucht und Verlangen, in der zu jeder Zeit etwas von allem mitschwinge. Wegen ihrer göttlichen Natur könne der Mensch sie nicht begreifen. »Die Liebe kommt von Gott«, schloss sie, »und sie hat ihren ganz eigenen Zweck.«

Während Sebastian den *Picadillo* umrührte, dachte er über ihre Worte nach, vor allem darüber, dass die Liebe von Gott käme. Er hatte noch nie über Gott nachgedacht und fragte sich, ob Gott irgendetwas an ihm lag, und wenn ja, warum er ihm dann ein so krankes Herz gegeben hatte. Vielleicht, damit Kelly Taylor einfach ein wenig Mitgefühl zeigte und ihn ebenso liebte wie er sie.

21

Sie starrten das gebratene Spanferkel auf der Servierplatte an, als erwarteten sie, dass es jeden Moment die Augen aufschlagen und quiekend vom Küchentresen herunterspringen müsste. So goldbraun und köstlich es auch aussah, es ließ sich nicht leugnen, dass es auch recht niedlich war, und niedlich und köstlich passten nicht unbedingt zusammen.

Ein paar Stunden zuvor hatten sie Lola bei den Vorbereitungen zugesehen. Sie hatte es mit einer Gewürzmischung eingerieben, bis jeder einzelne Quadratzentimeter seiner Haut verlockend glänzte. Als es dann langsam im Ofen briet, hatten sich die himmlischen Aromen noch mehr verstärkt und die Erwachsenen hin und wieder zu der Bemerkung veranlasst, wie köstlich es schmecken würde und wie sehr sie sich auf das Essen freuten. Diese Bemerkungen waren allseits mit zustimmendem Gemurmel aufgenommen worden und hatten schließlich zu einer lebhaften Diskussion über das Essen geführt.

Lola war viel zu beschäftigt, um die gemischten Gefühle ihrer Enkel angesichts des Hauptgangs zu bemerken. Der Reis mit Straucherbsen war bereits fertig, jetzt musste nur noch das Wurzelgemüse gekocht werden, das Sebastian schon für sie geschnitten hatte. Sie trug heute eine neue Schürze und hatte den Tisch noch sorgfältiger gedeckt als sonst, hatte Serviettenringe, Wassergläser und auch Weingläser bereitgestellt. Sebastian fand den Tisch mit seiner sich wiederholenden Komposition aus Glas, Geschirr und Silber wunderschön. Allein bei diesem Anblick freute er sich schon auf das Essen.

Gloria ging Lola in der Küche zur Hand, wenn auch ein wenig linkisch. Ihr neues Kleid, das sie bei ihrem Einkaufstrip mit Jennifer und Gabi erstanden hatte, stand ihr allerdings sehr gut. Sie hatte sogar einen Hauch Lippenstift aufgetragen. Sebastian hatte sie noch nie so hübsch gesehen und bedauerte sehr, dass sein Vater nicht da war. Selbst wenn sie nicht so großartig und unbekümmert aussah wie auf den Fotos an der Wand im Wohnzimmer – heute würde niemand daran zweifeln, dass tatsächlich sie die Frau auf diesen Bildern war. Vielleicht war sie also doch noch nicht ganz verschwunden.

»Nena, was machst du denn da?«, fragte Lola, die Hände in die Hüften gestemmt.

Gloria ließ augenblicklich den Löffel fallen. »Den Reis umrühren. Wonach sieht es denn sonst aus?«

Lola schüttelte ungläubig den Kopf. Wie so oft war sie einfach nur entsetzt darüber, wie wenig ihre Tochter vom Kochen verstand. »Man rührt den Reis doch nicht um. Wer in aller Welt hat je davon gehört, dass man den Reis umrührt?« Lola und Sebastian wechselten einen kurzen Blick, als wollten sie sagen: Ist eine solche kulinarische Unkenntnis zu fassen?

»Tut mir leid, Ma«, erwiderte Gloria. »Also, wie kann ich dir dann helfen?«

»Auf der Arbeitsfläche liegt ein Laib Brot«, sagte Lola. »Schneid ein paar Scheiben ab und bestreich sie mit Butter.«

»Das kriege ich hin«, sagte Gloria und machte sich sofort ans Werk.

»Ich wollte dir die ganze Zeit schon sagen, dass du heute wirklich hübsch aussiehst. Das Kleid steht dir wirklich gut.«

Gloria schien sich über dieses Lob zu freuen. »Gabi hat es für mich ausgesucht. Ich selbst hätte nicht im Traum daran gedacht, es zu kaufen.«

»Es schmeichelt deiner Figur. Außerdem scheinst du in letzter Zeit auch ein wenig abgenommen zu haben.«

Gloria zuckte mit den Schultern. Offensichtlich fühlte sie sich angesichts der Aufmerksamkeit, die ihre Mutter ihr zukommen ließ, nicht besonders wohl. »Meinst du, dass ich genug Brot abgeschnitten habe, Ma?«, fragte sie, um das Thema zu wechseln.

Bald darauf kamen Gabi und Terrence. Gemeinsam. Obwohl inzwischen allen bekannt war, dass Gabi und Terrence miteinander ausgingen, wagte niemand, sie zu fragen, wie weit sich das Ganze zwischen ihnen entwickelt hatte. Was ihr Liebesleben anging, war Gabi noch nie besonders mitteilsam gewesen, und jeder wusste, dass sie eher bereit war, etwas preiszugeben, wenn man sie nicht direkt danach fragte. Wie die Dinge lagen, erwartete niemand, dass aus dieser Beziehung zu Terrence etwas Ernstes werden würde. Wenn sie ein paar Monate lang halten sollte, wäre das schon länger als bei den meisten anderen.

Wenige Augenblicke später stampfte Charlie Jones die Verandastufen herauf. Er war wieder so fröhlich wie immer, seit er seine neuen Zähne hatte. Lola hatte Sebastian schon erzählt, dass sich das grünäugige Ungeheuer nach einer Unterhaltung mit Charlie wieder in seine Höhle zurückgezogen hätte.

»Okay, Sebastian, ich denke, wir sind soweit«, verkündete Lola. Ohne zu zögern eilte er in die Küche, um die Platten mit den Vorspeisen aufzutragen – *Surullitos*, pikante Bratlinge aus Maismehl, und *Empanadillas*, mit Hummerfleisch gefüllte Teigtaschen. Ihm lief schon das Wasser im Mund zusammen, als er sie zum Tisch brachte. Jennifer war von Lola gebeten worden, sich um die Getränke zu kümmern. Mit der Routine einer Kellnerin fragte sie die Gäste, ob sie lieber Bier oder Wein trinken wollten.

Gabi hatte es sich neben Terrence auf der Couch gemütlich gemacht. Als die Getränke serviert waren, legte sie die Füße auf den Couchtisch und bewunderte das gebratene Spanferkel, das noch auf dem Küchentresen stand. »Es ist schon Jahre her, dass wir *Cochinillo asado* hatten, Ma. Gibt es einen besonderen Anlass dafür?«

»Also, dies ist der siebte Sonntag in Folge, an dem ich für meine Familie und Freunde gekocht habe. Ich finde, das ist ein Grund zu feiern.« Sie erhob ihr Glas, und alle taten es ihr nach. Nur Sebastian überkam ein bedrückendes Gefühl. Er fragte sich, ob sein Vater gerade einen fettigen Cheeseburger zu Abend aß oder ob er mit seinem Jeep in der Stadt herumfuhr, auf der Suche nach irgendetwas, das er tun, oder irgendjemandem, mit dem er reden könnte. Er warf einen Blick zu seiner Mutter hinüber, die wie abwesend an ihrem Wein nippte. Als Lola in der vorangegangenen Woche davon gesprochen hatte, was sie an diesem Sonntag auf den Tisch bringen wollte, hatte Gloria ihr unmissverständlich klar gemacht, dass sie nicht kommen würde, wenn ihr Mann eingeladen wäre. Und, so hatte sie weiter gedroht, falls Susan käme, würde sie überhaupt nie wieder kommen.

»Warum kannst du diese Geschichte nicht endlich hinter dir lassen, Nena?«, hatte Lola gefragt. »Diese Sache zwischen dir und Susan ist vor so langer Zeit passiert, dass ich mich kaum noch daran erinnern kann, worum es überhaupt ging.«

»Ich erinnere mich an *diese Sache* noch sehr gut«, erwiderte Gloria. »Und ich will nicht mehr darüber sprechen.«

»Vergesslichkeit kann manchmal auch ein Segen sein«, meinte Lola.

Ein paar Tage lang war Lola sich nicht sicher gewesen, was sie tun sollte. Sie hatte bereits alle zu diesem besonderen Festessen eingeladen. Jemanden einfach wieder auszuladen, kam für sie nicht in Frage. Glücklicherweise löste sich das Dilemma von selbst, als Mando anrief und ihr mitteilte, dass er und Susan übers Wochenende verreisen würden und daher leider nicht kommen könnten. Lola vermutete, dass dies Susans Idee gewesen war, nachdem sie gehört hatte, dass Gloria kommen würde. So enttäuscht sie auch war, Lola wünschte ihrem Sohn ein schönes Wochenende und nahm ihm das Versprechen ab, sie nach ihrer Reise zu besuchen.

Nach dem Essen rückten alle mit ihren Stühlen ein Stück vom Tisch weg, um mit ihren gut gefüllten Bäuchen bequemer zu sitzen. Das Fleisch war saftig und schmackhaft gewesen, am besten hatte Sebastian jedoch die knusprige Haut des Spanferkels geschmeckt, die Kombination von Fett, Gewürzen und Brataromen hatte ihn fasziniert.

»Fast wie zu Hause, nicht wahr?«, fragte Lola.

Gloria nickte und gab ein zufriedenes Murmeln von sich.

»Trotzdem, ganz so wie damals auf der Insel ist es nicht«, sagte Lola.

»Ich weiß, dass ich noch sehr klein war, als wir von dort fortgegangen sind, aber soweit es mich betrifft, ist es genauso gut wie früher«, sagte Gabi.

»Ma hat recht«, sagte Gloria wehmütig. »Draußen, im Freien vor einer der *Lechoneras* in den Bergen, hat es irgendwie noch besser geschmeckt. Das hat wohl etwas mit der Umgebung zu tun.«

»Das beste *Lechon* meines Lebens habe ich am letzten Tag vor unserem Abschied von Puerto Rico gegessen«, sagte Lola.

»Warum sind Sie eigentlich ausgewandert, Ms. Lola?«, fragte Terrence.

»Ach, dafür gab es viele Gründe«, erwiderte sie und wedelte mit der Hand. »Mein Mann, Gott hab ihn selig, hatte damals schon seit vielen Jahren den Wunsch, in die Staaten zu gehen. Ständig hörten wir, wie viele Möglichkeiten es dort gäbe und wie leicht es wäre, einen Job zu finden. Das Leben auf der Insel wurde für uns nicht einfacher. Schließlich fielen mir keine Ausreden mehr ein und ich gab nach.« Lolas Gesicht verfinsterte sich nach diesen Worten. Sie machte nicht den Eindruck, als wollte sie dem noch etwas hinzufügen.

»Du warst gerade dabei, uns vom besten *Lechon* deines Lebens zu erzählen«, sagte Sebastian, der die Geschichte unbedingt ganz hören wollte.

»Ja, das stimmt«, sagte Lola, und ihre Miene hellte sich wieder ein wenig auf. »Meine Mutter wollte für uns ein großes Abschiedsfest ausrichten, das erste richtige Fest seit Jahren. Von überall auf der Insel kamen die Leute, um uns Lebewohl zu sagen. Natürlich wollte sie das größte Spanferkel braten, das sie finden konnte. Solange mein Vater lebte, haben die beiden immer gern gemeinsam gekocht, nach seinem Tod war dann ich es, die den größten Teil des Tages draußen bei ihr am Grill stand, während sie die Kohlen schürte und das Schweinefleisch mit Fett begoss.

›Wenn wir uns erst einmal in unserem neuen Zuhause eingelebt haben, kannst du uns so oft besuchen kommen, wie du willst‹, sagte ich, während uns süßer Rauch einhüllte.

Meine Mutter schwieg und stocherte gedankenverloren mit einem langen Stock in der Glut herum. Nach dem Tod meines Vaters war sie nie wieder ganz die Alte geworden. Ich nahm an, dass sie an ihn dachte, wenn sie so gedankenverloren vor sich hinstarrte.

Ohne aufzusehen, fragte sie mich: ›Erinnerst du dich noch daran, was wir gegessen haben, kurz bevor dein Onkel Jorge bei diesem Unfall ums Leben kam?‹

Wie hätte ich das jemals vergessen können? Er starb am ersten Weihnachtstag, als er auf dem Heimweg von der Ladefläche eines Lastwagens gestoßen wurde. Und Heiligabend gab es bei uns immer *Lechon*.

›Und was war, bevor dein Vater starb?‹

›Da haben wir die Taufe von Angelicas Baby gefeiert, und zu

solchen Anlässen haben wir immer ein Schwein gebraten.‹ Sie blickte mit vom Rauch geröteten Augen auf. In diesem Moment wirkte sie so gebrechlich, dass ich sie am liebsten in die Arme genommen hätte, hielt mich aber zurück. Für Gefühlsausbrüche hatte meine Mutter überhaupt nichts übrig.

›Seitdem habe ich nie wieder Spanferkel gemacht‹, sagte sie. ›Heute fand ich allerdings, dass es das Risiko wert sei.‹

Ich verstand damals nicht, was meine Mutter damit meinte. Aber zwei Wochen, nachdem wir Puerto Rico verlassen hatten, starb sie, und da wusste ich es.«

Einen Moment lang war es vollkommen still im Raum. Jeder ließ Lolas Geschichte in sich nachklingen.

»Ehrlich, Ma«, beendete Gabi die Stille. »Du verstehst es wirklich, einem den Appetit zu verderben.«

»Das ist die Wahrheit. Wäre es dir lieber, wenn ich mir eine fröhliche Lügengeschichte ausdenken würde?«, fragte Lola.

»Komm schon, Abuela«, sagte Jennifer und verschränkte die Arme vor der Brust. »Ich liebe deine Geschichten wirklich, aber du erwartest doch jetzt nicht im Ernst, dass wir dir das glauben, oder? Ich meine, all diese Leute wären doch so oder so gestorben, egal, ob sie nun Schweinebraten, Grillhähnchen oder einfach gar nichts gegessen hätten. Das war einfach nur Zufall.«

»Es gibt keine Zufälle«, erwiderte Lola mit ernster Stimme. »Alles, was geschieht, geschieht aus einem bestimmten Grund. Selbst wenn wir zuerst nicht verstehen, worin er besteht, am Ende wissen wir es dann doch.«

»Manche Dinge sind purer Zufall«, beharrte Jennifer. »Sie bedeuten rein gar nichts. Sie geschehen einfach.«

»Zum Beispiel?«, fragte Lola. »Sag mir ein einziges Beispiel für einen Zufall in deinem Leben.«

»Okay, das werde ich«, nahm Jennifer die Herausforderung an und warf den Kopf zurück. »Wenn man bedenkt, dass es Milliarden von Familien auf dieser Welt gibt, in die ich hätte hineingeboren werden können, und dass ich genau in dieser hier gelandet bin, nun … wenn das kein Zufall war. Es ist einfach so geschehen. Es hat nicht das Geringste zu bedeuten.«

Als sie das hörte, begann Lola leise zu lachen.

»Lach mich nicht aus, Abuela«, sagte Jennifer beleidigt.

»Verzeih mir, Jennifer, aber da hast du dir gerade das am wenigsten zufällige Ereignis von allen ausgesucht.«

In dieser Nacht fand Sebastian kaum Schlaf. Er musste die ganze Zeit daran denken, was seine Großmutter über den Schweinebraten und die Todesfälle gesagt hatte, die ausnahmslos auf ein solches Essen gefolgt waren. Immer wieder wachte er auf und war sich sicher, dass ihn jemand im Schlaf beobachtet hatte. Einmal glaubte er, Jennifer würde sich über ihn beugen, aber als er die Augen öffnete, war niemand da. Wäre ihm nicht so unheimlich zumute gewesen, er wäre aufgestanden und hätte Abuela Lola angerufen, um sich zu versichern, dass es ihr gut ging. Er hegte keinerlei Zweifel daran, dass sie es war, die von ihnen allen am meisten in Gefahr war. Als seine Mutter ihn am nächsten Morgen zur Schule brachte, bat er sie inständig, zuerst bei seiner Großmutter vorbeizufahren, um nach ihr zu sehen.

»Sie hat gestern Abend vollkommen gesund und munter ausgesehen. Ich bin mir sicher, dass es ihr gut geht.«

»Bitte, Mom, lass uns zu ihr fahren. Nur ganz kurz.«

Gloria betrachtete das besorgte Gesicht ihres Sohnes im Rückspiegel. »Es ist wegen dieser Schweinefleisch-Geschichte, die uns deine Großmutter gestern erzählt hat, stimmt's?«, fragte sie stirnrunzelnd. »Das ist doch nur dummer Aberglaube, Sebastian. Kluge Menschen lassen nicht zu, dass irgendein Aberglaube ihre Gefühle beherrscht. Das *Lechon* hatte nichts damit zu tun, dass irgendjemand gestorben ist. Hast du mich verstanden?«

Er nickte. »Okay. Aber könnten wir nicht trotzdem bei Abuela Lola vorbeifahren?«

Gloria seufzte und drehte sich zu ihm um, um noch etwas zu sagen. In dem Bruchteil der Sekunde, in dem sie den Blick von der Straße nahm, schaltete die Ampel um und eine Gruppe von Kindern überquerte die Kreuzung. Erst als Sebastian voller Entsetzen aufschrie, trat sie so heftig auf die Bremse, dass beide in ihren Sitzen nach vorn geschleudert wurden. Knapp vor den Kindern kam das Auto zum Stehen.

Wenn er gekonnt hätte, wäre Sebastian nach der Schule den ganzen Weg zu Abuela Lola gerannt. Er hatte sich zwar den ganzen Morgen lang eingeredet, dass man ihn bestimmt ins Sekretariat gerufen hätte, wenn seiner Großmutter irgendetwas passiert wäre, wie es bei so genannten »familiären Notfällen« üblich war. Gleichzeitig musste er aber auch immer wieder daran denken, dass er derjenige gewesen war, der seine Großmutter auf dem Boden in der Küche gefunden hatte. Sollte also etwas passiert sein, wäre es aller Wahrscheinlichkeit nach auch wieder er, der sie fände.

Beim Fuß-Tetherball in der Pause hatte er gehofft, das Gesicht der schwarzhaarigen alten Dame zu sehen, aber diesmal war sie ihm nicht erschienen. Im Unterricht hatte er sich nicht konzentrieren können, und selbst als Kelly Taylor ihn angelächelt hatte, als er die Frage nach der Hauptstadt Norwegens richtig beantwortet hatte, war er so besorgt und beunruhigt gewesen, dass es ihm kaum gelungen war, ihr Lächeln zu erwidern.

Als er mit schnellen Schritten zum Haus seiner Großmutter nach Bungalow Haven eilte, konnte er nur an den Schweinebraten von gestern denken, der ihm noch immer schwer wie Blei im Magen lag. Als er schließlich das kleine gelbe Haus sah, war er völlig erschöpft, sein Tempo hatte ihn viel Kraft gekostet. Jetzt aber war er fast da, und wenn er seine Großmutter erst einmal sah, wäre alles wieder gut.

Sebastian stieg die Stufen der Veranda hinauf. Schon in diesem Moment wusste er, dass irgendetwas nicht stimmte. Die Eingangstür war geschlossen und abgesperrt. Das war in all den Jahren, in denen er nach der Schule zu seiner Großmutter ging, noch nie der Fall gewesen. Er begann mit den Fäusten gegen die Tür zu hämmern. »Abuela Lola«, rief er. »Ich bin's, Sebastian. Bitte, Abuela, mach die Tür auf!« Als sich noch immer nichts rührte, lief er um das Haus herum und wollte durch die Fenster schauen – doch vergeblich. Die Vorhänge waren zugezogen und er konnte nichts erkennen. An der Rückseite des Hauses bemerkte er, dass das Badezimmerfenster offen stand. Allerdings war es viel zu hoch, als dass er hätte hineinsehen können. Also lief er wieder zurück zur Veranda, um einen der Korbstühle zu holen. Wenn er ihn unter das Fenster stellte und darauf stieg, würde er durch das Badfenster hineinklettern können.

Er war gerade dabei, den Stuhl von der Veranda zu zerren, als jemand sagte: »Was machst du denn mit dem Stuhl?«

»Abuela!«, rief Sebastian. »Du lebst!«

»Natürlich lebe ich«, sagte sie und warf einen Blick auf ihre Armbanduhr. »Du bist heute früher da als sonst. Gute fünf Minuten.«

»Ich habe mir solche Sorgen um dich gemacht, deshalb bin ich nach der Schule so schnell wie möglich hergekommen.«

Lola stieg langsam die Stufen zur Veranda hinauf. Als sie sich auf einen der Stühle setzte, um in ihrer Handtasche nach den Hausschlüsseln zu suchen, sah sie plötzlich sehr müde aus. Sie wirkte abwesend und irgendwie mitgenommen. Ihre Augen waren geschwollen und ihre Nase gerötet, als hätte sie sie sich den ganzen Tag geputzt. Sie fand ihre Schlüssel, machte aber keinerlei Anstalten, aufzustehen und die Tür aufzusperren. Sebastian setzte sich neben sie und wartete darauf, dass sie etwas sagte – irgendetwas, das ihn wissen ließ, dass alles in Ordnung war. Sie schwieg jedoch und holte nur mehrmals tief Luft.

Schließlich fragte er. »Was kochen wir heute, Abuela?«

Sie schloss die Augen und sagte: »Heute werden wir nichts kochen, Sebastian.«

»Warum denn nicht?«

»Weil mir nicht danach ist«, antwortete sie.

»Willst du nie wieder etwas kochen?«, fragte er, jetzt wieder sehr beunruhigt. »Wird Terrence dir wieder dein Essen bringen?«

»Nein. Ich will nur heute nichts kochen. Vielleicht morgen wieder. Wir werden sehen.«

Sebastian lehnte sich in seinem Sessel zurück und wartete. Er wusste, dass er jetzt besser keine weiteren Fragen mehr stellte. Zu sehen, dass seine Großmutter lebte und gesund war, gab ihm die Geduld, die er im Augenblick brauchte.

Ein paar Minuten später sagte sie leise. »Ich hätte kein *Lechon* machen dürfen.«

»Warum denn nicht?«, fragte Sebastian, und schon wieder ergriff die Angst von ihm Besitz.

Lola öffnete die Augen und sah ihn an. »Heute Morgen ist Charlie Jones gestorben. Sie haben gesagt, dass es ein friedlicher Tod war. Aber er war allein, als er starb, der arme Kerl. Er war ganz allein.«

»Das war ein trauriger Zufall«, sagte Gloria, als sie Sebastian am nächsten Morgen zur Schule fuhr. »Mr. Jones war schon sehr alt. Sein Tod hat nichts mit dem *Lechon* zu tun, das er am Sonntag gegessen hat.«

»Abuela Lola sagt, dass es keine Zufälle gibt und dass alles, was geschieht, aus einem bestimmten Grund geschieht.«

»Da mag oft der Fall sein, aber bestimmt nicht immer. Manchmal geschehen schlimme Dinge, ohne dass es einen Grund dafür gibt. Es ist nicht fair, und es ist nicht schön, aber keiner kann daran etwas ändern.« Gloria holte tief Luft. »Aber wie dem auch sei. Du solltest jetzt nicht mehr daran denken. Denk an etwas anderes.«

»Und woran?«

»An die Schule zum Beispiel. Was hast du diese Woche gelernt?«

»Hauptstädte«, erwiderte Sebastian gleichgültig. Seine Aufmerksamkeit wurde von den Blättern vor dem Fenster gefesselt. Sie ähnelten Händen, die zum Abschied winkten. »Auf Wiedersehen, Mr. Jones«, sagten sie, während sie ihn in den Himmel entließen. »Es hat uns gefreut, Sie kennengelernt zu haben. Ihre neuen Zähne waren gar nicht so schlecht. Tatsächlich haben sie sogar ziemlich nett ausgesehen.«

«Von Ländern oder von Bundesstaaten?«

»Von Ländern«, erwiderte Sebastian und löste den Blick vom Fenster. Es war ein überaus seltsamer Gedanke, dass er Charlie Jones mit seinem Hut und dem Gehstock nie wiedersehen würde. Wie war es möglich, dass er an einem Tag noch da war und am nächsten einfach weg? Wie konnte diese Sache mit dem Leben und dem Tod so schnell gehen? Und was das Schlimmste war: Was war, wenn die todbringende Kraft des *Lechon* noch weiterwirkte?

»Sebastian«, sagte Gloria. «Du hörst mir ja gar nicht zu. Wie heißt die Hauptstadt von Frankreich?«

Sebastian gähnte. »Paris. Das ist doch leicht.«

»Okay, und von Korea?«

»Nord- oder Südkorea?«

»Sag mir beide, wenn du sie weißt.«

»Pjöngjang und Seoul.«

»Du bist ja richtig gut«, sagte Gloria sichtlich beeindruckt.

Eine Weile fuhren sie schweigend dahin, dann fragte Gloria: »Und wie hat sich dieser Keith in letzter Zeit dir gegenüber verhalten?«

»Er ärgert mich nicht mehr«, antwortete Sebastian. »Seit ich ihn beim Fuß-Tetherball geschlagen habe, lässt er mich in Ruhe.«

»Was ist Fuß-Tetherball?«

»Habe ich mir ausgedacht. Ich spiele es immer in der Pause, wenn die anderen Fußball spielen. Dann kann ich so tun, als würde ich wie die anderen dem Ball hinterherrennen, ohne dass ich müde werde.«

Den Rest der Fahrt schwieg Gloria.

22

Ms. Ashworth stand vor der Klasse. Sie hielt einen großen, verschlossenen Umschlag in der Hand, so wie sie das immer tat, wenn sie bekannt gab, wer »Schüler des Monats« geworden war: der Schüler, der sich beim Lernen am meisten angestrengt und sich am besten an die Regeln gehalten hatte, am freundlichsten zu seinen Mitschülern gewesen war und am seltensten gefehlt hatte. Abgesehen vom allgemeinen Ansehen, das dem Gewinner zuteilwurde, durfte er einen ganzen Monat lang nach Unterrichtsschluss als Erster die Klasse verlassen. Und als wäre das noch nicht genug, erhielt der oder die Betreffende auch noch einen Geschenkgutschein im Wert von zehn Dollar für McDonald's. Das machte den Gewinner oder die Gewinnerin natürlich auf der Stelle zum beliebtesten Mitschüler der Klasse, da zehn Dollar ausreichten, um für zwei Personen Hamburger zu kaufen. Jeder in der Klasse hoffte darauf, vom Schüler des Monats zu McDonald's eingeladen zu werden.

Für Sebastian war es wegen seiner häufigen Fehlzeiten durch die Arzttermine immer unmöglich gewesen, diese Auszeichnung zu gewinnen. Umso größer war sein Erstaunen, als Ms. Ashworth den Umschlag aufriss und vor der ganzen Klasse laut seinen Namen vorlas.

Alle begannen zu klatschen und zu jubeln, und Sebastian musste sich an der Kante seines Pults festhalten.

»Sebastian, würdest du bitte nach vorn kommen?«, fragte Ms. Ashworth mit einem Lächeln, das ihm und allen anderen sagte, dass sie sich diesmal ganz besonders freute, die Auszeichnung zu vergeben.

Mit glühenden Ohren und Wangen ging er nach vorn. Ms. Ashworth bat ihn, sich zu seinen Mitschülern umzudrehen. »Ich würde gern ein paar Worte über Sebastian sagen. Wer von euch dann noch etwas hinzufügen möchte, kann sich melden.« Sie legte eine Hand auf Sebastians Schulter und fuhr fort: »In diesem Monat habe ich Sebastian ausgewählt, weil ich einen Schüler hervorheben will, der angesichts einiger schwieriger Herausforderungen großen Mut bewiesen hat. Wir alle wissen, dass Sebastian gewisse körperliche Einschränkungen hat, die es ihm nicht erlauben, zu rennen und zu spielen wie andere Kinder. Trotzdem hat er sich sehr gut in die Klasse eingelebt. Er beklagt sich nie und ist ein ausgezeichneter Schüler. Aus diesem Grund habe ich entschieden, für diesen Monat ausnahmsweise auf die Anwesenheitsanforderung zu verzichten.« Sie hängte ihm die Plakette, mit der der Schüler des Monats ausgezeichnet wurde und die einer olympischen Medaille ziemlich ähnlich sah, um den Hals. »Vielen Dank für deinen Mut und deine Freundlichkeit, und auch dafür, dass du den anderen ein so gutes Vorbild bist.«

»Keine Ursache«, murmelte er, während er mit der Hand über die Plakette strich, die jetzt auf seiner Brust lag. Sie war schwerer, als er erwartet hatte.

»Also, wer möchte Sebastian und allen anderen noch etwas sagen?«, fragte Ms. Ashworth. Sebastian war sich sicher, dass niemand noch etwas hinzufügen wollte, und machte sich bereit, zu seinem Pult zurückzugehen, als hinten in der Klasse zwei Hände nach oben schossen.

»Zuerst du, Melanie, und dann du, Mia«, sagte Ms. Ashworth.

»Ich finde es toll, dass du die Hauptstädte besser kennst als sonst irgendwer«, sagte Melanie.

Und Mia steuerte bei: »Du kannst sehr gut zeichnen.«

Weitere Hände gingen nach oben, und plötzlich regnete es Komplimente auf ihn herab wie Rosenblätter. »Du hast eine schöne Handschrift«, »Mir gefallen deine Schuhe«, »Du befolgst immer alle Anweisungen«, »Du schreist nie rum und benutzt nie Schimpfwörter«, »Du bist nett«, »Du hast große, strahlende Augen«. Während seine Klassenkameraden ihm fröhlich Komplimente machten, verwandelte sich die Befangenheit, die er bis dahin empfunden hatte, in ein angenehmes Glühen in seinem Inneren. Wäre da nicht Ms. Ashworths Hand auf seiner Schulter gewesen, er wäre womöglich wie ein Ballon zur Decke geschwebt. Gerade als er glaubte, er hätte so viel Gutes über sich gehört, wie überhaupt nur möglich war, meldete sich auch Kelly.

Ms. Ashworth rief ihren Namen auf. Keith, der seit der Bekanntgabe des Schülers des Monats schmollend an seinen schorfigen Fingern herumgezupft hatte, riss ungläubig den Kopf herum.

»Ich finde, Sebastian ist …«

»Denk dran, Sebastian direkt anzusprechen«, sagte Ms. Ashworth.

»Oh, das habe ich vergessen«, kicherte Kelly. »Ich finde, dass *du* der netteste und klügste Junge in der Klasse bist …«

»Vielen Dank«, entgegnete Sebastian verblüfft und überwältigt.

»Ich bin noch nicht fertig«, sagte Kelly. »Ich finde dich nett, weil du freundlich bist, weil du nie gemein zu jemandem bist, auch wenn sich die anderen über dich lustig machen. Ich finde, dass du klug bist, weil du ein neues Spiel erfunden hast. Ich habe noch nie jemanden kennengelernt, der sich ein Spiel ausgedacht hat. Du bist der außergewöhnlichste Mensch, den ich kenne.«

»Uuuuuuuh, Kelly ist in Sebastian verliebt«, platzte Sean heraus, woraufhin einige Schüler laut zu johlen und zu schreien begannen.

»Das reicht. Seid jetzt still«, rief Ms. Ashworth. Inzwischen herrschte jedoch ein solches Gejohle und Gelächter, dass sie Mühe hatte, wieder Ruhe in die Klasse zu bringen. Sebastian hatte das

Gefühl, die Energie der Klasse würde ihn mit sich fortreißen. Trotz seiner Verlegenheit genoss er das Ganze sehr und wünschte sich, es würde niemals enden. Nachdem er seinen Geschenkgutschein erhalten hatte, ging er an seinen Platz zurück. Er schien nicht mehr derselbe zu sein wie noch vor ein paar Augenblicken, als er aufgestanden war. Ein inneres Leuchten erfüllte ihn, und als er jetzt tief Luft holte, pulsierte neues Leben in ihm.

Er setzte sich und nahm seinen Stift in die Hand, um sich der nächsten Aufgabe zu widmen. Als er einen kurzen Blick nach links hinüber warf, stellte er fest, dass Kelly Taylor ihn direkt ansah. Auf ihrem Gesicht lag ein so strahlendes Lächeln, dass er nicht anders konnte, als es zu erwidern.

Sebastian konnte es noch immer kaum fassen, dass er in den nächsten vier Wochen am Ende des Schultages als Erster das Klassenzimmer verlassen durfte. Dieses Privileg hätte er vor einiger Zeit, als die Situation mit Keith so schwierig war, gut gebrauchen können. Dennoch war er dankbar, als Ms. Ashworth jetzt verkündete, dass er gehen dürfe. Er nahm seine Büchertasche und ging beschwingt hinaus. Seinen Gutschein hatte er sicher in der Tasche seines Hemdes verstaut. Er wäre gern mit Kelly Taylor zu McDonald's gegangen, aber er hielt es für angebracht, erst einmal zu sehen, ob Abuela Lola heute wieder in der Stimmung war, zu kochen. Wenn nicht, würde er sie einladen, auch wenn er keine Ahnung hatte, ob sie Hamburger mochte.

Er hatte bereits die Hälfte des Weges zum Haus seiner Großmutter zurückgelegt, als plötzlich jemand aus dem Gebüsch sprang und ihn beinahe umgerissen hätte. Dann spürte er, wie ihm gewaltsam die Büchertasche von der Schulter gezerrt wurde.

»Gib das Ding her«, knurrte Keith.

Sebastian sah hilflos zu, wie Keith den gesamten Inhalt seiner Tasche auf den Asphalt kippte und darin herumzuwühlte.

»Wo ist er?«, fragte er mit einem kurzen Blick, ehe seine Augen wieder wie wild hin und her schossen. Diesmal war keiner seiner Freunde dabei. Sie waren allein.

»Wo ist wer?«

»Der Gutschein«, sagte Keith. Er streckte seine Hand aus und schnippte ungeduldig mit den Fingern. «Her damit.«

Sebastian holte tief Luft und straffte die Schultern. »Er gehört mir«, sagte er.

»Du solltest ihn mir besser geben, Affenjunge.«

»Ich bin kein Affenjunge mehr«, erwiderte Sebastian.

»Und warum nicht? Etwa, weil du diesen bescheuerten Preis gewonnen hast?« Ein böses Grinsen breitete sich auf Keiths Gesicht aus. »Du hast gewonnen, weil Ms. Ashworth Mitleid mit dir hat. Sie weiß, dass du ziemlich bald tot umfallen wirst.« Er kam so dicht an Sebastian heran, dass dieser seinen Körpergeruch wahrnahm, einen schalen, widerlichen Geruch. Dann packte Keith ihn am Kragen, griff mit der anderen Hand in Sebastians Hemdentasche und zog den Gutschein heraus. Als Sebastian den Gutschein in seinen Fingern sah, stieg eine ungeheure Wut in ihm hoch. Er warf sich auf ihn und hätte ihn fast aus dem Gleichgewicht gebracht. Doch Keith fing sich sofort wieder. Er hielt Sebastian auf Abstand, holte aus und traf ihn mit der Faust hart ins Gesicht. Sebastian taumelte wie ein Betrunkener auf dem Gehweg herum und trat dabei auf die verstreut auf dem Boden liegenden Stifte und Radiergummis.

Desorientiert, wie er war, sah Sebastian nicht, dass Keith bereits wieder in Position gegangen war, um ihm einen noch härteren Schlag zu versetzen. Er hielt die Faust erhoben und sah zu, wie Sebastian keuchend mit den Armen ruderte, um die Balance wiederzufinden. Er bot einen so bemitleidenswerten Anblick, dass Keith es nicht über sich brachte, noch einmal zuzuschlagen. Er lockerte seine Faust und nahm den Arm herunter.

Sebastian kam gerade rechtzeitig wieder zur Besinnung, um zu sehen, wie Keith die Straße hinunterrannte. Seine kräftigen Beine stampften wie Kolben, als er an der Ampel nach rechts in Richtung McDonald's abbog. Sebastian wischte sich mit einem Zipfel seines Hemdes das Gesicht ab. Er sah Blut auf dem Stoff. Sein Kopf fühlte sich geschwollen an, als wäre er groß wie eine Melone. Mühsam sammelte er seine Sachen zusammen und setzte den Weg zum Haus seiner Großmutter fort. Als er Bungalow Haven erreicht hatte und ihm bewusst wurde, dass er noch immer die Plakette um den Hals trug, mit der Ms. Ashworth ihn als den Schüler des Monats ausgezeichnet hatte, ging er zur Rückseite der Anlage. Dort nahm er die Plakette ab und warf sie in den Mülleimer.

Sebastian war erstaunt, mit welch unglaublicher Kraft seine Großmutter ihn am Handgelenk die Straße entlangzog. Den ganzen Weg zu McDonald's bettelte er, sie solle stehen bleiben und überlegen, was sie da tat. Sich Keith, dem wahrscheinlich bösartigsten Menschen auf dem ganzen Planeten, in den Weg zu stellen, war der reinste Wahnsinn.

»Solltest du glauben, ich würde mich vor diesem kleinen Arschloch fürchten«, sagte sie, »dann kennst du mich schlecht. Ich bin eine *Jibara*, vergiss das nicht. Ich weiß, wie man gewisse Dinge regelt.«

»Abuela, bitte. Der Gutschein ist doch völlig egal. Ich mag Hamburger nicht einmal besonders.«

Sie ging keinen Schritt langsamer. Im Gegenteil, sie steigerte ihr Tempo sogar noch. Sebastian blieb nichts anderes übrig, als neben ihr her zu traben – und das mit der Gewissheit, dass dieser so wunderbar begonnene Tag, schlimmer enden würde, als er ohnehin schon war.

Als sie das Restaurant betraten, sahen sie, dass an der Theke eine lange Schlange von Kunden wartete. Die meisten waren Kinder, die gerade aus der Schule gekommen waren, aber auch ein paar Erwachsene standen dabei. Einige Leute drehten sich um und starrten die beiden neugierig an: Sebastian mit seinem tränenüberströmten, blutverschmierten Gesicht und die merkwürdige, rothaarige alte Dame, die sein Handgelenk noch immer mit eisernem Griff festhielt.

»Welcher ist es?«, fragte Lola.

Sebastian hatte Keith sofort entdeckt. Er stand ganz vorn in der Schlange, direkt hinter dem Kunden, der gerade seine Bestellung aufgab. Er war so sehr damit beschäftigt, die Menütafel zu studieren, dass er offensichtlich nicht bemerkt hatte, dass er und seine Großmutter das Restaurant betreten hatten.

»Er ist nicht hier«, log Sebastian. »Wahrscheinlich hat er nur etwas zum Mitnehmen bestellt und ist schon wieder weg.«

»Du lügst mich an«, erwiderte Lola. »Ich werde jetzt laut seinen Namen rufen und eine riesige Szene machen.«

»Bitte nicht, Abuela. Es ist der ganz vorne, der jetzt gleich bestellt.«

»Der mit den Sommersprossen?«

Sebastian nickte und das Herz rutschte ihm in die Hose. Erst jetzt ließ Lola ihn los. Ohne zu zögern, ging sie nach vorn und tippte ihm von hinten auf die Schulter.

»Bist du Keith?«

»Ja«, antwortete er und stutzte, als er sah, wer ihm diese Frage gestellt hatte.

»Gib meinem Enkel zurück, was du ihm weggenommen hast.«

Keith schnitt eine Grimasse und winkte ab. »Ich weiß nicht, wovon Sie sprechen, Lady.«

Der junge Mann hinter der Theke sagte: »Willst du jetzt etwas bestellen oder nicht?«

»Er wird überhaupt nichts bestellen«, sagte Lola. »Der Gutschein, den er bei Ihnen einlösen will, gehört meinem Enkel. Der Junge hier wird ihn jetzt zurückgeben.«

Keith fuhr herum. »Verdammt noch mal, leck mich doch …«

Doch bevor er seinen Satz beenden konnte, reagierte Lola. Sie schlug ihm mit dem Handrücken fest auf den Mund. »Wag es ja nicht, so mit mir zu sprechen«, sagte sie.

»Da haben Sie recht, Verehrteste«, sagte ein Mann aus der Schlange.

Keith war völlig schockiert. Er fuhr sich mit der Hand an die Lippen und betrachtete fassungslos seine Finger, um zu sehen, ob sich Blut daran befand. Lola starrte zuerst Keiths Hände an, dann sah sie ihm ins Gesicht. Ihre Miene wurde einen Augenblick lang weich. Dann aber zeigte sie sich wieder unerbittlich. Sie wandte sich an den Angestellten hinter der Theke und sagte: »Rufen Sie die Polizei. Ich möchte einen Raub zur Anzeige bringen.«

Als Keith das hörte, warf er den Gutschein auf den Boden. »Vergessen Sie's. Das ist diese beschissene Sache verdammt noch mal nicht wert.« Er riss die Augen auf und wich einen Schritt zurück, als ihm bewusst wurde, dass er schon wieder geflucht hatte und sich möglicherweise gleich die nächste Ohrfeige einfing. Dann rannte er aus dem Restaurant, ohne sich noch einmal umzusehen.

Der Mann, der Lola beigepflichtet hatte, bückte sich, hob den Gutschein auf und drückte ihn Sebastian in die Hand. »Der gehört wohl dir«, sagte er und bestand darauf, dass Sebastian und Lola seinen Platz in der Warteschlange einnahmen. Niemand wagte es, sich zu beschweren.

Sie beschlossen, ihre Hamburger im Restaurant zu essen. Lola versicherte Sebastian, dass ihr bis zum heutigen Tage nicht bewusst gewesen sei, wie schmackhaft so ein Hamburger doch sei, und dankte ihm für die Einladung.

»Gern geschehen«, murmelte er, obwohl er sich eigentlich nicht daran erinnern konnte, sie eingeladen zu haben.

Lola legte ihren Hamburger auf das Tablett. »Du verstehst hoffentlich, dass ich etwas dagegen tun musste, dass dieser Junge dir deinen Gutschein weggenommen hat. Ich musste das in Ordnung bringen.«

»Nein, Abuela, *du* bist es, die nicht versteht, worum es hier geht. In der Schule lief es in letzter Zeit ganz gut für mich. Jetzt aber werden alle erfahren, dass meine Großmutter mir helfen musste. Jetzt wird alles noch schlimmer, als es war.«

»Niemand wird es erfahren«, sagte Lola, die gerade an ihren Pommes frites knabberte.

»Keith wird jedem erzählen, was geschehen ist und was für ein Feigling ich bin.«

»Erstens«, sagte Lola und zeigte mit einem Pommes-frites-Stäbchen auf das Gesicht ihres Enkels, »bist du kein Feigling. Und zweitens: Glaubst du wirklich, dass Keith irgendjemandem erzählen wird, dass ihn eine alte Frau in die Flucht geschlagen hat?« Lola aß weiter und überlegte. »Dieser Junge erinnert mich an jemanden. Habe ich dir schon einmal von dem Jungen erzählt, den wir ›Affenjungen‹ genannt haben?«

Sebastian hätte sich fast an seinem Burger verschluckt. »Was … was hast du da gerade gesagt?«

»Der Affenjunge. Habe ich dir eigentlich schon einmal von ihm erzählt?« Als Sebastian den Kopf schüttelte, fuhr sie fort: »Jeder glaubte, dass seine Mutter ein Mensch und sein Vater ein Affe sei und dass wir, wenn er uns berührte, wie er zu halben Affen würden. Wir fanden das alle sehr lustig. Tagsüber versuchten wir den Affenjungen zu fangen, rannten durch den Dschungel und versteckten uns hinter den Bäumen. Und nachts, wenn wir sicher und geborgen in unseren Betten lagen, erzählten wir uns gegenseitig unheimliche Geschichten, in denen er sich wie Tarzan von Baum zu Baum schwang, auf der Suche nach einem armen, hilflosen Mädchen, das er entführen konnte, damit es ihm Gesellschaft leistete.«

»Gab es ihn denn wirklich?«, fragte Sebastian.

»O ja. Von Zeit zu Zeit verließ er sogar den Schutz des Dschungels und schlich sich ins Dorf, um etwas zu essen zu stehlen. Ich habe ihn nur ein einziges Mal aus der Nähe gesehen, als er gerade die Hand durch unser Küchenfenster steckte, um sich ein paar frisch gebratene Schweinefleisch-Empanadas zu holen. Ohne zu wissen, dass er es war, packte ich seine Hand, woraufhin er die Empanadas fallen ließ und schnell wie ein Husarenaffe davonrannte. An diesem Tag jedoch konnte ich kurz sein Gesicht sehen, und alles, was ich darin erkannte, waren Hunger und eine grenzenlose, quälende Einsamkeit. Es war ein Ausdruck, den ich mein ganzes Leben lang nicht mehr vergessen werde.«

»Ist er immer im Dschungel geblieben?«, fragte Sebastian.

»Nein, er ist bei einem Hochwasser ertrunken. Man hat seine Leiche am Ufer des Flusses gefunden. Am Ende erfuhren wir, dass er nur ein ganz normaler kleiner Junge war, der von zu Hause ausgerissen war, weil ihn sein Stiefvater schlug und seine Mutter nichts dagegen unternahm. Viele Leute wollten das nicht wahrhaben. Sie wollten weiter an den Mythos vom Affenjungen glauben. Ich aber wusste, dass es stimmte, denn ich habe ihn aus der Nähe gesehen. Als ich vorhin Keith sah, hatte ich einen Moment lang das Gefühl, wieder in unserer alten Küche auf der Insel zu stehen und dem Affenjungen hinterherzuschauen, der in den Dschungel flüchtete.«

»Keith hat mich ein paar Mal Affenjunge genannt«, murmelte Sebastian.

Lola riss überrascht die Augen auf. Dann änderte sich ihr Gesichtsausdruck, als hätte sie nichts anderes erwartet. »Und warum nennt er dich so?«

»Um sich über mich lustig zu machen«, sagte Sebastian und verspürte dabei eine solche Bitterkeit, dass er nichts weiter dazu sagen konnte. Er hasste Keith abgrundtief. Diese Geschichte über den Affenjungen war ein unglaublicher Zufall, mehr nicht.

Lola sah nachdenklich aus, während sie ihre letzten Pommes frites aß. »Sag Keith, dass ich mich gern einmal mit ihm unterhalten würde. Lade ihn zu mir zum Essen ein.«

Sebastian traute seinen Ohren nicht. Ganz egal, wie erstaunlich die Geschichte von dem Affenjungen auch sein mochte, sie rechtfertigte in keiner Weise, was seine Großmutter jetzt von ihm verlangte. »Bist du verrückt geworden, Abuela? Nach allem, was gerade passiert ist, kann ich dir versprechen, dass Keith niemals kommen wird.«

»Wir werden ja sehen«, sagte sie.

»Nein, das werden wir nicht. Ich werde ihn nämlich nicht einladen«, erwiderte Sebastian streitlustig, obwohl das sonst ganz und gar nicht seine Art war.

»Warum fragst du nicht die schwarzhaarige alte Dame, was sie dazu zu sagen hat?«

Sebastian sah seine Großmutter jetzt noch ungläubiger an als zuvor. »Es ist nicht so, dass ich sie irgendetwas fragen kann, wann immer ich will. Sie sagt mir etwas, wenn *sie* es will.«

»Bist du dir sicher? Hast du es schon einmal versucht?«

Sebastian musste zugeben, dass er es noch nicht versucht hatte. Wahrscheinlich, weil er lieber glaubte, dass sie eigentlich gar nicht existierte, dass sie einfach nur ein Wunschbild war, das hin und wieder in seinem Geist auftauchte, oder eines dieser unheimlichen Déjà-vus, die jeder kennt, die sich aber niemand richtig erklären kann.

»Wer ist sie, Abuela?«, fragte er.

Lola schüttelte den Kopf und begann die Verpackungen ihrer Mahlzeit aufzuräumen. »Frag sie doch einfach«, sagte sie.

Als Sebastian an diesem Abend nach Hause kam, ging er sofort in sein Zimmer, um sich hinzulegen. Kopf und Bauch taten ihm weh, und er war zutiefst beunruhigt. Er wusste, dass seine Mutter sich aufregen würde, wenn sie sein geschwollenes Auge sähe. Dass sie aber so dermaßen ausrasten würde, damit hatte er nicht gerechnet. Abuela Lola war es nur mit größter Mühe gelungen, sie davon abzuhalten, auf der Stelle zur Polizei zu gehen. Wenn sie gewusst hätte, wo Keith wohnte, wäre sie direkt hingefahren. Jedenfalls war sie fest entschlossen, sich am nächsten Tag offiziell in der Schule zu beschweren. Und als wäre das nicht schon genug, hatte sie noch von Lola aus Sebastians Vater angerufen, um ihn zu informieren, was geschehen war. Soweit Sebastian es beurteilen konnte, war sein Vater mit ihr einer Meinung gewesen, dass man die Sache auf keinen Fall auf sich beruhen lassen sollte.

Sebastian schloss sein unversehrtes Auge (das andere war inzwischen vollkommen zugeschwollen) und versuchte, das Bild der schwarzhaarigen alten Dame heraufzubeschwören. Wenn er sich nur fest genug auf ihr Gesicht konzentrierte, würde sie ihm vielleicht sogar antworten, wenn er ihr eine Frage zu Keith stellte. Und falls sie diese Frage beantwortete, würde sie ihm vielleicht auch sagen, wer sie war. Es fiel ihm nicht schwer, sie sich vorzustellen. Sie hatte ein so charakteristisches Gesicht mit diesen durchdringenden Augen, dieser langen, gebogenen Nase und dem ausdrucksstarken Mund. Dann dachte er an ihre barsche Stimme und ihre unumwundene Art zu sprechen.

»Wer sind Sie?«, murmelte er. »Sind Sie ein Engel oder ein Geist? Warum erscheinen Sie mir immer wieder?«

Sebastian hörte ein entferntes Klopfen. Er erkannte das Geräusch sofort, und nur wenige Augenblicke später wurde seine Schlafzimmertür aufgerissen. »Dad ist da«, sagte Jennifer atemlos, nachdem sie die Treppe heraufgerannt war. »Er sitzt mit Mom in der Küche. Die beiden reden miteinander.«

Sebastian setzte sich in seinem Bett auf. Sein Vater hatte das Haus nicht ein einziges Mal betreten, seit er vor mehreren Wochen ausgezogen war. Jennifer starrte ihren Bruder an. »Was ist denn das?«, fragte sie. »Was ist mit deinem Gesicht passiert?«

»Ich habe mich geprügelt«, erwiderte Sebastian und fand, dass sich das ziemlich gut anhörte.

Jennifer schüttelte ungläubig den Kopf und sagte: »Dann ist das wohl der Grund, warum Dad hier ist.« Sie bedeutete Sebastian mit einem Wink, ihr in den Flur hinaus zu folgen, damit sie vom Treppenabsatz aus hören konnten, was unten in der Küche gesprochen wurde.

»So kann es einfach nicht weitergehen, Gloria. Warum willst du das denn nicht begreifen?«

»Alle Kinder prügeln sich irgendwann einmal. Dieser Keith scheint mir ein typischer Schulhofschläger zu sein. So einen gibt es doch in jeder Klasse.«

»Das ist richtig. Und sie alle gehen auf das schwächste Kind los, auf das, das sich nicht wehren kann. Mein Gott, Sebastian kann nicht einmal wegrennen. Ist dir vielleicht schon einmal sein Gesichtsausdruck aufgefallen, wenn er anderen Kindern beim Spielen und Herumtollen zuschaut? Er leidet, Gloria. Er braucht diese Operation.«

Ein langes Schweigen folgte.

»Du musst das nicht allein durchstehen, Liebling. Ich werde dich bei jedem einzelnen Schritt auf diesem Weg begleiten.«

Gloria hustete. Ihre Stimme klang weinerlich und angespannt. »Wie kann ich deinen Worten vertrauen? Wie kann ich dir jemals wieder vertrauen?«

»Ich bitte dich. Versuch es wenigstens. Um unserer Kinder willen.«

»Und wenn ich nicht einverstanden bin, wirst du niemals lockerlassen, oder?«

»Was meinst du damit?«

»Sebastians Operation. Du wirst keine Ruhe geben, bis du deinen Willen durchgesetzt hast. Das ist genau der Grund, weshalb ich nicht wollte, dass du von dieser Operation erfährst. Ich wusste, dass du alles verpfuschen wirst ... verdammt noch mal, Dean.«

»Siehst du denn nicht, was du ihm antust?«

»Ich versuche, ihn am Leben zu erhalten.«

»Aber mit deiner Angst bringst du ihn langsam, aber sicher um, Gloria.«

»Nein. Du hast dich damals geirrt, und du irrst dich auch heute.«

Wieder folgte ein längeres Schweigen. Jennifer signalisierte Sebastian, er solle in sein Zimmer zurückgehen. Aber er weigerte sich.

»Ich würde mein Leben dafür geben, dass Sebastian gesund wird, und ich bin mir sicher, dass auch du das tun würdest. Aber glaubst du wirklich, dass du ihn dadurch rettest, dass du unsere Ehe opferst?«, fragte Dean.

»Ich weiß überhaupt nicht, wovon du sprichst.«

»Ich will dich wiederhaben, Gloria. Ich liebe dich und ich liebe meine Familie. Gib mir noch eine Chance, und ich verspreche dir, dass weder du noch die Kinder es bereuen werden.«

Sebastian hatte noch nie in seinem Leben gebetet. Jetzt aber fiel er auf die Knie, faltete die Hände und betete zu Gott und den Engeln, zu Jesus und allen Heiligen.

»Lass sie Ja sagen. Bitte, lass sie Ja sagen«, murmelte er immer wieder.

Unten war zu hören, wie die Küchenstühle über den gefliesten Boden scharrten. Sebastian stellte sich vor, dass sich seine Eltern umarmten und leidenschaftlich küssten. Dann sagte seine Mutter: »Ich glaube nicht, dass du deine gesamte Freizeit damit verbracht hast, jeder hübschen Frau, die dir über den Weg gelaufen ist, irgendwelche Nachrichten zu schreiben. Ich verzeihe dir, was du getan hast, Dean.« Sie hielt inne. »Dennoch kann und werde ich unsere Ehe nicht einfach so fortführen. Jetzt nicht und vielleicht auch nie mehr. In mir ist vor langer Zeit etwas gestorben, und jetzt so zu tun, als wäre es noch lebendig, ist schwieriger, als zu akzeptieren, dass es ein für alle Mal zerstört ist.«

Nach mehreren Minuten des Schweigens hörten sie, wie die Hintertür geöffnet und geschlossen wurde, dann das Brummen von Deans Jeep draußen in der Einfahrt.

Jennifer stand reglos oben am Treppenabsatz. Sie sah zu ihrem kleinen Bruder hinunter, der noch immer mit gefalteten Händen auf dem Boden kniete. Sie dachte an die vielen Streitigkeiten, die ihre Eltern im Laufe der Jahre gehabt hatten, an den abweisenden Ton ihrer Mutter und den verzweifelten und verletzten Ausdruck in den Augen ihres Vaters. Und sie dachte an seine albernen Witze. Erst jetzt wurde ihr klar, dass er einfach nicht gewusst hatte, was er sonst hätte tun sollen, um die düstere Stimmung in seiner Familie aufzuhellen. Na ja, in den meisten Fällen waren seine Bemühungen nicht von Erfolg gekrönt gewesen, aber zumindest hatte er es versucht.

Sie rannte die Treppe hinunter in die Küche, während Sebastian weiterhin auf dem Treppenabsatz kniete. »Das war das Dümmste, was du je getan hast, Mom«, warf sie ihrer Mutter mit lauter Stimme vor.

»Das war ein privates Gespräch, junge Dame.«

»Es ist mir scheißegal, was für ein Gespräch das war.«

»Du verstehst nicht …«

»Ich verstehe, dass Dad sich gerade bei dir entschuldigt und sich dir zu Füßen geworfen hat! Und was machst du? Du erzählst ihm irgendeinen Mist davon, dass irgendetwas in dir gestorben sei oder was auch immer.«

»Es ist die Wahrheit. Eines Tages, wenn du älter bist …«

»Eines Tages, wenn du eine einsame alte Frau bist, wirst du an diesen Tag zurückdenken und es bereuen. Ich schwöre dir, Mom, du wirst dir noch auf deinem Sterbebett wünschen, dass du nicht so herzlos gewesen wärst.«

»Jennifer ....«

»Du glaubst wohl, du bist die Einzige, die leidet. Wir leiden alle, Mom. Einige sogar mehr als du.« Nach diesen Worten rannte sie aus dem Haus und die Straße hinunter, dem Jeep ihres Vaters hinterher.

Noch immer auf dem Treppenabsatz kniend, ließ Sebastian die Hände sinken. Er hörte, dass seine Mutter in der Küche weinte. Sie tat ihm entsetzlich leid, aber er verspürte nicht den Wunsch, nach unten zu gehen und sie zu trösten. Er sehnte sich nach Frieden und seinem Bett, also stand er langsam auf und ging in sein Zimmer zurück, das er für den Rest des Abends nicht mehr verließ.

23

Am nächsten Morgen machte Gloria ihre Ankündigung wahr und informierte die Schulleitung über alles, was zwischen ihrem Sohn und Keith vorgefallen war. Sie sprach mit der üblichen Überzeugungskraft und Autorität und stellte unmissverständlich klar, dass Keith eine Bedrohung für ihren Sohn sei. Sie würde nicht zulassen, dass ihr wehrloser Sohn noch länger einer solchen Gefahr ausgesetzt wäre. Selbstverständlich nahm man Glorias Bedenken sehr ernst, und der Anblick von Sebastians Auge, das über Nacht blau geworden war, verlieh ihren Worten noch zusätzlichen Nachdruck. Man versicherte Mutter und Sohn, dass sie sich von heute an keine Gedanken mehr wegen Keith zu machen brauchten. Auch werde man seine Eltern unverzüglich einbestellen. Mehr oder weniger zufrieden, verließ Gloria das Sekretariat.

Mit fast einer Stunde Verspätung betrat Sebastian das Klassenzimmer. Sein blaues Auge rief großes Aufsehen hervor, da niemand damit gerechnet hatte, dass ein Junge wie er jemals in eine Prügelei verwickelt werden könnte. Ms. Ashworth war über den Vorfall bereits informiert. Auch sie war sichtlich schockiert, als sie Sebastians Auge sah. Sie wollte ihn gerade zu sich nach vorn ans Pult bitten, als das Telefon im Klassenzimmer läutete. Während sie zuhörte, warf sie einen Blick zu Keith hinüber, der sich provozierend selbstgefällig in seinem Stuhl rekelte. Dann legte sie auf, schrieb eine kurze Notiz für die Sekretärin auf einen Zettel und teilte Keith mit, dass er sich beim Direktor zu melden habe.

Keith schlenderte betont lässig an Ms. Ashworth vorbei, nahm den Zettel von ihrem Pult und verließ unter wildem Geschrei und Gejohle der anderen Schüler das Klassenzimmer.

»Uuuuuhu, Keith kriegt Ärger«, riefen sie. Allen war klar, dass Sebastians blaues Auge der Grund war, weshalb er zum Direktor musste. Irgendwann kehrte wieder Ruhe im Klassenzimmer ein, und der Unterricht konnte weitergehen. Etwa zwanzig Minuten später erhielt Ms. Ashworth einen weiteren Anruf. Diesmal war es Sebastian, den sie nach vorn ans Pult rief: auch er solle zum Direktor. Als Sebastian das Klassenzimmer verließ und sich widerstrebend auf den Weg zum Direktorat machte, war der Tumult seiner Mitschüler bis auf den Flur zu hören.

Er wünschte, die ganze Sache wäre vorbei. Böse auf Keith war er auch nicht mehr, er war alles einfach nur noch leid. Kurz kam ihm der Gedanke, dass man ihn, wenn er jetzt einfach die Schule verließe und zu seiner Großmutter ginge, erst vermissen würde, wenn er schon fast bei ihr wäre. Gleichzeitig war ihm klar, dass er damit alles nur noch schlimmer machen würde. Wenn er jetzt einfach davonlief, würde seine Mutter einen Wutausbruch bekommen, der alles bisher Dagewesene in den Schatten stellen würde.

Auf halbem Weg zum Büro des Direktors vernahm Sebastian plötzlich ein merkwürdiges Geräusch. Er blieb stehen. Im Flur breitete sich Stille aus. Die Sohlen seiner Füße kribbelten merkwürdig. Erst als er weiterging, spürte er eine starke Vibration, die aus dem Boden kam und sich in seinen Füßen, seinen Beinen und schließlich seinem gesamten Körper ausbreitete. Plötzlich hörte er in seinem Inneren die Stimme der schwarzhaarigen alten Dame, als spräche sie mitten aus seinem Herzen. »Alles wird gut«, flüsterte sie heiser. »Lade Keith zu deiner Großmutter ein. Alles wird gut.«

Sebastian sehnte sich mehr denn je danach, dass sie ihm mit ihrem Rat zur Seite stand. Jetzt aber konnte er nicht anders, als ihre Urteilskraft zu bezweifeln. »Aber Keith ist der gemeinste Junge der Schule und wahrscheinlich sogar der ganzen Welt. Was ist, wenn er mich wieder schlägt?«

»Alles wird gut«, flüsterte die alte Dame wieder.

Verwirrter und nervöser als je zuvor, betrat Sebastian die Räume des Direktors, wo ihn die Sekretärin in Empfang nahm, um ihn zum Konferenzraum zu bringen. Da sie noch andere Dinge zu erledigen hatte, erklärte sie ihm in aller Eile, dass Mr. Grulich, der Direktor, in Kürze mit ihm sprechen würde. Sie wollte Sebastian gerade in den Raum führen, als das Telefon auf ihrem Schreibtisch läutete. Sie bat ihn, allein hineinzugehen.

Sebastian öffnete die schwere Tür des Besprechungszimmers nur so weit wie unbedingt nötig und schlüpfte hinein. In der Mitte des Raums sah er einen langen Konferenztisch. An diesem saßen Keith, ein Mann und eine Frau. Sebastian nahm an, dass es sich um Keiths Eltern handelte. Die dünne blonde Frau hatte er zu Beginn des Schuljahrs schon einmal gesehen. Wäre da nicht ihr gleichgültiger Gesichtsausdruck und die in sich zusammengesunkene Körperhaltung gewesen, hätte man sie durchaus als hübsch bezeichnen können. Als sie Sebastians Auge sah, zuckte sie zusammen und schüttelte den Kopf.

Sebastian ging zögernd einen Schritt in den Raum hinein. Es war nicht leicht, Keith und seinen Eltern gegenüberzutreten. Er wusste nicht, wie er sich verhalten sollte.

»Ist das der Junge, den du verprügelt hast?«, wollte Keiths Vater wissen. Er war die erwachsene, noch stämmigere Ausgabe von Keith, einschließlich der gelben Augen und des rotblonden Haars, dazu mit kräftigen Handgelenken, dick wie Planken. Wenn Keiths Stimme schon bestimmend genug war, klang die seines Vaters wie ein Donnerhall. Allein das ließ Sebastians Knie zittern.

»Antworte mir«, sagte der Mann und versetzte Keith einen Stoß gegen die Schulter. »Ist er das?«

Keith murmelte irgendetwas Unverständliches.

»Was zum Teufel hast du gesagt?«

»Ja, das ist er«, sagte Keith, den Blick starr auf die Tischplatte gerichtet.

Eine gute halbe Minute lang musterte Keiths Vater Sebastian von oben bis unten, und seine Augen verengten sich zu Schlitzen. Sebastian hatte das Gefühl, sich innerlich aufzulösen, seine Ohren glühten rot.

»Ich hätte nie gedacht, dass einmal der Tag kommen würde, an dem mein Junge sich an einem Zwerg vergreift«, knurrte der Mann schließlich.

»Er ist kein Zwerg«, widersprach Keith, aber seine Stimme und sein Gesicht waren so ausdruckslos wie der Tisch vor ihm. Sebastian fand es seltsam, Keith so zu sehen, wo er im Unterricht doch immer so im Vordergrund stand. Normalerweise war er so lebhaft, dass er kaum stillsitzen konnte.

»Dieser Junge hier«, sagte Keiths Vater und zeigte mit seinem dicken Zeigefinger auf Sebastian, »ist ein verdammter Zwerg.« Sein Gesicht lief krebsrot an. Er ballte die Hände und schlug mit der Faust so heftig auf den Tisch, dass Keith und Sebastian das Blut in den Adern stockte. Keiths Mutter, die gerade etwas in ihrer Tasche gesucht hatte, blickte erschrocken auf und beförderte wortlos eine Schachtel Zigaretten zutage.

»Ich schwöre bei Gott«, zischte Keiths Vater kaum hörbar. »Wenn du für diese Geschichte vom Unterricht ausgeschlossen wirst, verlass dich drauf, dann werde ich dich lehren, dass man keine Krüppel schlägt. Du wirst dir wünschen, niemals geboren worden zu sein, Junge.«

Keith warf seinem Vater einen entsetzten Blick zu, dann sah er rasch wieder weg.

»Du bist zu voreilig, Willard«, sagte Keiths Mutter. »Wir wissen doch noch gar nicht, was genau geschehen ist, oder?«

Mit einem eisigen Lächeln auf den Lippen und einem merkwürdigen Blick aus ihren tiefliegenden Augen sah sie Sebastian an. Dann nahm sie eine Zigarette aus der Packung und klopfte damit leicht auf den Tisch. Als Keith das sah, wurde er bleich. Seine Hände begannen zu zittern. Sebastian wunderte sich über Keiths heftige Reaktion auf diese harmlose Geste.

Nur wenige Augenblicke später betrat der Direktor den Konferenzraum. Mr. Grulich, ein hochgewachsener, glatzköpfiger Mann in einem grauen Anzug, stellte sich zuerst Keiths Eltern vor. Dann forderte er Sebastian auf, sich zu setzen. Sebastian entschied sich für den Stuhl, der dem des Direktors am nächsten stand und von Keith und seinen Eltern am weitesten entfernt war. Mr. Grulich schilderte, dass es am Tag zuvor nach dem Unterricht zwischen den beiden Jungen einen bedauerlichen Vorfall gegeben hätte. Er wiederholte dabei fast wortwörtlich, was Sebastian und seine Mutter ihm an eben diesem Morgen berichtet hatten: Keith hätte Sebastian, der sich nach der Schule auf dem Weg zu seiner Großmutter befand, angepöbelt, ihm mit Gewalt seinen Gutschein von McDonald's weggenommen und ihn dann obendrein auch noch ins Gesicht geschlagen. Während der Schilderung des Direktors beobachtete Sebastian, wie sich der bereits erschreckend finstere Gesichtsausdruck von Keiths Vater zu einer Art zähnefletschenden Grimasse verzerrte.

Als der Direktor weitersprach, dachte Sebastian an all das, was sich zwischen ihm und Keith seit Beginn dieses Schuljahrs ereignet hatte. Keith hatte sich ihm gegenüber grausam und gemein verhalten. Unzählige Male hatte er ihn gedemütigt und zur Belustigung der anderen sogar versucht, Sebastians Tod zu provozieren. Sebastian konnte sich nicht vorstellen, jemanden mehr zu hassen als Keith. Doch im nächsten Moment musste er an die Geschichte denken, die ihm seine Großmutter erzählt hatte. Er sah einen verängstigten Jungen vor sich, diesen Affenjungen, der wie ein Tier im Dschungel lebte und vor dem sich alle fürchteten, den aber im Grunde niemand kannte.

Wenn die Wahrheit für sich selbst sprechen könnte, würde sie wie eine mächtige Glocke im höchsten Turm auf dem höchsten Berg erschallen. Manchmal aber versteckte sich die Wahrheit auch wie ein geisterhafter Engel an den unwahrscheinlichsten Orten und flüsterte jenen, die den Mut hatten, ihr zuzuhören, leise etwas ins Ohr. Und jetzt flüsterte sie: *Es gibt keine Zufälle.* Mit einem Mal war Sebastian speiübel. Dennoch, er konnte nicht anders. Er stützte sich auf die Lehnen seines Stuhls und stand auf.

»Setz dich, Sebastian«, sagte Mr. Grulich. »Ich bin noch nicht fertig.«

Obwohl Sebastian wusste, dass er wahrscheinlich ziemlich verwirrt und verunsichert aussah, blieb er stehen.

»Was ist denn?«, fragte Mr. Grulich, dem Sebastians gequälter Gesichtsausdruck nicht entgangen war. »Musst du auf die Toilette?«

»Nein«, antwortete Sebastian leise.

»Also? Was ist es dann?«

»So war es gestern nicht«, sagte Sebastian.

»Aber ich wiederhole doch nur das, was du und deine Mutter mir heute Morgen gesagt habt.«

»Ich weiß«, sagte Sebastian, und sein Herz hämmerte so laut, dass er seine eigene Stimme kaum mehr hörte. »Ich habe meine Mutter und Sie angelogen, Mr. Grulich. Es tut mir leid.«

»Nun«, erwiderte der Direktor, verschränkte die Arme vor der Brust und sah Sebastian streng an. »Wärest du dann vielleicht so freundlich, uns die Wahrheit zu sagen? Was ist gestern nach der Schule geschehen?«

Sebastian holte tief Luft. Um sich zu beruhigen, legte er eine Hand auf sein Herz. Er wusste, dass er ein bemitleidenswertes

Bild abgab, aber das war jetzt nicht zu ändern. »Keith hat mir den Gutschein nicht weggenommen, ich habe ihn ihm geschenkt.«

»Und warum hast du das getan?«, fragte Mr. Grulich zweifelnd.

»Weil ich keine Hamburger mag«, erwiderte Sebastian und verzog, um seine Aussage zu unterstreichen, sein Gesicht zu einer Grimasse. »Ich hasse Hamburger. Sie haben mir noch nie geschmeckt.«

»Ich kenne nicht allzu viele Jungen, die keine Hamburger mögen. Aber nehmen wir einmal an, dass du zu den wenigen Ausnahmen gehörst. Dann hast du Keith deinen Gutschein also *geschenkt*. Und was ist dann passiert?«, fragte er, offensichtlich nicht im Geringsten von Sebastians Worten überzeugt.

Sebastian starrte alle am Tisch Sitzenden mit großen Augen an. Sie starrten mit ebenso großen Augen zurück. Die größten Augen von allen machte Keith. »Ich bin auf Keith losgegangen und habe ihn geschubst. Ich wollte ihm richtig wehtun.«

»Und *warum* wolltest du ihm wehtun?«, fragte der Direktor. »Hast du nicht gerade noch gesagt, dass du ihm den Gutschein geschenkt hast?«

Jetzt saß Sebastian in der Falle. Die Sache mit dem Lügen war viel schwieriger, als er es sich vorgestellt hatte. Sein Verstand arbeitete bei Weitem nicht so schnell wie der von Mr. Grulich, der offensichtlich eine Menge Erfahrung mit Lügnern hatte. Wenn ihm jetzt kein plausibler Grund dafür einfiel, weshalb er Keith hatte wehtun wollen, ergab seine ganze Geschichte keinen Sinn. Sebastian spürte, wie seine Augen heiß und wässrig wurden. Er hatte keine Ahnung, was er als Nächstes tun oder sagen sollte. Er sah zu Keith hinüber, der anscheinend ebenso nervös war wie er. Und dann hörte Sebastian plötzlich wieder dieses Flüstern. Eine Gänsehaut lief ihm über den Rücken. »Das grünäugige Ungeheuer«, wisperte die Stimme. »Erzähl ihnen vom grünäugigen Ungeheuer.«

Mr. Grulich schob seinen Stuhl vom Tisch zurück. Er war offensichtlich mit seiner Geduld am Ende.

»Das grünäugige Ungeheuer«, platzte es aus Sebastian heraus.

»Wie bitte?«, fragte der Direktor.

»Das grünäugige Ungeheuer hat mich gebissen«, sagte Sebastian atemlos. »Deshalb wollte ich Keith wehtun.«

Mr. Grulich hatte ernstlich Mühe, ein seriöses Gesicht zu machen.

»Sebastian. Wärest du wohl so gut, uns zu erklären, was du damit meinst? Was hat dieses *grünäugige Ungeheuer* mit der ganzen Sache zu tun?«

»Nachdem ich Keith den Gutschein geschenkt hatte, sagte er, dass er Kelly Taylor damit zu McDonald's einladen würde«, erwiderte Sebastian.

»Ich verstehe«, sagte Mr. Grulich. »Und daraufhin bist du eifersüchtig geworden.«

»Wir sind beide in sie verliebt«, erklärte Sebastian mit einem feierlichen Nicken in Keiths Richtung. »Eigentlich sind alle Jungs aus unserer Klasse in Kelly Taylor verliebt.«

»Und was ist dann passiert?«, fragte Mr. Grulich, in dessen Augen leise Hoffnung aufglomm.

»Ich habe ... na ja, ich habe ihn geschubst«, erwiderte Sebastian, jetzt deutlich selbstsicherer. Es schien, als hätte er die Lüge gegen eine Wahrheit eingetauscht, die in ihrer Allgemeingültigkeit viel überzeugender war, als er es selbst erwartet hatte. »Und ich habe versucht, ihn zu schlagen, aber es ist mir nicht gelungen, ihn zu treffen, also habe ich ... also habe ich ihm ein Bein gestellt. Er ist gestürzt, und jedes Mal, wenn er aufstehen wollte, habe ich ihn wieder zu Boden gedrückt. Erst als ich sah, dass er den Tränen nahe war, habe ich aufgehört. Und als es ihm schließlich gelungen war, sich aufzurappeln, hat er mir einen Schlag verpasst.« Sebastian zuckte mit den Schultern. »Vermutlich hatte ich das verdient.«

Alle Anwesenden ließen diese neue Geschichte einen Moment lang auf sich wirken. Sebastian stellte fest, dass das Gesicht von Keiths Vater inzwischen wieder eine mehr oder weniger normale Farbe angenommen hatte. Auch seine riesigen Hände waren jetzt nicht mehr zu Fäusten geballt. Und Keith selbst sah jetzt ebenfalls nicht mehr ängstlich aus, vielmehr glotzte er verblüfft vor sich hin, richtete sich kerzengerade in seinem Stuhl auf und wartete ab, was als Nächstes geschehen würde.

Mr. Grulich schüttelte wieder den Kopf. Diesmal jedoch nicht, weil er Sebastians Worten keinen Glauben geschenkt hätte. Er erinnerte sich vielmehr daran, wie liebenswert und überraschend Kinder manchmal sein konnten, und dies stimmte ihn milder. Als Keiths Eltern gekommen waren und gefordert hatten, den Jungen zu sehen, den Keith verletzt haben sollte, hatte er befürchtet, dass daraus eine höchst unschöne Situation entstehen könnte. Jetzt aber hatte er den Eindruck, das Ganze entwickele sich wesentlich besser, als er es zu hoffen gewagt hatte. Mehr noch, er hielt sogar eine schnelle und für alle Seiten befriedigende Lösung der Angelegenheit für möglich.

»Das ist eine sehr interessante Geschichte«, sagte Mr. Grulich. Dann wandte er sich an Keith. »Und du? Was hast du in dieser Sache vorzubringen, junger Mann? Warum hast du für etwas, das du nicht getan hast, die Schuld auf dich genommen?«

Keith sah Sebastian an und murmelte: »Ich ... es ... es war mir peinlich, dass er mich geschlagen hat. Deshalb habe ich nichts gesagt.«

»Und das ist dein letztes Wort? Du hast all dem nichts mehr hinzuzufügen?«

Keith starrte die Tischplatte an und schüttelte den Kopf. Dann aber hob er den Blick, sah Sebastian bewundernd an und sagte: »Er ist viel stärker, als er aussieht.«

Mr. Grulich beschloss, dass bei keinem der beiden Jungen eine Suspendierung vom Unterricht gerechtfertigt sei. Dennoch hatten beide eine Strafe verdient. Für den Rest der Woche ordnete er sowohl für Keith als auch für Sebastian an, dass sie die Pausen in der so genannten »Stillen Ecke« absitzen sollten. Sebastian, weil er mit der Rauferei angefangen hatte, und Keith, weil er zurückgeschlagen hatte.

Keiths Eltern verließen die Schule in der beruhigenden Gewissheit, dass ihr Sohn diesmal nicht der Hauptschuldige war. Keiths Vater schien für den Augenblick besänftigt. Bevor er ging, ließ er es sich allerdings nicht nehmen, den Direktor darauf hinzuweisen, dass man, sollte sein Sohn ein anderes Kind auch nur noch einmal schief ansehen, nicht wie sonst üblich seine Frau informieren, sondern gleich ihn anrufen solle. Er würde die Sache dann auf seine Weise regeln. Mr. Grulich war vom Engagement, das Keiths Vater zeigte, sichtlich beeindruckt.

»Ich wünschte, es gäbe mehr Väter, die sich ihrer Verantwortung so bewusst sind«, sagte er.

Ms. Ashworth war überrascht, als sie erfuhr, dass sowohl Sebastian als auch Keith den Rest der Woche ihre Pausen in der »Stillen Ecke« verbringen mussten. Sie wies sie darauf hin, dass sie kein Wort miteinander sprechen sollten. Auch mit den anderen Mitschülern dürften sie nicht reden. Wenn sie sich nicht an diese Anweisung hielten, würde sich auch in der nächsten Woche an ihrer Pausenstrafe nichts ändern. Sie war ein wenig argwöhnisch, da beide Jungen ihre Strafe so bereitwillig, ja beinahe fröhlich akzeptierten.

Als Ms. Ashworth gegangen war, zog Sebastian den Zettel, den er während des Unterrichts geschrieben hatte, aus seiner Hosentasche. Er hatte sich geschworen, den Rat der schwarzhaarigen alten Dame, deren Urteilskraft er nie wieder anzweifeln wollte, zu befolgen, und warf den Zettel zu Keith hinüber. Er hatte geschrieben: »Wenn du willst, kannst du heute nach der Schule mit mir zu meiner Großmutter kommen.« Als Ergänzung hatte er noch hinzugefügt: »Sie ist eine tolle Köchin.« Keith hob den Zettel auf und stopfte ihn in seine Tasche, ohne auch nur einen Blick darauf zu werfen.

Nach der Schule hatte Sebastian bereits die Hälfte des Wegs zu seiner Großmutter zurückgelegt, als er Schritte hinter sich hörte. Er drehte sich um und sah Keith, der sich ungefähr zehn Meter hinter ihm befand und den Anschein zu erwecken versuchte, als sei er rein zufällig da. Als Sebastian stehen blieb, hielt auch Keith an, und als er weiterging, ging auch Keith weiter, bemühte sich aber offensichtlich darum, Abstand zu wahren. Den Rest des Wegs drehte sich Sebastian immer wieder einmal um, um zu sehen, ob Keith ihm noch folgte. Und das tat er.

Sebastian ging die gewundene Straße entlang, die durch Bungalow Haven führte, und spürte, dass Keith noch immer in seiner Nähe war. Es erschien ihm nach wie vor unglaublich, dass Keith – der gemeinste Mensch, den er kannte – sich nur ein paar Meter hinter ihm in Sebastians Heiligtum befand und dass er ihn auch noch selbst dorthin geführt hatte. Schon bald würden sie sich im Hause seiner Großmutter befinden.

Sebastian stieg die Stufen zur Veranda hinauf und öffnete die Fliegengittertür. Keith folgte ihm bis zum Briefkasten und blieb dort stehen.

»Du kannst reinkommen, wenn du willst«, sagte er. »Das ist schon in Ordnung.«

Keith schüttelte stumm den Kopf und schob seine Hände in die Hosentaschen. Er schien sich tatsächlich zu schämen.

Als Sebastian das Haus betrat, traf er seine Großmutter in der Küche an. Auf der Arbeitsfläche standen mehrere fertig zubereitete Speisen. Eine große Schüssel mit Reis und Bohnen, Hühnersuppe, in Scheiben geschnittene Würstchen und Käse. Und es gab noch etwas anderes, das er noch nie gesehen hatte. Eine flache, viereckige Pastete, die perfekt goldbraun gebacken war. Lola hatte sie bereits angeschnitten. Sebastian sah, dass sie mit Ei, Paprika und hellem Fleisch gefüllt war, entweder Huhn oder Fisch.

»Gerade rechtzeitig«, sagte Lola, als sie ihren Enkel sah. »Ist Keith mitgekommen?«

»Er steht draußen, aber er will nicht reinkommen«, sagte Sebastian. »Ich habe ihm gesagt, es sei in Ordnung, aber ich glaube nicht, dass er sich überzeugen lässt«, erklärte er und versuchte, einen besseren Blick auf die Pastete zu erhaschen.

»Dann werde ich mich mal um ihn kümmern«, meinte Lola und wischte sich die Hände an ihrer Schürze ab.

Sebastian beobachtete vom Fenster aus, wie Lola zu Keith hinausging, der noch immer am Briefkasten stand. Er ließ es zu, dass sie sich ihm bis auf ungefähr eineinhalb Meter näherte, bevor er vor ihr zurückwich. Sie redete ein paar Minuten mit ihm, dann ging sie einen Schritt auf ihn zu. Diesmal blieb er stehen. Er sagte kein Wort, stand einfach nur mit gesenktem Kopf da. Seine Hände baumelten schlaff an seinen Seiten. Lola machte noch einen weiteren kleinen Schritt auf ihn zu, dann berührte sie seine Schulter. Er zuckte weder zusammen, noch schob er ihre Hand weg. Jetzt legte sie den Arm um seine Schultern, führte ihn ins Haus hinein und bat ihn, sich an den Tisch zu setzen.

Die drei genossen ihr Essen schweigend. Keith aß gierig, aber ordentlich, den Kopf über den Teller gebeugt und die Gabel fest in der Faust. Obwohl ihm Bohnen, Hühnersuppe und Pastete ganz offensichtlich schmeckten, bekundete er dies mit keinem Wort. Doch Sebastian spürte, wie sich eine unerwartete Ruhe über ihn senkte, während sie gemeinsam aßen. Keith erschien ihm jetzt nicht mehr ganz so gemein.

Als sie fast mit dem Essen fertig waren und Lola sah, mit welchem Appetit Keith aß, begann sie, in unbeschwertem Plauderton davon zu erzählen, wie sie die Speisen zubereitet hatte. Sie konzentrierte sich vor allem auf die pikante Pastete, von der Keith bereits zwei Portionen vertilgt hatte, und erklärte, die Füllung bestehe aus Hühnerfleisch und *Chorizo* und sei großzügig mit gebratener süßer Paprika gewürzt, die dem Gericht einen rauchigen Geschmack verlieh. Den Teig hatte sie selbst gemacht und zu einer ziemlich dicken Platte ausgerollt, damit er nicht von der Feuchtigkeit in der Füllung durchgeweicht wurde. Zum Nachtisch hatte sie *Bizcocho de Ron* gebacken, einen köstlichen, mit Rum und Honig aromatisierten Kuchen. Dieser Kuchen, so erzählte sie, sei damals auf der Insel das Lieblingsdessert ihres ältesten Bruders gewesen. Sie hätte ihn immer für ihn gebacken, wenn er sich über sie geärgert hatte, was ziemlich oft der Fall gewesen sei.

Während sie erzählte, sah Keith von Zeit zu Zeit von seinem Teller auf. Dankbarkeit lag in seinem Blick. Als er so satt war, dass er keinen weiteren Bissen mehr hinunterbekam, setzte er sich aufrecht hin und sagte: »Ich muss jetzt nach Hause.«

»Dann geh«, sagte Lola. »Aber vergiss nicht, dass an meinem Tisch immer ein Platz für dich frei ist.«

Keith murmelte ein paar Worte des Danks, warf noch einen verstohlenen Seitenblick auf Sebastian und verließ das Haus. Zurück blieb ein seltsames Gefühl, als hätten sie den Nachmittag gerade mit einem Wesen von einem fremden Stern verbracht. Sebastian konnte noch immer nicht glauben, dass Keith hier gewesen war, dass er mit ihnen zusammen am Tisch gesessen und eine Mahlzeit genossen hatte, die seine Großmutter mit viel Liebe zubereitet hatte. Und dabei hatte er kein einziges hässliches, provozierendes oder verächtliches Wort gesagt.

Als Lola den Tisch abräumte, fragte Sebastian sie: «Was hast du draußen am Briefkasten zu ihm gesagt?«

»Das wirst du gleich erfahren. Aber zuerst musst du mir erzählen, wie es dir gelungen ist, ihn hierher zu bekommen.«

Sebastian berichtete seiner Großmutter, was beim Direktor passiert war, was Keiths Vater gesagt hatte und wie sehr Keith erschrocken war, als seine Mutter die Zigaretten aus ihrer Tasche nahm. Sebastian verstand noch immer nicht, was das alles bedeutete. Er nahm jedoch an, dass Keith ihm dankbar war, weil er ihm durch seine Lüge eine Tracht Prügel von seinem Vater erspart hatte. Lola hörte zu und nickte wissend. Was ihr Enkel ihr erzählte, schien sie keineswegs zu überraschen.

»Was die schwarzhaarige alte Dame angeht, hattest du übrigens recht«, schloss Sebastian. »Ich habe sie gefragt, was ich wegen Keith tun soll, und sie hat mir gesagt, ich soll ihn zu dir einladen, und alles würde gut werden. Genau, wie du es gesagt hast.«

Lola wandte den Blick ab, damit ihr Enkel nicht sah, dass ihr Tränen in die Augen traten. »Es gibt da etwas, das ich jetzt tun muss«, sagte sie. Dann rief sie bei der Polizei an. Dort verband man sie mit einer anderen Dienststelle, der sie ihren Verdacht hinsichtlich des Verhältnisses zwischen Keith und seinen Eltern schilderte. Ausführlich wurde sie, als sie von den kleinen runden Schorfstellen an Keiths Händen erzählte. Und von der seltsamen Reaktion des Jungen, als seine Mutter ihre Zigaretten hervorholte. Man versicherte ihr, dass sich einer der Sozialarbeiter umgehend der Sache annehmen würde. Sollte sich ihr Verdacht bestätigen und Keith in irgendeiner Art gefährdet sein, wolle man unverzüglich entsprechende Schritte zu seinem Schutz einleiten. Als Lola an den Tisch zurückkam, versprach sie Sebastian, seiner Mutter zu erklären, was geschehen war. Sicher hatte man Gloria bereits darüber informiert, was bei dem Termin mit Keiths Eltern vorgefallen war. Zweifelsohne hatte man ihr auch gesagt, dass Sebastian eingestanden hatte, gelogen zu haben, und dass er seine Pausen eine Woche lang in der »Stillen Ecke« würde verbringen müssen.

Dann fragte Sebastian noch einmal: »Also, was hast du draußen am Briefkasten zu Keith gesagt?«

»Ich habe ihm gesagt, dass ich um seine Schmerzen weiß, und ihm versprochen, dass seine Wunden zu heilen beginnen würden, wenn er es riskiert, mit uns gemeinsam zu essen.«

»Glaubst du, dass sie jetzt tatsächlich heilen, Abuela?«

Sie dachte einen Moment lang nach, dann erwiderte sie. »Das tun sie bei uns allen.«

24

Es war ein schöner, warmer Tag, also unternahm Dean mit Sebastian und Jennifer eine Spazierfahrt an der Küste entlang, was er schon seit einiger Zeit hatte tun wollen. Sebastian machte es nichts aus, seiner Schwester den Beifahrersitz im Jeep zu überlassen. Er war so froh darüber, dass sie sich entschlossen hatte, mitzukommen, dass er sich sogar auf das Autodach gesetzt hätte, wenn es sie nur glücklich gemacht hätte. Auch Dean war glücklich. Er lachte die ganze Zeit über seine eigenen albernen Witze und warf immer wieder einen Blick auf den Beifahrersitz, als wolle er sich versichern, dass es tatsächlich seine Tochter war, die da neben ihm saß, und nicht ein Trugbild seiner Phantasie. Im Augenblick schien ihre Gegenwart all das wettzumachen, was in der Familie schieflief. Zum ersten Mal, seit sein Vater ausgezogen war, verspürte Sebastian eine gewisse Hoffnung, dass sich vielleicht doch noch alles zum Besseren wenden würde. Jetzt konnten sie beide ihrer Mutter berichten, wie gut es mit Dad lief, und dann würde sie vielleicht tatsächlich zuhören.

Wenn Jennifer gut gelaunt war, konnte sie ohne Punkt und Komma über alles Mögliche reden. Selbst ein ganz normaler Einkauf im Supermarkt konnte Anlass zu einem endlosen Monolog sein. Noch nie war Sebastian der Klang ihrer Stimme allerdings so entzückend erschienen. Dean gelang es hier und da, ein Wort einzuwerfen. Der laute Motor des Jeeps machte es Sebastian zwar unmöglich, genau zu verstehen, was die beiden sagten, aber der unbeschwerte Ton ihrer Unterhaltung entspannte ihn, und er war mehr als glücklich, zu sehen, wie der Ozean und die breiten Sandstrände friedlich an seinem Fenster vorbeizogen, während sich über all dem ein Himmel wölbte, der so blau war, dass es fast schon wehtat, ihn anzusehen. Er war so zufrieden wie schon lange nicht mehr. Bis ihm irgendwann der Gedanke kam, dass es vielleicht besser wäre, den Augenblick nicht allzu sehr zu genießen. Am Abend würde sein Vater sie wieder zu Hause absetzen, und dann würde ihn wieder dieses kalte Gefühl der Leere beschleichen und einen Schmerz auslösen, schlimmer als jede körperliche Qual, die er kannte. Aber bis dahin blieben ihnen noch einige Stunden, und so versuchte er, nicht mehr daran zu denken.

Nach einem langen Spaziergang am Strand aßen sie in einem kleinen Restaurant am Meer zu Mittag. Dort gab es nur Fisch mit Pommes frites und Hühnerspieße für die, die keinen Fisch mochten. Sebastian hatte einen Bärenhunger und bestellte eine große Portion Fisch mit Pommes. Jennifer wollte nur einen Salat essen, da sie, wie sie sagte, wegen der guten Küche ihrer Großmutter schon so viel zugenommen hatte, dass sie kaum mehr in ihr Cheerleader-Kostüm hineinpasste. Dean meinte, die Seeluft habe ihn ebenfalls sehr hungrig gemacht, und bestellte das Gleiche wie Sebastian.

Sie hatten den ganzen Tag kein Wort über ihre Mutter verloren, obwohl Sebastian spürte, dass sie, wenn alles still war, zwischen ihnen schwebte wie ein Geist, der sie belauerte und der nicht allzu glücklich darüber war, zu sehen, dass ihre Familie sich ohne sie so gut amüsierte.

Jennifer schien es genauso zu gehen. Völlig unvermittelt platzte es aus ihr heraus. »Was glaubst du, Dad? Warum ist Ma so halsstarrig?«

Die Frage brachte ihren Vater sichtlich aus dem Konzept. Er brauchte eine Weile, bis er antworten konnte. »Eure Mutter hatte schon immer einen starken Willen«, sagte er schließlich. »Das war auch einer der Gründe, weshalb ich sie geheiratet habe.«

»Ach komm schon, Dad, du brauchst mir nichts vorzumachen. Sie verhält sich absolut bescheuert, und das weißt du auch.«

Er sah sie verblüfft an. In den wenigen Wochen seit seinem Auszug hatte er vergessen, wie schonungslos offen seine Tochter sein konnte. In diesem Punkt war sie genau wie ihre Mutter. »Bitte sprich nicht so über deine Mutter. Sie liebt dich sehr. Sie liebt euch beide.«

»Das weiß ich. Aber genug ist genug. Du wohnst jetzt schon fast drei Monate nicht mehr bei uns, und du hast dich entschuldigt.« Jennifer nahm ein paar Pommes von Sebastians Teller und dippte sie in ihr Ketchup. »Mom ist der nachtragendste Mensch, den ich kenne.«

Darauf wusste Dean nichts zu erwidern. Schweigend aßen sie weiter, die ungezwungene Stimmung war mit einem Mal verflogen. Sebastian nahm es seiner Schwester übel, dass sie seine Mutter *bescheuert* genannt hatte, obwohl er zugeben musste, dass diese Beschreibung nicht ganz unpassend war.

Nach dem Essen beschlossen sie, noch einen kleinen Spaziergang am Kai zu machen. Dort standen ein paar Angler ans Geländer gelehnt, deren Angelruten in den unterschiedlichsten Winkeln aufs Wasser hinausragten. Die Männer standen so reglos da, dass sie wie Statuen wirkten. Man hätte leicht auf den Gedanken kommen können, dass sie schon seit Jahren geduldig darauf warteten, einen Fisch zu fangen.

Sebastian warf einen Blick in ihre mit Wasser gefüllten Eimer und stellte fest, dass nur zweien von ihnen Anglerglück beschieden gewesen war. Keiner von ihnen schien sich jedoch dadurch entmutigen zu lassen. Vielleicht war es ihnen auch gar nicht wichtig, etwas zu fangen. Offenbar genossen sie es einfach nur, an diesem milden Nachmittag hier zu sein. Während ihres Spaziergangs löste sich das bedrückende Gefühl nach und nach wieder auf, und nach einiger Zeit summte Dean bereits eine Melodie vor sich hin. Als sie das Ende des Kais erreicht hatten, zeigte er aufs Meer hinaus. »He, schaut mal da! Man kann Catalina Island ganz deutlich sehen.«

Die Insel schimmerte am Horizont. Es war ein wunderbares Gefühl, sich von der Sonne wärmen zu lassen, die frische Brise des Meeres im Gesicht zu spüren und zu Catalina Island hinauszublicken, während ihr Vater zwischen ihnen stand. Jennifer sah gedankenverloren aufs Meer hinaus, und Sebastian fragte sich, ob sie wegen ihrer Äußerung von vorhin ein schlechtes Gewissen hatte. Allerdings schien auch sie sehr zufrieden damit zu sein, hier zu stehen. Sebastian glaubte nicht, dass sie noch etwas sagen würde, das ihnen die Stimmung verdarb. Dean legte seinen Kindern den Arm um die Schultern, und für eine Weile standen sie einfach schweigend da und genossen die Harmonie und das Wohlbehagen des Augenblicks.

»Es war wirklich wunderbar, diesen Tag mit euch beiden zu verbringen, und finde es schrecklich, dass er nicht noch länger dauern kann. Aber ich habe eurer Mutter versprochen, euch nicht allzu spät nach Hause zu bringen. Schließlich müsst ihr morgen zur Schule.«

Sie gingen langsam zum Auto zurück. Auf der Heimfahrt betrachtete Sebastian die tiefstehende Sonne über dem Meer. Er versuchte, sich an die Gefühle des Tages zu klammern, an die leise Hoffnung und das Glück, das er empfunden hatte. Doch während sich die Sonne immer mehr dem Horizont näherte, spürte er, wie diese Gefühle langsam verblassten und die kalte Realität der Trennung seiner Eltern sich wie ein Eisklumpen in seinem Magen bemerkbar machte. Der Gedanke, dass dies die Zukunft sein sollte, mit der er sich würde abfinden müssen, war entsetzlich, aber ihm blieb nichts anderes übrig, als sie zu akzeptieren. Er wusste, dass es noch wesentlich schmerzhafter sein würde, sich irgendwelchen Hoffnungen hinzugeben und dann enttäuscht zu werden.

Auch Jennifer schwieg. Es gab nur noch das Brummen des Motors, die unruhigen Bewegungen des Jeeps und den sanften, goldenen Schein der untergehenden Sonne am Horizont. Als sie im Meer versunken war, breitete sich graue Dämmerung über den Himmel aus und löschte nach und nach auch die restliche Glut am Horizont. Schließlich hatte sich die hereinbrechende Dunkelheit über alle Farben des Tages gelegt.

Sebastian spürte ein Gefühl der Enge in der Kehle. Für den Rest der Heimfahrt musste er mit aller Macht seine Tränen unterdrücken. Auch zu Hause unterdrückte er sie noch, als er mit seiner Mutter und seiner Schwester noch eine Weile vor dem Fernseher saß, ehe er in sein Zimmer hinaufging. Er unterdrückte sie, als er ein Bad nahm und danach noch in ein Schulbuch sah, obwohl er ständig diesen Kloß im Hals hatte. Erst als seine Mutter das Licht ausgeschaltet und ihm einen Gutenacht-Kuss gegeben hatte, ließ er seinem Kummer freien Lauf. Doch selbst jetzt gab er keinen Ton von sich, damit seine Mutter ihn nicht durch die Wand weinen hörte, so wie er sie manchmal hörte.

25

Sebastians Zeit als Schüler des Monats war vorbei. Obwohl er eine Woche lang in jeder Pause mit Keith zusammen in der »Stillen Ecke« verbracht hatte, war es ein außergewöhnlicher Monat für ihn gewesen. Die beiden hatten begonnen, sich während der Pausen und manchmal auch während des Unterrichts kleine Zettel zu schreiben. Inzwischen war eine echte, wenn auch noch etwas fragile Freundschaft zwischen ihnen entstanden. Durch einen von Keiths Zetteln erfuhr Sebastian, dass er nicht mehr bei seinen Eltern lebte, sondern bei einer Tante, die ganz in der Nähe wohnte. Keith beschrieb sie als »langweilig, aber nett«.

Sebastian stellte fest, dass sich Keith langsam veränderte. Er gebrauchte auf dem Pausenhof keine Schimpfwörter mehr, obwohl ihm gelegentlich noch ein Ausrutscher unterlief. Auch das harte, drohende Glitzern in seinen Augen war schwächer geworden. Wenn er früher über das Fußballfeld gerannt war, schien ihn allein sein Zorn anzutreiben, wohingegen es jetzt seine Energie und sein Siegeswille waren. Wann immer er ein Tor schoss, was oft geschah, schien er wirklich stolz auf seine Leistung zu sein.

Sebastian mochte diesen neuen Keith sehr, und das taten auch alle anderen, sodass Keith, wenn er schon vorher auf zweifelhafte Weise beliebt gewesen war, jetzt zu einem richtigen Superstar wurde. Schüler und Lehrer gleichermaßen scharten sich bei jeder sich bietenden Gelegenheit um ihn. Einmal sah Sebastian sogar, wie ihm Mr. Grulich mit väterlicher Zuneigung auf die Schulter klopfte, als die beiden zusammen das Sekretariat verließen. Ihm entging auch nicht, dass Ms. Ashworths Augen oft voller Bewunderung und Sympathie leuchteten, wenn sie Keith ansah.

Auch wenn Sebastian ihn jetzt tatsächlich gut leiden konnte, spürte er manchmal doch, wie das grünäugige Ungeheuer ernsthaft nach seinen Fersen schnappte. Warum war er, der doch so gelitten hatte, nicht auch so hoch aufgestiegen wie Keith? Den alten Keith hatte Sebastian gehasst, für den neuen Keith empfand er eine Mischung aus Zuneigung und Groll. Er konnte jedoch nicht sagen, welches dieser Gefühle schlimmer war.

Als der Tag kam, an dem der neue Schüler des Monats bekannt gegeben werden sollte und Ms. Ashworth Keith nach vorn rief, überraschte das niemanden. Alle Schüler trommelten auf ihre Pulte und schrien und johlten so begeistert wie noch bei keinem anderen Schüler des Monats. Keith, der mit der Medaille um den Hals vor der Klasse stand, sah aus wie der König der Welt. Auf Ms. Ashworths Frage, wer von ihnen etwas Positives über Keith zu sagen hätte, schossen sofort die Hände aller Schüler in die Luft. Einer nach dem anderen bestätigte ihm, wie toll er sei, was für ein erstaunlicher Sportler und wie kräftig und stark er sei. Sie sagten ihm, dass er gut aussehe und klug sei und dass sie mit ihm zusammen den größten Spaß hätten. Als Kelly Taylor an die Reihe kam, strahlte sie ihn an und sagte, sie sei sich sicher, dass er eines Tages ein berühmter Filmstar oder vielleicht sogar Präsident werden würde. Stille legte sich über die Klasse, als die Kinder ihre Worte auf sich wirken ließen. Selbst Ms. Ashworth stimmten sie nachdenklich, und sie sah Keith staunend an.

Der einzige Mensch, dem der neue Keith nicht gefiel, war Sean. Er vermisste ihre üblen Streiche und versuchte oft, Keith dazu zu überreden, wieder der Alte zu werden. Meistens widerstand Keith ihm, ließ sich aber von Zeit zu Zeit dazu verleiten, einen nichtsahnenden Jungen in die Mädchentoilette zu sperren. Und wenn es Hamburger oder Hot Dogs zum Mittagessen gab, hatte Keith auch jetzt noch eine zweite Portion auf seinem Teller und nahm in Kauf, dass irgendein armer Tropf leer ausging.

Eines Nachmittags, als Sebastian gerade das Schulgelände verließ, kam Sean hinter ihm her, packte ihn grob am Kragen und verlangte von ihm, dass er noch einmal wie ein Affe tanzen solle. Er rief Keith, der gerade in die andere Richtung davonging, laut nach: »He, wir haben den Affenjungen schon eine ganze Weile nicht mehr tanzen sehen. Schauen wir doch mal, ob er es noch kann.«

Wie gewöhnlich veranlasste Keiths Interesse mehrere andere Schüler, darunter auch Kelly Taylor, ihm zu folgen, und so kam jetzt eine ziemlich große Gruppe auf Sebastian und Sean zu. Eher überrascht als verängstigt, ließ Sebastian seine Büchertasche fallen. Wie konnte es sein, dass er nach allem, was geschehen war, sich wieder dieser altbekannten Demütigung stellen musste? Diesmal aber, so schwor er sich, würde er sich gegen sie alle wehren. Mit jedem Schritt, den Keith sich ihm näherte, wuchs Sebastians Wille, nicht nachzugeben. Nicht einmal Kelly Taylor würde ihn diesmal zurückhalten können. Diesmal würde es einen Kampf bis aufs Blut geben.

Doch als Keith bei ihnen angekommen war, ging er geradewegs auf Sean zu und versetzte ihm einen kräftigen Stoß gegen die Schulter. »Lass ihn los«, zischte er wütend.

Sofort gab Sean Sebastians Kragen frei. »Hast du ein Problem?«, fragte er. »Das ist doch nur der Affenjunge.«

»Du fasst ihn nie wieder an«, sagte Keith. »Denn wenn du das tust …« Er hielt inne und dachte einen Moment lang nach. »Wenn du das tust, werde ich dich auf der Stelle töten.«

Sean starrte seinen früheren Freund ungläubig an. Der Zorn in Keiths Augen war unverkennbar, aber Sean war niemand, der so schnell klein beigab, vor allem dann nicht, wenn so viele andere zusahen. Er funkelte Keith böse an und machte dann einen Schritt auf Sebastian zu, offensichtlich fest entschlossen, ihn erneut zu packen. Doch bevor Sean Sebastian auch nur berühren konnte, warf Keith ihn mit dem Gesicht voran auf den Boden und drehte ihm den Arm auf den Rücken. Bei jedem Versuch, sich zu bewegen, drückte Keith ihm den Arm noch ein klein wenig höher, sodass Sean schließlich vor Schmerz stöhnte.

Das Knie fest auf Seans Rücken, sah Keith zu Sebastian auf und fragte: »Was soll ich mit ihm machen?«

Sebastian schüttelte den Kopf, völlig verblüfft darüber, was sich gerade vor seinen Augen abspielte.

»Du brauchst es nur zu sagen, und ich breche ihm das Genick«, sagte Keith.

Sean stöhnte wieder und wand sich verzweifelt unter Keiths Gewicht.

Sebastian schauderte allein schon bei dem Gedanken. Noch immer sprachlos, sah er Keith in die Augen.

»Du bist dir noch nicht sicher, oder?«, sagte Keith mit einem Nicken, das Sebastian signalisierte, er solle mitspielen. »Du willst noch eine Weile darüber nachdenken. Das ist in Ordnung. Ich habe viel Zeit.«

In diesem Moment wusste Sebastian, dass Keith nicht wirklich vorhatte, Sean etwas anzutun. Er wollte ihm nur Angst machen. Und er wollte Sebastian die Möglichkeit geben, sich auch einmal stark und mächtig zu fühlen. Adrenalin schoss durch Sebastians Adern, dann aber spürte er, mit welcher Bürde es verbunden war, Macht zu haben. Er wollte das Richtige tun, doch er wusste, dass das nicht leicht sein würde, wenn er bei Keith weiterhin einen Stein im Brett haben wollte.

Nachdem er noch einige Augenblicke darüber nachgedacht hatte, begann er sich zunächst umständlich den Staub von seiner Kleidung zu klopfen und sein Hemd zurechtzuziehen, was bei den anderen Kindern ein heftiges Kichern auslöste. Kelly Taylor kicherte am lautesten. »Lass mich überlegen«, sagte er. »Ich habe noch nie gesehen, wie jemandem das Genick gebrochen wurde.

Das könnte also durchaus interessant werden ...« Er hob seine Büchertasche vom Boden auf und nahm sich viel Zeit, sie über die Schulter zu hängen. »Aber es könnte auch eine ziemliche Schweinerei werden, und ich kann kein Blut sehen. Also, ich glaube, dass du ihn noch einmal laufen lassen solltest.«

»Bist du dir sicher?«, fragte Keith und hörte sich dabei sehr enttäuscht an.

»Na ja ... lass mich überlegen ...«, sagte Sebastian, legte den Zeigefinger ans Kinn und nahm eine sehr nachdenkliche Pose ein. »Ja, ich denke schon.«

»Okay, wie du willst«, sagte Keith und ließ Sean los, der sofort auf die Füße sprang. Sein Gesicht war feuerrot und er hatte die Hände zu Fäusten geballt, als er Keith und Sebastian wütend anstarrte.

Er war schon dabei, sich umzudrehen und zu gehen, als Keith ihn fragte: »Hast du nicht etwas vergessen?«

Sean starrte ihn verblüfft an.

»Du hast dich noch gar nicht bei Sebastian dafür bedankt, dass er dir das Leben geschenkt hat. Ich finde das nicht besonders nett von dir«, sagte Keith.

»Das ist nicht besonders nett von dir«, spotteten die anderen Kinder.

Sean biss die Zähne zusammen. Es sah nicht danach aus, als würde er dieser Aufforderung nachkommen, dann aber stieß er plötzlich hervor: »Danke, dass du mir das Leben geschenkt hast ... Affenjunge!« Dann drehte er sich um und rannte davon.

Sebastians Tetherball-Spiel erfreute sich nach wie vor großer Beliebtheit. Die meisten der Schüler verbrachten genauso viel Zeit damit wie auf dem Fußballfeld. Infolgedessen verbrachte Sebastian jetzt den größten Teil der Pause damit, dass er, auf der Bank unter der Weide sitzend, den anderen beim Spielen zusah. Wie er vorausgesagt hatte, waren einige der anderen Schüler, darunter auch Sean und Kelly Taylor, mittlerweile ziemlich gut geworden. Obwohl Sebastian noch immer zu den besten Spielern zählte, hatte er seine Position als unangefochtener Champion inzwischen verloren. Da er, als Erfinder des Spiels, jedoch noch immer der unbestrittene technische Experte war, baten ihn seine Klassenkameraden oft, als Schiedsrichter zu fungieren, wenn es Streitigkeiten gab. Das war eine Aufgabe, der er nur allzu gern nachkam.

Wenn Sebastian auf seiner Bank unter der Weide saß, leistete ihm Kelly Taylor manchmal Gesellschaft. Sie unterhielten sich über viele Dinge. Abgesehen von der Zeit, die er bei seiner Großmutter in Bungalow Haven verbrachte, waren dies für Sebastian die schönsten Momente des Tages. Er erfuhr, dass Kelly Taylor nicht nur eine gute Sportlerin, sondern auch klug und zudem künstlerisch begabt war. Sie sammelte herzförmige Steine und bewahrte sie in einer Schachtel unter ihrem Bett auf. Es machte ihr großen Spaß, sie bunt anzumalen, und sie versprach Sebastian, dass sie ein paar davon in die Schule mitbringen würde, damit er selbst sehen könne, wie schön sie seien.

Er wiederum versprach ihr, dass er eines Tages etwas für sie kochen würde, und erzählte Kelly von seiner Großmutter und davon, wie gern sie zusammen kochten. Nachdem sie ein paar Minuten miteinander geplaudert hatten, lief Kelly wieder zu den anderen, um Fuß-Tetherball oder Fußball zu spielen, während Sebastian unter der Weide zurückblieb und ihr mit den Augen folgte, wohin sie auch ging.

Jetzt, da Sebastian ein respektiertes und durchaus bewundertes Mitglied der Klassengemeinschaft war, hielt er sich nach der Schule manchmal noch ein wenig auf dem Schulgelände auf. Zwar konnte er nicht an Spielen wie Völkerball, Abwerfen oder Fangen teilnehmen, zu denen sich die anderen spontan zusammenfanden, aber er feuerte sie dabei begeistert an. Außerdem bestand so für ihn auch die Möglichkeit, ein paar zusätzliche Minuten mit Kelly Taylor zu verbringen. Inzwischen hatten sie sogar schon mehrmals ein Stück des Heimwegs zusammen zurückgelegt, bis zu der Kreuzung, wo er nach links nach Bungalow Haven abbiegen musste, während Kelly weiter geradeaus zum Haus ihrer Eltern ging. Vielleicht würde er sie ja eines Tages zu seiner Großmutter einladen. Er hatte mit Abuela Lola schon darüber gesprochen, und sie fand die Idee wunderbar. Sebastian hatte sie gebeten, zu diesem Anlass gemeinsam *Arroz sasonado* zu kochen. Lola hatte gelacht, als er ihr gesagt hatte, dass er Kelly genau das Gericht servieren wollte, mit dem sie Abuelo Ramiros Liebe gewonnen hatte.

Eines Vormittags, als er wieder einmal mit Kelly Taylor unter der Weide saß, fand Sebastian endlich den Mut, sie zu fragen, ob sie ihn nach der Schule zu seiner Großmutter begleiten wolle. Vor Nervosität bekam er schweißnasse Hände und spürte, wie der Schweiß auf seinen Handflächen den Stoff seiner Hose durchdrang. Sie erwiderte unbekümmert, dass sie zuerst ihre Mutter fragen müsse. Sie sei sich aber ziemlich sicher, dass sie nichts dagegen haben würde. Sebastian war so aufgeregt, dass es ihm schwerfiel, seinen Herzschlag zu beruhigen, und er in der Nacht kaum Schlaf fand. Lola freute sich zu hören, dass sie endlich die großartige Kelly Taylor kennenlernen würde. Selbstverständlich würde, wie sie Sebastian versicherte, bei ihrem Besuch alles perfekt sein.

Als sie sich am folgenden Tag nach der Schule gemeinsam auf den Weg zu Abuela Lola machten, gesellte sich Keith zu ihnen. Er war heute in besonders guter Stimmung, denn er hatte von Ms. Ashworth endlich seinen Gutschein von McDonald's erhalten, den sie ihm, als er Schüler des Monats geworden war, nicht hatte geben können, da sie erst wieder welche besorgen musste. Er fragte seine beiden Freunde sofort, ob sie ihn begleiten wollten.

»Sebastian hat mich zu seiner Großmutter eingeladen«, sagte Kelly. Leises Bedauern schwang dabei in ihrer Stimme mit.

»Ich mache *Arroz sasonado*«, sagte Sebastian.

»Was ist das denn?«, fragte Keith und verzog dabei das Gesicht.

»Das ist puertoricanischer Reis mit jeder Menge guter Sachen drin«, erwiderte er. Obwohl er Kelly Taylor viel lieber für sich allein gehabt hätte, sagte er: »Du kannst auch mitkommen. Meine Großmutter hat bestimmt nichts dagegen.«

»Nö«, sagte Keith mit einem sonderbaren Grinsen. »Ich hab heute mehr Lust auf Cheeseburger.« Dann stolzierte er die Straße hinunter davon. Kelly blieb stehen und sah ihm ein paar Sekunden lang sehnsüchtig hinterher.

»Gehen wir«, sagte Sebastian und ging ein paar Schritte weiter. Kelly Taylor folgte ihm nicht.

»Ich glaube, ich habe eigentlich auch eher Lust auf Cheeseburger. Das macht dir doch nichts aus, oder? Wir können deine Großmutter ja morgen besuchen.«

Sebastian schüttelte den Kopf und brachte sogar ein Lächeln und ein Winken zustande, als Kelly Taylor mit flatternden Zöpfen Keith hinterherrannte. Während er zusah, wie die beiden jetzt um die Wette liefen, befiel ihn eine seltsame Lähmung, gefolgt von einem dumpfen Schmerz, der sich in seiner Magengrube ausbreitete. Und in eben diesem Moment fiel ihm wieder ein, dass er am nächsten Tag nach der Schule einen Arzttermin hatte. Es würde morgen also kein Essen mit Kelly Taylor bei Abuela Lola geben.

Als Sebastian das Haus seiner Großmutter betrat und auf der Arbeitsfläche in der Küche all die Zutaten für den *Arroz sasonado* bereitstehen sah, wurde ihm richtiggehend schlecht. Dieses grünäugige Ungeheuer war mächtiger, als er es je für möglich gehalten hätte. Es weckte in ihm das schlimmste Gefühl, das er kannte, schlimmer noch als Angst und Demütigung, ja sogar schlimmer als Hass, Einsamkeit und Traurigkeit zusammen.

Er schüttete Lola sein Herz aus. Seine Gefühle brachen aus ihm heraus, schmerzhaft wie zackige Glasscherben. Sie kehrte den emotionalen Scherbenhaufen ganz ruhig wieder zusammen und tat ihr Bestes, um die Bruchstücke wieder zusammenzusetzen. »So ist das nun einmal mit der Liebe, Sebastian. In der einen Minute fühlst du dich noch, als würdest du wie ein Adler hoch oben am Himmel schweben, und im nächsten Moment kriechst du schon wie ein Wurm durch den Dreck. Aber im Handumdrehen stehst du auch schon wieder auf. Vertrau mir.«

»Manchmal wünsche ich mir, dass wir den Affenjungen niemals gerettet hätten«, sagte Sebastian. Dann schwieg er, schockiert über seine eigenen Worte, und starrte seine Großmutter an.

»Ist das dein Ernst?«, fragte sie.

Sebastian nickte mit schamrotem Gesicht. Lola ging seufzend zum Küchentresen, um mit dem Kochen anzufangen. Sebastian folgte ihr. Wie immer begannen sie mit dem *Sofrito*. Der vertraute, köstliche Geruch von Zwiebeln, Knoblauch und Paprika, die in Olivenöl brieten, brachte Sebastian wieder zur Besinnung. »Ich glaube, ich habe das eben nicht so gemeint«, murmelte er leise.

»Das hatte ich auch nicht angenommen«, erwiderte Lola.

»Aber wenn Kelly Taylor den *Arroz sasonado* essen würde, würde sie sich sicher in mich verlieben. So wie sich Abuelo Ramiro wegen der magischen Kraft dieses Gerichts in dich verliebt hat«, sagte Sebastian und schniefte ein wenig. »Wir erschaffen Magie, nicht wahr, Abuela?«

»Nun, so kann man das natürlich auch sehen«, erwiderte sie nachdenklich. »Vielleicht erschafft die Magie aber auch uns.«

Sebastian hielt inne und starrte seine Großmutter verständnislos an. Als sie den fragenden Blick in seinen großen, runden Augen sah, lachte sie leise in sich hinein und nahm ihn in ihre Arme.

26

Dr. Lims Lächeln war noch strahlender als sonst. Sogar seine Schritte wirkten beschwingt, als er das Untersuchungszimmer betrat. »Wie geht es dir heute, Sebastian?«, fragte er. Er nickte Gloria und Dean zu, die rechts und links von ihrem Sohn standen, als beanspruchten sie jeweils eine Hälfte von ihm.

»Ganz okay«, erwiderte Sebastian düster.

Dr. Lim nahm an, die gedrückte Stimmung seines Patienten hätte etwas mit den Eheproblemen seiner Eltern zu tun. Da er sich noch allzu gut an den peinlichen Wortwechsel der beiden bei Sebastians letztem Termin erinnerte, beschloss er, den Jungen besser nicht nach dem Grund für seine Niedergeschlagenheit zu fragen. Er befürchtete, dies könne zu noch mehr Spannungen führen. Der arme kleine Kerl hatte schließlich schon genug Probleme.

Dean und Gloria traten ein Stück zurück, als Dr. Lim mit der Untersuchung begann. Sebastian beobachtete seine Eltern unablässig, registrierte ganz genau, wie nahe sie beieinander standen und was ihre Gesichter ausdrückten. War die eisige Barriere zwischen ihnen wenigstens ein klein wenig geschmolzen? Er war sich nicht sicher, aber wenn sein Vater jetzt die Hand heben würde, könnte er den Ellbogen seiner Mutter berühren. Im Augenblick aber hatte er die Hände tief in den Hosentaschen vergraben, während seine Mutter abweisend die Arme vor der Brust verschränkte.

»Hat er weiter zugenommen?«, fragte Dean.

»Allerdings hat er das«, erwiderte Dr. Lim mit einem erfreuten Lächeln. »Noch einmal fünf Pfund, und er ist mehr als zwei Zentimeter gewachsen. Wenn du in diesem Tempo weitermachst, Sebastian, werde ich dich auf Diät setzen müssen.«

Sebastian spürte ein prickelndes Gefühl der Erregung in sich aufsteigen. Seine Stimmung besserte sich merklich, denn er wusste, was diese Worte bedeuteten. Er studierte Dr. Lims beinahe feminin wirkende Hände, als er etwas auf das Krankenblatt schrieb. Er hatte die geschmeidigen und ruhigen Finger eines Chirurgen. In diesem Moment hatte Sebastian keinen Zweifel mehr daran, dass diese Finger ganz genau wussten, was sie zu tun hatten, um sein krankes Herz zu heilen, wenn es im grellen Licht der OP-Lampen vor ihm lag. In der sterilen Umgebung des Operationssaals mit seinen glänzenden Instrumenten und seiner Helligkeit war das Ergebnis immer klar, berechenbar und präzise. Dort gab es keine muffigen, dunklen Ecken, in denen sich Zweifel oder Angst verstecken konnten. An diesem Ort endete alles immer genau so, wie es geplant war, wie bei einem exakt nachgekochten Rezept.

»Wann wäre Ihrer Meinung nach der beste Zeitpunkt für eine Operation?«, fragte Dean.

»Langsam«, sagte Gloria und trat dabei einen Schritt nach vorn.

Dr. Lim wandte sich ihr zu, das Gesicht ruhig, aber bestimmt. »Falls wir operieren, dann je früher, desto besser, Mrs. Bennet.«

»Der Meinung bin ich auch«, sagte Dean. »Warum sollten wir noch länger warten?«

»Weil …«, erwiderte Gloria und funkelte ihren Mann und Dr. Lim böse an. Sie war offensichtlich entschlossen, es mit beiden gleichzeitig aufzunehmen. »Weil noch nichts entschieden ist, weil … weil ich Sebastians Mutter bin und keineswegs überzeugt davon bin, dass das das Richtige ist.«

»Was schlägst du vor, Gloria? Einfach um des Wartens willen weiter zu warten?«

»Wir können doch gar nicht mit Sicherheit sagen, dass eine weitere Operation etwas bringt«, erwiderte Gloria. »Sebastian kommt sehr gut mit seinen Einschränkungen zurecht.«

»Aber mit einer weiteren Operation wird er wenigstens nicht als Schwächling durchs Leben gehen müssen.«

»Um Himmels willen, Dean, wie kannst du vor deinem eigenen Sohn nur so etwas sagen.«

»Er hat ein Recht auf die Wahrheit.«

»Er versteht nicht …«, sagte Gloria. Dann begannen sie darüber zu streiten, ob Sebastian noch zu jung und zu sensibel für eine weitere Operation sei. In ihrer Verzweiflung argumentierte Gloria mit dem, was nach Sebastians Geburt geschehen war, dass sie Dean und ihrer Familie damals vertraut hatte und dass das Sebastian fast das Leben gekostet hätte.

Dr. Lim wurde bleich, als er sah, wie sein junger Patient sich wand und immer kleiner zu werden schien. »Und was möchtest du?«, fragte Dr. Lim, den Blick ausschließlich auf Sebastian gerichtet. Er legte das Krankenblatt auf den Tisch und ging vor seinem Patienten in die Hocke. »Mit einer weiteren Operation könnten wir dein Herz so weit bringen, dass du dich viel kräftiger fühlst als jetzt. Du willst jetzt sicher wissen, ob du danach so schnell rennen kannst, dass du in der Lage bist, mit deinen Schulkameraden Fußball zu spielen. Nun, das kann ich dir nicht mit Sicherheit sagen. Auf jeden Fall aber wirst du schneller rennen können als jetzt. Bei einer Operation gibt es immer auch gewisse Risiken, und es besteht durchaus die Möglichkeit, dass die Dinge nicht so laufen, wie sie sollen. Aber ohne diese Operation ist es sehr wahrscheinlich, dass dein Herz noch schwächer wird, als es das jetzt schon ist.«

Gloria murmelte etwas und setzte gerade an, laut zu protestieren, als Dr. Lim die Hand hob und sie zum Schweigen brachte. »Sebastian«, sagte er. »Möchtest du, dass ich dich operiere?«

»Wie können Sie einem Kind nur eine solche Frage …«

»Er mag zwar noch ein Kind sein, Mrs. Bennet«, erwiderte Dr. Lim mit ruhiger Stimme, »aber es ist sein Leben und es ist sein

Herz, über das wir hier sprechen. Sebastians Wünsche sollten also auch berücksichtigt werden.« Nach diesen Worten wandte Dr. Lim seine Aufmerksamkeit wieder seinem Patienten zu. »Was möchtest du, dass ich tue, Sebastian?«

Sebastian löste seinen Blick von Dr. Lims Gesicht und sah seine Eltern an. Die sonst so ruhigen blauen Augen seines Vaters waren im Moment alles andere als ruhig. Seine Kiefermuskeln waren angespannt, und er wartete darauf, wie sich sein Sohn entscheiden würde. In den Augen seiner Mutter dagegen stand schiere Panik. Ihre Wangen zitterten, Sebastian hatte sie noch nie so verzweifelt gesehen, und das wiederum machte ihm Angst. Nichtsdestotrotz spürte er in seinem Inneren ein strahlendes Gefühl der Macht. Sie sprach ganz klar und entschieden zu ihm und ließ ihn seine Angst völlig vergessen. In diesem Augenblick fühlte er sich sogar noch mächtiger und stärker als vor einiger Zeit auf dem Pausenhof, als Keith ihn aufgefordert hatte, über Seans Schicksal zu entscheiden. Dies hier war sein eigenes Leben, über das er jetzt, in diesem Moment bestimmte. Zum ersten Mal hatte er das Gefühl, Herr seiner selbst zu sein.

Er wandte sich wieder Dr. Lim zu und sagte: »Ich möchte operiert werden.«

Nachdem er das gesagt hatte, schwiegen alle. Dann hörte Sebastian plötzlich die Schlüssel seiner Mutter klirren, die sie energisch aus ihrer Tasche riss. Er brachte es nicht fertig, ihr ins Gesicht zu sehen.

»Dann nimm du ihn«, sagte sie.

»Wovon sprichst du?«, fragte Dean.

»Sebastian kann von jetzt an bei dir leben. Ich bin nicht bereit, all das noch einmal durchzumachen. Du kannst ihm allein beim Sterben zusehen.« Sie stürmte aus dem Zimmer. Noch lange hörten sie ihre Schlüssel klirren, als sie den Korridor entlangrannte.

In dieser Nacht fand Sebastian im Apartment seines Vaters keine Ruhe. Jedes Mal, wenn er kurz vor dem Einschlafen war, spürte er einen Stich in seiner Brust, als würde ihm jemand die kalte Klinge eines Messers in den Körper bohren, sodass er immer wieder die Augen öffnete und in die Dunkelheit starrte.

Ein paar Minuten, nachdem seine Mutter aus Dr. Lims Sprechzimmer gestürmt war, hatten sich auch Sebastian und sein Vater von Dr. Lim verabschiedet. Sie hatten unterwegs einen Hamburger gegessen und sich danach auf den Weg zur Wohnung von Deans Freund gemacht. Dean hatte vorgeschlagen, dass Sebastian in dessen Zimmer schlafen solle, da sein Freund ein paar Tage verreist war. Sebastian aber wollte lieber im Zimmer seines Vaters schlafen, auch wenn sein Schnarchen ihn jetzt am Einschlafen hinderte.

Während er die verschwommenen Umrisse der fremden Möbel im Zimmer anstarrte, griff Sebastian unter sein T-Shirt und legte seine Finger auf die schmale Narbe, die von oben nach unten über seinen Brustkorb verlief. Normalerweise fühlte sie sich taub an, in dieser Nacht jedoch war die Narbe warm und berührungsempfindlich. Er stellte sich vor, wie das Skalpell in sie hineinschnitt und eine Spur hervorquellenden Blutes hinterließ. Er sah sein Herz, zusammengeknäult wie ein Teller Nudeln, zitternd und bleich unter den grellen Lampen. Wie konnte irgendjemand ein solches Durcheinander entwirren? Vielleicht hatte seine Mutter ja recht mit dem, was sie gesagt hatte.

Er drehte sich um und sah seinen Vater an, der auf der Seite lag und leise vor sich hin schnarchte. In diesem Moment öffnete Dean die Augen. Als er, nur wenige Handbreit von seinem eigenen Gesicht entfernt, ein anderes Gesicht sah, schien er verwirrt. Offenbar hatte er völlig vergessen, dass Sebastian bei ihm war. Es dauerte einen Moment, bis es ihm wieder einfiel und er seinen Sohn anlächelte. »Habe ich dich mit meinem Schnarchen aufgeweckt?«, fragte er.

»Ist schon in Ordnung«, erwiderte Sebastian.

»Stimmt irgendetwas nicht, mein Großer?«, fragte Dean, dem die Verzweiflung in der Stimme seines Sohnes nicht entgangen war.

Sebastian schüttelte den Kopf und nagte an seiner Unterlippe. Er hätte sich gern immer noch so stark und sicher gefühlt wie in Dr. Lims Sprechzimmer. Jetzt aber, mitten in der Nacht, in einem fremden Bett und in einem fremden Zimmer, hatte ihn sein Mut verlassen. Jetzt war er nur noch ein zitternder, ängstlicher Junge. Tränen traten ihm in die Augen.

»Es tut mir leid, Dad«, flüsterte er.

»Was tut dir leid?«

Sebastian spürte eine Welle von Emotionen in sich aufsteigen, dann brach er in heftiges Schluchzen aus. Sein Körper wurde einige Minuten lang vom Weinen geschüttelt, während ihn sein Vater fest in den Armen hielt. »Ist schon in Ordnung«, flüsterte Dean dabei immer wieder.

»Es tut mir leid«, stieß Sebastian schließlich noch einmal hervor. Er schämte sich, weil er mitten in der Nacht zu weinen begonnen hatte und seinen Vater damit um den Schlaf brachte.

»Ich kann verstehen, dass du Angst hast. Ich habe auch Angst, aber Dr. Lim ist ein ausgezeichneter Arzt. Ich weiß, dass alles gut werden wird, du wirst schon sehen.«

Ein paar Minuten später lagen sie beide still im Bett, Sebastian war vollkommen erschöpft. Dean gab keinen Ton von sich, aber Sebastian wusste, dass er noch nicht wieder eingeschlafen war. Auch er dachte nach.

»Dad«, flüsterte Sebastian.

»Mhm?«

»Ich kann es nicht.«

Einige Sekunden lang kam keine Antwort. Sebastian war froh um die Dunkelheit, so blieb ihm wenigstens die Enttäuschung im Gesicht seines Vaters erspart.

»Ich werde gleich morgen früh Dr. Lim anrufen und ihm sagen, dass wir die Operation absagen.«

Sofort spürte Sebastian, wie der Schmerz in seiner Brust nachließ und sich ein sanfter Schleier der Ruhe über ihn legte. »Und was ist mit Mom?«, fragte er.

»Mach dir keine Sorgen wegen deiner Mutter. Ich regle das«, sagte sein Vater. »Und jetzt versuch zu schlafen. Es ist schon sehr spät, und du musst morgen in die Schule.«

Am folgenden Nachmittag holte Gloria ihren Sohn bei seiner Großmutter ab. Sie traf die beiden in der Küche an. Heute hatten sie *Funche*, puertoricanischen Maisbrei, gemacht. Man konnte ihn süß oder herzhaft zubereiten, je nachdem, ob man ihn als Hauptspeise oder als Dessert servieren wollte. Heute sollte es den *Funche* zum Abendessen geben. Während der Zubereitung hatte Lola Sebastian erzählt, dass das Maisgericht besonders bei den Bauern auf der Insel eine sehr beliebte Speise war, obwohl eigentlich alle Leute es gern aßen, da es so einfach zuzubereiten und so vielseitig verwendbar war.

Sebastian hatte vieles selbst gemacht, vom Wasserkochen über das Verrühren der Zutaten bis dahin, dass er dem Gericht nach dem Abschmecken eigenständig noch ein bisschen Knoblauch hinzufügte. Als zuletzt noch *Sofrito* und zarte Schweinefleischstückchen dazukamen, war der *Funche* so weit, dass er im Ofen gebacken werden konnte.

Ein paar Minuten, nachdem Gloria eingetroffen war, nahm Lola das dampfend heiße Gericht aus dem Ofen und stellte es auf den Küchentresen. Es hatte eine goldbraune Kruste und duftete einfach köstlich. Wenn der *Funche* ein paar Minuten lang abgekühlt war, würde sie ihn in Stücke schneiden und diese dann, mit einem Hauch Olivenöl und gebratener Paprika garniert, auf einem großen Teller anrichten.

Sebastian wollte alles, was mit der Operation zusammenhing, einfach nur noch vergessen, damit sein Leben wieder in normalen Bahnen verlaufen konnte. Er wollte mit seiner Großmutter kochen und die Wochenenden bei seinem Vater verbringen. Er wollte seine Hausaufgaben machen, die Tafel wischen und Fuß-Tetherball spielen. Er wollte in seinem eigenen Zimmer, in seinem eigenen Bett schlafen, unter demselben Dach wie seine Mutter und seine Schwester. Es wäre schön, wenn auch sein Vater bei ihnen wäre, aber Sebastian fing langsam an zu begreifen, dass im Leben vieles nicht so lief, wie man es sich wünschte.

Lola verließ einen Moment lang den Raum, um die Servierplatte zu suchen. Gloria ergriff die Gelegenheit, um Sebastian zu fragen: »Und, wie geht es dir heute, mein Großer?«, als wäre zwischen ihnen nicht das Geringste vorgefallen.

»Ganz gut. Ich bin nur ein bisschen müde«, antwortete er.

»Hast du letzte Nacht nicht gut geschlafen?«

Sebastian schüttelte den Kopf und warf ihr einen verstohlenen Blick zu. Sein Vater hatte ihr zweifellos von ihrer schwierigen Nacht gestern berichtet.

»Ich auch nicht. Ich glaube, es war die schlimmste Nacht seit Langem.«

Er lächelte. Auch sie lächelte. Dann streckte sie ihm ihre Hände entgegen. Sebastian lief sofort auf sie zu, und sie schloss ihn in ihre Arme. Sie hatte recht. Er kam doch sehr gut mit seinen Einschränkungen zurecht. Das Leben war gut, so wie es war. Es gab keinen Grund, mehr zu erwarten. Und obwohl er es sich selbst kaum eingestehen konnte, fiel es ihm doch wesentlich leichter, seinen Vater zu enttäuschen als seine Mutter. Und trotz all der Veränderungen der letzten Zeit, bezweifelte er, dass sich daran jemals etwas ändern würde.

27

Die Fliegengittertür war wie üblich nicht abgeschlossen. Als Sebastian das Haus seiner Großmutter betrat, war alles still. Ihm fiel sofort auf, dass sie nicht in der Küche stand und kochte – nicht einmal Töpfe standen auf dem Herd. Er entdeckte sie in ihrem Schaukelstuhl, gegenüber der Wand mit den Fotos. Ihr Körper war leicht zur Seite geneigt, ein Gehstock lehnte an ihren Knien. Sebastian ging langsam auf sie zu, er fürchtete sich vor dem, was er gleich entdecken würde. Er ging neben ihr in die Hocke und sah ihr ins Gesicht. Sie hatte die Augen geschlossen, atmete jedoch ruhig und gleichmäßig. Sanft berührte er sie an der Schulter.

»Abuela, wach auf, Abuela.«

Sie öffnete die Augen und lächelte.

»Hast du lange geschlafen?«

»Nein, ich glaube nicht«, erwiderte sie. »Ich habe mich nur einen Augenblick hingesetzt, um mich auszuruhen. Dabei sind mir wohl die Augen zugefallen.«

Sebastian bemerkte, dass ihre Haare am Ansatz allmählich wieder weiß wurden und dass das leuchtende Erdbeerrot inzwischen zu einem gräulichen Pink verblasst war. In ein paar Wochen würde seine Großmutter wieder genauso aussehen wie früher. Als er daran dachte, wie ihr beider Leben damals gewesen war, spürte er, wie sich ein undefinierbares Gefühl der Leere in ihm ausbreitete. Die Mahlzeiten aus dem Seniorenzentrum, die künstlichen Kerzen, die langen Nachmittage, die sie miteinander verbracht hatten, ohne viel miteinander zu sprechen – all das hatte er früher als sehr tröstlich empfunden. Jetzt aber erschien ihm dieses Leben nur noch öde und leer. Das neue, vielfältige und bunte Leben, das sie sich gemeinsam geschaffen hatten, ein Leben voller Aromen und Geschichten, so knisternd und lebendig wie ein hell loderndes Feuer, dieses Leben war ihm wesentlich lieber.

»Den kenne ich ja noch gar nicht«, sagte er und zeigte auf den Gehstock neben ihr.

»Oh«, sagte sie, als bemerkte sie den Stock erst jetzt. »Das ist Charlies Stock. Da ihn sonst niemand haben wollte, habe ich ihn als Andenken behalten. Mein Knie hat mir heute Morgen ein wenig Probleme gemacht, nichts Schlimmes, nur eine leichte Arthritis«, sagte sie. Dabei streckte sie ihr rechtes Bein aus und massierte das Knie mit kreisförmigen Bewegungen. »Es geht schon wieder viel besser.«

»Sicher?«, fragte Sebastian.

»Ganz sicher«, erwiderte sie.

Er warf einen Blick über seine Schulter zur Küche. »Kochen wir heute nichts?«

Sie holte tief Luft. »Ich glaube, dazu bin ich heute ein wenig zu müde«, sagte sie. Als sie den besorgten Gesichtsausdruck ihres Enkels sah, lachte sie leise und fragte: »Hast du Hunger?«

»Ich habe immer Hunger«, erwiderte er.

Das schien Lola zu freuen. Ihre Miene erhellte sich. »Dann habe ich da eine Idee«, sagte sie. »Warum kochst nicht heute *du* für uns?«

»Ich? Aber ich kann doch nicht so gut kochen wie du.«

»Da bin ich mir gar nicht so sicher«, sagte sie und zeigte mit Charlies Gehstock zur Küche. »Es ist alles da, was du für einen leckeren *Picadillo* brauchst.«

»Aber bei mir schmeckt er bestimmt nicht so gut wie bei dir.«

»Vielleicht schmeckt er ja sogar noch besser. Wenn du Hilfe brauchst, werde ich dir hier von meinem Sessel aus sagen, was du tun sollst.«

»Ich denke, du solltest besser den Arzt rufen«, sagte Sebastian.

»Und was soll ich ihm sagen? Dass ich eine alte Frau bin, die am Ende des Tages müde ist? Dagegen kann man nichts machen. Aber wie dem auch sei, die einzige Medizin, die ich brauche, ist das köstliche Essen, das mein Enkel jetzt für mich zubereiten wird. Also, womit fängst du an?«

Sebastian überlegte einen Augenblick. »Zuerst hacke ich Knoblauch, Zwiebeln und Paprika«, sagte er.

Sie nickte. »Und dann?«

»Dann bereite ich das restliche Gemüse vor und nehme das Fleisch aus dem Kühlschrank, damit es nicht zu kalt ist, wenn ich es anbrate.«

Von plötzlicher Tatkraft erfüllt, ging Sebastian in die Küche, um die Zutaten vorzubereiten. Lola sah ihm interessiert zu. Schon nach kurzer Zeit war alles bereit – das Hackfleisch lag auf dem Tresen, Zwiebelwürfel, Paprika und Knoblauch brutzelten in Olivenöl. Selbst die Dose mit Tomatensoße stand bereits geöffnet auf der Arbeitsfläche.

»Aber lass den Knoblauch nicht wieder anbrennen«, ermahnte Lola ihren Enkel.

»Diesmal pass ich auf«, versicherte er ihr. »Und ich werde viel *Picadillo* machen, vielleicht kommt ja noch jemand zum Essen vorbei.«

»Tu das«, sagte Lola und lauschte mit geschlossenen Augen den geschäftigen Geräuschen, die aus der Küche kamen, dem Brutzeln des *Sofrito*, dem Klappern und Kratzen der Holzlöffel, die über den Boden der Pfanne schabten, und dem gleichmäßigen *Klack-Klack-Klack* des Messers auf dem Schneidbrett.

»Habe ich dir je erzählt, wie dein Großvater gestorben ist?«

Sebastian hielt in seinem Tun inne und sah seine Großmutter an. »Nein, das hast du nicht«, antwortete er.

»Du und dein Großvater, ihr habt damals zur selben Zeit im

Krankenhaus gelegen, für dich war es der Anfang des Lebens und für ihn das Ende. Es bestand Hoffnung, dass du durchkommen würdest, für deinen Großvater gab es allerdings keine Hoffnung mehr. Der Krebs war bereits zu weit fortgeschritten. Außerdem war sein Herz schon viel zu schwach, um eine weitere Operation durchzustehen.« Sie setzte sich in ihrem Stuhl zurecht und lehnte den Kopf an die Rückenlehne. Die Augen hatte sie noch immer halb geschlossen. »Als ich das letzte Mal mit ihm sprach, sagte er, ich solle zu dir gehen. Er versprach mir, dass er auf mich warten würde. Aber als ich zurückkam, um ihm zu sagen, dass du gerade aus dem Operationssaal gekommen bist, war er schon gestorben.« Lola öffnete die Augen. »Ich habe ihn im Stich gelassen«, murmelte sie. »Ich konnte ihn nicht einmal auf der Insel beerdigen lassen, wie er es sich gewünscht hatte. Es war einfach nicht möglich. Ich ... ich ... konnte die Familie doch nicht allein lassen, als sie mich am meisten gebraucht hat. Aber ich habe seitdem oft daran gedacht, zurückzugehen.«

»Wohin?«

»Nach Hause.«

»Auf die Insel?«, fragte Sebastian überrascht.

Sie nickte. »Ich muss ständig daran denken.«

»Dann nimm mich mit, Abuela«, bat er sie.

Sie seufzte und begann langsam, mit ihrem Stuhl vor und zurück zu schaukeln. »Dafür ist noch nicht die richtige Zeit. Aber ich sehe dich schon den Berg hinaufrennen bis zu der Stelle, wo man am Rand der Welt sitzen und auf den Ozean hinabsehen kann. Es ist steil und manchmal auch rutschig dort, vor allem, wenn es geregnet hat, aber ich bin mir sicher, dass du es mit ein bisschen Übung schaffen wirst.«

»Aber ich kann doch gar nicht rennen«, sagte Sebastian.

»Wirklich? Warum denn nicht?«

»Weil ich ein krankes Herz habe, hast du das etwa vergessen?«

»Ich bin mir sicher, dass du dort rennen können wirst.«

Sebastian starrte seiner Großmutter ins Gesicht und versuchte, den grauen Schleier zu durchdringen, der sich darübergelegt hatte. Sie war nicht mehr sie selbst, aber sie war auch nicht die, die sie früher gewesen war, und das verwirrte ihn. Sie veränderte sich erneut, und sie schien sich von ihm zu entfernen. Er fürchtete, dass er sie ein weiteres Mal verlieren könnte.

»Abuela Lola«, sagte Sebastian und ging zu ihr. »Ich will nicht, dass sich wieder irgendetwas ändert. Ich will nicht, dass *du* dich noch einmal veränderst.«

Sie lächelte traurig. »Ja, das weiß ich. Und ich weiß auch, dass einige Veränderungen leichter zu akzeptieren sind als andere. Als dein Großvater starb, war das sehr schwer für mich. Inzwischen aber finde ich großen Trost in dem Gedanken, dass er im Himmel auf mich wartet.«

Sebastian erinnerte sich daran, dass seine Schwester ihm gesagt hatte, Abuela Lola hätte das Haus absichtlich angezündet, um bei Abuelo Ramiro zu sein. Es war ihm gelungen, sich einzureden, dass das nicht wahr sein könne. Jetzt aber merkte er, dass tief in seinem Inneren ein gewisser Zweifel geblieben war. Irgendetwas sagte ihm, dass er vielleicht niemals wieder die Gelegenheit bekommen würde, dieses Thema anzusprechen, wenn er es nicht jetzt tat.

»Alle glauben, du hättest das Feuer damals absichtlich gelegt, damit du bei Abuelo Ramiro sein kannst. War es so? Hast du das getan?«

Lola hob ruckartig den Kopf, um Sebastian anzusehen. Ihr Blick war kalt und herausfordernd, dann aber wurde ihr Gesichtsausdruck wieder weich. Vor allem schien sie sich zu schämen. Sie brauchte noch einen Moment, um sich zu sammeln, bevor sie ihm antwortete. »Ich werde dir jetzt ein Geheimnis verraten, aber du musst mir versprechen, dass du keiner Menschenseele etwas sagst.«

»Versprochen«, sagte Sebastian, dessen Augen jetzt groß wie Untertassen waren.

»Es stimmt, dass ich am Tag des Feuers Bohnen gekocht habe. Aber ich bin nicht eingeschlafen und habe den Topf auf dem Herd vergessen, wie ich es allen erzählt habe. Bevor ich die Bohnen aufsetzte, habe ich einige Kerzen angezündet, als Vorbereitung für das Reinigungsritual, das wir auf der Insel immer dann durchgeführt haben, wenn wir unsere Seele nach einer schmerzhaften Zeit reinigen wollten. Ich hatte das schon viele Jahre nicht mehr gemacht und konnte mich deshalb nicht mehr genau an alle Einzelheiten erinnern. Aber nachdem ich deinen Großvater verloren hatte, ging es mir so schlecht, dass ich unbedingt irgendetwas unternehmen musste, um ohne ihn weiterleben zu können.

Bevor ich die Kerzen anzündete, nahm ich eine Flasche Florida Water, ein Parfum mit dem Duft würziger Orangen, und gab eine größere Menge davon in eine Schale, die in der Nähe der Kerzen auf dem Tisch stand. Ich hatte jedoch nicht bedacht, wie leicht entzündlich Parfüm ist. Als ich mich kurz umdrehte, fing das Tischtuch Feuer. Dann der Teppich, die Vorhänge und alles andere. Das Einzige, was nicht verbrannt ist, war der Stuhl deines Großvaters und natürlich das Haus selbst.«

»Und *du* bist auch nicht verbrannt. Du hast überlebt«, sagte Sebastian.

Lola nickte. Sie wirkte jetzt noch beschämter. »Ich wusste, dass deine Mutter und die anderen sich noch mehr aufgeregt hätten, wenn sie das mit den Kerzen und dem Florida Water erfahren hätten. Sie haben unsere alten Sitten und Gebräuche noch nie besonders geschätzt. Deine Tante Gabi hat zwar etwas mehr Verständnis dafür, aber es war besser, sie alle in dem Glauben zu lassen, ich sei eingeschlafen. Allerdings hätte ich nie gedacht …« Sie sah Sebastian über ihre Brille hinweg fragend an. »Sie glauben also tatsächlich, ich hätte versucht, mich umzubringen?«

Sebastian nickte. Einerseits war er erleichtert, dass es also nicht stimmte, andererseits bereute er, das Thema überhaupt angesprochen zu haben. Vielleicht tat es seiner Großmutter ja nicht gut, diese schlimmen Erinnerungen wiederaufleben zu lassen.

Als hätte sie seine Gedanken erraten, seufzte Lola und tätschelte seinen Arm. »Nun ja, all das ist vor langer Zeit geschehen, Sebastian. Es spielt jetzt keine Rolle mehr. Ich bin noch hier, und mein lieber Ramiro wartet im Himmel auf mich. Wenn ich darüber nachdenke, hat sich im Grunde gar nicht so viel verändert.«

»Glaubst du wirklich, dass es einen Himmel gibt, in den die Menschen nach dem Tod kommen, Abuela?«

»Natürlich gibt es einen Himmel«, antwortete sie und richtete sich in ihrem Stuhl auf. »Aber ich glaube nicht, dass er so ist, wie man ihn auf Kirchenbildern und in Filmen darstellt, ich meine, mit Himmelspforte und Engeln, die auf großen Wattewolken sitzen und auf goldenen Harfen spielen und all diesen Quatsch.«

»Wie ist er dann?«

»Ich will dir sagen, was der Himmel für mich ist«, meinte sie. »Es ist dieser Tisch hier, und alle Menschen, die ich liebe und je geliebt habe, sind an ihm versammelt. Wir genießen ein Festmahl, das wir zusammen gekocht haben, und wir lachen und erzählen uns Geschichten. Manchmal weinen wir auch, aber es geht uns allen gut. Das ist mein Himmel«, sagte sie lächelnd.

»Nur Leute, die um einen Tisch herumsitzen? Für mich klingt das nicht unbedingt nach Himmel.«

Lola nickte und winkte Sebastian näher zu sich heran. »Ich werde dir jetzt noch ein anderes Geheimnis verraten. Aber auch dieses musst du für dich behalten.«

»Okay«, sagte Sebastian.

»Als ich im Krankenhaus war und alle glaubten, ich würde im Koma liegen, habe ich die Stimmen all der Menschen gehört, die um mein Bett herumstanden. Sie klangen wie Echos aus weiter Ferne, aber ich konnte trotzdem jedes Wort verstehen. Irgendwann konnte ich mich wieder bewegen und meine Augen öffnen. Ich blieb jedoch noch eine Weile ganz still liegen, damit alle glaubten, ich würde noch schlafen. Ich weiß, dass das gemein war, aber ich brauchte einfach noch etwas Zeit, um ein paar Dinge zu überdenken. Als ich hörte, dass ihr nach so vielen Jahren alle um mich herum versammelt wart, glaubte ich zuerst, ich wäre gestorben und in den Himmel gekommen. Bald wurde mir aber bewusst, dass ich nur im Krankenhaus lag. Ich fürchtete, sobald es mir besser ginge, würden wir alle wieder in die alte Routine zurückfallen. Dann aber hatte ich plötzlich eine Idee.« Lola lächelte verschmitzt. »Ich fragte mich, was wohl geschehen würde, wenn ich mich zuerst einmal ein wenig seltsam verhielte. Vielleicht würde ja das die Familie wieder zusammenbringen, so wie es im Krankenhaus der Fall gewesen war.«

»Und deswegen hast du dir die Haare gefärbt?«, fragte Sebastian. »Und die Regeln gebrochen und wieder echte Kerzen angezündet?«

Lola nickte und betrachtete einen Moment lang nachdenklich den Gehstock, der an ihrem Knie lehnte. »Und ich dachte mir, wenn ich wieder anfinge, die Gerichte der Insel zu kochen, die allen immer so gut geschmeckt haben, würden sie sich daran erinnern, wie es früher war. Ich habe sogar gehofft, dass deine Mutter und deine Tante vielleicht einen Weg finden würden, wieder miteinander auszukommen. Der Teil des Plans ist allerdings nicht aufgegangen.«

Sebastian schüttelte energisch den Kopf. »Selbst wenn Mom und Tante Susan noch immer böse aufeinander sind, ist doch trotzdem vieles besser geworden, Abuela. Seit du ein Rotschopf bist und wieder zu kochen angefangen hast, sind jede Menge Leute zum Essen vorbeigekommen.«

»Vielleicht hast du ja recht, und wenn ich meine Familie gemeinsam an einem Tisch sitzen sehen will, dann werde ich mich einfach mit Hochzeiten und Beerdigungen begnügen müssen.«

Sie sah Sebastians ängstlich geweitete Augen und fühlte sich entsetzlich, weil sie ihn mit so vielen Enthüllungen auf einmal belastet hatte.

»Aber du brauchst dir keine Sorgen mehr zu machen. Ab jetzt werde ich nichts Verrücktes mehr tun, und ich werde auch keine Regeln mehr brechen. Man muss auch einmal etwas akzeptieren können. Deshalb habe ich heute beschlossen, dass das, was meiner Familie ausreicht, auch mir genügen muss.«

Sebastian erwiderte das Lächeln seiner Großmutter. Dennoch meinte er, tief in ihren Augen etwas erkennen zu können, das darauf hinwies, dass es ihr eben doch nicht genügte. Sie hatte ihre Vorstellung vom Himmel aufgegeben und damit ihre Fröhlichkeit, ihre Energie und vielleicht sogar ihren Lebenswillen verloren.

»Ich ... ich mag deinen Himmel, Abuela«, erklärte Sebastian. »Es ist der schönste Himmel der Welt, vielleicht sogar des ganzen Universums.«

Lola lachte leise. »Du solltest dem Geschwätz einer alten Frau nicht allzu viel Beachtung schenken. Aber wie dem auch sei. Du musst wieder in die Küche und dich um mein Abendessen kümmern.«

In der Hoffnung, dass sie ihm vielleicht nicht ganz so schnell entglitt, wie er befürchtet hatte, wollte Sebastian schon ihrer Aufforderung nachkommen, als sie ihn noch einmal sanft an der Schulter berührte. Er drehte sich um und sah, dass ihre Augen wie Sterne leuchteten.

»Wie sieht eigentlich *dein* Himmel aus, Sebastian?«

Er überlegte nur kurz, denn es fiel ihm nicht schwer, sich die Szene lebhaft vorzustellen. Schließlich war sie ihm immer gegenwärtig und hatte sich schon unzählige Male vor seinem inneren Auge abgespielt. »In meinem Himmel bin ich auf einem Fußballfeld. Ich renne schnell wie der Wind, und meine Fans jubeln mir zu. Ich dribble mit dem Ball an allen anderen vorbei, und wenn ich in die Nähe des Tors komme, lupfe ich den Ball und schieße ihn dann mit einem spektakulären Fallrückzieher ins Tor. Die Zuschauer rasen vor Begeisterung, und der Ansager schreit, so laut er kann: ›Toooooooor!‹ Und nach dem Spiel überreichen sie mir den Pokal des Weltfußballers des Jahrhunderts.«

»Das hört sich wunderbar an«, sagte Lola lachend. »Dein Himmel gefällt mir sehr.«

Sebastian lächelte, als er sich vorstellte, wie ihn seine Mannschaftskameraden auf ihre Schultern hoben und ihn als Held vom Spielfeld trugen. Dann stellte sich Ernüchterung bei ihm ein, denn ihm wurde bewusst, dass dieser Himmel noch sehr viel schwieriger zu erreichen war als der seiner Großmutter.

Als Gloria und Jennifer eintrafen, hatte Lola ihren Schaukelstuhl verlassen. Sie ging jetzt Sebastian in der Küche zur Hand, stützte sich aber von Zeit zu Zeit auf Charlies Gehstock. Nachdem Sebastian sämtliche Kerzen im Raum angezündet hatte und alles in den sanften Schein eines Lichtes getaucht war, das normalerweise die Unterhaltung anregte, aßen sie größtenteils schweigend seinen *Picadillo*. Vielleicht war er noch nicht ganz so gelungen wie der von Lola, aber die Balance der Aromen war nahezu perfekt, darin waren sich alle einig.

Gloria beobachtete ihre Mutter mit besorgtem Blick. Ihre gedrückte Stimmung und die Erschöpfung, die sich wie eine schwere Decke auf ihre Schultern gelegt hatte, waren ihr keineswegs entgangen.

»Du kommst mir heute ziemlich müde vor, Ma«, sagte Gloria.

»Es geht mir gut«, erwiderte Lola lächelnd. »Ich genieße zusammen mit meiner Tochter und meinen Enkeln ein köstliches Essen und könnte nicht glücklicher sein.«

»Möchtest du, dass ich dir beim Haarefärben helfe, Abuela?«, fragte Jennifer. »Die Farbe ist ein bisschen verblasst, statt rot sind deine Haare jetzt eher rosa … aber es ist ein hübsches Rosa.«

Lola fuhr sich mit den Fingern durch ihre Frisur. »Wirklich? Nun, solange es hübsch aussieht«, erwiderte sie mit einem Augenzwinkern.

»Wann hast du eigentlich deinen nächsten Arzttermin?«, fragte Gloria und schob ihren leeren Teller von sich.

»Nächste Woche«, erwiderte Lola.

»Vielleicht sollte ich dich schon morgen hinfahren«, sagte Gloria.

Lola überlegte und schüttelte dann den Kopf. »Morgen geht nicht, da habe ich viel zu viel zu tun.«

»Jetzt mach dich doch nicht lächerlich. Wie solltest du denn viel zu tun haben? Ich werde meine Termine am Nachmittag absagen und dich zum Arzt fahren. Das ist keine große Sache.«

Lola seufzte. »Es geht mir gut, Nena. Mach dir keine Mühe.« Dann fügte sie, um die Atmosphäre zu reinigen und das Thema zu wechseln, hinzu: »Weißt du, ich habe mir vorgenommen, das Haus zu renovieren – einfach alles rauswerfen und noch einmal von vorn beginnen.«

»Was willst du denn rauswerfen?«, fragte Sebastian. Soweit es ihn betraf, war das kleine Haus perfekt.

Lola sah sich im Zimmer um und zuckte mit den Schultern. »Alles«, sagte sie. »Weg mit dem Alten und her mit etwas Neuem. Dieser Spruch hat mir schon immer gefallen.«

»Aber ein paar von diesen Sachen hast du doch schon so viele Jahre«, sagte Gloria. »Da ist der Stuhl von Paps, und das Sofa, von dem du immer gesagt hast, es sei das bequemste, das du je besessen hast.«

Lola schüttelte den Kopf. »So bequem ist es schon lange nicht mehr. Und im Stuhl deines Vaters bekomme ich schon nach kurzer Zeit Kreuzschmerzen.«

»Darf ich ihn dann haben?«, fragte Gloria.

»Nimm ihn«, sagte Lola mit einer Handbewegung. »Und alles, was du sonst noch haben willst.«

»Was willst du mit den ganzen alten Fotos machen?«, fragte Sebastian, dem allein schon die Vorstellung, dass die Familienfotos von der Wand genommen würden, großes Unbehagen bereitete.

»Die werde ich auch rauswerfen. Inzwischen sollte ich ja wissen, wie ihr alle ausseht.«

»Ich bin völlig deiner Meinung, Abuela«, sagte Jennifer. »Manchmal ist es gut, etwas zu verändern.«

»Und was du heute kannst besorgen, das verschiebe nicht auf morgen«, sagte Lola, erhob sich vom Tisch und ging zu den in Form einer Blüte angeordneten Fotos an der Wand. Sie nahm eines nach dem anderen ab und legte sie auf ihren Schaukelstuhl, bis schließlich nur noch ihr Hochzeitsbild dort hing, umgeben von nichts anderem als hellen Rechtecken. Schließlich nahm sie auch noch dieses letzte Foto von der Wand.

»Das Zimmer wirkt jetzt größer, findet ihr nicht auch?«, fragte Lola.

»Viel größer«, bestätigte Jennifer. »Aber wir werden die Wände neu streichen müssen.«

Gloria und Sebastian schwiegen, während Lola und Jennifer schon darüber zu diskutieren begannen, welche Farbe die Wände erhalten sollten. Dann stand Gloria auf und ging zu den Fotografien, die Lola auf den Stuhl gelegt hatte. Sie begann sie durchzusehen, sortierte etwa ein Drittel von ihnen aus und legte den Stapel neben ihre Handtasche.

Als sie später nach Hause fuhren, warf Sebastian einen verstohlenen Blick auf die Fotos, die seine Mutter gerettet hatte. Er war froh, als er sah, dass sie neben den Bildern ihrer Kinder auch das Foto mitgenommen hatte, auf dem sie und sein Vater zusammen am Strand saßen, die Sonne in ihren Augen und den Wind in ihren

Haaren. Der bewundernde Gesichtsausdruck, mit dem sein Vater sie ansah, wirkte wesentlich lebendiger als die Wellen des Meeres, die sich hinter ihnen brachen.

Nachdem sie zu Hause angekommen waren, begann Gloria herumzutelefonieren. Zuerst rief sie ihre Schwester an. Diesmal nahm auch Gabi die Situation ernst. »Ja, das ist richtig«, sagte Gloria. »Als sie die Familienfotos von der Wand nahm, habe ich richtig Angst bekommen. Sie gibt sich auf, genau wie sie es damals nach Dads Tod getan hat.«

Sebastian lag in seinem Bett und fühlte sich so verloren und unglücklich wie immer. Wenn er seiner Mutter erzählte, wie der Himmel seiner Großmutter aussah, würde sie das vielleicht davor bewahren, Bungalow Haven verlassen zu müssen. Doch er hatte ihr fest versprochen, keines ihrer Geheimnisse zu verraten. Dieses Dilemma raubte ihm seine Kraft und machte ihn müde. Er kam sich so unnütz vor. Jetzt wollte er nur noch schlafen.

»Es gibt da ein paar Heime, die einen ganz guten Eindruck gemacht haben«, sagte Gloria, die gerade mit ihrem Bruder telefonierte. »Ganz in der Nähe von Bungalow Haven gibt es eines mit Vollzeitpflege und einem großen Speisesaal für die Bewohner.«

Etwas später ging Gloria nach oben, um noch einmal nach Sebastian zu sehen. Sie war besorgt, da er sich viel früher als sonst zurückgezogen hatte. Als sie sein Zimmer betrat, sah sie, dass er im Bett lag und zur Decke hinaufstarrte.

»Willst du nicht runterkommen und mit uns noch etwas fernsehen?«, fragte sie.

Sebastian schüttelte den Kopf, ohne sie dabei anzusehen. »Mom, glaubst du, dass es möglich ist, den Himmel auf Erden zu erleben?«

Gloria runzelte die Stirn. »Ich bin mir nicht sicher, was du meinst«, sagte sie.

»Du weißt schon«, sagte Sebastian und sah sie jetzt an. »Ich meine, wenn etwas ganz Wunderbares geschieht und alles Schlimme, was je geschehen ist, wiedergutmacht.«

»Hat deine Frage etwas mit deiner Großmutter zu tun?«, fragte sie und sah ihn argwöhnisch an.

Sebastian stützte sich auf die Ellbogen. »Mom, ich weiß, was du tun kannst, damit alles wieder gut wird. Dann musst du dir auch keine Gedanken mehr darüber machen, Abuela Lola in ein Heim zu stecken.«

»Ach, tatsächlich?«, sagte Gloria und verschränkte die Arme vor der Brust. »Und was genau soll das sein?«

»Du musst nichts anderes tun, als dich zusammen mit Tante Susan, Onkel Mando und der übrigen Familie an einen Tisch zu setzen. Das ist Abuela Lolas Himmel, weißt du? Sie glaubt nicht daran, dass es möglich ist, den Himmel auf Erden zu haben, aber das stimmt nicht.«

Glorias Gesicht wurde rot. »Ich fürchte, was du da von mir verlangst, ist unmöglich«, murmelte sie.

»Aber warum denn?«

»Weil Menschen manchmal Dinge sagen und tun, die falsch sind, und weil man die Zeit nicht zurückdrehen und sie ungeschehen machen kann. Wenn du erst einmal älter bist, wirst du das verstehen.«

»Aber Ms. Ashworth sagt, wenn man etwas Falsches getan oder gesagt hat, braucht man sich nur zu entschuldigen und Wiedergutmachung zu üben. Das bedeutet doch nichts anderes, als dass man etwas Gutes tun muss, um das Böse wettzumachen.«

»Ich weiß, was das bedeutet«, erwiderte Gloria ungehalten. »Aber das alles ist nicht so einfach, wie du denkst.«

»Was ist zwischen dir und Tante Susan passiert, Mom? Warum seid ihr so böse aufeinander?«

Gloria schüttelte den Kopf und wies damit die Frage wie üblich zurück. Allerdings tat sie das nicht so vehement wie sonst. Sie war das Thema einfach nur leid, außerdem war da etwas in Sebastians Augen, ein Schimmern, das sie zu einer Antwort ermutigte. Vielleicht war er doch schon alt genug, um es zu verstehen. Sie setzte sich zu ihm und begann zu erzählen, was in jenen schwierigen Tagen nach seiner Geburt geschehen war.

»Als du geboren wurdest, hatten dein Vater und ich das Gefühl, dass unsere Familie jetzt vollständig sei. Doch wegen deiner schwachen Gesundheit wollte ich dich niemand anderem anvertrauen, sondern mich selbst um dich kümmern. Das wiederum bedeutete, dass ich mehrere Monate lang nicht arbeiten konnte. Unglücklicherweise verdiente dein Vater damals nicht annähernd genug, um uns in dieser Zeit über die Runden zu bringen. Es ist mir noch nie leichtgefallen, jemanden um irgendetwas zu bitten, aber ich schluckte meinen Stolz hinunter und ging zu deinem Onkel Mando, um ihn zu bitten, uns Geld zu leihen. Er war bereit, uns zu helfen, dann aber mischte Susan sich ein, und alles änderte sich. Sie bestand darauf, ihren Anwalt einzuschalten, damit dieser die Bedingungen für das Darlehen schriftlich fixieren würde, einschließlich des Zinssatzes und einer Vertragsstrafe, falls wir das Geld nicht zurückzahlen konnten.

Ich habe ihr gesagt, dass ich lieber bankrottgehen würde, als unter diesen Umständen auch nur einen Cent von ihnen anzunehmen, und ich habe mir geschworen, dass ich von diesem Tag an nicht eine unnötige Sekunde mehr in Susans Gegenwart verbringen würde. Diesen Schwur habe ich bis heute gehalten und habe nicht vor, ihn jemals zu brechen.«

Sebastian hatte sich inzwischen kerzengerade in seinem Bett aufgesetzt und bemühte sich verzweifelt, zu verstehen, was das alles bedeutete. «Dann bist du also böse auf Tante Susan, weil sie dir das Geld, um das du sie gebeten hast, nicht gegeben hat?«

»Nein, ich bin böse auf sie, weil sie mich und meine Familie so respektlos behandelt hat«, erwiderte Gloria. Ihr Kinn zitterte vor Erregung.

»Aber Tante Susan gehört doch auch zu unserer Familie.«

»Nicht mehr«, erwiderte Gloria finster. »An diesem Tag habe ich beschlossen, dass Susan für mich kein Mitglied meiner Familie mehr ist, und es ist völlig ausgeschlossen, dass ich das jemals anders sehen werde. Also«, sagte sie und strich Sebastian eine Haarlocke aus der Stirn, »willst du jetzt noch ein bisschen zu uns nach unten kommen oder nicht?«

»Nein danke, ich bleibe lieber hier«, sagte Sebastian. Als sie das Zimmer verlassen hatte, ließ er sich wieder in die Kissen fallen und dachte über seine Mutter und seine Tante nach. Er versuchte zu verstehen, wie eine solche Sache zwei Menschen dazu bringen konnte, einander über einen so langen Zeitraum zu hassen. Verglichen mit dem, wie Keith ihn gequält hatte, erschien ihm das, was Tante Susan getan hatte, gar nicht so schlimm. Sie hatte seine Mutter weder gezwungen, wie ein Affe zu tanzen, noch, wie ein Hund zu bellen. Wenn es eine »Stille Ecke« für Erwachsene gäbe und sie dort eine Weile zusammen verbringen müssten, würden sie vielleicht einen Weg finden, Freunde zu werden, wie es bei ihm und Keith der Fall gewesen war.

Etwa eine Stunde später gingen auch seine Mutter und seine Schwester zu Bett, und im Haus wurde es still. Sebastian war kurz davor, einzuschlafen, als er plötzlich spürte, wie ihm etwas leicht über die Wange strich. Er öffnete die Augen und sah, dass sie ihn beobachtete – ein Schatten in einem Schatten, und dennoch in einem unheimlichen Licht schimmernd, das noch die dunkelsten Ecken seines Zimmers erfüllte. Er spürte ihre Zuneigung, die ihn wärmte wie die Strahlen der Sonne, ihre Zuversicht, die köstlicher und nährender war als jede Speise, die er in seinem Leben gegessen hatte.

»Nichts ist unmöglich, Sebastian«, flüsterte die schwarzhaarige alte Dame. »Nichts.«

28

Die Tafel war so schmutzig wie selten zuvor, deshalb freute sich Sebastian ganz besonders, sie reinigen zu dürfen. Während des Putzens hoffte er, Ms. Ashworth würde nachher sagen, er sei der beste Tafelputzer, den sie kenne. Von ihr gelobt zu werden, wurde er nie überdrüssig, und jetzt, da seine Zeit als Schüler des Monats schon eine Weile hinter ihm lag, schätzte er es mehr denn je. Er brauchte noch immer den Trittschemel, um den oberen Rand der Tafel zu erreichen, aber er musste jetzt nicht mehr auf die zweite Stufe steigen. Wenn er in diesem Tempo weiterwuchs, würde er im nächsten Jahr vielleicht ohne den Schemel auskommen.

Natürlich würde er nächstes Jahr in eine neue Klasse mit einer anderen Lehrerin kommen. Seine Mutter würde der neuen Lehrerin von seinem kranken Herzen erzählen, und das Ganze würde wieder von vorn beginnen. Aber wer auch immer seine neue Lehrerin sein würde, so hübsch und nett wie Ms. Ashworth würde sie bestimmt nicht sein. Ms. Ashworth war sogar so freundlich gewesen, ihm eine neue Medaille zu geben, als sie erfuhr, dass er die erste »verlegt« hatte. Diese neue Medaille bewahrte er zu Hause in der obersten Schublade seines Schreibtischs auf, zusammen mit den Zetteln, die ihm Keith, Kelly und ein paar andere Klassenkameraden geschrieben hatten. Hin und wieder nahm er die Medaille heraus, um sie zu betrachten, bevor er sich an seine Hausaufgaben machte.

»Ist alles in Ordnung mit dir, Sebastian?«, fragte Ms. Ashworth, als sie von ihrem Pult aufblickte, wo sie gerade Aufsätze korrigierte. Ohne sich dessen bewusst zu sein, hatte er sie mit einem wehmütigen und ziemlich verzweifelten Gesichtsausdruck angestarrt.

Sebastian nickte und wandte sich wieder seiner Arbeit zu. Er sprühte Putzmittel auf die Tafel und ließ es ein paar Sekunden einwirken, bevor er zu wischen begann. So funktionierte es immer am besten. Heute durfte er sich allerdings nicht allzu viel Zeit lassen, da er noch einen Termin bei Dr. Lim hatte. Es war Sebastians erster Termin bei ihm, seit er sich gegen die Operation entschieden hatte, und deshalb war er heute auch ein wenig nervös. Vielleicht würde Dr. Lim ihm sagen, dass er sich einen anderen Arzt suchen solle, weil er keine Feiglinge behandeln wollte. Dieser Gedanke machte Sebastian mehr traurig als beschämt, denn er mochte Dr. Lim sehr und wollte nicht, dass er von ihm enttäuscht war.

Seine Mutter hatte ihm gesagt, dass sie ihn gleich nach der Schule abholen würde. Sebastian hoffte aber, dass sie nach seinem Termin bei Dr. Lim auf dem Heimweg noch zu seiner Großmutter fahren würden. Lola hatte gesagt, dass sie, wenn sie sich dazu in der Lage fühle, ein ganz besonderes Dessert für ihn zubereiten würde. Vielleicht war es ja der Kokosflan, seine Lieblingsnachspeise. Sebastian wusste, dass er durchaus darauf hoffen durfte.

Er hatte gerade die halbe Tafel gewischt und bewunderte, wie schön sauber sie aussah, als das Telefon klingelte. Ms. Ashworth erhielt nach der Schule öfters private Anrufe, und Sebastian hörte ihr gern beim Telefonieren zu, da sie sich in seiner Gegenwart nicht allzu sehr zurückhielt. So hatte er schon einmal gehört, wie sie sich bei der Reinigung beschwert hatte, weil man dort eines ihrer Kleider ruiniert hatte, und einmal hatte sie sogar mit ihrem Freund gesprochen. Zumindest vermutete Sebastian es, da ihre Stimme zwar so freundlich und heiter wie immer klang, sie jedoch während des Gesprächs eine Strähne ihrer langen Haare um ihren

Finger gezwirbelt und sich auf ihren Wangen eine entzückende Röte ausgebreitet hatte.

Das jetzige Telefonat war nur kurz. Als sie auflegte, sagte sie zu ihm: »Deine Mutter wartet im Sekretariat auf dich. Hast du einen Schirm dabei?«

Diese Frage verwirrte Sebastian. Er sah aus dem Fenster. Der Himmel war dunkelgrau, es regnete. Auf dem Fußballplatz draußen hatten sich bereits einige Pfützen gebildet. Das war merkwürdig, denn noch während des Mittagessens hatte die Sonne vom Himmel gestrahlt. Er konnte sich auch nicht daran erinnern, Wolken gesehen zu haben.

»Ich leih dir meinen. Das ist schon in Ordnung«, sagte Ms. Ashworth und legte ihren Regenschirm auf ihr Pult. »Und mach dir keine Gedanken wegen der Tafel. Die kannst du auch morgen noch fertigwischen.«

Sebastian verstaute Lappen und Putzmittel im Schrank, nahm seine Büchertasche und den Schirm und ging zur Tür. Im Gehen drehte er sich noch einmal zu Ms. Ashworth um. »Danke«, murmelte er leise, aber sie war schon wieder so in ihre Korrekturarbeit vertieft, dass sie ihn nicht hörte.

Als Sebastian vor dem Gebäude stand, nahm er sich einen Moment lang Zeit, den schräg herunterpeitschenden Regen und den Nebel zu bestaunen, der den Schulhof in eine verträumte Landschaft verwandelte. Er hörte das Wasser in den Regenrinnen gurgeln und vernahm das leise Wispern der Tropfen, das die Luft ringsum erfüllte. Ein intensiver Geruch nach nassem Asphalt und Erde stieg ihm in die Nase. Er hatte den Eindruck, als würde der Boden unter seinen Füßen zum Leben erwachen. Seine Haut begann, angenehm zu prickeln, während er all das in sich aufnahm.

Er konnte sich nicht erinnern, wann es das letzte Mal derart heftig geregnet hatte. Wie schön musste Bungalow Haven jetzt unter diesem dunklen, wolkenverhangenen Himmel aussehen.

Zweifellos hatte seine Großmutter schon alle Kerzen im Haus angezündet. Sie sagte immer, regnerische Nachmittage und Kerzenlicht seien wie füreinander geschaffen. Bestimmt würde sie auch schon etwas kochen, das genau zum ersten Regentag der Jahreszeit passte. Er überlegte, was das wohl sein könnte. Vielleicht würde es *Carne guisada con Papas* geben oder eine große, schmackhafte *Empanada*, wie sie sie damals für Keith zubereitet hatte. Eine heiße Hühnersuppe mit viel Gemüse und Nudeln wäre auch denkbar. Aber was es auch wäre, Sebastian war sich sicher, dass es wie immer köstlich schmecken würde. Er spürte schon jetzt die nährende Wärme der Speisen in seinem Bauch. Alles würde gut werden, er musste nur noch seine Mutter überreden, nach dem Termin bei Dr. Lim zu Abuela Lola zu fahren.

Sebastian wollte gerade den Schirm aufspannen, als er bemerkte, dass der Regen nachgelassen hatte. Außerdem war die graue Wolkendecke an einer Stelle aufgerissen, und ein Stück strahlend blauer Himmel kam zum Vorschein. Der Regen, der durch dieses himmlische Fenster fiel, war von goldenem Sonnenschein erfüllt, und hier und da entstanden bunte Flecken aus Farbe. Das Licht wirkte wie durch ein Prisma gefiltert und schlug ihn völlig in Bann. Dann wanderte das durch das Loch in der Wolkendecke strahlende Licht plötzlich wie ein Kaleidoskop über den Himmel und fiel schließlich direkt vor ihm auf den Pausenhof. Seine Augen folgten der eindrucksvollen Spur aus Licht, und er erblickte etwas vollkommen Unerwartetes.

Hinter dem Schulhof, mitten auf dem Fußballfeld, lag ein schimmernder Fußball. Alle Sportgeräte hätten nach der letzten Pause eigentlich aufgeräumt sein müssen. Diesen Ball aber hatte man offensichtlich übersehen.

Überzeugt davon, dass Ms. Ashworth sich freuen würde, wenn er sich nützlich machte, legte Sebastian seine Büchertasche und den Schirm auf den Boden und trat unter dem schützenden Vordach hervor. Sofort spürte er den erfrischenden Sprühregen auf seinem Gesicht, und schon nach wenigen Sekunden waren seine Haare feucht. Die kühle Nässe auf seinen Schultern, dort, wo jetzt der Regen auf sein Hemd fiel, belebte ihn. Sein Puls schlug schneller, als er einen weiteren Schritt auf das Spielfeld zumachte. Als er seinen Blick auf die schimmernde Perfektion des schwarzweißen Leders auf dem nassen Rasen richtete, wurde sein Atem ruhiger. Sein Gang war locker und mühelos. Seine Muskeln zuckten vor Vorfreude.

Er hatte den Ball schon fast erreicht, als er plötzlich ein Grollen und dann ein ohrenbetäubendes Tosen hörte, das er zuerst für Gewitterdonner hielt. Als er jedoch aufsah, stellte er verblüfft fest, dass es ein Stadion voller Zuschauer war, das sich rings um ihn wie eine riesige Flutwelle erhob. Und über all dem stand die Sonne, deren Licht durch einen Wolkenschleier fiel. Alle Himmel, die er sich nur vorstellen konnte, waren dahinter wie Juwelen an einem kosmischen Faden aufgereiht. Wenn es ihm gelänge, auch nur einen einzigen davon zu lösen, dann würden auch die anderen frei sein. Sebastian war bereit, alles dafür zu opfern, damit das geschah. Dies war genau der Augenblick, auf den er sein ganzes Leben lang gewartet hatte. Die Erregung breitete sich in seiner Brust aus und floss wie elektrischer Strom durch seinen Rumpf, seine Arme und seine Beine.

Die Zuschauer begannen, seinen Namen zu skandieren. Der Chor ihrer Stimmen hallte laut in seinen Ohren wider, im selben Rhythmus wie sein Herzschlag, wie der Puls, der das Blut durch seinen Körper pumpte.

Sebastian ging auf den Ball zu. Als er das glänzende Leder mit seinem Fuß berührte, begann die Menge zu toben. Die Zuschauer auf der Tribüne stampften so heftig mit den Füßen, dass es schien, als würde die riesige Konstruktion gleich zusammenbrechen. Dann tauchten plötzlich die anderen Spieler wie Geister aus dem Regenschleier auf und begannen, aus allen Richtungen auf ihn zuzustürmen. Sebastian aber schoss los wie ein Blitz und umspielte sie leicht und elegant.

Er nutzte die Lücken zwischen seinen Gegnern und täuschte sie, seine Beine bewegten sich wie Kolben, sein Herz trug ihn auf sein Ziel zu. Hinter dem Schleier aus Regen und Spielern sah er jetzt das Tor. Und dort, hinter der Torlinie, schräg hinter dem Torwart, stand sie. Sie lächelte nicht, sie runzelte auch nicht die Stirn, vielmehr beobachtete sie ihn mit einer aufmerksamen Erwartung, die ihn zur Höchstleistung trieb. Dies hier war sein Schicksal, der krönende Glanzpunkt seines Lebens, und die schwarzhaarige alte Dame wollte nicht eine Sekunde davon verpassen.

Sebastian rannte, wuchs über sich selbst und die Grenzen seines Herzens hinaus. Er stieß in Regionen vor, die er sich bisher nicht einmal hatte erträumen können. Er verwandelte sich in ein Wesen aus Licht und schoss wie ein Blitz an seinen Gegnern vorbei. Nichts und niemand konnte ihn aufhalten. Als er das Tor vor Augen hatte, schlenzte er den Ball mit dem Spann hoch in die Luft. Dann zeigte er seinem Publikum den perfektesten Fallrückzieher, den man in der Geschichte des Fußballs je gesehen hatte. Der Ball rauschte über die Hände des Torwarts hinweg und landete mit einem eindrucksvollen, triumphverheißenden Geräusch im Netz. Sebastian spürte dieses Geräusch auch in seinem Herzen, einen leisen, satten Schlag, der durch seinen gesamten Körper hallte. Das war das Beste, was er je tun würde. Es erfüllte seine Seele mit unendlichem Staunen. In diesem Moment wurde ihm das heilige Wissen zuteil, dass nichts unmöglich war.

Er ließ sich auf die Knie fallen. Das Stadion bebte. Der Beifall regnete wie Sternschnuppen auf ihn herab und bedeckte ihn von Kopf bis Fuß.

Die schwarzhaarige alte Dame war die Erste, die zu ihm auf das Spielfeld lief. Mit geschmeidigen Schritten kam sie über den Rasen auf ihn zu. Auf ihrem Gesicht lag ein freudiges Lächeln, als sie ihm die Hand entgegenstreckte, um ihm zu gratulieren. Ihre Hand war jetzt nicht mehr knorrig. Sie fühlte sich warm, trocken und tröstlich an. Sebastian sah ihr in die Augen, in denen sich der Himmel und das Meer miteinander vermischten, und plötzlich wusste er, wer sie war und immer schon gewesen war.

»Warum hast du mir nicht gesagt, wer du bist?«, fragte er.

»Weil dafür noch nicht der richtige Zeitpunkt gekommen war, Sebastian.«

»Aber jetzt ist er es?«

»Ja, der Zeitpunkt ist perfekt.«

Sebastian sah sich über seine Schulter gewandt um. Hinter dem grauen Nebel, der sich inzwischen auf das Spielfeld gelegt hatte, konnte er gerade noch das Schulgebäude erkennen. Verglichen mit den leuchtenden Farben, die ihn auf dem Spielfeld umgaben, schien es ihm unendlich weit entfernt und düster zu sein. Und dann sah er seine Mutter, die mit energischen Schritten den Flur entlang auf sein Klassenzimmer zuging. Aus dieser Entfernung konnte er ihren Gesichtsausdruck nicht erkennen, vermutete aber, dass sie wegen des Termins bei Dr. Lim besorgt war.

Sebastian drehte sich wieder zu der schwarzhaarigen alten Dame um. Arm in Arm verließen sie das Spielfeld, entfernten sich dabei immer mehr von seiner Mutter und dem in grauen Nebel gehüllten Klassenzimmer und gingen auf die anderen zu, die bereits neben der Tribüne darauf warteten, dem Star des Spiels zu gratulieren.

Sie hatten den Spielfeldrand schon fast erreicht, als Sebastian fragte: »Wie fandest du mein Tor?«

»Es war phantastisch. Das beste Tor, das ich je gesehen habe. Aber natürlich bin ich nicht überrascht. Jemand, der so gut mit dem Tod tanzen kann wie du, der muss zwangsläufig auch ein außergewöhnlicher Spieler sein.«

Gloria fragte sich, weshalb Sebastian so lange brauchte, und beschloss, in seinem Klassenzimmer nach ihm zu suchen. Vielleicht war er ja noch auf die Toilette gegangen, um ein bisschen Zeit zu schinden, da er vor dem Termin bei Dr. Lim Angst hatte. So freundlich Dr. Lim auch war, in seiner Hartnäckigkeit konnte er manchmal doch ziemlich lästig werden. Gloria war fest entschlossen, ihren Sohn vor jeglichem Druck zu schützen. Es war nicht fair, einem kleinen Jungen so viel aufzubürden. Die Erinnerung an das, was beim letzten Termin geschehen war, machte sie auch jetzt noch wütend.

Mit schnellen Schritten ging sie durch die Eingangshalle – da sah sie plötzlich durch die große Glastür, dass Sebastians Büchertasche draußen auf dem Boden lag. Als sie verwundert hinausging, um sie aufzuheben, lenkte eine Bewegung, die sie aus dem Augenwinkel wahrnahm, ihren Blick auf das Fußballfeld hinaus. Zuerst erkannte sie nicht, wer das dort draußen war, da sie ihren Sohn noch nie wie ein normales Kind hatte rennen sehen. Seine Arme und Beine bewegten sich leidenschaftlich und kraftvoll – den Kopf hoch erhoben und die Schultern gestrafft, lief er über das Spielfeld. Als ihr bewusst wurde, dass es sich tatsächlich um Sebastian handelte, ließ sie alles fallen, was sie in den Händen hielt, und rannte los. Verzweifelt rief sie immer wieder, er solle stehen bleiben. Doch er hörte sie nicht. Es kam ihr vor, als befände er sich in einer anderen Welt, weit entfernt, wie in Trance. Die Art seiner Bewegungen, die kurzen Tempowechsel und das Ausweichen nach links und rechts vermittelten den Eindruck, als treibe er einen imaginären Ball vor sich her. Gleichzeitig wirkte sein Sprinten und Dribbeln sehr real, und es war unbestreitbar, dass er sich großartig bewegte.

Als Gloria einen Schuh verlor, schleuderte sie im Laufen auch den anderen vom Fuß und lief barfuß weiter, ohne aufzuhören, immer wieder Sebastians Namen zu rufen. Inzwischen hatte auch

Ms. Ashworth Glorias Schreie gehört und lief ihr nach. Schon bald rannte sie neben ihr, überholte sie und war als Erste bei Sebastian, der inzwischen zusammengebrochen war und mit dem Gesicht nach unten auf dem Rasen lag. Als sie ihn auf den Rücken drehte, flatterten seine Augenlider.

»Sebastian«, rief Ms. Ashworth. Er begann zu zucken und verdrehte die Augen.

Wenige Sekunden später kniete Gloria neben ihm auf dem Boden und streckte ihre heftig zitternden Hände nach ihrem Sohn aus. Ms. Ashworth übergab ihn den Armen seiner Mutter. Ein weiterer Krampf schüttelte seinen Körper.

»Ich rufe einen Krankenwagen!«, sagte sie und rannte durch den prasselnden Regen, der inzwischen wieder in Sturzbächen herabfiel, in Richtung Sekretariat.

Gloria drückte Sebastian an ihre Brust und begann ihn hin und her zu wiegen, versuchte sein Zittern zu beruhigen. Doch es wurde immer schlimmer, während der Regen sie durchnässte und die Kälte in ihren Körper kroch. Sie küsste ihn auf die Stirn und flüsterte: »Ist schon gut, Mama ist bei dir. Dir kann nichts passieren.«

Zärtlich streichelte Gloria das Gesicht ihres Sohnes, dann zog sie ihren tropfnassen Pullover aus, hüllte ihn darin ein und fuhr fort, seine Stirn zu küssen und ihm zuzureden. »Wenn wir zu Hause sind, werde ich dich in die warme Badewanne stecken, damit du keine Erkältung bekommst. Aber du darfst nie wieder so schnell rennen, hast du mich verstanden, Sebastian? Nie wieder.«

Sie starrte in sein Gesicht und sah, wie die zarten, lachsfarbenen Adern auf seinen Augenlidern immer blasser wurden und schließlich ganz verschwanden. »Sag etwas, Sebastian«, flehte sie. »Ich verspreche dir, dass ich auch nicht schimpfen werde, weil du so gerannt bist, Sebastian, sag doch etwas.«

Still und schlaff lag er in ihren Armen. Die Wärme seiner Mutter konnte die Kälte, die begonnen hatte, von ihm Besitz zu ergreifen, nicht mehr vertreiben, und während sie Sebastian weiterhin in den Armen hielt und sein Gesicht mit Küssen übersäte, zitterte Gloria so sehr, dass es für sie beide gereicht hätte. In der Ferne hörte sie das Heulen sich nähernder Sirenen, und nur wenige Sekunden später stürmte ein Trupp von Sanitätern auf sie zu. Genau in diesem Moment hörte der Regen auf. Die Wolken teilten sich und die Sonne schien so intensiv herab, dass die Feuchtigkeit wie schimmernde Säulen zum Himmel aufstieg.

Drei Monate später

29

Tagelang lag Gloria fantasierend und nur halb bei Bewusstsein im Bett. Die Tage wurden zu Wochen, die Wochen zu Monaten. An das, was geschehen war, nachdem sie ihren Sohn zum letzten Mal in ihren Armen gehalten hatte, konnte sie sich kaum erinnern. Die Beerdigung, die Anteilnahme von Freunden und Familienangehörigen, die unablässig anriefen oder ohne Vorankündigung kamen, um ihr Beileid auszusprechen – all das hatte sich im dichten Nebel ihrer Trauer verloren. Sie wusste nicht einmal mehr, wie sie an jenem letzten Tag ins Krankenhaus gekommen war. Nur an den kleinen, karg möblierten Raum, in den man sie geführt hatte, erinnerte sie sich noch ganz genau. Sie war erst ein paar Minuten dort gewesen, als Dean mit verquollenen Augen hereingestürzt kam. Er hatte ihr seine zitternden Hände entgegengestreckt. »Sebastian ist tot, Gloria«, hatte er mit vom Weinen heiserer Stimme gesagt. »Er ist tot.«

Gloria war in den Armen ihres Mannes zusammengebrochen. Seit diesem schrecklichen Tag fühlte sie sich wie ein wildes Tier in einer Falle, bei lebendigem Leibe gehäutet und zurückgelassen, um zu verfaulen. Ein sich windendes, seelenloses Etwas.

Der Urlaub, den man ihr für diesen Trauerfall gewährt hatte, war längst vorbei. Sie wusste, dass die Familie ohne ihr Einkommen in finanzielle Schwierigkeiten geraten würde, also versuchte sie, sich zum Aufzustehen zu zwingen und zur Arbeit zu gehen. Aber jeden Morgen, wenn sie die Augen aufschlug und ihr wieder bewusst wurde, was geschehen war, wollte sie einfach nur sterben, damit sie bei ihrem kleinen Jungen sein konnte. Egal, ob sie ihre Augen geöffnet oder geschlossen hatte, alles, was sie sah, war Sebastians Gesicht, seine großen, dunklen Augen, mit denen er sie wie aus großer Ferne beobachtete, und dennoch war sein Blick so durchdringend, dass sie das Gefühl hatte, er schaue direkt in ihre Seele und durch sie hindurch in eine Ewigkeit, die jenseits ihrer Vorstellung lag.

Dean war wieder bei seiner Familie eingezogen. Er wollte bleiben, bis sich der Zustand seiner Frau stabilisiert hatte. Es war Jennifer gewesen, die ihn angefleht hatte, nach Hause zu kommen. Sie sagte, sie hätte Angst, mit ihrer Mutter allein zu sein, Angst vor dem, was sie möglicherweise tun würde, und dass auch sie die Leere im Haus nicht ertragen könne. Sie schwor, dass sie manchmal das Gefühl hätte, Sebastian wäre bei ihr. Neuerdings würde sie auch über Dinge nachdenken, an die sie früher keinen Gedanken verschwendet hatte – Dinge wie die Welt der Geister, den Tod und die Frage, ob es einen Himmel gäbe oder nicht. All diese Fragen, die ihr früher so albern vorgekommen seien, hätten sich an einem stillen Platz tief in ihrem Herzen eingenistet.

Jede Nacht lag Dean neben seiner Frau im Bett und hörte zu, wie sie stundenlang wimmerte. Wenn die Erschöpfung sie schließlich überwältigte und sie in einen totenähnlichen Schlaf fiel, stand er manchmal mitten in der Nacht auf und ging in Sebastians Zimmer. Dort war alles noch genau so, wie sein Sohn es zurückgelassen hatte, als er an jenem letzten Morgen zur Schule gegangen war. Sein Bett war nicht gemacht, und die Schublade seines Schreibtischs stand ein kleines Stück offen. Dean betrachtete die Sachen seines Sohnes, seine Bücher, die Medaille des Schülers des Monats, die auf einer Reihe von Zetteln lag, die ihm seine Klassenkameraden geschrieben hatten. Er war von diesen so kostbaren Andenken zutiefst berührt und achtete jedes Mal peinlich genau darauf, alles wieder so zurückzulegen, wie er es vorgefunden hatte.

Manchmal, wenn sein Kummer ihn überwältigte, vergrub er sein Gesicht in Sebastians Kleidung, atmete den süßen, vertrauten Geruch ein, der noch darin hing. Dann hatte er wenigstens einige besondere, magische Augenblicke lang das Gefühl, als stünde sein Sohn vor ihm und sähe ihn mit seinen großen, traurigen Augen aufmerksam an. Wenn diese Momente vorbei waren, sank er auf Sebastians Bett, zog die Beine an die Brust und weinte. Er hätte darauf bestehen müssen, dass man Sebastian operierte, er hätte sich durchsetzen müssen, hätte sich als der starke und entschlossene Ehemann und Vater zeigen müssen, den seine Familie brauchte. Aber er hatte versagt, und jetzt war sein Sohn tot.

Eines späten Abends hörte Jennifer ein Weinen aus Sebastians Zimmer. Sie rannte hinein, in der Hoffnung, ihren kleinen Bruder dort zu finden. Sie sehnte sich danach, einen Blick auf ihn zu erhaschen, sehnte sich nach einer Berührung von ihm, einem Ton aus seinem Mund, nach irgendetwas, das sie wissen ließ, dass er noch immer irgendwo in dem geheimnisvollen Reich jenseits des Todes existierte. Doch als sie sah, dass es ihr Vater war, war ihr erster Gedanke, ihn mit seinem Kummer allein zu lassen, so wie sie es mit ihrem gewesen war. Dann aber besann sie sich eines Besseren und ging neben dem Bett in die Hocke, wie sie es so oft getan hatte, als Sebastian noch darin gelegen hatte.

»Glaubst du, dass es einen Himmel gibt, Daddy?«, fragte sie. Sie hatte ihren Vater nicht mehr *Daddy* genannt, seit sie ungefähr in Sebastians Alter gewesen war.

»Ich weiß es nicht«, erwiderte er.

»Also, ich glaube schon«, sagte sie zuversichtlich. »Es muss ihn einfach geben.«

Dean hob den Kopf, um Jennifers Gesicht zu studieren. Im matten Licht sah er gerade noch ihre Augen schimmern. Eine tiefe Trauer lag darin, aber auch eine Gewissheit, die er unerwartet tröstlich fand. Das veranlasste ihn, noch etwas hinzuzufügen. »Wenn es wirklich einen Himmel gibt, dann bin ich mir sicher, dass Sebastian jetzt dort ist.«

»Ich brauche ein Zeichen, Daddy. Ich muss einfach wissen, dass es ihm gut geht und er nicht allein ist. Lass uns um ein Zeichen bitten«, sagte Jennifer und streckte ihm ihre Hand entgegen. Jennifer und ihr Vater hatten noch nie gemeinsam gebetet, in dieser Nacht aber falteten sie die Hände und schickten ein stummes Gebet zum Himmel.

Danach lauschten sie eine Weile in die Dunkelheit des Zimmers. Sie hörten das Kratzen der Zweige an den Fensterscheiben und das dumpfe Heulen des Windes. Sie hörten das Geräusch ihres eigenen Atems, das Knurren von Jennifers Magen und das Quietschen der Bettfedern, als Dean sich auf die Seite drehte. Es war kalt und es war bereits spät. Schon nach kurzer Zeit wussten sie beide, dass es fürs Erste kein Zeichen geben würde.

Ein paar Minuten später verließen Dean und Jennifer Sebastians Zimmer und kehrten in ihre eigenen Betten zurück.

Eines Nachmittags erschien Gabi überraschend bei ihnen. Sie war ein paar Tage verreist gewesen und wollte fragen, wie es ihrer Schwester ging. Während sie unterwegs gewesen war, hatte sie täglich angerufen. Dean hatte ihr gegenüber so ehrlich geantwortet, wie er es Lola gegenüber niemals hätte tun können. Er sagte ihr, Gloria habe das Bett seit Tagen nicht mehr verlassen und er bringe ihr das Essen aufs Zimmer. Das meiste davon ließe sie allerdings stehen und sie weigere sich auch beharrlich, einen Arzt aufzusuchen. Wenn er sie darum bäte, erwiderte sie immer, dass sie keinen Arzt brauche.

Als Gabi die Treppe hinaufstieg, schlug ihr das Herz bis zum Hals. Sie erinnerte sich an die schwere Depression, an der Gloria nach Sebastians Geburt erkrankt war, und wusste, dass es jetzt sogar noch schlimmer um sie stehen musste. Außerdem hatte Dean ihr bereits anvertraut, dass sie sich in einem finanziellen Engpass befänden und Gefahr liefen, das Haus zu verlieren. Gabi wünschte sich, sie hätte ihnen irgendwie unter die Arme greifen können, aber ihr bescheidenes Gehalt reichte kaum aus, ihre eigenen Kosten zu decken.

Als sie das Zimmer betrat, war es dunkel im Raum. Ein feuchter, säuerlicher Geruch hing in der Luft. Sie ging schnurstracks zum Fenster und zog die Jalousie hoch, woraufhin Gloria sich stöhnend die Hand vor die Augen hielt. »Dean, ich habe dir doch gesagt, dass das Rollo unten bleiben soll«, murmelte sie.

»Ich bin's«, sagte Gabi.

Gloria öffnete die Augen gerade so weit, dass sie ihre Schwester erkennen konnte. »Was willst du hier?«, fragte sie.

»Dich sehen. Ich war ja schon eine Weile nicht mehr hier.«

»Das ist mir gar nicht aufgefallen«, sagte Gloria. Dann drehte sie sich weg, damit sie das frische Gesicht ihrer Schwester nicht länger ertragen musste. Es schmerzte sie, zu sehen, dass die anderen ihr Leben weiterlebten, als sei der Tod ihres Sohnes ohne jede Bedeutung. Es machte sie sogar wütend, aber sie besaß nicht mehr die Kraft, sich diesem Zorn hinzugeben. Sie empfand einen Groll gegenüber den Menschen und Umständen, die sie dazu zwangen, irgendetwas zu empfinden.

Gabi ging um das Bett herum, setzte sich auf die Bettkante und sah ihre Schwester an. »So kann es nicht weitergehen. Du musst aufstehen und wenigstens duschen. Ich werde dir dabei helfen.«

»Ich will deine Hilfe nicht«, murmelte Gloria. »Lass mich in Ruhe.«

»Das kann ich nicht«, erwiderte Gabi.

»Es ist ganz leicht. Du brauchst nur aufzustehen und zu gehen.«

»Wenn ich aufstehe und gehe, dann nur, um einen Krankenwagen zu rufen.«

»Nein«, sagte Gloria und schüttelte den Kopf. Sie spürte, wie diese entsetzliche Qual wie Galle in ihrer Kehle aufstieg. »Tu das nicht. Ich bitte dich inständig, Gabi, ruf keinen Krankenwagen.«

»Dann lass dir jetzt beim Duschen helfen. Du wirst dich danach besser fühlen, Gloria. Ganz bestimmt.«

»Ich werde mich sauber fühlen, aber nicht besser«, gab Gloria zurück. »Ich werde mich niemals wieder besser fühlen.«

»Dann werden wir einen Schritt nach dem anderen machen. Sauber und elend ist besser als schmutzig und elend.«

»Ich kann nicht«, murmelte Gloria.

»Doch, du kannst.«

Gloria überlegte einen Moment, dann sagte sie leise. »Ich will nicht.«

Nachdenklich starrte Gabi ihre Schwester an und betrachtete ihre eingefallenen Wangen und die tief liegenden Augen. Sie spürte, dass der Zeitpunkt, Gloria zu irgendetwas zu überreden, längst vorbei war. Wenn sie jetzt nichts unternahm, würden sie bald einen weiteren Todesfall in der Familie zu beklagen haben.

»Okay, wie du willst«, sagte Gabi und stand auf, um das Zimmer zu verlassen.

Gloria hob den Kopf. »Wohin gehst du?«

»Ich will verdammt sein, wenn ich einfach dastehe und zusehe, wie meine Schwester in ihrem eigenen Bett verrottet.«

»Wage es ja nicht, irgendjemanden zu rufen.«

»Dann versuch doch, mich aufzuhalten«, sagte Gabi und ging aus dem Zimmer, ohne sich auch nur noch einmal umzusehen. Sie war schon mitten auf der Treppe, als sie Gloria schreien hörte.

»Ich werde duschen, verdammt! Ich werde mich unter die beschissene Dusche stellen!«

Gabi ging die Treppe wieder hinauf und half ihrer maulenden, übelriechenden Schwester aus dem Bett und unter die Dusche. Als sie sich abgetrocknet hatte, zog Gloria einen frischen Pyjama an, und Gabi bestand darauf, dass sie sich erst einmal in den Sessel setzte, anstatt sich sofort wieder ins Bett zu legen.

Es gab Neuigkeiten, die Gabi ihrer Schwester mitteilen wollte.

Sie wusste noch nicht genau, wie sie es tun sollte, hoffte aber inständig, dass es ihr guttun würde, zu hören, was sie ihr sagen wollte – und dass es sie wenigstens ein paar Zentimeter aus dem tiefen, dunklen Loch ziehen würde, in das sie gefallen war.

»Jetzt fühlst du dich besser, habe ich Recht?«, fragte Gabi.

Gloria zuckte mit den Schultern. »Ich denke schon, aber ich glaube nicht, dass ich noch sehr viel länger sitzen bleiben kann.«

»Nur noch ein paar Minuten. Es gibt da etwas, das ich dir sagen muss.«

Gloria hob ihren Kopf, um ihrer Schwester in die strahlenden Augen zu sehen.

»Terrence und ich heiraten in ein paar Wochen«, sagte Gabi.

»Warum so schnell? Könnt ihr nicht warten, bis ...« Gloria wollte sagen »bis diese entsetzliche Traurigkeit vorbei ist«, dann aber wurde ihr bewusst, dass ihre Schwester in diesem Fall sehr lange würde warten müssen. Vielleicht sogar für immer.

»Das würden wir auch«, erwiderte Gabi. »Aber ich bin schwanger. Wir halten es deshalb für das Beste, die Hochzeit nicht allzu lange hinauszuschieben.«

Gloria nickte freudlos. »Wie weit bist du?«

»Anfang vierter Monat.«

»Weiß Ma es schon?«

»Alle wissen es«, sagte Gabi. »Aber ich wollte dir noch ein wenig Zeit lassen, bevor ich es dir sage. Ich weiß nicht, warum, ich ... ich dachte einfach, es würde für dich alles noch schwerer machen.«

Gloria nickte wieder. Ein Teil von ihr wollte ihrer Schwester alles Gute wünschen, wollte ihr all die Dinge sagen, die sie ihr eigentlich sagen sollte. Doch sie wusste, dass ihre Worte sich ebenso leer und hohl anhören würden, wie sie sich innerlich fühlte.

»Heute Vormittag haben wir erfahren, dass es ein Junge wird«, fuhr Gabi fort. »Terrence und ich wollen ihn Sebastian nennen.«

Als Gloria den Namen ihres Sohnes hörte, bewegte sich tief in ihrem Inneren etwas. Da waren plötzlich wieder Emotionen. Sie schlug die Hände vors Gesicht und begann zu weinen. Diesmal fühlte es sich jedoch gut an, zu weinen. Es war um so vieles besser als diese schier endlose Wüste aus erschöpfter Qual, in der sie in den letzten Monaten umhergeirrt war. Sie ließ es zu, dass Gabi sie umarmte. Ein paar Sekunden später nahm Gloria langsam die Hände vom Gesicht und erwiderte die Umarmung.

Gabi verabschiedete sich mit ein paar ermutigenden Worten an Dean und Jennifer. Die beiden waren erleichtert zu hören, dass Gloria jetzt zwar wieder im Bett lag, dass sie aber geduscht und sich auch eine Weile in ihren Sessel gesetzt hatte, anstatt sich gleich wieder hinzulegen. Sie hatte, wie Gabi berichtete, auch versprochen, wieder etwas mehr zu essen, und schien die Neuigkeit, dass sie und Terrence ein Baby bekommen würden und es Sebastian nennen wollten, mit echter Rührung aufgenommen zu haben. Die beiden waren Gabi für ihre Hilfe überaus dankbar und baten sie, wenn es ihr möglich sei, in ein paar Tagen wiederzukommen und dann auch Terrence mitzubringen.

Ein paar Stunden später bereitete Dean in der Küche gerade ein Sandwich für Gloria zu, als es an der Haustür klopfte. Er ging zur Tür und stellte überrascht fest, dass es Mando war, der da auf der Schwelle stand. Er hatte eine große Auflaufform in der Hand. Hinter ihm sah Dean Susan im Auto sitzen. Sie starrte geradeaus. Als sie kurz den Kopf wandte und Dean sah, winkte sie ihm zu. Dean erwiderte ihren Gruß und fragte sich, ob er sie hereinbitten sollte.

Mando entging das Unbehagen seines Schwagers nicht.

»Mach dir wegen Susan keine Gedanken. Ich erwarte gewiss nicht, dass Gloria jetzt das Kriegsbeil begräbt. Abgesehen davon würde Susan das Auto nicht verlassen, selbst wenn Gloria sie auf Knien darum bitten würde. Sie sind beide verdammt stur.«

Dean nickte. Er war erleichtert, dass sein Schwager Verständnis für seine Situation hatte, und ging in die Küche voraus. Mando stellte die Auflaufform auf den Küchentresen.

»Susan ist bestimmt nicht die beste Köchin der Welt, aber ich glaube doch, dass das hier allen schmecken wird.«

Dean nahm vertraute Aromen wahr, und obwohl er in letzter Zeit selbst kaum noch Appetit hatte, lief ihm das Wasser im Mund zusammen. Er hob den Deckel an und lächelte. »*Mofongo*«, flüsterte er. »Vielen Dank, Mando. Richte bitte auch Susan meinen Dank aus.«

»Ja, natürlich«, sagte Mando und klopfte seinem Schwager aufmunternd auf den Rücken. Ihm fiel auf, dass Dean ein paar Pfund abgenommen hatte und dass seine blauen Augen jetzt beinahe grau erschienen. »Wenn du irgendetwas brauchst, egal was, sag es einfach.«

Dean nickte und lächelte. Zweifellos war es zwischenzeitlich auch Mando zu Ohren gekommen, dass sie wieder in finanziellen Schwierigkeiten steckten. Er wusste aber auch, dass Gloria die Hilfe ihres Bruders niemals annehmen würde. Sie würde eher das Haus und alles, was sie besaßen, verlieren, ehe sie das, was sie sich vor so vielen Jahren geschworen hatte, rückgängig machen würde.

Nachdem Mando gegangen war, wärmte Dean das *Mofongo* ein paar Minuten lang im Ofen auf, bevor er einen Teller mit einer nicht zu großen Portion füllte und die Treppe hinauftrug. Gloria saß in ihrem Bett und starrte mit halb geschlossenen Augen aus dem Fenster. Dünn, wie sie war, und mit ihren offenen Haaren, die ihr auf die Schultern fielen, sah sie beinahe wie ein Teenager aus. Versunken in einen Nebel aus Erinnerungen und Bedauern, starrte Dean sie einen Moment lang an.

»Ich habe eine Überraschung für dich«, sagte er, als er mit dem Tablett zu ihr ans Bett ging.

Er stellte den Teller auf Glorias Schoß. Sie starrte ihn an. »Wo kommt das her?«, fragte sie.

Dean hob verlegen den Kopf. »Aus der Küche, woher sonst?«

»Spiel keine albernen Spielchen mit mir, Dean. Ich habe gehört, dass Mando da war.« Sie sah ihren Mann mit hasserfülltem Blick an. »Hat Susan das gekocht?«

Dean schwieg, doch seine schuldbewusste Miene sagte alles.

Gloria schob das Tablett von sich. »Ich habe keinen Hunger.«

»Gloria, es wird dich nicht umbringen, wenn …«

»Ich sagte, dass ich keinen Hunger habe. Nimm das wieder mit und wirf es in den Abfall, wo es hingehört.«

Ohne ein weiteres Wort trug Dean das Tablett zurück in die Küche. Er nahm zwei Teller aus dem Schrank und gab sich und Jennifer, die gerade in die Küche gekommen war, eine große Portion auf. Sie aßen schweigend und erinnerten sich daran, wie sie das letzte Mal ein köstliches Festmahl mit *Mofongo* genossen hatten.

Am nächsten Tag verließ Gloria überraschend das Bett, zog sich an und bat Dean, sie zu fahren. Aus Angst, sie könnte es sich noch einmal anders überlegen, stellte er keine Fragen, als sie in seinen Jeep einstiegen. Sie fuhren quer durch die Stadt, und er nahm an, dass Gloria das Grab besuchen wollte. Doch als sie sich Sebastians ehemaliger Schule näherten, bat Gloria ihren Mann, dort anzuhalten und den Wagen abzustellen.

»Du willst, dass ich hier halte?«

»Ich möchte dir etwas zeigen«, sagte Gloria.

Dean war besorgt. »Meinst du wirklich, dass das eine gute Idee ist, Gloria? Immerhin geht es dir heute doch um so vieles besser.«

»Bitte, Dean, es ist wichtig für mich.«

Gloria führte ihn durch die Flure der Schule zum Pausenhof. Die Kinder saßen noch in ihren Klassenzimmern. Das Fußballfeld und der Pausenhof lagen verwaist vor ihnen. Gloria überquerte den Hof und blieb vor dem Spielfeld stehen. Eine Zeit lang starrte sie geradeaus. Es kam ihr vor, als wäre sie erst gestern hier gewesen und als würde ihr Sohn noch leben und völlig unbeschwert über das Spielfeld laufen. Konnte es sein, dass das alles nur ein entsetzlicher Traum gewesen war? War es vielleicht möglich, den Schleier der Zeit zu lüften und ihren Sohn auf der anderen Seite zu finden, wo er auf sie wartete? Sie wusste, dass das absurd war, und dennoch war es das hoffnungsvollste Gefühl, das sie seit Monaten empfunden hatte.

»Ist es hier passiert?«, fragte Dean schließlich. Er hatte eine ungefähre Vorstellung davon, wie Sebastian gestorben war, aber Gloria war nicht imstande gewesen, ihm Genaueres zu erzählen. Wenn sie es versucht hatte, war sie jedes Mal in Tränen ausgebrochen und hatte nicht weitersprechen können.

Gloria nickte, dann betrat sie das Spielfeld und ging über den Rasen, als wäre er geweihter Boden. Dean blieb bei ihr, besorgt, was als Nächstes geschehen würde.

»Zuerst habe ich ihn gar nicht erkannt«, sagte Gloria. »Als ich ihn rief, hat er mich nicht gehört. Oder es war ihm einfach egal. Dann bin ich ihm hinterhergelaufen, aber ich hatte keine Ahnung, dass er so schnell rennen konnte.«

Sie ging jetzt mit schnellen Schritten und folgte dem Weg, den Sebastian genommen hatte. »Und genau hier«, sagte sie und blieb ein paar Schritte von der Torlinie entfernt stehen, »hier ist er zusammengebrochen.« Sie kniete an der Stelle nieder, an der ihr Sohn gestorben war. Dean kniete sich neben sie.

In diesem Moment ertönte eine laute Glocke. Sie erschraken beide. Unzählige Kinder strömten in Vorfreude auf die Pause aus den Klassenzimmern. Die Luft wurde vom fröhlichen Lärm lachender Kinder erfüllt, die sich gegenseitig zuriefen, was sie spielen wollten. Einige von ihnen gingen zu den Spielgeräten auf dem Pausenhof, andere rannten auf das Spielfeld, wo Gloria und Dean noch immer auf dem Rasen knieten. Die Kinder wirkten sichtlich verwirrt, als sie zwei Erwachsene auf ihrem Fußballplatz sahen, also half Dean Gloria auf, und sie verließen das Spielfeld. Nicht weit entfernt entdeckte er unter einer Weide eine Bank. Dort nahmen sie Platz und sahen zu, wie einige der Kinder sich um den Tetherball-Platz versammelten und begannen, den Ball auf dem Rücken liegend mit den Füßen zu kicken. Sie beobachteten dieses ungewöhnliche Spiel schon eine ganze Weile, als Gloria plötzlich sagte: »Ich habe ihn umgebracht. Ich habe Sebastian umgebracht.«

»Scht, scht!«, sagte Dean und ergriff ihre Hand.

»Mit meiner Angst habe ich ihn umgebracht. Genau, wie du es vorausgesagt hast. Du hast jedes Recht der Welt, mich deswegen zu hassen.«

»Nein«, sagte Dean und zog sie an sich. »So etwas darfst du nie wieder sagen. Nie wieder.«

»Ich will sterben«, rief Gloria, befreite ihre Hände aus seinem Griff und schob ihn von sich. »Ich will bei Sebastian sein. Er braucht mich.«

»Genug damit …«, erwiderte er und versuchte, wieder ihre Hände zu nehmen, doch sie entzog sie ihm. Schließlich gelang es ihm, sie an den Schultern festzuhalten. »Wir brauchen dich, Gloria«, sagte er und schüttelte sie sanft. »Jennifer braucht dich, und ich brauche dich mehr als je zuvor. Und ich werde dir noch etwas verraten. Ganz egal, was du auch sagst, ich weiß, dass du mich noch immer liebst. Ich kann es in deinen Augen erkennen, so klar wie der helle Tag. Und ich habe weiß Gott niemals aufgehört, dich zu lieben. Und das wird sich auch niemals ändern.«

Gloria schwieg. Sie sah in die ruhige Schönheit der Augen ihres Mannes und erinnerte sich daran, dass sie einmal ihre Zuflucht und ihre Hoffnung gewesen waren. Unwillkürlich entspannte sie sich und lehnte sich an ihn, wie sie es schon seit Jahren nicht mehr getan hatte, und gab sich der Wärme und dem Schutz seines Arms um ihre Schultern hin.

Irgendwann kam ein mageres Mädchen mit zerzausten blonden Haaren und Brille vorsichtig auf sie zu. Sie blieb ein paar Meter von ihnen entfernt stehen, spähte unter den tiefhängenden Ästen des Baumes hindurch und sah sie traurig und ein wenig verwirrt an. Als sie ihre Neugier befriedigt hatte, drehte sie sich um und rannte zu ihren Freunden auf dem Fußballplatz.

Gloria und Dean blieben auf der Bank unter der Weide sitzen, bis die Schulglocke läutete und die Kinder in ihre Klassenzimmer zurückrief. Als alles wieder still war, standen sie auf und gingen Hand in Hand davon.

30

Lola saß vollkommen reglos auf ihrem Schaukelstuhl gegenüber der leeren Wand. Sie konnte selbst nicht mehr sagen, wie lange sie schon so dasaß. Manchmal kam es ihr vor, als säße sie schon ihr ganzes Leben lang hier und wartete. Darauf, dass sich ihre Welt veränderte. Darauf, dass ihre Kinder ihre Differenzen beilegten. Darauf, dass ihr Leben endete und sie endlich ihren geliebten Ramiro und jetzt auch Sebastian wiedersehen konnte.

Auf dem Tisch hinter ihr stapelte sich ein Berg von Styroporbehältern. Sie besaß einfach nicht mehr die Kraft, ja sie verspürte nicht einmal mehr den Wunsch, noch etwas zu kochen. Ihre Mahlzeiten bekam sie jetzt wieder vom Seniorenzentrum. Für Terrence lief es in letzter Zeit finanziell so gut, dass er auf seinen Nebenjob als Ausfahrer verzichten konnte. Lola war froh darüber, da er und Gabi sich jetzt ein gemeinsames Leben aufbauten, mit Baby und allem, was dazugehörte. Schon bald würde es ein anderes Enkelkind geben, dem sie ihre Liebe schenken konnte, aber Lola empfand darüber keine Freude. Der Kummer in ihrem Herzen ließ nicht viel Platz für irgendetwas anderes.

Sie hatte keine Tränen mehr. Die Leere, die sie ohne ihren Enkel spürte, war noch schlimmer als das, was sie damals nach dem Tod ihres Mannes empfunden hatte. Sebastian war für sie mehr als nur ein Enkelkind gewesen. Er hatte sie gewissermaßen wiedererweckt, und sie hatte stets gehofft und darum gebetet, dass sie vor ihm sterben möge. Aber es hatte nicht sein sollen. Schon bald würden ihre Kinder wieder darauf drängen, dass sie aus Bungalow Haven auszog, und sie wusste, dass sie jetzt nicht mehr die Kraft hatte, sich noch weiter dagegen zu wehren.

Lola schloss die Augen und lehnte sich in ihrem Schaukelstuhl zurück. Jetzt hörte sie nur noch den Schlag ihres Herzens, das Geräusch der Luft, die beim Einatmen in ihre Lungen strömte und beim Ausatmen wieder entwich. Es erinnerte sie daran, dass sie nichts anderes als ein leeres Gefäß war. Ihr Leben wurde nur noch von einem zitternden Faden gehalten, der das Zentrum ihrer Seele mit dem unendlichen Himmel verband, nach dem sie sich so sehr sehnte. Sie brauchte nichts anderes zu tun, als ihre Hand auszustrecken und diesen Faden durchzuschneiden. So einfach war das.

Lola dachte an Ramiro und murmelte leise: »Du bist Gott viel näher, als ich es bin. Sag ihm, er soll mich jetzt auch zu sich rufen, bevor es zu spät ist.«

Seufzend schloss sie die Augen und wartete darauf, dass der Tod kam. Wenn sie einfach ein paar Tage in ihrem Schaukelstuhl sitzen bliebe, würde er schon kommen und sie mit sich nehmen. Sie musste nur noch etwas Geduld haben, und mit ein bisschen Glück wäre sie tot, bevor ihre Kinder sie zwangen, ihr Zuhause zu verlassen.

Lola öffnete die Augen. Sie stand auf und ging ins Schlafzimmer. Dort setzte sie sich auf die Kante ihres Bettes, öffnete die Schublade ihrer Frisierkommode und nahm heraus, was sie gesucht hatte. Sie öffnete das Fläschchen und zählte siebenundzwanzig Schlaftabletten in ihre Hand. Nachdenklich starrte sie sie eine Weile lang an. Zwei Mal siebenundzwanzig ergab vierundfünfzig. Genauso viele Jahre waren sie und Ramiro verheiratet gewesen.

Plötzlich spürte sie etwas, hörte eine innere Stimme, die ihr sagte, sie solle die Tabletten in das Fläschchen zurückfüllen und dieses wieder in ihre Schublade legen. Sie gehorchte. Dabei berührte sie eine der vielen Mappen, die sie für ihre Enkel aufgehoben hatte und in denen sich die Bilder befanden, die sie gemalt hatten, seit sie alt genug gewesen waren, einen Buntstift in ihren rundlichen kleinen Fingern zu halten. Es war Sebastians Mappe, auf der jetzt ihre Hand lag. Als sie sie aufschlug, sah sie, dass die oberste Zeichnung die »schwarzhaarige alte Dame« zeigte, wie Sebastian sie genannt hatte.

Lola erinnerte sich an Sebastians Beklemmung, als er ihr von ihrem wiederholten Erscheinen erzählt hatte. Auch sie hatte das zutiefst beunruhigt, da sie wusste, dass Menschen, die dem Tode nahe waren, eben solche Visionen erlebten. Damals hatte sie einfach nicht darüber nachdenken können, jetzt aber ... jetzt hatte sie nichts mehr zu verlieren.

Lola starrte die Zeichnung an, konzentrierte sich auf den intensiven Blick der lebhaften Augen und auf den Gesichtsausdruck, den sie so gut kannte. Die lange Nase, den strengen Mund und die unzähligen Fältchen, die das Gesicht wie ein dichtes Netz überzogen. Während sie es weiter unverwandt anstarrte, erwachten die Augen plötzlich zum Leben. Sie holte erschrocken Luft und ließ das Bild zu Boden fallen. Und dann hörte sie ganz deutlich eine barsche Stimme, die sagte: »Verzweifle nicht, Dolores. Wir sind zusammen. Wir waren immer zusammen.« Sie hob die Zeichnung auf und sank rückwärts auf ihr Bett. Das Bild fest an ihre Brust gedrückt, begann sie zu weinen. Sie war überrascht, dass ihre Tränen in Strömen flossen, wo sie sich doch sicher gewesen war, dass sie keine Tränen mehr hatte.

31

Es war gegen halb fünf am Sonntagnachmittag. Während Gloria im Obergeschoss Kartons packte, stand Dean in der Garage und überlegte, was sie verschenken oder wegwerfen könnten, bevor sie das Haus verkauften. Es bestand inzwischen kein Zweifel mehr daran, dass sie verkaufen mussten, wenn sie sich nicht völlig überschulden wollten. Gloria wusste besser als irgendwer sonst, dass alles nur noch schlimmer werden würde, wenn sie noch länger warteten. Obwohl ihnen nicht mehr viel Zeit blieb, hatten sie mit Sebastians Zimmer noch nicht einmal angefangen. Allein die Vorstellung, seine Sachen durchzusehen und sich von ihnen zu trennen, war für sie alle einfach unerträglich. Gloria und Dean hatten beschlossen, dass sie sich, sobald alles andere erledigt wäre, gemeinsam an diese schwere Aufgaben machen würden.

Auch Jennifer räumte ihren Schrank aus. Der Berg von Kleidung in der Mitte ihres Zimmers wuchs mehr und mehr. Sie hatte beschlossen, alles, was nicht absolut unentbehrlich war, zu verschenken. Kleidungsstücke, von denen sie sich früher nur schwer getrennt hätte, warf sie jetzt, ohne auch nur darüber nachzudenken, auf den Haufen.

Das Telefon läutete und Gloria nahm ab. Dann ließ sie alles, was sie in der Hand hielt, einfach fallen. Sie schien ihren Ohren nicht zu trauen. »Tu mir das nicht an, Ma. Ich bitte dich. Nicht jetzt. Nicht nach allem, was geschehen ist.«

Gloria legte auf. Dann stand sie einen Moment lang wie gelähmt da, ehe sie aus voller Lunge schrie: »Dean! Dean!«

Jennifer kam aus ihrem Zimmer gestürzt, als sie ihre Mutter schreien hörte.

»Wo ist dein Vater?«, fragte Gloria sie völlig panisch.

»In der Garage.«

»Dean!«, schrie Gloria, während sie die Treppe hinunterstolperte. »Hol den Wagen! Dean!«

Dean kam bereits die Treppe hinaufgelaufen. »Was ist los?«

»Das war Ma«, sagte Gloria händeringend. »Sie hat gesagt, dass sie für Sebastian ein Feuer angezündet hat und dass es diesmal bestimmt niemand mehr löschen wird.«

Als Gloria, Dean und Jennifer in Bungalow Haven eintrafen, warteten dort bereits mehrere Feuerwehrwagen. Über den Bäumen hing Rauch, Brandgeruch lag in der Luft. Sie rannten die Straße entlang auf das kleine gelbe Haus ganz hinten zu. Was sie dort sahen, ließ sie wie angewurzelt stehen bleiben.

Vor dem Haus standen mehrere Feuerwehrleute und sahen Lola zu, die vor einem so großen Grill hantierte, dass er ihren kleinen Garten fast zur Gänze einnahm. Sie hatte Feuerholz und Kohle aufgeschichtet und ein riesiges Feuer entzündet. Der aufsteigende Rauch hüllte das ganze Haus ein. An einem großen Spieß über dem Grill drehte sich ein ganzes Zicklein. Lola hielt einen Pinsel in der Hand und bestrich es gerade hingebungsvoll mit Fett. Es hing so weit über dem Boden, dass sie einen Trittschemel brauchte, um es überhaupt erreichen zu können. Sie hatte ihre Haare wieder gefärbt, diesmal in einem kräftigen Purpurrot, das grell wie eine Neon-Aubergine leuchtete.

Die Feuerwehrleute waren ungehalten, weil man sie wegen nichts Ernsterem als einem überdimensionierten Barbecue gerufen hatte. Sichtlich verärgert erklärten sie, dass es kein Gesetz gebe, das in diesem Teil der Stadt das Grillen im Freien verbieten würde, und dass nach ihrer Einschätzung die benachbarten Gebäude und Grundstücke in keiner Weise gefährdet seien. Damit verließen sie unverrichteter Dinge den Ort des Geschehens.

Nur wenig später trafen Mando, Susan und Cindy ein. Sie waren völlig außer Atem, da auch sie das letzte Stück des Weges gerannt waren. Gleich darauf kamen auch Gabi und Terrence angelaufen. Anscheinend hatten sie alle denselben rätselhaften und unheilverkündenden Anruf erhalten.

Jedes Mal, wenn ein weiteres Familienmitglied eintraf, blickte Lola kurz von ihrer Arbeit auf. Offensichtlich bereitete es ihr großes Vergnügen, den Schrecken in ihren Gesichtern zu sehen.

Der Rauch des Feuers umfing sie, als tanzte er zu den Klängen einer mystischen Musik. Bisweilen hüllte er sie auch vollkommen ein. Jedes Mal, wenn er den Blick auf sie für kurze Zeit freigab, wirkte Lola kraftvoller als zuvor. Es schien, als sei sie ein unsteter Geist, der sich nicht entscheiden konnte, ob er erscheinen oder verschwinden sollte.

Der Rauch hüllte jetzt auch die anderen Familienmitglieder ein. Sein würziger Geruch umkreiste einen nach dem anderen und bewegte sie dazu, näher zu treten. Langsam und wie in Trance gingen sie durch die Rauchschwaden hindurch, die sie wie eine Wand von Lola und dem fantastischen Reich trennten, das sich vor ihnen ausbreitete.

»Ihr seht aus, als hättet ihr ein Gespenst gesehen«, sagte Lola kichernd.

»Was machst du denn da, Ma?«, fragte Gloria.

»Das habe ich dir doch gesagt«, erwiderte sie. »Ich habe für Sebastian ein Feuer gemacht. Und darauf brate ich jetzt mein kleines *Cabrito*. Ich denke, es wird ihm sehr gut schmecken. Wahrscheinlich wird es sein Lieblingsessen werden, so wie es auch meins ist.«

»Abuela Lola«, sagte Jennifer, die fürchtete, dass ihre Großmutter diesmal tatsächlich den Verstand verloren hatte. »Sebastian ist doch nicht mehr bei uns, weißt du das denn nicht mehr?«

»Unsinn«, erwiderte Lola mit einer Handbewegung. »Sebastian ist immer bei uns. Und jetzt komm und hilf mir. Du kennst die Regel. Wenn wir alle etwas essen wollen, müssen wir auch alle unseren Beitrag dazu leisten.«

Sie wechselten besorgte Blicke und wussten nicht, wie sie das, was da gerade geschah, zu deuten hatten, geschweige denn, was sie tun sollten. Cindy war die Erste, die sich aus der Gruppe löste und zu ihrer Großmutter ging. Sie half ihr vom Schemel und bekam von Lola den Küchenpinsel und die Schüssel in die Hand gedrückt. Auch Susan ging zum Feuer. Sie hielt ihrer Tochter die Schüssel, während diese das *Cabrito* sorgfältig einpinselte, so wie sie es gerade eben bei ihrer Großmutter gesehen hatte.

»Bestreich das Fleisch, bis die Soße aufgebraucht ist«, sagte Lola. »Wenn die Schüssel leer ist, findest du auf der Veranda noch eine Flasche.«

Mando und Terrence holten Stühle aus dem Haus, damit sie alle um das Feuer herum sitzen konnten, während das Zicklein briet. Es war ein wunderschöner Nachmittag, und es sah so aus, als würden sie noch eine ganze Weile hierbleiben.

Dean und Gabi standen bei Gloria, bereit, ihr jede Unterstützung zukommen zu lassen, die sie vielleicht brauchte. Sie war ergriffener als sonst irgendjemand in der Runde. Ihr Blick wanderte immer wieder zu Susan, als wisse sie nicht so recht, was sie tun sollte. Normalerweise hätte sie sich einfach umgedreht und so viel Abstand zwischen sich und ihre Schwägerin gebracht, wie sie konnte. Aber Sebastian war ihr Sohn gewesen, und Lola hatte gesagt, dass sie dieses Feuer allein für ihn entfacht hatte.

Während Mando und Terrence die Stühle um das Feuer herum aufstellten, verkündete Cindy, dass die Soße im Schälchen aufgebraucht sei.

»Hilf ihr, Nena«, sagte Lola und zeigte auf die Flasche mit der Marinade, die auf der Veranda stand. Noch immer verwirrt, tat Gloria, was ihre Mutter ihr aufgetragen hatte. Sie ging mit der Flasche zu Susan hinüber und goss etwas von der Marinade in das Schälchen, das Susan noch immer in der Hand hielt. Doch vor lauter Nervosität schüttete sie den größten Teil des Inhalts daneben und stieß ihrer Schwägerin auch noch mit ihren fahrigen Bewegungen das Schälchen aus der Hand. Beide Frauen bückten sich, um es aufzuheben, und stießen dabei mit den Köpfen zusammen. Als sie sich aufrichteten, entschuldigten sie sich beide und konnten in diesem Moment nicht anders, als leise zu kichern.

Alle anderen reagierten verblüfft, als sie sahen, dass Susan und Gloria beieinander standen und sogar mehr oder weniger höflich miteinander umgingen. Vielleicht brachte der Rauch des Feuers sie ja endlich zur Vernunft. Und dann begannen die beiden miteinander zu sprechen, allerdings so leise, dass niemand anderes sie hören konnte.

»Wir waren Idioten«, flüsterte Susan.

Noch immer benommen, blickte Gloria ihrer Schwägerin zum ersten Mal seit Jahren in die Augen. »Nennst du mich eine Idiotin?«

»Ich spreche von uns beiden.«

In Glorias Augen begannen Tränen zu schimmern. »Das alles erscheint jetzt so sinnlos und so lächerlich, oder?«

»Vielleicht war es das ja schon immer«, erwiderte Susan.

»Vielleicht«, räumte Gloria ein. Sie machte Anstalten, sich umzudrehen und davonzugehen, als Susan so laut, dass alle sie hören konnten, sagte: »Mando und ich werden nicht einfach tatenlos zusehen, wir ihr euer Haus verliert. Wir werden euch helfen.«

Gloria erstarrte. Sie spürte, wie der Zorn dort, wo er jahrelang in ihr geschwelt hatte, wieder aufloderte. Sie schloss die Augen und versuchte verzweifelt, sich zu beherrschen. »Danke, kein Bedarf«, murmelte sie leise.

Dean, der das hörte, sagte: »Vielleicht sollten wir in Erwägung ziehen …«

»Verdammt, Dean, hast du denn keinen Funken Stolz im Leib?«

»Hör auf damit, Mom«, sagte Jennifer und stellte sich zwischen ihre Eltern. »Du solltest Dad nicht so respektlos behandeln.«

Gloria ließ die Schultern hängen. Sie wusste, dass ihre Tochter recht hatte. Plötzlich kam sie sich verloren vor, fast so verloren wie am Tag nach Sebastians Tod.

»Lass uns helfen«, sagte Susan noch einmal.

Gloria wirbelte auf dem Absatz herum, die Arme steif an den Körper gepresst, die Fäuste geballt. »Und warum wollt ihr uns unbedingt helfen? Damit ihr uns zwingen könnt, einen Haufen Papiere zu unterschreiben, in denen ganz genau aufgeführt ist, wie viel ihr besitzt und wie wenig uns gehört? Damit ihr euren hochnäsigen Freunden sagen könnt, wie großzügig ihr euch gegenüber euren notleidenden Verwandten verhaltet?«

»Beruhige dich, Nena«, sagte Lola.

Susan machte einen Schritt nach vorn. Sie hatte die Hände leicht geöffnet, ihr Blick war flehend. »Mando und ich werden euch so viel Geld leihen, wie ihr braucht, um das Haus zu halten. Ohne Bedingungen. Und ohne Papiere, die ihr unterschreiben müsst.«

»Wir wollen euer Geld nicht«, erwiderte Gloria.

»Sei nicht so dumm«, sagte Mando. »Nimm es einfach.«

»Das können wir nicht«, sagte Gloria.

»Doch, das können wir«, mischte Dean sich jetzt ein.

Gloria warf ihm einen Blick zu, der jeden anderen Mann in Stein verwandelt hätte. »Warum kannst du unser Angebot nicht annehmen?«, fragte Susan.

»Weil wir es eben nicht können«, erwiderte Gloria.

»Das ist kein Grund.«

»Seit wann muss ich mich euch gegenüber rechtfertigen?«

»Du bist eine sture Idiotin«, sagte Susan.

»Und du bist eine arrogante Idiotin«, erwiderte Gloria.

Jetzt mischte Mando sich ein. »Nun, zumindest etwas, worauf wir uns einigen können.«

Terrence musste lachen, aber Gabi legte ihm eine Hand auf sein Knie und brachte ihn zum Schweigen.

Gloria drehte sich um und ging davon. Susan schrie ihr hinterher: »Dein Stolz wird dir deine Rechnungen nicht zahlen, Gloria.«

Doch Gloria winkte nur ab, als wollte sie sagen: »Das war's dann wohl«, und ging einfach weiter.

»Mach nicht denselben Fehler, den ich vor zehn Jahren gemacht habe«, schrie Susan jetzt noch lauter. »Du wirst es bereuen, das weiß ich genau.«

Jetzt blieb Gloria stehen und drehte sich um. »Wovon redest du eigentlich?«

Susan ließ den Kopf hängen.

»Sag es ihr einfach«, meint Mando. »So, wie du es mir gestern gesagt hast. Du kriegst das schon hin.«

Susan blickte auf. »Was ich damals getan habe, damals, als ihr unsere Hilfe gebraucht habt, war falsch. Es hat mich seitdem verfolgt«, sagte Susan, und Tränen liefen ihr über die Wangen. »Ich habe bestimmt kein Recht mehr, dich um irgendetwas zu bitten, aber ich bitte dich trotzdem inständig, mir zu verzeihen. Bitte gib mir die Chance, alles wieder in Ordnung zu bringen. Lass es zu, dass wir euch jetzt helfen. Bitte.«

Gloria hatte sich so lange danach gesehnt, diese Worte zu hören. Doch als es jetzt tatsächlich soweit war, wusste sie nicht, wie sie reagieren sollte. Lola stieß Dean an. Er ging zu seiner Frau, nahm ihre Hand und führte sie zu Susan. Und während der wohlriechende Rauch sie einhüllte, umarmten sich die beiden Frauen, die seit Jahren so gut wie kein Wort mehr miteinander gesprochen hatten.

Das Zicklein brutzelte am Spieß, der sich langsam über dem Feuer drehte, und mit jeder Umdrehung nahm seine Haut einen noch schöneren goldbraunen Ton an.

Lola wischte sich die Hände an ihrer Schürze ab. »In der Küche stehen Getränke. Jennifer, sei bitte so nett und hol sie.«

Jennifer rannte geradezu ins Haus und fühlte sich dabei so tatkräftig und voller Energie wie schon seit Wochen nicht mehr. Wenige Augenblicke später kam sie, ein Tablett mit mehreren Gläsern in einer Hand balancierend und zwei Flaschen Wein unter den anderen Arm geklemmt, wieder zurück.

Nachdem jeder sein Getränk erhalten hatte, nahmen alle um das Feuer herum Platz, unterhielten sich und sahen zu, wie das Zicklein sich am Spieß drehte. Lola betrachtete ihre Familie voller Staunen. Es gab keinen besonderen Anlass, weder eine Hochzeit noch eine Beerdigung, und dennoch saßen sie heute alle zusammen, wie sie es sich immer erträumt hatte. Sie zog Sebastians Zeichnung der schwarzhaarigen alten Dame aus der Tasche ihrer Schürze und betrachtete sie eine ganze Weile. Ein Lächeln lag dabei auf ihrem Gesicht.

»Was ist das, Abuela?«, fragte Cindy und beugte sich ein Stück zu ihr hinüber, um besser sehen zu können.

»Ein Bild, das Sebastian vor einiger Zeit gemalt hat«, erwiderte sie. »Er hat mir gesagt, dass dies die geheimnisvolle schwarzhaarige alte Dame sei, die er im Krankenhaus kennengelernt hat.«

»Die geheimnisvolle wer?«, fragte Cindy.

»Mir hat Sebastian auch von ihr erzählt«, sagte Dean, »aber mir war nicht ganz klar, was er meinte.«

»Diese angebliche alte Dame ist Sebastian in den vergangenen Monaten immer wieder erschienen. Sie gab ihm Ratschläge und stand ihm zur Seite«, sagte Lola. »Ich habe guten Grund zu der Annahme, dass er jetzt bei ihr ist.«

»Was in aller Welt soll das denn jetzt wieder heißen?«, sagte Gloria und erhob sich von ihrem Stuhl. »Von einer schwarzhaarigen alten Dame hat Sebastian mir nie etwas erzählt. Und wie kann er jetzt bei ihr sein?«

Anstelle einer Antwort reichte Lola ihr das Bild. Gloria starrte es lange an, und je länger sie es anstarrte, desto verwirrter wurde der Ausdruck auf ihrem Gesicht. Dann stockte ihr plötzlich der Atem und sie begriff. Sie gab das Bild an Susan weiter, damit sie und Mando es sich ebenfalls ansehen konnten. Nach einigen Augenblicken leuchtete auch in ihren Augen die Erkenntnis auf. Mando wurde blass. Dann gab er das Bild Gabi. Sie sah sofort, was die anderen gesehen hatten, und brach in Tränen aus. Terrence nahm sie besorgt in die Arme und bemühte sich nach Kräften, sie zu trösten. Nach einer Weile hörte Gabi auf zu weinen und bekam zur Überraschung aller einen Lachanfall. Sie versuchte sich zu erklären, bekam aber vor lauter Lachen keinen zusammenhängenden Satz heraus. Sie konnte nichts anderes tun, als das Bild Dean weiterzureichen, der es sich eine ganze Weile ansah. Er wusste zwar sofort Bescheid, war aber der Meinung, dass es nicht seine Aufgabe sei, etwas zu sagen.

Zuerst begriffen Mando und Gloria nicht, was Gabi so komisch fand, bald jedoch begannen auch sie zu lächeln und sogar ein wenig zu kichern. Ja, es war wirklich ziemlich komisch. Wenn man es genau bedachte, war es sogar unglaublich komisch.

»Was hätte er wohl dazu gesagt?«, fragte Gabi ihren Bruder, als sie sich endlich von ihrem Lachanfall erholt hatte.

»Ich glaube, es hätte ihm nicht gefallen«, erwiderte Mando kopfschüttelnd.

»Ihr solltet nachsichtiger mit ihm sein«, sagte Lola. »Er mag zwar manchmal ein wenig barsch gewirkt haben, aber er hatte auch eine sehr zärtliche Seite. Da ist es doch wirklich keine Überraschung, wenn es eine kleine Verwechslung …«

»Ach komm schon, Ma«, sagte Gloria. »Du weißt genauso gut wie ich, dass es Paps überhaupt nicht gefallen hätte, wenn ihn irgendjemand für eine alte Dame gehalten hätte. Vor allem nicht, wenn dieser jemand sein eigener Enkel ist.«

Nachdem Gloria ausgesprochen hatte, was sich schon jeder gedacht hatte, brüllten sie alle vor Lachen. Es war schon viele Jahre her, seit sie zusammen so gelacht hatten. Sogar Terrence, der Abuelo Ramiro nie kennengelernt hatte, ließ sich von diesem reinigenden Ausbruch an Fröhlichkeit mitreißen, der heilsamer war als jede Flut von Tränen. Als das Lachen langsam verebbte, standen sie alle atemlos da. Leicht schwindelig sahen sie einander an – sie betrachteten sich mit ganz neuen Augen. Und was sie sahen, war wunderschön.

Kurze Zeit später sahen sich Jennifer und Cindy das Bild ebenfalls genauer an. Jennifer erzählte ihrer Cousine, dass sie vor ein paar Tagen um ein Zeichen gebeten hätte. Ein Zeichen, das sie wissen ließe, dass es ihrem Bruder gut ging und dass er nicht allein war. Sie hege keinerlei Zweifel, dass eben dies nun das erbetene Zeichen sei.

Cindy starrte ihre Cousine mit großen Augen an. »Wen genau hast du darum gebeten?«

Darüber hatte Jennifer im Grunde noch gar nicht nachgedacht, aber die Antwort lag auf der Hand. »Gott«, erwiderte sie mit einem Schulterzucken. »Wen sonst?«

Cindy nahm ihre Antwort einfach so hin. Dann fragte sie: »Glaubst du wirklich, dass Abuelo Ramiro und Sebastian jetzt zusammen im Himmel sind?«

»Ich glaube es nicht, ich *weiß* es«, erwiderte Jennifer, die sich mit dieser mystischen Weltanschauung, die sie sich zu eigen gemacht hatte, überraschend wohl fühlte. »Und auch wenn ich mir nicht sicher bin, wie diese ganze Sache mit dem Leben nach dem

Tod funktioniert, weiß ich eines mit Sicherheit: Sebastian und Abuelo Ramiro sind in diesem Augenblick hier bei uns.«

»Und woher weißt du das?«, fragte Cindy und warf einen nervösen Blick auf die Schatten, die um sie herum heraufzogen.

»Ich kann es spüren«, sagte Jennifer und legte die Hand auf ihr Herz, so wie es Sebastian immer getan hatte.

Auch Cindy legte jetzt die Hand auf ihr Herz. »Ja, ich spüre es auch«, flüsterte sie.

Als die Sonne über Bungalow Haven unterging, zündete man Kerzen an. Das kleine *Cabrito* wurde vom Spieß genommen und voller Ehrfurcht tranchiert. Während sie gemeinsam aßen und tranken, blickten sie immer wieder versonnen in die schwelende Glut. Lola lehnte sich in ihrem Sessel zurück und strich sich mit den Fingern durch ihr purpurfarbenes Haar. Der Frieden und das Wohlbehagen, die sie dabei empfand, waren für sie unbegreiflich, doch sie ließ dieses wunderbare Gefühl in ihre Seele ein, damit es sie ganz erfüllte. Irgendwann bat sie, man möge ihr das Bild zurückgeben, damit sie es aufbewahren könne, und warf es, heimlich und von allen unbemerkt, ins Feuer. Nach wenigen Augenblicken war es von den Flammen verzehrt. Der Rauch stieg in Kringeln aus aromatischen Dämpfen nach oben und über die Baumkronen zum Himmel hinauf.

Im sanften Schleier des Lichts, das durch das Geäst der Bäume fiel, sah sie Sebastian mir wirbelnden Armen und Beinen fröhlich und schnell wie der Wind über einen Fußballplatz laufen. Als er am Ende des Spielfelds angelangt war, sprang er in die ausgebreiteten Arme seines Großvaters. Dann verschwanden die beiden im strahlenden Glanz des Mondes und der Sterne und all der unendlichen Möglichkeiten, die den Himmel erleuchten.

Abuela Lolas Rezepte

»Eine Mahlzeit, die mit Liebe zubereitet wird,
stärkt nicht nur den Körper, sondern auch die Seele.«

★ Traditioneller **Sofrito**

»Das Essen dort muss ja wirklich toll gewesen sein«, sagte Terrence.

»Das können Sie wohl glauben. Sie haben dort immer direkt im Schaufenster ein ganzes Schwein gebraten, bis es goldbraun war und köstlich duftete. Als Kinder haben wir zugesehen, wie es sich am Spieß gedreht hat. Uns lief dabei das Wasser im Mund zusammen. Die Haut war herrlich knusprig. Einen besseren Schweinebraten bekam man sonst nirgendwo. Das Geheimnis lag in dem *Sofrito*, mit dem das Schwein eingerieben wurde, und daran, dass es sehr langsam und gleichmäßig gebraten wurde.«

»*Sofrito*?«, fragte Sebastian neugierig.

«Das sind Zwiebeln, Knoblauch, Koriander und Paprika, die in Olivenöl gebraten werden. Sagen wir es einfach einmal so: Wenn man nicht mit einem guten *Sofrito* beginnt, wird kein anständiger *Boricua*, wie sich die Puerto Ricaner selbst nennen, etwas essen wollen.

Zutaten für das Grundrezept:

1 Zwiebel, fein gewürfelt
2 Knoblauchzehen, gehackt oder durch die Presse gedrückt
1 grüne oder 1 rote Paprikaschote
120 ml Olivenöl

Das Olivenöl in einer Pfanne erhitzen. Die Zwiebelwürfel und die Paprika hinzugeben und bei mittlerer Hitze andünsten, bis die Mischung zu duften beginnt. Den Knoblauch hinzufügen und mitdünsten, bis er weich ist und die Zwiebeln eine goldene Farbe angenommen haben. Die Gemüsemischung jetzt aus der Pfanne nehmen und zur späteren Verwendung beiseite stellen oder weitere Zutaten hinzugeben, um das Rezept zu verfeinern.

Weitere Zutaten zur individuellen Verfeinerung:

1 Cubanelle Paprika (in Puerto Rico traditionell verwendete Paprikasorte, die außerhalb der Insel jedoch kaum verbreitet ist)
3 EL spanische Oliven, gehackt
1 EL Kapern
1 EL Oregano, gerebelt
1 EL frischer Koriander, gehackt

★ Frijoles negros / Schwarze Bohnensuppe

»Ich habe die Bohnen den ganzen Vormittag lang eingeweicht«, sagte Lola. »So brauchen sie nachher, wenn wir sie gewürzt haben, weniger Zeit zum Kochen.«

Sebastian hatte gerade die Zwiebeln und den Knoblauch gehackt und wollte als Nächstes die Paprikaschoten in Würfel schneiden.

»Manche Leute kochen das Gemüse gleich mit den Bohnen zusammen in einem Topf«, fuhr Lola fort. »Aber ich brate es lieber zuerst kurz in Olivenöl an und gebe die Gewürze ins heiße Öl. Auf diese Weise können sich die Aromen besser entfalten. Ein kleiner Unterschied, aber mit einer großen Wirkung.«

450 g schwarze Bohnen
1000 ml Wasser
250 g Paprikaschoten, fein gehackt
100 g Chilis (Anaheim oder California), fein gehackt
350 g Zwiebeln, fein gewürfelt
1 Dose (400 ml) gehackte rote Kirschpaprika
200 ml Olivenöl
2 EL weißer Essig
2 TL Salz
1 Messerspitze schwarzer Pfeffer
1 Prise Zucker
1 Spritzer Sambal Oelek

Die Bohnen in einem großen Topf ungefähr 2,5 cm hoch mit Wasser bedeckt über Nacht einweichen. Am nächsten Tag in einem zweiten Topf die Zwiebeln, die Paprika und die Chilis andünsten. Kirschpaprika und Olivenöl je zur Hälfte hinzugeben und dünsten, bis die Zwiebeln eine goldene Farbe angenommen haben. Das gedünstete Gemüse zu den Bohnen mit dem Einweichwasser geben. Mit Salz, Pfeffer, chinesischer Soße und Zucker würzen. Auf sehr kleiner Flamme ungefähr drei Stunden lang köcheln lassen, bis die Suppe eindickt. Dann das übrige Olivenöl, die restlichen Kirschpaprika und den Essig zugeben. Diese Bohnen werden traditionell zu weißem Reis gegessen. Man kann sie aber auch ohne Beilage, mit saurer Sahne und Koriander oder mit fein gehackten Frühlingszwiebeln garniert als Suppe servieren.

Ergibt 8–10 Portionen.

»Also, was sagst du dazu?«, fragte sie.

»Es ist gut«, sagte Sebastian, der gern noch mehr davon gehabt hätte.

Seine Großmutter stemmte die Hände in die Hüften. »Das ist alles, was dir dazu einfällt? Nur gut?«

»Es ist sogar *sehr* gut«, sagte er und wollte das Ganze noch weiter beschreiben, wollte ihr sagen, dass es das Beste war, was er in seinem ganzen Leben je gekostet hatte, als sein Blick auf den großen Teller fiel, der hinter ihr auf der Arbeitsplatte stand. Darauf lagen mehrere klobige, prähistorisch anmutende Knochen, etwas, das die Steinzeitmenschen vielleicht benutzten, um auf ihren primitiven Trommeln herumzuschlagen.

Als seine Großmutter sein Interesse bemerkte, sagte sie: »Das sind Lammhaxen. Ich hätte gern *Cabrito* gemacht, aber das ist in den Supermärkten hier schwer zu finden. Auf der Insel war das früher kein Problem, aber heutzutage ist es auch dort fast nicht mehr zu bekommen. Irgendwann einmal werde ich in die Stadt fahren müssen, um es zu bestellen.«

»Was ist *Cabrito*?«, fragte Sebastian, der seinen Blick nicht von dem seltsam aussehenden Fleisch losreißen konnte.

»Ziege«, erwiderte sie.

»Du isst … Ziegen?«

4 mittelgroße Lammhaxen (insgesamt ungefähr 1,5 kg)
2 Zwiebeln, fein gewürfelt
4 EL Essig
1 EL Ketchup
500 ml Rinderbrühe
350–450 ml guter Rotwein
2 EL Olivenöl und 2 EL Butter zum Anbräunen
2 TL getrockneter Thymian
1 großes Lorbeerblatt
2 TL Sojasoße
Salz und Pfeffer zum Abschmecken

Die Butter mit einem Esslöffel Olivenöl in einem großen Topf erhitzen. Dabei darauf achten, dass das Fett nicht zu heiß wird und zu rauchen beginnt. Die Lammhaxen hineingeben und rundherum braun anbraten. Die Haxen aus der Pfanne nehmen, auf einen Teller legen und abdecken. Den zweiten Esslöffel Öl in die Pfanne geben und die Zwiebeln darin 1–2 Minuten andünsten. Ketchup, Essig, Sojasoße und Thymian hinzufügen und unter ständigem Rühren bei mittlerer Hitze 3 Minuten lang dünsten. Mit Wein ablöschen, dabei den Bratensatz vom Boden des Topfes schaben. Die Lammhaxen wieder in den Topf geben, das Lorbeerblatt hinzufügen und mit Brühe aufgießen, bis das Fleisch ganz bedeckt ist. Den Deckel auf den Topf setzen, aufkochen lassen, dann die Hitze reduzieren und etwa anderthalb Stunden lang köcheln lassen, bis das Fleisch sehr zart ist. Falls die Soße zu dünn ist, die Haxen aus dem Topf nehmen und die Soße bei größerer Hitze einkochen. Sollte die Soße zu dick sein, Wein oder Brühe zugießen. Wenn die Soße sämig ist, mit Salz und Pfeffer abschmecken.

Ergibt 4 Portionen.

★ Picadillo / Würziges Hackfleisch

»Heute machen wir *Picadillo*«, sagte Lola und sah ihrem Enkel überrascht dabei zu, wie er in Zeitlupe Zwiebeln, Knoblauch und Paprikaschoten hackte. »Auf der Insel haben wir das oft gekocht, wenn das Geld knapp wurde. Hackfleisch war nicht teuer, aber es schmeckte gut. Und wenn es nötig war, konnte man es strecken.«

Sebastian hackte das Gemüse fertig und briet es an. Noch immer war er tief in Gedanken versunken. Ein paar Minuten später breitete sich plötzlich ein bitterer Geruch in der Küche aus. Lola ging zum Herd, um zu sehen, was Sebastian gerade tat. Sie stellte fest, dass er den Knoblauch zuerst in die Pfanne gegeben hatte, was er, wie sie ihm eingeschärft hatte, niemals tun durfte. Außerdem hatte er darauf verzichtet, das übrige Gemüse hinzuzugeben, dessen Saft verhindert hätte, dass der Knoblauch anbrannte.

Sie sah Sebastian an, der noch immer mit einem verträumten, geistesabwesenden Gesichtsausdruck vor sich hin starrte und mit seinem Kochlöffel die verkohlten Knoblauchwürfel in der Pfanne herumschob. Lola riss ihm den Löffel aus der Hand und drehte die viel zu hoch eingestellte Flamme herunter.

»Sieh dir an, was du gemacht hast, Sebastian«, sagte sie und musterte ihn ein wenig besorgt.

Sebastian starrte verwirrt auf das Malheur in der Pfanne. »Tut mir leid, Abuela«, sagte er. »Ich glaube, ich war nicht ganz bei der Sache.« Tatsächlich hatte er die ganze Zeit an Kelly Taylor gedacht und daran, wie viel Spaß es ihm machen würde, ihr das Kochen beizubringen.

500 g Rinderhack
6 EL Olivenöl
1 Knoblauchzehe
120 g Rosinen
1 TL gemahlener Oregano
1 TL Salz
120 ml Tomatensoße oder Ketchup
1 Zwiebel, fein gewürfelt
140 g gehackte Oliven
1 Lorbeerblatt
1 Messerspitze Pfeffer
60–120 ml Rotwein

Das Öl bei mittlerer Hitze in einer großen Bratpfanne erhitzen. Zuerst die Zwiebeln, dann den Knoblauch und das Lorbeerblatt hinzugeben und 3–4 Minuten dünsten, bis die Mischung zu duften beginnt. Das Rinderhack zugeben und in 5–6 Minuten anbräunen. Sämtliche anderen Zutaten hinzufügen und köcheln lassen, bis die Mischung eindickt. Dabei gelegentlich umrühren. Mit Salz und Pfeffer abschmecken und vor dem Servieren das Lorbeerblatt herausnehmen.
Dieses Gericht wird traditionell mit weißem Reis als Beilage gegessen.

Ergibt 4 Portionen.

★ Arroz con Pollo / Reis mit Huhn

Die schrille Stimme seiner Mutter ließ Sebastian aus dem Stuhl hochfahren. Fast hätte er seinen Teller fallen lassen. »Wir sind nicht hierhergekommen, um über meine Ehe zu diskutieren!«, schrie sie.

»Beruhige dich doch, Nena«, erwiderte Lola. »Es gibt keinen Grund, sich so aufzuregen.«

»Sebastian, hol deine Sachen und warte draußen auf mich«, rief seine Mutter.

Als Sebastian ins Haus ging und seine Büchertasche holte, sah er, dass die Servierplatte, die noch auf dem Tisch stand, so gut wie leer war. Er hatte eigentlich auf einen Nachschlag gehofft.

»Hör zu«, sagte Gabi. Sie klang dabei so ruhig und vernünftig, dass es einen Moment lang schien, als hätten sie und ihre ältere Schwester die Rollen getauscht. »Du hättest uns sagen sollen, dass du und Dean Probleme habt. Aber du erzählst uns ja überhaupt nichts mehr.« Sie warf Mando einen kurzen Blick zu. »Zumindest *mir* nicht.«

»Jetzt schau mich nicht so an. Mit mir hat sie auch seit Jahren kaum ein Wort gesprochen«, erwiderte er und fuhrwerkte mit einem Zahnstocher zwischen seinen Backenzähnen herum.

»Es gab auch nichts zu erzählen«, antwortete Gloria.

»Dean lässt dich nach fast zwanzig Jahren Ehe sitzen und du behauptest, da gäbe es nichts zu sagen?«, fuhr Gabi sie an. »Willst du uns für dumm verkaufen?«

2 Hähnchen, jeweils in Viertel geschnitten
¼ TL gemahlener Oregano
1 große Zwiebel, fein gewürfelt
800 g rote Kirschpaprika, fein gehackt
2 TL Salz

1 Lorbeerblatt
½ l Bier (Zimmertemperatur)
2000 ml Hühnerbrühe
2 Knoblauchzehen, fein gehackt oder durch die
Presse gedrückt
120 ml Olivenöl
400 ml Tomatensoße
1 Dose junge Erbsen mitsamt der Flüssigkeit
½ TL Pfeffer
250 ml Weißwein
800 g Langkornreis
1 Prise Safran

Das Öl in einem großen Topf erhitzen und die Hühnerviertel bei mittlerer Hitze goldbraun anbraten. Zwiebelwürfel, Knoblauch, Oregano, Tomatensoße, die Dose rote Kirschpaprika samt Flüssigkeit (einige Kirschpaprika zum Garnieren aufbewahren), die Flüssigkeit der jungen Erbsen, Salz, Pfeffer, das Lorbeerblatt, Safran, Wein und Brühe hinzufügen. Gut umrühren und zum Kochen bringen. Das Bier hinzugießen und erneut aufkochen lassen. Den Reis zugeben, die Hitze reduzieren und köcheln lassen. Dabei gelegentlich umrühren, bis der Reis gar ist. Mit den abgetropften jungen Erbsen und roten Kirschpaprika garnieren.

Ergibt 6–8 Portionen.

★ Tostones / Frittierte Kochbananen

»Die Küche ist das Herz eines Hauses«, hatte Lola ihm mehrfach gesagt. »Wenn das Haus eine warme Küche hat, in der es immer lebendig zugeht, dann kannst du dir sicher sein, dass die Familie, die dort lebt, gesund und stark ist.«

An diesem Nachmittag machten sie gerade *Carne Guisada*, einen Eintopf mit Rindfleisch und Kartoffeln, dazu *Tostones* und einen Avocado-Zwiebel-Salat. Als Sebastian bei seiner Großmutter eintraf, hatte der Eintopf bereits seit mehreren Stunden in einer herzhaften Weinsoße vor sich hin geköchelt, und Lola übertrug ihm deshalb die Zubereitung der *Tostones*, weil das, so sagte sie jedenfalls, niemand besser könne als er. Sebastian machte die Zubereitung großen Spaß, und sie kamen immer sehr gut an, wenn er die Servierplatte mit seinen frittierten Bananen, an den Tisch brachte.

2 grüne Kochbananen (Platanos Machos)
ausreichend Pflanzenöl zum Braten
grobkörniges Salz

Die Kochbananen schälen und in Stücke von ungefähr 2,5 cm Länge schneiden. Die Kochbananen lassen sich leichter schälen, wenn man die Schale der Länge nach aufschneidet. In einer großen Pfanne das Öl stark erhitzen.

Von den geschnittenen Kochbananen jeweils drei oder vier Stück in die Pfanne geben und braten, bis sie einen leicht goldenen Farbton annehmen. Aus der Pfanne nehmen und auf Küchenkrepp sorgfältig abtropfen lassen. Die gebratenen Bananenstücke mit einem kleinen Fleischklopfer oder einem Teller flachdrücken, sodass sie die Form einer gepressten Blüte bekommen. Wieder in die Pfanne geben und in etwa 3 Minuten goldbraun

braten. Auf Küchenkrepp abtropfen lassen und mit grobkörnigem Salz bestreuen.
Das Gericht kann als pikante Vorspeise oder als Beilage serviert werden.

★ Cochinillo asado / Im Ofen gebratenes Spanferkel

Gabi hatte es sich neben Terrence auf der Couch gemütlich gemacht. Als die Getränke serviert waren, legte sie die Füße auf den Couchtisch und bewunderte das gebratene Spanferkel, das noch auf dem Küchentresen stand. »Es ist schon Jahre her, dass wir *Cochinillo asado* hatten, Ma. Gibt es einen besonderen Anlass dafür?«

»Also, dies ist der siebte Sonntag in Folge, an dem ich für meine Familie und Freunde gekocht habe. Ich finde, das ist ein Grund zu feiern.«

Cochinillo asado wird üblicherweise unter freiem Himmel zubereitet. Dazu gräbt man ein Loch in den Boden, das groß genug ist, um das Schwein samt der heißen Kohlen aufzunehmen, eine Methode, die nicht für jedermann praktikabel sein mag. Man kann das Spanferkel aber auch langsam in einem normalen Backofen garen und wird ein ebenso köstliches Ergebnis erzielen. Die Bratzeit hängt von der Größe des Cochinillo ab. Im Allgemeinen rechnet man mit 25–30 Minuten Bratzeit pro Pfund Fleisch. Das Bratenthermometer sollte an der dicksten Stelle 70° C und an der Schulter 77° C anzeigen.

1 Spanferkel von etwa 14 Pfund ohne Innereien,
gewaschen und trocken getupft
(man kann sich das Ferkel auch vom Fleischer zerteilen lassen, damit es flach in der Pfanne liegt und auf diese Weise gleichmäßiger gart)
Salz, Pfeffer, Knoblauch, Oregano und Pomeranzensaft
(ersatzweise Zitronen- oder Limonensaft)
Olivenöl
Sazon Goya (Würzmischung), falls erhältlich

Das Schwein ringsum großzügig mit Salz, Pfeffer, Oregano und dem Saft der Pomeranzen einreiben (anstelle von Pomeranzen können auch Limonen oder Zitronen verwendet werden) und 12 Stunden oder über Nacht marinieren. Im vorgeheizten Ofen bei 175° C braten, das Fleisch dabei jede Stunde einmal wenden, damit es gleichmäßig gart. Während des Bratens immer wieder mit der Marinade bestreichen. In den letzten 15 Minuten die Backofentemperatur auf 260° C erhöhen, damit die Haut so knusprig wie möglich wird. Um zu vermeiden, dass die Ohren und der Schwanz verbrennen, diese mit Alufolie abdecken.

★ Arroz y gandules / Reis mit Straucherbsen

Gloria ging Lola in der Küche zur Hand, wenn auch ein wenig linkisch. Ihr neues Kleid, das sie bei ihrem Einkaufstrip mit Jennifer und Gabi erstanden hatte, stand ihr allerdings sehr gut. Sie hatte sogar einen Hauch Lippenstift aufgetragen. Sebastian hatte sie noch nie so hübsch gesehen und bedauerte sehr, dass sein Vater nicht da war. Selbst wenn sie nicht so großartig und unbekümmert aussah wie auf den Fotos an der Wand im Wohnzimmer – heute würde niemand daran zweifeln, dass tatsächlich sie die Frau auf diesen Bildern war. Vielleicht war sie also doch noch nicht ganz verschwunden.

»Nena, was machst du denn da?«, fragte Lola, die Hände in die Hüften gestemmt.

Gloria ließ augenblicklich den Löffel fallen. »Den Reis umrühren. Wonach sieht es denn sonst aus?«

Lola schüttelte ungläubig den Kopf. Wie so oft war sie einfach nur entsetzt darüber, wie wenig ihre Tochter vom Kochen verstand. »Man rührt den Reis doch nicht um. Wer in aller Welt hat je davon gehört, dass man den Reis umrührt?« Lola und Sebastian wechselten einen kurzen Blick, als wollten sie sagen: Ist eine solche kulinarische Unkenntnis zu fassen?

400 g Gandules (grüne Straucherbsen)
oder tiefgekühlte Erbsen
50 g in Scheiben geschnittene Chorizo
(spanische Paprikawurst)
50 g gewürfelten geräucherten Schinken
200 ml Recaito*
2 EL Annato-Öl
500 ml Tomatensoße
400 g Rundkornreis
1 l Wasser
Salz und Pfeffer zum Abschmecken

Das Öl in einem großen Topf erhitzen. Die Chorizo und den geräucherten Schinken zugeben und bei mittlerer Hitze anbraten, bis die Wurst zu duften beginnt. Den Recaito, die Straucherbsen und die Tomatensoße hinzufügen. Alles gut miteinander verrühren und etwa 5 Minuten lang kochen lassen. Dann den Reis hinzufügen und mit dem Wasser auffüllen. Die Hitze reduzieren und zugedeckt weiterkochen lassen, bis das Wasser vollständig aufgesogen ist. Mit Salz und Pfeffer abschmecken. Auf kleinster Flamme zugedeckt weitere 30 Minuten köcheln lassen, den Topf dabei im Auge behalten, damit das Gericht nicht anbrennt. Beim Servieren darauf achten, dass die knusprige Schicht am Boden (Pegao) nicht im Topf zurückbleibt.

Ergibt 6 Portionen.

* *Recaito* ist eine Abwandlung des Sofrito (s. S. 383), eine typische puertoricanische Mischung aus Echtem und Langem Koriander, Zwiebeln, Knoblauch und Paprika. Man kann den Recaito auch nach dem Rezept für den traditionellen Sofrito zubereiten und gehackten Koriander hinzufügen.

★ Camarones enchilados / Kreolische Garnelen

Gloria und Jennifer hörten aufmerksam zu, als Sebastian ihnen in allen Einzelheiten erzählte, was in Abuela Lolas Haus geschehen war. Das *Mofongo*, das seine Großmutter ihm mitgegeben hatte, stand auf dem Küchentisch. Obwohl Abuela Lola es sorgfältig in mehrere Schichten Zellophan eingepackt hatte, bahnte sich das würzige, süße Aroma von Knoblauch und Kochbananen seinen Weg ins Zimmer. Sebastian übernahm höchstpersönlich die Aufgabe, die *Camarones enchilados* aufzuwärmen. Damit die gekochten Garnelen nicht zäh wie Gummi würden, nahm er sie, wie es ihm seine Großmutter aufgetragen hatte, aus der Tomatensoße, bevor er diese in einem Topf auf dem Herd erhitzte. Erst als die Soße heiß war, gab er die Garnelen wieder in den Topf zurück.

Gloria war noch immer im Morgenmantel. Sie verschränkte die Arme vor der Brust und sah Sebastian mit zusammengekniffenen Augen an. Offensichtlich konnte sie noch immer nicht glauben, was sie da gerade gehört hatte. »Dann hat Susan also tatsächlich dabei geholfen, das *Mofongo* zuzubereiten? Sie hat sich wirklich die Hände schmutzig gemacht?«

»Und sie hat auch etwas davon gegessen«, meinte Sebastian. »Ich glaube, es hat ihr geschmeckt.«

1 kg mittelgroße Garnelen, geschält und geputzt
120 ml trockener Weißwein
120 ml Olivenöl
1 Lorbeerblatt
½ Zwiebel, fein gehackt
2 Knoblauchzehen, durch die Presse gedrückt
½ grüne Paprika, fein gehackt
1 Bund Petersilie, fein gehackt
200 ml Tomatensoße
½ Dose Kirschpaprika (150–200 g)
2 TL Essig
1 ½ TL Salz
1 TL gemahlener schwarzer Pfeffer
1 TL Worcestersoße
½ TL Chilisoße
50 ml Ketchup

Das Olivenöl in einer großen Pfanne erhitzen und die geschälten und geputzten Garnelen braten, bis sie beginnen, rosa zu werden, dann sofort aus der Pfanne nehmen, damit sie nicht zäh werden. In dieselbe Pfanne die Zutaten für den Sofrito geben (Zwiebeln, Knoblauch und Paprikaschote) und in 2–3 Minuten anbraten, bis die Mischung zu duften beginnt. Die restlichen Zutaten hinzugeben und bei mittlerer Hitze ungefähr 30 Minuten lang schmoren lassen, bis die Soße eindickt. Dann vom Herd nehmen und mit dem Pürierstab oder im Mixer pürieren. Die Mischung wieder auf den Herd stellen und weitere 5 Minuten köcheln lassen. Die Pfanne vom Herd nehmen, die Garnelen hineingeben und zugedeckt 3–5 Minuten in der Soße ziehen lassen, dann servieren.

Ergibt 6 Portionen.

★ Carne guisada con Papas / Rindfleischeintopf mit Kartoffeln

Wie schön musste Bungalow Haven jetzt unter diesem dunklen, wolkenverhangenen Himmel aussehen. Zweifellos hatte seine Großmutter schon alle Kerzen im Haus angezündet. Sie sagte immer, regnerische Nachmittage und Kerzenlicht seien wie füreinander geschaffen. Bestimmt würde sie auch schon etwas kochen, das genau zum ersten Regentag der Jahreszeit passte. Er überlegte, was das wohl sein könnte. Vielleicht würde es *Carne guisada con Papas* geben oder eine große, schmackhafte *Empanada*, wie sie sie damals für Keith zubereitet hatte. Eine heiße Hühnersuppe mit viel Gemüse und Nudeln wäre auch denkbar. Aber was es auch wäre, Sebastian war sich sicher, dass es wie immer köstlich schmecken würde. Er spürte schon jetzt die nährende Wärme der Speisen in seinem Bauch.

1 kg Rindfleisch aus der Schulter oder Lende,
in Würfel geschnitten
1 kg Kartoffeln, geschält und in Würfel geschnitten
1 Lorbeerblatt
1 Zwiebel, fein gehackt
1 Paprikaschote, fein gehackt
1 TL Pfeffer
1 TL Salz
1 TL Oregano
2 Knoblauchzehen, durch die Presse gedrückt
400 g Tomatensoße
250 ml Wasser
250 ml trockener Weißwein

In einem großen Topf oder Bräter das Fleisch bei mittlerer Hitze in Öl anbraten. Salz, Pfeffer, Lorbeerblatt, Oregano, Zwiebel, Knoblauch und Paprika hinzufügen und alles gut miteinander verrühren. Wenn die Zwiebeln leicht gebräunt sind, die Tomatensoße, den Wein und das Wasser hinzugeben. Bei schwacher Hitze ungefähr zwei Stunden leicht kochen lassen, bis das Fleisch weich ist, dann die in Würfel geschnittenen Kartoffeln hinzugeben und weiterkochen, bis die Kartoffeln gar sind. Falls die Soße nicht dick genug ist, das Fleisch und die Kartoffeln aus dem Topf nehmen, die Soße bei mittlerer Hitze einkochen lassen, bis sie die gewünschte Konsistenz erreicht hat. Sollte die Soße zu dick sein, nach Bedarf Wasser oder Wein hinzugießen und mit Salz und Pfeffer abschmecken.

Ergibt 6–8 Portionen.

★ Funche / Puertoricanischer Maisbrei

Am folgenden Nachmittag holte Gloria ihren Sohn bei seiner Großmutter ab. Sie traf die beiden in der Küche an, wo sie wie üblich Seite an Seite arbeiteten. Heute hatten sie *Funche*, puertoricanischen Maisbrei, gemacht. Man konnte ihn süß oder herzhaft zubereiten, je nachdem, ob man ihn als Hauptspeise oder als Dessert servieren wollte. Heute sollte es den *Funche* zum Abendessen geben. Während der Zubereitung hatte Lola Sebastian erzählt, dass das Maisgericht besonders bei den Bauern auf der Insel eine sehr beliebte Speise war, obwohl eigentlich alle Leute es gern aßen, da es so einfach zuzubereiten und so vielseitig verwendbar war.

Sebastian hatte vieles selbst gemacht, vom Wasserkochen über das Verrühren der Zutaten bis dahin, dass er dem Gericht nach dem Abschmecken eigenständig noch ein bisschen Knoblauch hinzufügte. Als zuletzt noch *Sofrito* und zarte Schweinefleischstückchen dazukamen, war der *Funche* soweit, dass er im Ofen gebacken werden konnte.

Dieses Gericht kann zum Frühstück (mit Milch und Zucker gesüßt) oder als würziges Hauptgericht mit Fleisch und Gewürzen wie Sofrito gegessen werden. Funche eignet sich hervorragend, um Reste vom Vortag zu einem schmackhaften Essen zu verarbeiten.

200 g Maismehl
250 ml Milch
250 ml Wasser
¾ EL Salz
3 EL Butter

Den Ofen auf 175° C vorheizen. Milch, Wasser, Salz und Butter in einem großen Topf zum Kochen bringen. Den Topf vom Herd nehmen und das Maismehl unter ständigem Rühren einstreuen. Den Topf wieder auf die Flamme stellen und bei mittlerer Hitze weiterkochen, bis die Masse eindickt. Nach Wunsch Sofrito, Gewürze und Fleisch unterrühren. Den Brei in eine Auflaufform füllen und ca. 30 Minuten bei 175° C im Ofen goldbraun backen.

Ergibt 4 Portionen.

★ Mofongo

Lola ging zur Arbeitsfläche zurück, wo sie alle Zutaten bereitgestellt hatte. Sie nahm den Mörser und hielt ihn hoch, sodass ihn jeder sehen konnte. »Dem Volk der Taíno, den Ureinwohnern, müssen wir für den Pilon danken, eine schlaue Erfindung, die in keiner kreolischen Küche fehlen darf.« Als Nächstes zeigte sie auf den Knoblauch und das Olivenöl. »Ein Vermächtnis unserer spanischen Vorfahren«, sagte sie. Und schließlich nahm sie die merkwürdig aussehenden Bananen in die Hand, die sie gerade in Scheiben geschnitten hatte. »Und unsere afrikanischen Vorfahren haben uns das Wissen vermittelt, wie man mit Kochbananen umgeht. Sie haben uns auch gelehrt, die Zutaten zu braten, anstatt sie totzukochen, wie es in Europa damals üblich war. Wenn man all das zusammennimmt, wird daraus *Mofongo* – eine kulinarische Assimilation, eine unwiderstehliche Alchemie von Aromen und Kulturen, die nicht einmal die spanische Krone bezwingen konnte. Es ist kreolisch. Wenn ich *Mofongo* esse, freut sich das afrikanische, das europäische und das Taíno-Blut in meinen Adern.«

Bei diesem Gericht ist es sehr wichtig, grüne Kochbananen zu verwenden. Reife oder auch nur halbreife Früchte verderben den Geschmack vollkommen.

3 große grüne Kochbananen
250 g Frühstücksspeck, kleingeschnitten und knusprig angebraten
5 Knoblauchzehen
Salz zum Abschmecken
4 EL Olivenöl
Schmalz oder pflanzliches Öl zum Braten

Die Bananen in 2,5 bis 3,5 cm große Stücke schneiden und 5–10 Minuten in Salzwasser einlegen. Das Öl bis kurz vor dem Rauchpunkt erhitzen. Mehrere Bananenstücke (nicht mehr als 4) bei mittlerer Hitze 10–15 Minuten braten. Die Bananen sollten gar sein, aber nicht knusprig oder braun werden. In der Zwischenzeit den Frühstücksspeck und die Knoblauchzehen im Mörser* (möglichst aus Holz) zerstoßen. Das Gemisch aus dem Mörser nehmen und beiseitestellen. Je nach Größe des Mörsers 3 oder 4 Stücke der gebratenen Bananen hineingeben und zerstoßen, bis sie ihre Form verlieren. Die vorbereitete Mischung aus Frühstücksspeck und Knoblauch nach und nach in kleinen Portionen dazugeben und mit dem Stößel unterarbeiten, bis die Zutaten gut miteinander vermischt sind. Bei Bedarf immer wieder einige Tropfen Olivenöl hinzufügen, damit das Mofongo nicht zu trocken wird. Aus der Masse Klößchen von etwa 5 Zentimetern Durchmesser formen. Mit Shrimps, Hühnerfleisch oder gebratenem Schweinefleisch servieren.

* Statt des Mörsers kann man auch einen Mixer verwenden. Vorsicht, die Mischung darf nicht zu breiig werden oder sich komplett verflüssigen. Die Konsistenz sollte grob und feucht sein. Am besten verarbeitet man immer nur wenige Löffel auf einmal.

Aber ich ließ mich nicht entmutigen. Während sie mit ihm flirteten, stand ich still daneben, wartete und beobachtete. Ich studierte sein Verhalten ganz genau, beobachtete, was ihn zum Lachen brachte, worüber er sich ärgerte, wer seine Freunde waren und wem er aus dem Weg ging. Es dauerte nicht lange, und ich kannte fast alle seine Vorlieben und Abneigungen. Ich erfuhr auch, dass sein Lieblingsgericht schon seit Kindertagen *Arroz sasonado* war und dass er absolut überzeugt davon war, dass dieses Gericht niemand besser kochen könne als seine Mutter.

Ich verschwendete keine Zeit und machte mich sofort daran, mein Rezept zu perfektionieren. Wochenlang experimentierte ich mit einer Reihe verschiedener Gemüsesorten, mit verschiedenen Arten von Fleisch und mit einer Vielzahl von Gewürzen herum, um dem Gericht Ausgewogenheit und Harmonie zu verleihen. Als ich fertig war, gab es niemanden, der nicht gesagt hätte, dies sei der beste *Arroz sasonado*, den er je gegessen hätte. Ich war absolut davon überzeugt, dass ich durchaus eine Chance bei Ramiro haben würde, wenn er ihn kostete. Aber ich konnte schließlich nicht einfach mit einem Teller Reis zu ihm gehen und ihn zwingen, etwas davon zu essen. Ich würde auf die richtige Gelegenheit warten müssen. Falls wir füreinander bestimmt waren, würde diese Gelegenheit auch kommen. Ich wartete länger als ein Jahr und begann schon zu glauben, dass es eben nicht sein sollte, als sich eines Tages dann doch die perfekte Gelegenheit ergab.

400 g Langkornreis
1 l Wasser
200 g gehackter Frühstücksspeck oder Tocino (Speck)
120 ml Recaito
400 g italienische Schältomaten

150 ml Tomatensoße oder Achiotepaste*
200 g gekochtes Hühner- oder Schweinefleisch, gewürfelt
Salz und Pfeffer zum Abschmecken

Den Frühstücksspeck in einem großen, schweren Topf knusprig ausbraten, dann aus dem Topf nehmen und beiseitestellen. Die Zutaten für den Recaito (s. S. 397) im ausgelassenen Fett ca. 5 Minuten lang weichdünsten. Den Frühstücksspeck wieder in den Topf geben. Das gekochte Hühner- oder Schweinefleisch und Gemüse nach Wunsch hinzugeben. Den Reis hinzufügen und das Wasser zugießen, bis der Reis ungefähr 3,5 cm hoch mit Wasser bedeckt ist. Bei starker Hitze aufkochen lassen, den Reis ein einziges Mal umrühren, dann den Deckel auf den Topf setzen, die Hitze reduzieren und ungefähr 35 Minuten köcheln lassen.

Außer den oben genannten Zutaten kann man auch Wurst, schwarze Bohnen und andere Reste vom Vortag wie zum Beispiel Garnelen dazugeben. Das Schöne an diesem Gericht ist, dass sich die verschiedensten Gemüsesorten und Fleischarten darin verarbeiten lassen und somit jedes Mal eine einzigartige und köstliche Speise entsteht.

Tipp: Die knusprige Reisschicht, die am Topfboden haftet, wird *Pegao* genannt. Sie ist überaus schmackhaft und bei allen wahren Puertoricanern sehr beliebt. Die Zubereitung ist jedoch nicht einfach und erfordert viel Erfahrung.

Ergibt 6 Portionen.

* Achiote (auch Annattostrauch oder Orleansbaum) ist ein Strauch mit roten Samen, die in ganz Lateinamerika vielfach verwendet werden, und sei es nur, um einem Gericht eine kräftige rote Farbe zu verleihen.

★ Empanada / Fleischpastete

Die Gäste am Tisch unterhielten sich bereits angeregt, während Sebastian Lola dabei half, das Geschirr zu verteilen und das Brot auf den Tisch zu stellen. Dann holten sie den Reis und die Empanadas, mit würzigem Hühner- und Schweinefleisch gefüllte Pasteten, die sie in einer Bäckerei in der Nähe gekauft hatte. Sie hatten gerade mit dem Essen begonnen, als die Silhouetten zweier weiterer Personen in der Tür auftauchten. Es waren Sebastians Mutter und seine Schwester. Jennifer hatte ihre Großmutter unter der Woche noch nie in Bungalow Haven besucht. Als sie jedoch erfahren hatte, was ihr während des *Mofongo*-Abendessens alles entgangen war, hatte sie beschlossen, öfters bei ihr vorbeizuschauen. Sie stürmte auf ihre Großmutter zu, um sie zu umarmen und ihre roten Haare zu begutachten.

Für die Füllung:
4 EL Olivenöl
1–1 ½ Pfund Hühnerfleisch, in Würfel geschnitten
2 große Zwiebeln, fein gehackt
2 Knoblauchzehen, fein gehackt
125 g Chorizo, gewürfelt
2 EL Tomatenmark
Salz und Pfeffer
1 TL Paprikapulver, edelsüß

Das Olivenöl in einer großen Pfanne erhitzen. Das Hühnerfleisch im Öl anbraten, bis es gar ist, dann aus der Pfanne nehmen und zugedeckt beiseitestellen. In derselben Pfanne die Zwiebeln und den Knoblauch im Öl braten, bis das Gemüse zu duften beginnt. Die gewürfelte Chorizo hinzugeben und ungefähr 1–2 Minuten mitbraten. Das Hühnerfleisch wieder in die Pfanne geben, dann das Tomatenmark hinzufügen und mit Salz, Pfeffer und Paprika würzen. Die Mischung abkühlen lassen, bevor man sie auf den Teig gibt.

Für den Teig:

540 g Mehl
1 EL Weißwein
1 TL Olivenöl
1 EL Butterschmalz
Salz zum Abschmecken
1 Prise Zucker
Mehl für die Arbeitsfläche
Butter für die Form
Eigelb zum Bestreichen

Das Mehl in eine große Schüssel sieben und eine Mulde in die Mitte drücken. Weißwein, Olivenöl, Butterschmalz, Salz, Zucker und einige Esslöffel lauwarmes Wasser in die Mulde geben. Alle Zutaten zu einem geschmeidigen Teig verkneten. Den Teig ungefähr 30 Minuten im Kühlschrank ruhen lassen, dann in zwei Hälften teilen. Die eine Hälfte des Teiges auf einer bemehlten Fläche ausrollen und in eine gebutterte Form (ungefähr 23 x 35 cm) geben. Der Teig sollte dabei am Rand etwas überstehen. Die Füllung darauf verteilen. Die zweite Teighälfte ausrollen und als Deckel auf die Füllung legen. Die beiden Teigplatten an den Rändern zusammendrücken. Zuletzt mit Eigelb bestreichen und im vorgeheizten Backofen bei 175° C in ungefähr 30 Minuten goldbraun backen.

Ergibt 6 Portionen.

★ Bizcocho de Ron / Rumkuchen

Zum Nachtisch hatte sie *Bizcocho de Ron* gebacken, einen köstlichen, mit Rum und Honig aromatisierten Kuchen. Dieser Kuchen, so erzählte sie, sei damals auf der Insel das Lieblingsdessert ihres ältesten Bruders gewesen. Sie hätte ihn immer für ihn gebacken, wenn er sich über sie geärgert hatte, was ziemlich oft der Fall gewesen sei.

Während sie erzählte, sah Keith von Zeit zu Zeit von seinem Teller auf. Dankbarkeit lag in seinem Blick. Als er so satt war, dass er keinen weiteren Bissen mehr hinunterbekam, setzte er sich aufrecht hin und sagte: »Ich muss jetzt nach Hause.«

»Dann geh«, sagte Lola. »Aber vergiss nicht, dass an meinem Tisch immer ein Platz für dich frei ist.«

125 g Butter oder Margarine (Zimmertemperatur)
55 g brauner Zucker
60 ml Honig
2 Eier
60 ml Wasser
120 ml brauner Gewürzrum
250 g gesiebtes Weizenmehl Type 405
(oder 150 g Weizenmehl Type 405 und 100 g Speisestärke)
2 ½ TL Backpulver
¼ TL Salz
Butter für die Form, Puderzucker zum Bestäuben

Den Backofen auf 175° C vorheizen. Die Butter und den braunen Zucker in einer großen Schüssel schaumig schlagen. Honig, Eier, Wasser und Rum dazugeben und gut miteinander verrühren. In einer zweiten Schüssel Mehl, Backpulver und Salz miteinander vermischen. Über die schaumig gerührte Mischung geben und miteinander verquirlen. Eine Form von ca. 20 cm Durchmesser mit Butter ausstreichen und den Teig einfüllen. Etwa 30 Minuten lang goldbraun backen. Der Kuchen ist fertig, wenn bei der Stäbchenprobe kein Teig an dem Holzstäbchen festklebt. Den Kuchen in der Form oder auf einem Kuchengitter auskühlen lassen. Zur Dekoration mit Puderzucker bestreuen.

Ergibt 6 Portionen.

★ Cabrito / Gebratenes Zicklein

Der Rauch des Feuers umfing sie, als tanzte er zu den Klängen einer mystischen Musik. Bisweilen hüllte er sie auch vollkommen ein. Jedes Mal, wenn er den Blick auf sie für kurze Zeit freigab, wirkte Lola kraftvoller als zuvor. Es schien, als sei sie ein unsteter Geist, der sich nicht entscheiden konnte, ob er erscheinen oder verschwinden sollte.

Der Rauch hüllte jetzt auch die anderen Familienmitglieder ein. Sein würziger Geruch umkreiste einen nach dem anderen und bewegte sie dazu, näher zu treten. Langsam und wie in Trance gingen sie durch die Rauchschwaden hindurch, die sie wie eine Wand von Lola und dem fantastischen Reich trennten, das sich vor ihnen ausbreitete.

»Ihr seht aus, als hättet ihr ein Gespenst gesehen«, sagte Lola kichernd.

»Was machst du denn da, Ma?«, fragte Gloria.

»Das habe ich dir doch gesagt«, erwiderte sie. »Ich habe für Sebastian ein Feuer gemacht. Und darauf brate ich jetzt mein kleines

Cabrito. Ich denke, es wird ihm sehr gut schmecken. Wahrscheinlich wird es sein Lieblingsessen werden, so wie es auch meins ist.«

»Abuela Lola«, sagte Jennifer, die fürchtete, dass ihre Großmutter diesmal tatsächlich den Verstand verloren hatte. »Sebastian ist doch nicht mehr bei uns, weißt du das denn nicht mehr?«

»Unsinn«, erwiderte Lola mit einer Handbewegung. »Sebastian ist immer bei uns. Und jetzt komm und hilf mir. Du kennst die Regel. Wenn wir alle etwas essen wollen, müssen wir auch alle unseren Beitrag dazu leisten.«

Gebratenes Zicklein aus dem Ofen:

7–10 Pfund Ziegenbraten aus der Keule oder Lende
einige Zweige frischer Koriander
Sofrito (s. S. 383)
2 Knoblauchzehen
500 g Frühstücksspeck in Streifen
Salz und Pfeffer

Den Braten gründlich waschen und säubern, anschließend mit einem weichen Tuch trockentupfen. Das Fleisch ringsum mit kleinen Einschnitten versehen und diese mit Knoblauchstücken und Koriander füllen. Den Braten salzen und pfeffern. Sofrito und Speckstreifen darauf verteilen. Den Backofen auf 220° C vorheizen, den Braten zuerst für 20 Minuten im heißen Ofen bräunen, dann die Hitze auf 160° C reduzieren und in ungefähr 2 ½ Stunden fertig garen.

Im Freien am Spieß gebratenes Zicklein:

Ein ganzes Zicklein von 7 bis 12 Pfund
6 Knollen zerdrückter Knoblauch
(vorzugsweise im Mörser zerstoßen)
300 g Salz.
130 g schwarzer Pfeffer
80 g Oreganopulver, gerebelt
1000 ml Annato- oder Olivenöl

Knoblauch, Salz, Pfeffer, Oregano und Öl in einer großen Schüssel gut miteinander vermischen. Dabei keinen Mixer verwenden, sondern von Hand verrühren, damit der Knoblauch nicht zu sehr zerkleinert wird.

Wenn Sie die Ziege nicht selbst ausgenommen und gehäutet haben, versichern Sie sich, dass es gründlich gemacht wurde. Die Ziege mindestens drei Mal mit Essig und Wasser spülen. Die Ziege auf allen Seiten gründlich mit der Ölmischung einstreichen, in einen großen Plastikbeutel stecken, den Beutel fest verschließen und in den Kühlschrank legen. Das Fleisch nach 24 Stunden aus dem Kühlschrank nehmen und ungefähr 30 Minuten lang ruhen lassen. Den Grill im Freien auf 175° C oder mittlere Hitze vorheizen.

Die Ziege mit dünnem Draht auf den Grillspieß binden und ungefähr 4 Stunden lang braten, bis das Fleisch weich ist. Die Kerntemperatur sollte dabei mindestens 70° C betragen.

★ Kokos-Flan / Eierpudding mit Kokosmilch

»Wollt ihr denn nicht zum Dessert bleiben?«, fragte Lola. »Ich habe einen Kokos-Flan gemacht.«

»Wenn das Tischgespräch bei der Nachspeise auch nur annähernd so ausfällt wie beim Hauptgang, dann werde ich mit Sicherheit noch daran ersticken«, erwiderte sie und wandte sich an Gabi und Mando: »Ich dachte, wir wollten herkommen, um mit Ma über ihre Gesundheit und ihre gegenwärtige Wohnsituation zu sprechen. Aber das habt ihr wohl vergessen. Ihr könnt ja darüber nachdenken, während ihr euch weiter den Bauch vollschlagt.«

»Sie hat recht«, sagte Mando und meinte dann, an Gabi gewandt: »Wir haben das Thema im Grunde noch gar nicht angesprochen, oder?«

Gabi holte tief Luft, dann stand sie auf, um besser sehen zu können, was ihre Mutter gerade in der Küche machte. »Wenn das Stück für mich ist, dann ist es zu groß«, sagte sie. »Ich hätte gern eines, das nur halb so groß ist. Das da kannst du Mando geben.«

»Ich bin pappsatt«, sagte Mando und tätschelte dabei zufrieden seinen Bauch. Er hatte dem Hühnchen mit Reis doch nicht widerstehen können. »Ich muss heute Abend noch essen gehen. Aber da werde ich wohl nur noch einen Salat bestellen.«

»Soll ich dir etwas mitgeben?«, fragte Lola.

»Das ist eine gute Idee«, erwiderte er. »Pack ruhig auch ein Stück für die Mädchen ein. Die zählen zwar ständig Kalorien, aber ich glaube, hierfür machen sie eine Ausnahme.«

1 TL Vanilleextrakt
300 ml Kondensmilch
300 ml Kokosmilch
250 g Zucker
5 Eier

Karamellschicht: In einem antihaftbeschichteten Topf bei milder Hitze 250 g Zucker schmelzen lassen. Der Zucker darf nicht verbrennen, er sollte sich lediglich verflüssigen und eine leicht goldene Farbe annehmen. Den Karamell sofort in eine Metallform gießen und diese schwenken, damit der gesamte Boden und die Seiten der Form bedeckt sind. Der Karamell sollte abkühlen, bevor die Flan-Mischung in die Form gegossen wird.

Den Backofen auf 175° C vorheizen. Alle Zutaten im Mixer miteinander vermischen, in die karamellisierte Form geben und im Ofen im Wasserbad garen. Die Form dazu in eine größere, mit Wasser gefüllte Form stellen. Ungefähr 50 Minuten lang goldgelb backen. Der Flan ist fertig, wenn bei der Stäbchenprobe nichts mehr am Holzstäbchen festklebt. Aus dem Ofen nehmen, abkühlen lassen und vor dem Servieren mindestens drei Stunden im Kühlschrank kalt stellen. Um den Flan aus der Form zu lösen, mit einem Messer vorsichtig am Rand der Form entlangfahren, dann auf einen Teller stürzen, sodass die Karamellschicht oben ist.

Ergibt 6 Portionen.

»Ich will dir sagen, was der Himmel für mich ist. Es ist dieser Tisch hier, und alle Menschen, die ich liebe und je geliebt habe, sind an ihm versammelt. Wir genießen ein Festmahl, das wir zusammen gekocht haben, und wir lachen und erzählen uns Geschichten. Manchmal weinen wir auch, aber es geht uns allen gut. Das ist mein Himmel.«